Sophia Arím

Schwarze Assassine
Erwachen

Impressum:
Bibliografische Information der Deutschen Nationalbibliothek:
Die Deutsche Nationalbibliothek verzeichnet diese Publikation in der
Deutschen Nationalbibliografie; detaillierte bibliografische Daten sind
im Internet über dnb.dnb.de abrufbar.

© 2024 Sophia Arím

Lektorat: Carina Krämer

Covergestaltung / Illustrationen: Mandy Apel
Satz & Layout: Mandy Apel
www.mrs.mapelgraphics.de
Unter Verwendung mehrerer Motive von @freepik.de

Verlag: BoD · Books on Demand GmbH, In de Tarpen 42, 22848 Norderstedt
Druck: Libri Plureos GmbH, Friedensallee 273, 22763 Hamburg

ISBN: 978-3-7693-0358-2
Dieses Buch ist auch als eBook erhältlich

SOPHIA ARÍM

SCHWARZE ASSASSINE

ERWACHEN

EINE WARNUNG DER AUTORIN

Willkommen in der Welt hinter dem Schleier!

In diesem Buch triffst du auf Kreaturen, deren Seelen von Untaten geschwärzt sind, in einem Universum, dessen Zentrum verrottet ist.

Eine reine Weste trägt hier niemand, und eines ist gewiss: Die Schwarze Assassine wird dich finden. Sie wird dir Verderben, Sünde und Wahnsinn zeigen, ebenso wie Begierde und Sehnsucht.

Sei bereit dafür, deine eigenen Moralvorstellungen in Frage zu stellen und reines Entsetzen sowie gleichsam Faszination zu fühlen. Doch sei achtsam, hüte dein Herz und zögere nicht. Denn Zögern ist Schwäche. Und Schwäche bringt dir den Tod.

Solltest du genauere Informationen über die im Buch enthaltenen Gefahren erhalten wollen, findest du eine Triggerwarnung hinten im Buch. Aber sei dir bewusst, dass diese Liste den Inhalt spoilert.

Und nun wappne dich und bleibe standhaft. Wir sehen uns auf der anderen Seite.

Sophia Arím

Weil nicht alle Helden gütig sind ...

PROLOG

Blitze zuckten über den wolkenverhangenen Himmel der Feenlande, Donner grollte über der leuchtenden Stadt und raubte den Einwohnern Shahin-las den Schlaf. Regentropfen prasselten zu Boden und sammelten sich in Pfützen auf der aufgeweichten Erde. Auf leisen Sohlen schlich ein Mann durch die Gärten des Königspalasts, eine tief ins Gesicht gezogene Kapuze verdeckte seine Züge, die schweren Stiefel hinterließen Abdrücke im Schlamm. Über seiner Schulter hing ein filigraner Jagdbogen.

Die Magie in seinem Inneren surrte, Adrenalin schoss durch seine Adern. Auf diese Nacht, auf diesen einen entscheidenden Moment hatte er jahrzehntelang hingearbeitet. Alles war bereit. Nun lag es an ihm.

Er huschte durch den hohen Bogengang zum Hintereingang des Palasts. Sein Herz flatterte wild, als wollte es aus seiner Brust springen. In wenigen Minuten drehten die Wachen ihre Runden, entdeckten sie ihn, hatte er versagt. Mit einem Wink sandte er seine Magie aus, ein leises Klicken ertönte und die prunkvolle Tür schwang auf. Der Weg war frei.

Das Herrscherschloss lag in bedrohlicher Stille da. Ein einziger Laut vermochte ihn zu verraten und all seine Träume zu zerschlagen.

Im Schutz der Dunkelheit rannte er lautlos die vielen Stufen zur Galerie hinauf und ließ seinen Blick schweifen. Die Empore war ein Ort der Kunst, der Sprache und Literatur. Antike Statuen, aufwendig verzierte Vasen und Ölgemälde der verstorbenen Prinzessin sowie des lebendigen Zweigs der Königsfamilie fanden hier ihren Platz. In den deckenhohen Regalen standen Bücher, Pergamente und Schriftrollen eng beieinander, viele von ihnen unter einer dicken Staubschicht begraben.

Hinter den blauen Büchern des Koboldkönigs gibt es einen vergessenen Gang. Früher wurde er genutzt, um die Herrscher im Falle eines Angriffs in Sicherheit zu bringen. Heute findet man dort nur noch Spinnen und deren Netze.

Das waren *ihre* Worte gewesen. Worte, an die sie sich nicht mehr erinnerte und die sie dennoch alles kosten konnten.

Er ließ seine Finger über das alte Holz der Möbel gleiten, als warmer Schein magischer Fackeln die Dunkelheit erhellte. Hastig presste er sich an die Wand und lauschte.

»Es ist alles ruhig«, sagte eine Frauenstimme, die ihm bestens vertraut war. Ein nagendes Gefühl breitete sich in seiner Magengegend aus und er schluckte schwer.

Man hatte ihm verschwiegen, dass *sie* heute Dienst hatte.

»Wie jede Nacht«, bestätigte eine männliche Stimme, dessen tiefer Timbre ihm stets Schauer über das Rückgrat sandte. Auch den Mann kannte er gut. Schritte kamen näher, ein sachter Lichtschein beleuchtete die Regale und im Licht des Feuers entdeckte er, was er begehrte.

Götter der Freiheit, das ist es!

Zwei Bücher, in der Farbe des tiefsten Blau des Ozeans, bestickt mit goldenen Lettern und so groß wie der Kopf eines Ristarakwolfes, standen gegenüber von ihm in einer Vitrine.

Wie hab ich sie nur übersehen können?!

Die zwei Wächter kamen näher. Bald würden sie ihn entdecken!

Der Puls wummerte in seinen Ohren. Er duckte sich, stieß sich von der Wand ab und huschte auf die andere Seite der Galerie.

Hinter den Koboldbüchern gibt es einen Gang ... Da!

Hinter dem Glaskasten glänzte ein winziger Hebel. Rasch betätigte er ihn. Nichts geschah. Der Mann leckte sich über die Lippen, linste über seine Schulter. Der Lichtschein wurde heller und er bildete sich ein, bereits den Atem der beiden Wachen zu hören ...

Ein hauchfeines Rattern erklang und ein Spalt öffnete sich in der Wand. Er warf sich regelrecht hinein, verschloss die Tür und versank in Finsternis. Regungslos lauschte er. Die Schritte der Wachen klangen merkwürdig dumpf, ihre gemurmelten Worte waren unverständlich. Sanfter Fackelschein fiel durch den winzigen Schlitz des Geheimganges.

Bitte, geht weiter! Dies darf nicht das Ende sein!

Seine Glieder protestierten gegen die unbequeme Haltung, doch er wagte nicht, sich aufzurichten. Die Wächter verharrten vor dem Zugang, als lauerten sie auf einen Hinweis, ein falsches Geräusch.

Das Licht wurde erst dutzende Atemzüge später schwächer und erstarb. Dunkelheit umfing ihn.

Ein kurzer Stich des Bedauerns durchfuhr ihn, gepaart mit dem Schmerz eines betrogenen Herzens. Eines Tages, wenn die Vier Lande von der Willkürherrschaft des Monarchen befreit waren, würde er mit jener einen alles bereinigen.

Eines Tages sind wir wieder zusammen.

Steif erhob er sich und tastete sich vorsichtig durch die Schwärze. Er verhedderte sich in Spinnweben, Staub kroch in seine Lungen und das Rauschen des Blutes in seinen Ohren verstärkte sich mit jedem Atemzug. Er hasste die Enge des Korridors, der nicht einmal breit genug war, um beide Arme auszustrecken, und liebte den Gang dennoch für seine Existenz.

Am Ende des Flures fand er einen weiteren Hebel, betätigte ihn und trat wieder hinaus in das offene Innenleben des Palasts. Wenige Meter vor ihm ragten zwei große Statuen auf, sie flankierten die verzierte

Flügeltür zu den privaten Gemächern des Königs. Siegessicher grinste er. Alles verlief perfekt!

Geschwind trat er an das nächste Fenster und öffnete es. Darunter lag Shahin-la. Die leuchtende Stadt hielt dem tosenden Gewitter mit stoischer Schönheit stand. Regen peitschte ihm entgegen und tränkten seine Kleidung, während er Pfeil und Bogen zückte und die Sehne spannte. Er versetzte das Gefieder des Fluggeschosses mit Magie und öffnete seinen Griff. Die Sehne schnalzte gegen seine Wange und der Pfeil explodierte am Nachthimmel zu einer gleißend hellen Wolke, deren Funken gemächlich gen Boden segelten.

Sie sah gespannt zum Firmament. Der Palast des Königs ragte bedrohlich über ihr auf und der Regen hatte sie bis auf die Haut durchnässt. Die Mauer in ihrem Rücken vermochte das Wetter der tobenden Götter nicht aufzuhalten. Die Fünf waren wütend und ließen es die Feen spüren.

Ihre Zähne klapperten und ihre Muskeln zitterten bei dem Versuch, das wenige an Wärme in ihrem Leib zu behalten. Müdigkeit beschwerte ihre Lider und kämpfte mit Hoffnung, Vorfreude und Furcht. Unablässig ließ sie ihren Blick über die königliche Fassade wandern, suchte nach jenem Zeichen, das ihr Erlösung versprach.

Hoch oben, im mittleren Turm des Schlosses, wurde ein Fenster geöffnet. Gespannt fixierte sie den Punkt. Etwas schoss hinaus in die Dunkelheit und ein gleißender Energieball durchbrach die Finsternis des Sturms.

Das ist das Signal!

Sie wirbelte herum und sprintete durch die schmale Gasse, sprang auf das Dach eines leer stehenden Gebäudes und stieß einen durchdringenden Pfiff aus.

Hundertfach wurde ihr Pfiff erwidert, von Mauern zurückgeworfen, drang in jeden Winkel der Stadt, gehört und doch mit Sicherheit unerkannt von der Palastwache. Einzig, wer um den wahren Willen der Götter wusste, vermochte das Zeichen zu interpretieren.

Magie ließ die Luft knistern, Metall schabte über Metall. Aus den Schatten der Straßen, aus Häusern und Abwasserkanälen, aus Bäumen, Büschen und Kellern strömten die Mitglieder der Schwarzen Lilie dem Sitz des Monarchen entgegen, bereit, für Rache, Gerechtigkeit und Freiheit zu kämpfen.

Dies war die Nacht, die alles veränderte.

Dies war die Nacht der Rebellion.

Tod dem König!

KAPITEL 1

DIE FREMDE

Eine sanfte Brise liebkoste ihre Haut. Vögel zwitscherten eine flotte Melodie und irgendetwas krabbelte mit flinken Füßchen über ihr Bein. Die Luft roch salzig frisch, als wäre sie nicht weit vom Meer entfernt. Sie schlug die Augen auf. Schwaches Licht fiel durch das Geäst einer großen Eiche auf sie herab.

Wo bin ich?

Sie hob den Kopf und sofort wurde ihr schwindelig. Unwillig stöhnte sie und kniff die Augen zusammen, bis sich der Schwindel legte und ihre Sicht sich schärfte. Vor ihr lag eine Wiese, das hohe Gras wogte sacht im Wind, Bienen flogen eifrig von Blüte zu Blüte und hoch oben in der Luft zogen kreischende Möwen ihre Kreise.

Ihr Puls schnellte in die Höhe und Adrenalin rauschte durch ihre Adern. Ein vages Gefühl der Gefahr stieg in ihr auf und Unruhe erfasste ihre Nerven. Es war, als hätte sie etwas Wichtiges vergessen, doch je mehr sie sich darauf konzentrierte, desto dichter wurde der Nebel in ihrem Verstand.

Ich kann hier nicht verweilen.

Sie wusste nicht, woher dieser Gedanke rührte.

Ungelenk kam sie auf die Füße. Einschießender Schmerz ließ sie zusammenzucken und sie sah an sich hinab. Ihre schwarzen Hosenbeine waren zerfetzt und dunkles, fast schwärzliches Blut quoll aus einem Schnitt an ihrer linken Wade. Langsam tropfte es zu Boden, der dort, wo sie gelegen hatte, bereits dunkel verfärbt war. Sie stieß einen Fluch aus.

Woher kommt diese Verletzung?

Sie zögerte kurz, bevor sie einen schmalen Streifen Stoff von ihrem Oberteil abriss und ihn behelfsmäßig um ihr Bein band. Es war eine Notlösung, das Oberteil starrte vor Schmutz und der Verband linderte keineswegs die Schmerzen. Doch sie brauchte das Gefühl der Kontrolle. Etwas, dass sie tun konnte, weil alles an ihrer Umgebung ihr fremd erschien und sie auf Hilfe angewiesen war, die sie nicht erhielt.

Wie bin ich nur hier gelandet?

Kritisch suchte sie mit den Augen die Wiese ab, doch wie es schien, war sie ohne Hab und Gut unterwegs. Beklemmung verengte ihre Brust. Sie biss die Zähne zusammen und humpelte los. Sobald sie den kühlen Schatten der Eiche verlassen hatte, brannte die Sonne unbarmherzig auf sie herab und Schweiß trat auf ihre Stirn, rann nur Sekunden später ihre Schläfen hinunter.

»Es ist ganz schön heiß«, grummelte sie und bereute es sofort. Ihre Stimme klang rau und ihre Kehle schmerzte. Sie leckte sich über die spröden Lippen und schmeckte Eisen. Die zarte Haut war aufgeplatzt. Sie schluckte schwer und zwang sich, die aufkeimende Panik zu ignorieren.

Was ist nur mit mir geschehen?

Im Gebüsch neben ihr knackte etwas. Ihr Herz machte einen Satz und sie riss die Fäuste in die Höhe, ignorierte den Schmerz, den die ruckartige Bewegung verursachte.

Was war das?

Erneut knackte etwas, dann huschte eine Maus an ihr vorbei. Sie stieß einen erleichterten Seufzer aus.

»Es ist alles gut. Nur eine Maus«, sagte sie, weil es das war, dass sie zu jemand anderem gesagt hätte, doch ihr Puls beruhigte sich kaum.

Das Gefühl von Gefahr klebte weiter auf ihrer Haut wie geschmolzenes Pech. Bevor sie weiterhumpelte, hielt sie inne und blickte von links nach rechts. In beiden Richtungen erwartete sie eine Einöde.

Ich bin allein.

Verlassen.

Ein Kloß bildete sich in ihrer Kehle.

Wohin soll ich gehen?

Zehn Atemzüge lang rang sie mit sich, bevor sie zittrig den Atem ausstieß und sich nach links wandte. Sie hinkte durch die karge Landschaft, stolperte über staubigen Schotter und vertrocknetes Gras, bis sie auf eine asphaltierte Straße stieß, breit genug, damit zwei Kutschen nebeneinander herfahren konnten. Sie beschloss, der Straße zu folgen.

Dem Sonnenstand nach zu urteilen war sie mindestens eine Stunde in der Hitze unterwegs, als sie einen Wegweiser fand.

»St. Abbs in vier Kilometern«, las sie laut, und Hoffnung ließ ihr Herz hüpfen. Vielleicht konnte ihr dort jemand helfen, die umfassende Leere zu ergründen, die sich wie ein alles fressender Parasit in ihrem Innersten ausbreitete.

Wer bin ich?

Lautes Röhren riss sie aus ihren Gedanken. Sie schrak zusammen, ihr Puls beschleunigte sich und ihr Blick flog über den Asphalt.

Was zur ...?

Ein orangefarbenes Gefährt auf vier Rädern raste auf sie zu. Für eine Sekunde war sie wie erstarrt, dann humpelte sie los, stürzte zum Straßenrand. Im selben Moment quietschte es laut, der Wagen bremste und stinkender Qualm stieg auf.

»Sind Sie noch ganz dicht? Warum stehen Sie denn mitten auf der Straße? Ich hätte Sie überfahren können!« Sie wandte sich um, gerade rechtzeitig, um zu sehen, wie sich ein Kopf aus dem Fenster des Gefährts schob. Der Mann hatte schon viele Winter gesehen, sein Haar war an den Schläfen ergraut und tiefe Falten prägten sein Gesicht mit erbost blitzenden, braunen Augen.

»Ich …« Sie hielt inne.

Was soll ich ihm sagen? Dass ich weder weiß, was ich hier mache, noch, wo ich überhaupt bin?

Ihr Zögern schien den Fremden zu irritieren. Er musterte sie und sein Blick wurde wärmer, bevor er seufzte und ausstieg.

»Geht es Ihnen gut? Hatten Sie einen Unfall? Großer Gott, ist das Blut?«

Instinktiv wich sie zurück, hinein in das Unterholz neben der Straße.

»Bitte, haben Sie keine Angst.« Der Mann präsentierte ihr seine leeren Handflächen. »Ich werde Sie nach St. Abbs mitnehmen und dort einem befreundeten Arzt vorstellen. Sie brauchen dringend medizinische Hilfe, und eine Dusche wird sicher auch nicht schaden.«

Sie schielte zu dem orangefarbenen Wagen und Misstrauen erwachte in ihr. Nicht dem Mann gegenüber, vielmehr dem seltsamen Gefährt.

»Damit?«

Ein gutmütiges Lächeln ließ das Gesicht des Mannes erstrahlen. »Mit dem Auto ginge es deutlich schneller, als wenn Sie zu Fuß gehen.«

Er hatte wahrscheinlich recht. Natürlich hatte er recht. Jede Faser in ihrem Körper flehte sie an, das Angebot anzunehmen. Sie seufzte und fasste sich ein Herz. »Also gut.«

In dem schwarzen Fußraum des Gefährts fand sich nicht ein Erdkrumen. Die Armaturen waren blank poliert und unverfängliche Musik drang von irgendwoher.

»Mein Auto ist so etwas wie mein Baby«, erklärte der Mann, führte den Sicherheitsgurt über seine Brust und ließ ihn einrasten. Sie tat es ihm gleich und schwieg. Er deutete auf das Handschuhfach vor ihr. »Da ist Wasser drin, falls Sie Durst haben.«

Die Aussicht darauf, ihren ausgetrockneten Mund zu befeuchten, ließ sie beinahe aufjubeln. Hastig riss sie das kleine Fach auf und öffnete die Flasche. Erleichterung flutete ihren Verstand, als sie das lauwarme Nass kostete und sie ließ sich tiefer in den Sitz fallen.

Der Fremde räusperte sich und streckte ihr die Hand entgegen, ohne den Blick von der Straße zu nehmen. »Ich bin Mr. Gibbins, aber Sie können mich Pete nennen. Verraten Sie mir Ihren Namen?«

Sie starrte erst auf seine Hand und blickte dann auf ihre eigenen Hände hinab. Unter ihren Nägeln klebte Dreck und rostrote Spuren zwischen den Fingern erinnerten an Blut. Verzweifelt forschte sie in ihrem Verstand nach der Antwort auf die einfachste Frage der Welt. Gähnende Leere in ihrem Geist verspottete sie.

»Ich fürchte, ich kann Ihrer Bitte nicht nachkommen, Pete. Ich ... scheine meinen Namen vergessen zu haben.«

Pete stockte. »Sagen wir ›Du‹ zueinander«, schlug er dann vor. Sie nickte bloß stumm, froh, dass Pete den Großteil der Konversation auf sich nahm. Von ihm gesiezt zu werden, kam ihr merkwürdig vor.

»Dir muss etwas wahrlich Grauenhaftes widerfahren sein ...« Er drehte an dem Rad, über welches er den Wagen steuerte. Eine Weile sagte keiner von ihnen etwas und Pete schien in Gedanken versunken.

Sie sah aus dem Fenster und versuchte, in der vorbeifliegenden Landschaft etwas Vertrautes zu finden, doch die Leere in ihr blieb und mit jedem Atemzug verstärkte sich ihr hämmernder Kopfschmerz.

»Wie wäre es, wenn ich dich bis auf weiteres Mary nenne?« Petes Stimme riss sie aus grauem Nichts eines traumlosen Dämmerzustands. Sie musste für einen Moment eingenickt sein. »Nur, bis du dich wieder an deinen eigenen Namen erinnerst, natürlich«, fügte er schnell hinzu.

»Das wäre ... schön«, krächzte sie und zwang sich, dankbar zu lächeln. Mary. Der Name war schlicht und passte nicht recht, doch schien es ihr besser, einen falschen Namen zu haben, als auf der vergeblichen Suche nach ihrem eigenen in ihrem Geist verloren zu gehen.

»Ihr Zustand ist katastrophal, Pete. Sie hat einen massiven Flüssigkeitsmangel und zahlreiche Wunden überall an ihrem Körper. Prellungen, Quetschungen und Schnittverletzungen, einige sind erst vor wenigen Stunden entstanden, andere hingegen sind Wochen oder gar Monate alt. Dazu kommen mehrere kaum verheilte Rippenfrakturen und diese Narben … Nicht einmal bei Mordopfern habe ich Vergleichbares gesehen.«

Die Stimme des Arztes drang durch den Türspalt. Mary befand sich in Petes Gästezimmer, einem kleinen Raum mit einem hohen Schrank und einem schmalen Bett. Links davon führte eine weitere Tür in einen Raum, den Mary noch nicht betrachtet hatte und von den Fenstern aus konnte sie direkt auf den Garten schauen, in dem Hühner und Ziegen wild hin- und herliefen. Hier hatte der Arzt, ein dicklicher Mann in den Vierzigern, sie untersucht. Dabei hatte er immer wieder geflucht oder entsetzte Laute von sich gegeben. Anschließend hatte er Pete in den Flur des kleinen Hauses gebeten, offenbar in der Annahme, dass Mary sie dort nicht hören würde.

»Ich habe sie auf der Straße nach St. Abbs gefunden, sie irrte dort ohne Sinn und Verstand herum. Was sollen wir mit ihr tun?«

»Wo auch immer sie herkommt, so ein Körper entsteht durch Misshandlung.« Der Arzt räusperte sich. »Ich melde ihren Fall der Polizei. Eigentlich gehört sie zur stationären Überwachung in ein Krankenhaus, doch sie hat allem Anschein nach Vertrauen zu dir gefasst und ist traumatisiert, daher überlasse ich sie deiner Obhut – sofern es dir recht ist.«

Pete gab ein zustimmendes Geräusch von sich. »Seit Sarahs Tod ist es ohnehin zu still in diesem Haus.«

»Gut. Madelaine wird euch Medikamente bringen und ich werde in einigen Tagen wieder nach ihr sehen. Wenn bis dahin etwas geschehen sollte, zögere nicht, anzurufen.«

Mary entspannte sich ein wenig. Sie wollte gern bei Pete bleiben. Er schien ein netter Mensch zu sein.

Außerdem weiß ich nicht, wohin ich sonst gehen soll.

Der Arzt fragte Pete, wie es ihm in den letzten Wochen ergangen war, und als Mary sicher war, dass die Männer nicht mehr über sie sprachen, trat sie von der Tür zurück. Sie stützte die Ellbogen auf der Fensterbank ab und beobachtete die Ziegen beim Grasen, während ihre Gedanken leerliefen. Erst als die Tür erneut aufschwang und sich der köstlich herzhafte Duft von warmem Käsetoast im Zimmer ausbreitete, löste sie sich von dem tierischen Treiben.

Jetzt, wo sie sich einigermaßen sicher fühlte, spürte sie den Hunger, der so stark war, dass ihr Magen schmerzte. Sie griff nach dem Toast und biss hinein. Der krümelige Teig und der Käse, der Fäden zog, schmeckte wie der Himmel auf Erden. Verzückt schloss sie für einen Moment die Augen.

Pete stellte das Tablett auf der Matratze ab und deutete auf die Tür neben dem Bett. »Im Badezimmer kannst du dich waschen, frische Kleidung habe ich dir mitgebracht. Ich werde mich jetzt ins Wohnzimmer zurückziehen, doch wenn du noch etwas benötigst, komm jederzeit zu mir.«

Mary nickte, ohne die Aufmerksamkeit von den knusprigen Sandwiches zu lösen, und Pete verließ das Zimmer. Nachdem sie alles restlos verspeist hatte, betrat Mary das Bad. Es war fast so groß wie das Gästezimmer. Weiß getünchte Wände und ein rundes Milchglasfenster sorgten für eine behagliche Atmosphäre, kalte graue Fließen beruhigten Marys Herzschlag. Sie entdeckte eine Dusche, ein Waschbecken, das sich direkt daneben befand, und einen Wandschrank am hinteren Ende des Raumes. Angespannt schlich sie näher, als wollte sie sich vergewissern, dass von dort keine Gefahr für sie ausging, und riss die Türen auf. Niemand sprang heraus, einzig ein kleines Handtuch fiel ihr entgegen. Mary atmete durch und lockerte ihre verkrampften Schultern, bevor sie an das Waschbecken trat und in den darüberhängenden Spiegel blickte.

Mandelförmige Augen mit sturmgrauen Iriden blitzen ihr entgegen, umrahmt von rabenschwarzem, verfilztem Haar. Ihr Gesicht war schmutzig, die hohen Jochbögen ließen ihre Wangen eingefallen wirken und ihr klägliches Erscheinungsbild wurde vollendet von dünnen, rissigen Lippen. Eine lange weiße Narbe erstreckte sich von ihrem rechten Kieferwinkel den Hals hinunter bis zu ihrem Schlüsselbein. Die vage Erinnerung an einen schneidenden Schmerz durchzuckte sie und sie schüttelte sich.

Warmes Wasser ergoss sich über Marys Körper und löste ihre verkrampfte Muskulatur. Eine ganze Weile stand sie unter dem stetigen Schauer und sah dabei zu, wie Dreck, Blut, Gräser und ein toter Käfer im Abfluss verschwanden. Bis der Schmutz unter ihren Fingernägeln fortgespült war, vergingen siebzig Atemzüge. Siebzig Atemzüge, in denen Mary die Tür des Badezimmers kaum aus den Augen ließ. Sie wusste nicht, wovor sie sich fürchtete, sie wusste nur, dass es nicht an Pete lag, der ihr mit so viel Wärme und Freundlichkeit begegnet war.

Nachdem sie aus der Dusche gestiegen war, trocknete sie sich ab und erkundete ihren Körper, als gehörte er nicht zu ihr. Ihre Glieder waren sehnig und ihre Haut von unzähligen alten Verletzungen gezeichnet. Da war diese dünne Narbe an ihrem linken Unterarm und eine weitere, gezackte Narbe, die quer über ihren Bauch verlief. Viele kleine und größere Narben zierten ihre Beine und sogar auf ihrem Rücken fühlte sie wulstig-striemige Veränderungen. Es sah fast so aus, als sei sie ausgepeitscht worden.

Einige Zeit später betrat sie, in die neue Kleidung gehüllt, das Gästezimmer. Die Nacht war hereingebrochen, der Mond funkelte silbrig durch die Fenster und spendete gerade genug Licht, um den Weg zu ihrer Schlafstatt zu weisen. Kraftlos sank sie auf die weiche Matratze und schloss die Augen. Nicht einmal zehn Atemzüge später war sie eingeschlafen.

Das laute Krähen eines Hahns weckte Mary. Sie rieb sich die Augen und streckte sich. Ein Stöhnen entfuhr ihr. Hatte sie geglaubt, die Schmerzen gestern wären höllisch gewesen, wurde sie jetzt eines Besseren belehrt. Jede Zelle schmerzte, als hätte sie am vorigen Tag eine Schlacht geschlagen.

Sie ächzte und setzte sich auf, lauschte ihrem eigenen Herzschlag und wartete, bis ihre Gedanken sich beruhigten. Heftige Albträume hatten sie gequält, sie war zornig gewesen wie ein blutrünstiges Tier, doch im

Sonnenlicht des neuen Tages konnte sie sich an keine Details mehr erinnern. Mary schüttelte den Kopf und stieg aus dem Bett.

Es waren nur Träume, weiter nichts.

Von Hunger getrieben ging sie in die Küche, wo ein gut gelaunter Pete auf sie wartete.

»Guten Morgen. Ich habe dir einen Tee gekocht, Kaffee ist auch in der Kanne, falls dir der lieber ist. Wie geht es dir?«, grüßte er sie.

Überfordert mit der Schnelligkeit seiner Worte, setzte sich Mary an den reichlich gedeckten Tisch und rieb sich die Augen. Dann begann sie zu essen. Erst zögerlich, doch nach wenigen Bissen merkte sie, wie ausgehungert sie war und schaufelte immer mehr Nahrung auf ihren Teller »Mein Gedächtnis ist nicht zurückgekommen, doch ich fühle mich erholt«, log sie zwischen zwei Bissen. »Ich mache mich heute wieder auf den Weg und falle dir nicht länger zur Last. Vielleicht tragen meine Füße mich nach Hause.«

»Blödsinn, du bleibst hier, bis es dir besser geht! Eine Freundin hat mir Medikamente für dich überbracht und der Doktor sieht in ein paar Tagen nochmal nach dir. Außerdem kann ich eine helfende Hand gut gebrauchen und mit ein bisschen Zeit und Ruhe wird dir sicherlich wieder einfallen, wer du bist und was du hier wolltest.«

Es widerstrebte Mary, Petes Gutherzigkeit auszunutzen, doch andererseits war sie froh, dieser Welt, die ihr auf eine unerklärliche Art fremd vorkam, vorerst zu entgehen. Zudem hatte sie keine Ahnung, wo sie überhaupt mit der Suche nach ihrer Vergangenheit beginnen sollte. Nur eines wusste sie. Sie *musste* herausfinden, wer sie war.

Mary blieb bei Pete. Nach einigen Tagen kam der Arzt vorbei und erteilte ihr regelrecht den Befehl, sich weiter zu erholen, bis ihre Wunden auskuriert und ihre Erinnerungen zurückgekehrt waren.

Aus Tagen wurden Wochen und aus Wochen wurden Monate. Der Sommer strich ins Land, wich einem eisigen Winter, der nach langer Dunkelheit einem bunten Frühling Platz machte. In ihrem zweiten

Sommer in St. Abbs hatte Mary sich in das Leben in dem kleinen Fischerdorf eingefügt. Zwischen ihr und Pete hatte sich eine herzliche Freundschaft entwickelt und Mary hatte ihren Plan, fortzugehen, längst verworfen. Sie half im Haus sowie in Petes kleinem Lebensmittelgeschäft, kaufte ein, versorgte die Hühner und Ziegen und abends kochten sie gemeinsam ausgefallene Gerichte, um diese zu verspeisen, während sie sich Krimiserien oder Cowboyfilme aus dem Wilden Westen ansahen. Als die Temperaturen fielen und sich Thyras zweiter Herbst in Schottland ankündigte, hackte sie Holz für den großen Kamin im Wohnzimmer des Häuschens und schnitzte Kürbisse, die sie vor die Eingangstür stellte.

Je länger die junge Frau in dem kleinen Dorf blieb, desto mehr kam sie zur Ruhe. Der einzige Dämpfer blieb ihr fehlendes Gedächtnis, denn bis auf ihren wahren Namen, der ihr eines Mittags beim Hühnerfüttern eingefallen war, bahnte sich kein weiterer Hinweis aus ihrem alten Leben aus den tiefen Abgründen ihres Verstandes. Und so gab Mary, die sich fortan wieder Thyra nannte, die Suche nach ihrer Vergangenheit auf.

KAPITEL 2

THYRA

Ein erstickter Schrei riss Thyra aus dem Schlaf. Noch bevor sie ihr volles Bewusstsein erlangt hatte, stand sie vor dem Bett, die Hände zu Fäusten geballt. Adrenalin schoss durch ihre Adern, das Herz pochte heftig in ihrer Brust.

Was war das?

Ein dumpfes Geräusch, gefolgt von unterdrückten Worten, brach erneut die Stille der Nacht. Thyras Nackenhaare stellten sich auf, ein merkwürdig vertrauter Schauer rann über ihr Rückgrat. Im Dunkeln tastete sie nach dem Kerzenständer, den sie vor wenigen Wochen auf das Fensterbrett gestellt hatte. Sie mochte es, abends bei Kerzenschein zu lesen, anstatt das Licht anzuschalten. Pete nannte es altmodisch, doch das gemütliche Licht gab ihr ein Gefühl von *zu Hause.*

Lautlos schlich sie durch das verwinkelte Haus, folgte den harschen Worten bis zum Wohnzimmer. Der anfängliche Schreck, der sie aus dem Land der Träume gerissen hatte, war tödlicher Ruhe gewichen. Das Gewicht des Kerzenständers in ihrer rechten Hand nahm sie kaum wahr, ihre Brust hob und senkte sich gleichmäßig, sämtliche Sinne waren auf das vor ihr Liegende gerichtet. Vorsichtig linste sie durch die offene Tür in den Raum.

Pete saß mit dem Gesicht zur Tür auf der Couch, seine sonst so gutmütigen Züge waren verzerrt, die Augenbrauen wütend zusammengezogen. Ein fremder Mann mit schmalen Schultern stand bei ihm. Er trug einen perfekt sitzenden Anzug und eine schwarze Sporttasche lag neben dem Sofa.

»… lass mich hierbleiben! Die Geschäfte laufen miserabel, du brauchst meine Hilfe!«, forderte der Fremde, dessen Gesicht Thyra nicht sehen konnte. Pete schüttelte vehement den Kopf.

»Auf gar keinen Fall! Rede mit Vanessa und erklär ihr die Situation. Sie ist das Beste, was dir je passiert ist. Ich komme zurecht.«

Zornig zischte der junge Mann und hieb auf ein Dekokissen ein. Pete schrak zusammen und Thyra biss die Zähne zusammen.

Mistkerl!

Impulsiv stürmte sie vor, sprang auf den Choleriker zu und zog ihm die improvisierte Waffe hart über den Schädel.

»Thyra, nicht!«, Petes Ruf schallte zu spät durch das Wohnzimmer, der Fremde sackte getroffen zu Boden. Blut floss aus einer Platzwunde auf den hellen Teppich. Thyra sah zu Pete, entzweigerissen zwischen dem Triumph, ihren Gegner besiegt zu haben, und der Sorge, die auf dem Gesicht ihres Freundes stand.

»Pete, was …?«

»Bist du wahnsinnig geworden?« Pete kniete sich neben den Bewusstlosen. Fahrig tastete er nach dem Puls, feine Schweißperlen traten auf seine Stirn. »Du hast soeben meinen Sohn zusammengeschlagen!«

Seinen Sohn?!

»Es … tut mir leid, ich wusste nicht … Du hast ihn nie erwähnt, und ihr habt gestritten … Ich wollte dich nur beschützen, also –«Thyra unterbrach ihr wirres Gestammel. Nichts, was sie sagte, vermochte die Situation zu ändern. Wortlos half sie Pete, den jungen Mann auf die Seite zu drehen und registrierte erleichtert das Flattern seiner Lider. Sie hatte ihn nicht getötet.

Pete tätschelte ihm immer wieder die Wange. »Timothy lebt in London, ich habe ihn seit Jahren nicht gesehen, es gab keinen Grund, dir von ihm zu erzählen«, sagte er knapp. »Dass der Junge mich mitten in der Nacht aus dem Bett holt, um mir zu verkünden, dass er sich von seiner Verlobten getrennt hat, konnte ich schlecht ahnen.«

Hitze stieg Thyra in die Wagen. Ohne Zweifel hatte sie überreagiert. Timothy stöhnte.

»Er wacht auf!« Thyra setzte hastig ein entschuldigendes Lächeln auf. Petes Sohn *durfte* sie einfach nicht hassen, denn Petes Freundschaft war alles, was sie auf der Welt hatte.

Timothy fasste sich an den Schädel. Sein Blick fiel auf Thyra und den Kerzenständer, den sie noch immer in der Hand hielt. Erschrocken wich er zurück und Scham ließ Thyras Wangen brennen.

»Was für eine Irre hast du dir jetzt angelacht, Dad? Anstatt mich niederschlagen zu lassen, hättest du sagen können, dass ich nicht willkommen bin!«

Ich kann ihm die Reaktion nicht einmal vorwerfen.

Sie verzog bedauernd den Mund und entledigte sich schnell ihrer Waffe. »Sorry«, murmelte sie und versuchte sich erneut an einem gewinnenden Lächeln. »Ich wusste nicht –«

Pete unterbrach Thyra. »Ich wusste nicht, dass in der jungen Frau, die ich seit über einem Jahr beherberge, eine solch unerschrockene Kriegerin steckt.« Er schüttelte den Kopf, als könne er die Ereignisse selbst nicht begreifen, dann kniff er die Augen zusammen. »Der Schlag war nicht von schlechten Eltern. Ist dir übel? Hast du Kopfschmerzen?«

»Nein, es geht schon. Es ist nur eine Platzwunde.« Timothy warf Thyra einen bitterbösen Blick zu. »Stell mir lieber meine Angreiferin vor, bevor sie ihr Werk noch beendet.«

Thyra schlug die Augen nieder. »Es tut mir wirklich leid«, beteuerte sie. »Ich wusste selbst nicht, was ich vorhabe und ... es gibt keine Entschuldigung dafür. Ich heiße Thyra.«

»Interessanter Name.« Der Mann rappelte sich auf und Pete und Thyra taten es ihm gleich. Erst jetzt fiel Thyra die Ähnlichkeit zwischen den beiden Männern auf. Beide besaßen die gleichen dunklen Augen und störrischen Augenbrauen. Einzig Timothys Lippen waren voller als die von Pete.

»Timothy.« Petes Sohn reichte ihr die Hand und sein Blick bohrte sich in den ihren. Kaum verhohlene Wut saß in seinen Augen. Thyra schluckte, reckte jedoch das Kinn.

Ich habe einen Fehler gemacht, aber einschüchtern lasse ich mich nicht!

»Also gut«, mischte sich Pete ein. »Timothy, das Gästebett ist bereits belegt, du wirst mit der Couch vorlieb nehmen müssen. Ich bringe dir ein Pflaster und morgen früh werde ich den Doktor herbestellen, er soll sich deinen Kopf ansehen.« Pete gähnte ausgiebig, schenkte Thyra ein Lächeln und verließ den Raum. Thyra wollte sich ebenfalls für die Nacht verabschieden, da schoss Timothys Hand vor und legte sich unangenehm fest um ihren nackten Oberarm.

»Mein Vater hatte schon immer ein Herz für Streuner und du bist bei weitem nicht die Erste, die er angeschleppt hat. Mach es dir nicht zu gemütlich in meinem Bett, denn ich werde dafür sorgen, dass du bald von hier verschwindest.«

Thyras Herz stolperte, instinktiv riss sie sich aus seiner Umklammerung. Sie hatte sich diesem Mann gegenüber ohne Zweifel schrecklich benommen, aber Timothy überschritt eine Grenze, die ihren Stolz aufbegehren ließ.

»So einfach, wie du niederzuschlagen bist, habe ich keine Angst vor dir«, zischte sie und stapfte davon, ohne Timothy die Gelegenheit für eine Antwort zu geben. Diesen Respekt hatte er nicht verdient.

Kaum in ihrem Zimmer angekommen, verschloss Thyra die Tür, zündete eine Kerze an und setzte sich auf ihr Bett. Sie zitterte wie Espenlaub, und je länger sie darüber nachdachte, desto mehr bereute sie ihr Verhalten Timothy gegenüber. An Schlaf war nicht zu denken. Pete hatte keinerlei Andeutungen gemacht, dass er Thyra den Ausrutscher nicht verzieh, aber ihr Herz krampfte sich dennoch zusammen.

Ich kenne nur das Leben hier und habe niemanden außer Pete. Morgen sollte ich mich bei Timothy entschuldigen.

Fünf Tage später betrat Thyra um kurz nach sieben Uhr die Küche, und wie stets in den letzten Tagen, frühstückten Pete und Timothy bereits. Nur noch ein schmales Pflaster erinnerte an Thyras überzogene Reaktion in jener Nacht. Dennoch plagten sie beißende Schuldgefühle.

»Morgen«, grummelte sie und griff nach der Kaffeekanne. Oftmals war ihr das Bohnengebräu zu bitter, aber heute sehnte sie sich nach der wach machenden Wirkung. Der Gedanke, dass Pete sie fortschicken würde, weil sie seinen Sohn verletzt hatte, hatte sich in den vergangenen Tagen Stück für Stück in ihrem Kopf verankert.

Nicht, das Pete etwas Derartiges angedeutet hätte.

Nein, im Gegenteil. Pete hatte unerträglich viel Verständnis für Thyras Reaktion gezeigt und sie am nächsten Morgen innig umarmt, als sie unter Tränen zu ihm gegangen war, um sich zu erklären. Aber Thyra konnte es nicht darauf beruhen lassen. Sie hatte einen Fehler gemacht und würde dazu stehen. Die Situation musste sich ändern, koste es, was es wolle.

Sie setzte gerade dazu an, etwas zu sagen, da brach Pete die morgendliche Ruhe.

»Ich habe heute für den Laden ein wichtiges Meeting in Edinburgh. Timothy wird mich begleiten und mit seinem Wissen über Verhandlungstaktiken unterstützen«, sagte Pete und reichte ihr den Brotkorb. »Möchtest du ebenfalls mitkommen? Du könntest dir Edinburgh Castle ansehen und am Abend gehen wir gemeinsam essen. Was sagst du?«

Sie sah zu Timothy hinüber, dessen finsterer Blick sie festzutackern schien. Er wirkte alles andere als begeistert von der Aussicht ihrer Gesellschaft. Ein provokanter Spruch lag ihr auf den Lippen, doch sie schluckte ihn hinunter. Stattdessen hielt sie den Blickkontakt und lehnte sich leicht vor.

»Ich begleite euch gern«, sagte sie ernst, »doch ich werde nur mitkommen, wenn du einverstanden bist, Timothy. Mein Verhalten, als du hier eingetroffen bist, tut mir aufrichtig leid und mir bleibt nur, dir zu beweisen, was für ein Mensch ich wirklich bin. Ich hoffe, du kannst mir verzeihen.«

Timothys Kiefermuskel zuckte. Kurz schnellte sein Blick zu Pete, dann seufzte er und winkte ab. »Längst verziehen. Ist wirklich halb so schlimm«, grummelte er. Pete lächelte Thyra wohlwollend zu und der Stolz in seinen Augen ließ sie befreit aufatmen.

Vielleicht darf ich wirklich bleiben.

Eineinhalb Stunden später ragte Edinburgh Castle in all seiner imposanten Schönheit vor Thyra auf. Ehrwürdig thronte die Burg auf dem Fels hoch oben über der Stadt und erinnerte an vergangene Schlachten und Fehden.

Pete hielt das Auto an und er, Timothy und Thyra stiegen aus. Kühle Luft umfing Thyra, während sie neugierig den Hals reckte, um all die kleinen Details der Stadt zu betrachten.

»Wow, das ist … fantastisch!« Sie atmete tief ein und saugte das Ambiente der schottischen Metropole in sich auf. Edinburgh roch nach Whisky und Zigarren, altertümliche Volksmusik drang an ihre Ohren und vereinte sich mit dem Straßenlärm zu einem malerischen Orchester. Das erste Mal seit langer Zeit fühlte sich Thyra, als sei sie auf dem richtigen Weg. Als wäre sie auf dem Weg nach Hause.

Womöglich war ich schon einmal hier …

Gleich darauf kamen die Schuldgefühle. St. Abbs war ihr Zuhause. Sie brauchte nichts anderes als ihr friedliches Leben in dem kleinen Dorf.

Timothy schnaubte abfällig und unterbrach so ihre Gedanken. Auf der Fahrt hatte er kein Wort mit ihr gewechselt und auch jetzt hatte er nur einen verächtlichen Blick für Thyra übrig. »Können wir los, Dad? Eine Verspätung ist unprofessionell.«

»Ja, ja, sicher, einen Moment noch.« Pete eilte um seinen orangefarbenen Kleinwagen herum und drückte Thyra einige Geldscheine in die Hand, während Timothy bereits wieder in das Auto stieg. »Du wirst den Eintritt bezahlen müssen. Und solltest du Hunger bekommen, zögere nicht, dir etwas zu Essen zu kaufen. Hast du dein Handy noch?«

Sie nahm die Scheine entgegen und drückte Pete kurz an sich. »Das Handy ist kaputt«, gestand sie verlegen. Es war bereits das zweite Modell, dass Pete ihr gekauft hatte, und wie sein Vorgänger, hatte es unerwartet den Geist aufgegeben. »Ich danke dir. Eines Tages zahle ich dir alles zurück.«

»Oh, nun denn. Wenn wir zu Hause sind, bekommst du ein neues.« Pete lächelte noch einmal und nahm auf dem Fahrersitz platz. Thyra sah ihm und Timothy nach. Der Stich, der sie durchfuhr, als der Wagen in der nächsten Kurve verschwand, ignorierte sie verbissen und wandte sich wieder der Burg zu, die ihren Namen zu rufen schien.

Der Ausblick vom Castle Rock war sagenhaft. Die Stadt lag zu Thyras Füßen, der *Water of Leith* zog träge an der Burg vorbei, Schiffe fuhren auf dem Flusslauf ihrem Ziel entgegen und tausende Touristen wanderten durch die Straßen und Gassen Edinburghs.

Diese Stadt trägt einen ganz eigenen Zauber in sich.

Thyra schlenderte auf die Burg zu. Über dem großen Zugangstor hing das Wappen des schottischen Königreichs, ein roter Löwe auf goldenem Grund, dessen Haupt eine Krone schmückte. Scharenweise drängten sich die Besucher über eine Holzbrücke und erstanden ihre Tickets bei einem freundlich aussehenden Mann mit schwarzem Schnurrbart. Thyra reihte sich in die Schlange der Wartenden ein und durchschritt wenig später das Falltor, gewappnet mit einem Lageplan und einem klopfenden Herzen.

Sie betrat einen kleinen Hof, der von hohen Mauern gesäumt war. Obwohl es nur alte Steine waren, überkam Thyra Ehrfurcht vor der Geschichte dieses Ortes.

Hier ist sicher viel Blut vergossen worden. Und doch ist es heute ein perfektes Ausflugsziel, geeignet für Menschen aller Altersklassen.

Thyras Weg führte sie an einem Hofladen vorbei, in dem allerlei Souvenirs verkauft wurden. Sie würdigte den Ramsch keines Blickes. Andächtig streifte sie mit ihrer Hand über die rauen Steinwände der Burg und bewunderte die Baukunst des Altertums. Dutzende in den Fels eingelassene Tafeln erinnerten an bedeutende Menschen der Vergangenheit.

›In memory of Sir William Kirkcaldy of Grange‹, entzifferte Thyra eine von ihnen. Ohne Zweifel war er ein verdienter Soldat seines Reiches gewesen. Einem Impuls folgend nickte sie der Tafel zu, bevor sie ihre Erkundung fortsetzte.

Sie passierte ausgestellte Kanonen und ein Kriegsmuseum, entdeckte einen kleinen Laden, der mehr Alkohol beinhaltete als alle Haushalte in St. Abbs zusammen, und besichtigte einen Friedhof, auf dem nur Hunde ihre letzte Ruhestätte gefunden hatten.

»Merkwürdige Menschen, diese Schotten«, murmelte Thyra amüsiert und blieb kurz darauf abrupt stehen. Ein heißes Brennen erwärmte ihre Brust, ihr Herzschlag beschleunigte sich. Unerklärliche Sehnsucht breitete sich schwallartig in ihren Adern aus.

»Was zur …?« Ungekannte Energie schoss in ihre Glieder und zwang sie regelrecht, sich in Bewegung zu setzen. Achtlos schob sie sich durch die Menschenmenge, als würde sie sich an einem unsichtbaren Seil entlanghangeln. Erst vor dem *Military Prison* blieb sie stehen, außer Atem und vollkommen verschwitzt. Der Zug an ihren Gliedern hatte nachgelassen, nicht aber das Brennen in ihrer Brust.

Was geschieht hier?

Ein dunkelhaariger Mann hatte neben der geöffneten Tür Stellung bezogen und deutete mit einer einladenden Geste in das schummrige Zwielicht des Gebäudes.

»Einst war dies eines der schaurigsten Gefängnisse Schottlands, Ma'am. Viel Blut ist hier geflossen, Krankheit und Tod waren jahrhundertelang zu Gast. Tretet näher und taucht ein in die harte Welt der Landesverräter und Rebellen.«

Thyra schenkte ihm ein abwesendes Lächeln und huschte an ihm vorbei. Abgestandene, kühle Luft empfing sie. Menschen bewunderten leise flüsternd die ausgestellten Gegenstände in den gläsernen Vitrinen. Das Brennen in Thyras Brust schwoll an, gleich einer Flamme in trockenem Geäst, und die Sehnsucht in ihr zerrte sie in den nächsten Raum.

Der Geruch von längst geronnenem Blut, Schweiß und Exkrementen drohte sie zu überwältigen. Thyra würgte und presste den Ärmel ihrer Jacke vor Mund und Nase, der Puls rauschte in ihren Ohren.

»Dies waren einst die Quartiere der Gefangenen. Hier hausten sie, eng zusammengepfercht, tagelang vergessen von ihren Wächtern, ohne Privatsphäre und Würde …« Ein Fremdenführer stand inmitten des Gestanks und schwadronierte über die früheren Tage, als hätte er sie selbst erlebt.

Thyra polterte an ihm vorbei. Die Sehnsucht in ihrem Inneren glich einem Waldbrand, gierig darauf, alles zu verzehren. Nie hatte sie etwas Derartiges erlebt und sie rang gleichsam mit Faszination und Panik. Sie verschwendete keinen Blick auf die Ausstellungsstücke und achtete kaum auf die Unterhaltungen um sich herum. Einige Wortfetzen über Legenden, Flüche und Kindergeschrei drangen an ihr Bewusstsein. Sie blieb nicht stehen. Sie *konnte* nicht stehen bleiben. Getrieben von dem Wunsch, etwas zu finden, dass sie nicht kannte, womöglich gar nicht finden wollte, stromerte sie weiter.

Ich bin so nah dran! Ich kann es spüren.

Sie kam an einem abgesperrten Bereich vorbei und bremste ab. Ihr Herz drohte, ihr aus der Brust zu springen.

Hier ist es!

Es *musste* so sein.

Unauffällig spähte sie zu beiden Seiten, aber niemand schenkte ihr Beachtung.

Jetzt oder nie!

Binnen eines Wimpernschlags überwand sie die Absperrung und stand am Absatz einer langen Treppe, die nach unten in die Dunkelheit führte. Sie hetzte die Stufen hinab und … krachte im vollen Lauf gegen harte Gitterstäbe.

»Autsch!«, fluchte sie und rieb sich die Stirn. Das Brennen in ihrer Brust breitete sich wellenartig über ihren gesamten Körper aus, verschlang sie mit Haut und Haaren. Ihre Glieder zitterten, Schweiß benetzte ihre Haut.

Ich muss da hinein, koste es, was es wolle!

Thyra ließ ihre Hände über die Tür gleiten und stieß auf eine Verschlussvorrichtung. Sie lehnte sich vor und versuchte, die Dunkelheit mit ihren Blicken zu durchdringen. Erst, als sich ihre Augen an das wenige Licht gewöhnt hatten, das durch die Gitterstäbe fiel, gelang es ihr. Die Vorrichtung war ein altes Vorhängeschloss, das Unbefugte fernhalten sollte.

Wenige Sekunden später klickte das Schloss leise und gab dem Drängen von Thyras Haarnadel nach, die sie genau deswegen stets bei sich trug. Man wusste nie, wann man wo einbrechen musste. Pete wäre entsetzt gewesen, wüsste er von ihrer Fingerfertigkeit, die sie vor rund sechs Monaten entdeckt hatte, als sie ihren Haustürschlüssel vergessen, und Pete nicht hatte anrufen wollen.

Gut, dass er nie davon erfahren wird.

Sie lächelte bei dem Gedanken an den raubeinigen Schotten, der ihr ein wahrer Freund war, und schüttelte dann den Kopf.

Ich sollte mich auf das Hier und Jetzt konzentrieren.

Entschlossen öffnete sie die vergitterte Tür und trat in eine kleine Zelle mit niedriger Decke. Fahles Licht fiel durch ein winziges Loch im oberen Drittel der von Moos und Schimmelpilzen überwucherten Wand und präsentierte festgetretenen Lehmboden.

Die Sehnsucht in ihr brüllte auf. Sie war hier richtig. Doch was suchte sie?

Unruhig ließ sie ihren Blick durch die Zelle wandern, suchte nach Unregelmäßigkeiten in den Wänden, tastete nach einem Spalt oder einem geheimen Mechanismus. Sie fand einzig Staub und Dreck. Thyra knurrte frustriert, drehte sich um die eigene Achse und legte entnervt den Kopf in den Nacken. Erstarrt verharrte sie.

»Was ist denn das?« In der oberen Ecke der Zelle, am Übergang zur Decke, schien etwas versteckt worden zu sein. Sie trat näher und betastete die besagte Stelle. Ihre Finger gruben sich in den harten Dreck, ihre Fingernägel brachen ab, doch es war ihr egal. Sie musste ...

Endlich traf sie auf Widerstand. Sie umfasste den Gegenstand mit ihrer Hand, zog ihn mit einem kräftigen Ruck aus der Wand, stolperte rückwärts und rang für einen Moment um Balance. Als sie das Objekt schließlich in das schwache Tageslicht hielt, erfasste sie ein unerklärliches Kribbeln.

Der schlanke Dolch lag perfekt in Thyras Hand, die goldene Schneide blitzte sanft. Verträumt strich sie über die eingearbeiteten Runen am Heft der Waffe.

»Was machen Sie hier?«

Thyra wirbelte herum. Der Mann mit dem Schnurrbart stand in der Zellentür.

»Dieser Bereich ist nicht Teil der Ausstellung, Sie haben hier nichts verloren!« Er packte sie am Arm und zerrte sie die Treppe hinauf. Hastig schob Thyra das Fundstück in ihre Jackentasche und stolperte hinter dem Mann her, versuchte nicht, sich ihm zu entziehen. Sollte er sie doch rauswerfen. Das Brennen, die Sehnsucht hatte sich gelegt und Thyra wusste: Der Grund, warum die Burg ihren Namen gerufen hatte, befand sich in ihrem Besitz.

KAPITEL 3

TIMOTHY

Unauffällig lugte Timothy unter den Tisch und erhaschte einen Blick auf sein Handy. Es war Viertel nach zwei. Er steckte seit mehreren Stunden in der Konferenz seines Vaters fest, dabei hatte er einen Auftrag zu erledigen.

Als letzte Nacht sein Handy geklingelt hatte, war er versucht gewesen, den Anruf zu ignorieren, und ein Teil von ihm wünschte, er hätte der Versuchung nachgegeben.

Dann hätte er Arthur MacLeod, seines Zeichens Clanführer der MacLeods, niemals von der merkwürdigen kleinen Streunerin erzählt, die bei Pete wohnte.

Und Timothy hätte keinen Auftrag erhalten, der gegen jede Moral verstieß und seine Loyalität seinem Vater gegenüber auf eine harte Probe stellte.

Aber man ignoriert Arthur MacLeods Anrufe nicht, wenn man bei klarem Verstand ist.

Das Risiko, dass seine Männer wenige Stunden später in den eigenen vier Wänden standen, war groß. Und da Timothy gerade bei Pete lebte, und dieser nichts von den Verwicklungen seines Sohnes mit den MacLeods ahnte, war das Risiko *zu* groß.

Also war er rangegangen.

Und jetzt fühlte er sich wie ein Verräter.

Er seufzte schwer und schluckte hart. Es wurde Zeit, dass er tat, was von ihm erwartet wurde. Ungeduldig ließ er seinen Blick über den runden Tisch gleiten, auf den sein Vater vehement bestanden hatte.

„Timothy", hatte er gesagt, „wenn wir Erfolg haben wollen, müssen wir uns an den Größten unserer Geschichte orientieren. Bereits in der Tafelrunde von König Artus beruhte der Verhandlungserfolg auf der absoluten Gleichstellung aller Beteiligten."

Es war lächerlich. Sein Vater tat, als ginge es um Milliardengeschäfte, dabei handelte es sich um eine erste Unterredung, um die Konditionen einer möglichen Expansion des Fischhandels von St. Abbs nach Edinburgh auszuloten.

»Timothy, wie stehst du zu diesem Angebot?« Pete riss ihn aus seinen Gedanken. Sowohl er als auch die Geschäftspartner seines Vaters, zwei bierbäuchige Schotten, einer mit langem roten Haar und bleicher Haut und der andere mit dunklem Schopf und olivfarbenem Teint, wandten sich ihm zu.

Verdammt, worüber haben sie gesprochen?

Timothy räusperte sich und lehnte sich vor. »Nun ich … Du solltest darauf eingehen, Dad. Es ist ein großzügiges Angebot.« Die Verwunderung in Petes Gesicht war ausreichend, um ihm zu versichern, dass er das Thema nicht ansatzweise getroffen hatte. Schweiß brach ihm aus, seine Ohren wurden heiß. »Entschuldigen Sie mich, ich muss –« Ohne den Satz zu beenden, erhob er sich, richtete sein Jackett und eilte aus dem Konferenzraum. Jedes Mal, wenn er seinen Vater zu einem Geschäftstermin begleitete, fühlte er sich wieder wie ein kleiner Schuljunge und nicht wie der erfahrene Geschäftsmann, der seine Konkurrenten zur Aufgabe zu zwingen vermochte.

Seine Schritte hallten laut durch die Gänge des gläsernen Bürogebäudes, bis er vor einem geöffneten Fenster stehenblieb. Wie gern würde er jetzt eine Zigarette rauchen! Doch er hatte Vanessa, seiner ehemaligen

Verlobten, versprochen, die Sucht zu besiegen. Scheiterte er, gab es keine Möglichkeit mehr, sie zurückzugewinnen.

Timothy atmete tief ein und sah hinab auf die Straße. Das Wetter war umgeschlagen und der Himmel war nun grau und wolkenverhangen, wenig überraschend für Schottland im November. Die hohen Klinkerbauten gegenüber verdunkelten das Stadtbild zusätzlich.

Er atmete tief durch, zückte sein Handy und wählte die Nummer, die Arthur ihm gestern Nacht geschickt hatte. Alles war bereit. Es fehlte nur noch sein Befehl. Es klickte in der Leitung und er hörte den behäbigen Atem einer Person am anderen Ende.

»Es ist Zeit. Tu es.«

KAPITEL 4

THYRA

Thyra stand auf dem Vorplatz von Edinburgh Castle, Wind zerrte an ihrem Haar. Der Schnurrbärtige hatte sie des Burgkomplexes verwiesen. Als wäre sie die einzige Touristin, die je abseits der offiziellen Pfade gewandert war!

Doch mein kleines Geheimnis hat er nicht gefunden.

Bei dem Gedanken glitt ein Lächeln über ihre angespannten Züge. Sie straffte die Schultern und setzte sich in Bewegung, fort von Edinburgh Castle, runter vom Castle Rock, weg von all den Touristen, die trotz des plötzlichen Wetterumschwungs noch immer durch die Straßen schlenderten.

Sie kam an einer alten Kirche vorbei, an deren hohem Turm eine Uhr befestigt war. Gingen die Zeiger richtig, war es kurz nach fünf Uhr und ihr blieben noch fast vier Stunden, bis sie sich mit Pete und Timothy zum Abendessen treffen sollte.

Die rechte Hand fest um den Dolch in ihrer Tasche geschlossen, wanderte sie durch die Straßen. Immer wieder sah sie sich um, wählte bewusst die kleineren Wege und gelangte so in ein Viertel, das nichts mehr mit der charmanten Innenstadt Edinburghs gemein hatte.

In ihrem Kopf herrschte Chaos. Jetzt, wo sich die Sehnsucht gelegt hatte, war Thyra entsetzt über ihr Handeln. Im Eifer des Gefechts hatte sie einige Regeln gebrochen. Wüsste Pete davon, wäre er enttäuscht von ihr. Sie seufzte tief.

Die Regeln zu brechen, war falsch gewesen. Doch sie hatte diesen Dolch finden und mitnehmen *müssen*. Sie konnte es nicht erklären, doch es erschien ihr absolut lebensnotwendig.

Thyra drückte die Schultern durch und bog in eine weitere kleine Gasse. Sie ertrug die Neugier kaum noch, doch eine dumpfe Ahnung warnte sie davor, den Dolch anderen zu präsentieren.

Nicht einmal Pete würde sie die Waffe später zeigen.

Erst in einer kleinen Sackgasse, fernab der Hauptverkehrsstraßen, blieb sie stehen. Es roch nach vergammelten Lebensmitteln und Müllsäcke stapelten sich auf dem Bürgersteig, zusammen mit leeren Glasflaschen und Dosen. Thyra sah sich um und lauschte. Die Nacht war hereingebrochen und vereinzelt blitzten Sterne zwischen den dichten Wolken hindurch. Bis auf entfernte Motorgeräusche und das Bellen eines Hundes hörte sie nichts.

Ich bin allein.

Perfekt.

Bedächtig zog sie die Waffe hervor. Obwohl der Dolch im tiefsten Dreck Edinburghs verborgen gewesen war, haftete kein Erdkrume daran.

Vorsichtig tippte sie auf die Spitze. Sofort quoll ein Blutstropfen aus ihrer Fingerkuppe.

»Er ist noch scharf!«, fluchte sie und lutschte an der Wunde, als sie ein Scharren vernahm.

Thyras Kopf ruckte automatisch hoch, mit ihrem Blick scannte sie die Umgebung. Instinktiv nahm sie einen breiteren Stand ein, ihr Herz pumpte kräftig. »Ist da jemand?«

Schon in der Sekunde, in der sie die Frage stellte, kam sie sich dumm vor. Kein Angreifer würde das Überraschungsmoment aufgeben, um ihr zu antworten.

Vielleicht war es nur ein Tier auf der Suche nach Nahrung.

Vorsichtig verstaute sie den Dolch in ihrer Tasche und pirschte durch die Gasse. Ein weiteres Mal scharrte etwas.

Thyra wirbelte herum und erstarrte. Ein großer, breitschultriger Mann schälte sich aus den Schatten.

»Hey, was –?«

Ein mächtiger Fausthieb traf ihren Kiefer und ihr Kopf flog nach hinten, ehe sie realisierte, was geschah. Der Geschmack von Eisen explodierte in ihrem Mund und sie stolperte rückwärts. Ein weiterer Schlag traf ihre rechte Flanke, die Wucht des Treffers riss sie von den Füßen und der Schmerz ließ sie wimmern. Thyra wirbelte herum und keuchte auf, Panik tränkte ihren Verstand. Kleine Steinchen bohrten sich in ihre Handflächen, auf allen Vieren krabbelte sie von ihrem Angreifer weg. Ein von unten ausgeführter Tritt traf sie im Magen und Magensäure schoss in ihren Mund. Sie spuckte aus, brach zusammen und würgte, als ein weiterer Tritt sie in der Kniekehle traf. Die rohe Gewalt des Angriffs und die Pein der Verletzungen trieben ihr Tränen in die Augen.

Thyras Blick fiel auf die schmale Narbe, die ihren Unterarm zierte und die Welt fror ein. Ein Nebel in ihrem Geist, den sie bisher nie wahrgenommen hatte, lichtete sich. Ruhe erfasste sie, gleich dem Rückzug des Wassers vor einer Tsunamiwelle, und sie spürte die Anwesenheit des Mannes wie eine körperliche Berührung hinter sich. Kraftvoll sprang sie auf, schnellte herum. Die Angst war wie weggeblasen.

Der Mann stürzte auf sie zu, die Faust hoch erhoben. Kontrolliert duckte sich Thyra, blockte den Angriff und fühlte die abgefangene Energie ihre Knochen erschüttern. Gleichzeitig trat sie ihrem Gegner hart gegen das linke Knie, ein Knirschen erklang und ein unterdrückter Schmerzenslaut hallte durch die schmale Gasse.

»Du hast dich mit der Falschen angelegt!« Thyra folgte den schwankenden Bewegungen des Mannes, Adrenalin rauschte durch ihre Adern und weckte ihre Lebensgeister.

Der Fremde zog das linke Bein nach, brach seinen Angriff aber nicht ab. Er griff nach ihr und sie erkannte, dass er sie zu Boden zerren wollte.

Bastard!

Dort wäre er ihr aufgrund seiner Masse deutlich überlegen. Nahezu empört schnaufte Thyra, drehte sich aus seiner Umklammerung und rammte ihm den Ellbogen auf den Solarplexus. Ihr Gegner rang nach Luft. Unerbittlich setzte Thyra ihm nach, hieb auf ihn ein, wieder und wieder. Die Haut an ihren Knöcheln platzte auf, warmes Blut verteilte sich an ihren Händen. Ihre Arme zitterten vor Anstrengung, doch es war ihr gleichgültig.

Das Schwein soll bluten!

Euphorie und Zorn tanzten miteinander, Thyra verfiel der Raserei. Schlag um Schlag traktierte sie ihren Gegner, drängte ihn näher zum Rand der Gasse. Ein Schlag auf ihren Kehlkopf, ausgeführt von unten, brachte sie zurück in die Realität und raubte ihr gleichzeitig den Atem. Sie hatte ihre Deckung vernachlässigt. Röchelnd taumelte sie nach hinten und prallte hart auf den Asphalt. Schwarze Punkte tanzten vor ihrem Gesichtsfeld und ein großer Schatten ragte über ihr auf. Schwielige Hände legten sich um ihren Hals und drückten zu.

Mit einem Paukenschlag kehrte der Nebel zurück. Thyra kratzte, schnappte, schlug und trat, doch es half nichts. Ihr Gegner war zu stark, ihre Angriffe zu schwach. Ihre Lungen schrien nach Sauerstoff, das Blut rauschte in ihren Ohren.

»Ich will dich nicht töten!«, keuchte der Kerl. »Ergib dich einfach!«

Die Worte, gesprochen während unbarmherziger Druck ihre Kehle zu zerquetschen drohte, glichen einer höhnischen Lüge. Thyra glaubte ihm nicht, konnte ihm nicht glauben. Erneut griff sie verzweifelt nach den Händen des Mannes, schnappte nach Luft, die ihr verwehrt blieb. Ihr musste etwas einfallen oder dieser Kerl würde sie in dieser schäbigen Gasse erwürgen! Fieberhaft wühlte sie in ihrer Tasche, zappelte im Griff des Kolosses.

Wo ist nur …

Da!

In einem verzweifelten Kraftakt schlang Thyra ihre Beine um ihren Angreifer und zog ihn näher zu sich. Pfeilschnell rammte sie den kleinen golden schimmernden Dolch in seine Halsschlagader. Augenblicklich ließ der Druck auf ihrer Kehle nach, doch die Angst verging nicht. Erneut stieß Thyra den Dolch in den Hals des Mannes, der daraufhin endgültig zusammensackte. Der schwere Körper presste ihr die Luft aus den Lungen und heißes, klebriges Blut ergoss sich über sie. Eine neuerliche Welle der Panik drohte sie zu überwältigen. Sie schnappte nach Luft und stemmte sich gegen den Sterbenden, ignorierte sein Röcheln, das gequälte Stöhnen. Mit letzter Energie gelang es ihr, den Angreifer von sich zu schieben.

Lange noch, nachdem das letzte Gurgeln des Unglücklichen verklungen war, saß Thyra neben dem erkaltenden Leichnam und starrte in den Nachthimmel. Irgendwann läutete eine ferne Kirche Mitternacht und Thyra dachte an Pete und das geplante Abendessen, das sie längst verpasst hatte. Ihr Freund machte sich sicher Sorgen, weil sie nicht aufgetaucht war. Doch sie fand keine Kraft, aufzustehen. Sie konnte nur den goldenen Dolch umklammern, dessen winziger Klinge sie es zu verdanken hatte, noch am Leben zu sein, während Tränen ihre Wangen benetzten. Die Wolken zogen über das Firmament, getrieben von windigen Brisen, die Thyras Leib auskühlten. Scharfe Erkenntnis drang zu ihr durch und veränderte ihre Sichtweise auf das Leben unwiederbringlich. Sie vermochte es nicht zu erklären, aber sie wusste, dies war nicht der erste Mensch, den sie getötet hatte.

Als die ersten Vögel zu zwitschern begannen, erwachte Thyra aus ihrer Starre. Graues Zwielicht kündigte den hereinbrechenden Morgen an. Die leeren Augen des Toten schienen sie anzuklagen, das Blut hatte sich um die Leiche herum verteilt und war inzwischen geronnen.

Ich muss weg von hier. Weg von dem Mord, weg von dem Gräuel der letzten Stunden.

Behäbig erhob sie sich und ließ ihren Blick über die Umgebung schweifen. Sie fühlte sich wie betäubt. Gemeinsam mit Pete hatte sie in den vergangenen Monaten genügend Krimiserien gesehen, um zu wissen, dass ihre DNA unwiderruflich auf der Leiche verteilt war. Die Spuren in der Sackgasse, in die sie sich zurückgezogen hatte, um den Dolch in Ruhe begutachten zu können, würden sie als Mörderin überführen.

Aber es war Notwehr – oder? Sollte ich zur Polizei gehen?

Nein, das konnte sie nicht tun. Die Beamten würden zu viele Fragen stellen und ihr den Dolch abnehmen.

Das darf nicht passieren. Ich brauche ihn.

»Warum musstest du mich angreifen?«, fragte sie den Leichnam. »Welchen Grund hattest du?«

Einem Impuls folgend musterte sie den Fremden genauer, suchte nach Tätowierungen, Narben oder irgendetwas anderem, dass ihr bekannt vorkam. Thyra erinnerte sich an die Worte, die er zu ihr gesagt hatte. Daran, dass er sie nicht hatte töten wollen, während er ihr gleichzeitig die Luft abdrückte.

Wenn du mich nicht töten wolltest – was war dann dein Plan?

Sie kniete sich hin und zögerte. Ihr grauste vor dem, was sie nun tun musste.

Aber mir bleibt keine andere Wahl.

Mit zittrigen Fingern tastete sie den Toten ab und durchwühlte seine Taschen. Neben etwas Bargeld und einem abgelaufenen Führerschein förderte die Durchsuchung seines Portemonnaies zwei Personalausweise zu Tage, deren Daten sich nur hinsichtlich des Fotos überschnitten. Ihr Angreifer hatte unerkannt bleiben wollen.

Nachdenklich musterte sie ihn, prägte sich das blasse Gesicht mit dem vollen Bart ein.

Seine Motive blieben ihr weiterhin ein Rätsel.

War es vielleicht Zufall?

Kaum hatte sie den Gedanken zu Ende gedacht, schüttelte sie den Kopf.

Nein.

Der Mann hatte einen Plan gehabt, davon war sie überzeugt.

Sie steckte die Brieftasche ein und filzte den Körper weiter. In seiner linken Hosentasche fand sie einen Zettel, der schmutzig-braune Stellen aufwies. Vorsichtig faltete sie ihn auseinander. Jemand hatte in krakeligen Buchstaben eine Nachricht geschrieben.

›21. November, 21 Uhr, South Bridge Vaults.‹

Das ist heute!

Für einen Moment haderte sie. Noch konnte sie zur Polizei gehen, ihre Aussage machen und zu Pete zurückkehren. Doch wenn sie das tat, würde sie vermutlich nie herausfinden, was hinter dem Angriff gesteckt hatte. Ob jemand hinter ihr her war oder ob sie nur eine Spielfigur in dem Plan eines Psychopathen hatte werden sollen.

Ihr Leben in St. Abbs war friedlich. Dort könnte sie die Schrecken der Nacht verarbeiten und damit abschließen. Doch je länger sie darüber nachdachte, in das kleine Fischerdorf zurückzukehren, ohne zu ergründen, was geschehen war, umso unruhiger wurde sie.

Thyra lächelte freudlos und traf eine Entscheidung.

»Scheint so, als hätte ich heute Abend ein Date in deinem Namen, toter Mann.« Sie tätschelte dem Leichnam die Wange und beendete ihre Untersuchung. Danach zog sie den starren Körper an den Rand der Sackgasse und warf sämtliche Müllsäcke, Pappschachteln und sogar Konservendosen über ihn. So würde zumindest kein Passant ihn sofort entdecken. Behelfsmäßig rubbelte sie das Blut von ihren Händen und Wangen, doch ohne Zugang zu frischem Wasser konnte sie nur hoffen, dass niemand allzu genau hinsah. Schnellen Schrittes verließ sie die kleine Gasse und entsorgte ihre blutbefleckte Jacke im nächstbesten Mülleimer.

KAPITEL 5

TIMOTHY

Timothy reichte seinem Vater einen Kaffee to go. »Vorsicht, heiß«, warnte er ihn.

Pete hatte sich gestern Abend furchtbar gegrämt, weil seine geliebte Streunerin nicht zum verabredeten Treffpunkt gekommen war, und Timothy hatte ihm kaum Trost zu spenden vermocht.

„Was weißt du denn schon über sie?", hatte er seinen Vater gefragt. „Sie ist ein wildes Ding, das ohne Erinnerungen aufgekreuzt ist. Vielleicht ist ihr wieder eingefallen, wo sie hergekommen ist und sie ist ihrer Wege gegangen. Es geht ihr sicher gut."

Die Lüge hatte einen bitteren Geschmack auf seiner Zunge hinterlassen und Timothy hatte die Schuldgefühle stoisch ignoriert. Bis spät in die Nacht hatten er und sein Vater auf Thyra gewartet, waren die Straßen rund um den Treffpunkt abgelaufen und hatten Passanten befragt. Niemand hatte Thyra gesehen. Als die Müdigkeit sie beide zu überwältigen drohte, waren sie schließlich nach St. Abbs gefahren, aber Pete hatte darauf bestanden, heute in aller Früh zurückzukommen und nach Thyra zu suchen. Also saßen sie jetzt am vereinbarten Treffpunkt auf einer Bank vor der St. Giles Cathedral, froren im unbarmherzigen schottischen Winter und verschwendeten Zeit.

Das Vibrieren seines Handys riss Timothy aus seinen Gedanken. Hastig stand er auf und verschüttete dabei beinahe seinen Kaffee. »Entschuldige, da ich muss rangehen.«

Pete nickte nur abwesend, während er mit seinem Blick die Menge absuchte. Timothy entfernte sich einige Meter von seinem Vater, ehe er den Anruf annahm.

»Ja?« Sein Herz klopfte schnell in seiner Brust.

»Ist es erledigt?«, fragte die dunkle Stimme, die ihn bis in seine Albträume verfolgte. Arthur MacLeod Höchstselbst.

Scheiße.

»Nun, ich …«, Timothy suchte fieberhaft nach den richtigen Worten. Was sollte er sagen? Sein Auftrag war einfach gewesen. Und dennoch … »Ich habe alles so in Gang gesetzt, wie Sie es mir befohlen haben. Aber ich habe noch keine Rückmeldung erhalten, Sire.«

Bedrohliches Knurren trieb ihm den Schweiß auf die Stirn.

»Das ist nicht akzeptabel, Timothy. Ich erwarte Perfektion und Gehorsam von meinen Gefolgsleuten. Du willst doch nicht, dass dein Vater von dieser Misere erfährt?«

Timothy schluckte heftig. »Ja, Sire, nein, Sire, das wird nicht nötig sein. Ich tue, was auch immer Sie wollen, doch lassen Sie meinen Vater da raus!«

»Dann finde heraus, was gestern Nacht schiefgelaufen ist! Dies ist keine Zeit für Fehler!«

Timothy nickte, obwohl sein Gesprächspartner das nicht sehen konnte. »Ja, ich —«

»Du hast noch den heutigen Tag.« Die Leitung knackte. Das Gespräch war beendet.

Scheiße.

Mit zittrigen Fingern wählte er die Nummer des Söldners, den er der Streunerin hinterhergeschickt hatte. Das Freizeichen ertönte zwanzig Mal, dann brach der Anruf ab.

Die Erkenntnis traf Timothy unerwartet hart. Er hatte jede Spur von Thyra verloren. Er hatte es vermasselt und keine Ahnung, wie er die Situation richten sollte, ohne dass Pete etwas davon mitbekam.

KAPITEL 6

THYRA

Das dunkle Läuten einer Kirchenglocke trieb Thyra zur Eile an. Es schlug halb neun abends. Hastig rannte sie über die Straße und knackte, nach einem prüfenden Blick auf die Umgebung, das Schloss, welches die gusseiserne Tür zu den South Bridge Vaults sicherte.

Der vergangene Tag und der Schlafmangel steckten ihr in den Knochen. Nach ihrer erfolgreichen Flucht aus der Sackgasse hatte sie in einem Schrebergarten eine halb gefüllte Regentonne gefunden. Das Wasser hatte fürchterlich gestunken, doch ein ausgeprägter Körpergeruch war besser als getrocknete Blutspuren, die *Mörder* schrien. In einer Altkleidersammlung hatte sie neue Kleidung besorgt und sich danach in einem Park den Kopf über die Geschehnisse zerbrochen.

Ihr Herz schmerzte, wenn sie daran dachte, wie verzweifelt Pete sein musste. Er war ein liebenswürdiger Freund und verdiente alles Glück der Welt. Sie konnte nur hoffen, dass Pete ihren Verlust verkraftete. Der alte Mann mochte nach außen hin unverwüstlich wirken, doch Thyra wusste es besser. Oft genug hatte sie ihn erwischt, wie er aus dem Fenster gestarrt hatte, ein Glas Whisky in der Hand, während Tränen seine Wangen hinuntergerollt waren. Aber so sehr Thyra auch bei ihm sein wollte, so sehr brannten die ungeklärten Fragen auf ihrer Seele, und sie gab sich selbst ein Versprechen. Wenn all das hier vorbei war, würde sie sich auf die Suche nach Pete begeben. Sie würden sich wiedersehen. Gegen Mittag hatte sie eine Taschenlampe gekauft und Informationen über Edinburghs Untergrundsystem eingeholt. Es war leicht gewesen, einen der vielen Reiseführer bei einer wärmenden heißen Schokolade über seine Wahlheimat auszufragen. Allzu bereitwillig hatte er ihr von der spektakulären Vergangenheit voller Legenden und Geistergeschichten erzählt. So hatte Thyra erfahren, dass die Brücke 1788 von der Frau eines hochdotierten Richters eröffnet werden sollte. Tage vor dem Ereignis erlag die Frau jedoch einer Krankheit. Um das Versprechen dem trauernden Witwer gegenüber einzuhalten, war sie in einem gläsernen Sarg über die Brücke getragen worden. Obgleich Thyra diese Anekdote für reichlich ausgeschmückt hielt, galt es für sie doch als Beweis für den Ehrenkodex, nach dem die Schotten seit Jahrhunderten lebten.

Die Tür zu den South Bridge Vaults schwang nahezu lautlos auf. Die Luft, die ihr entgegenschlug, roch abgestanden und modrig. Vorsichtig schloss Thyra die Tür hinter sich und stand für einen Moment in absoluter Schwärze. Licht gab es unter der Erde nicht. Schnell zog Thyra die Taschenlampe hervor, die sie heute Mittag von ihre letzten Geld erstanden hatte, und lauschte. Außer ihrem eigenen Atem drang kein Geräusch an ihre Ohren, nichts wies darauf hin, dass ihr Eindringen bemerkt worden war.

Vorsichtigen Schrittes marschierte sie durch verstaubte Gänge. An einigen Stellen hingen Wurzeln von der Decke, mehrmals musste sie sich ducken oder auf allen Vieren kriechen. Je tiefer sie in die Vaults gelangte, umso absoluter wurde die Stille um sie herum.

Immer wieder spähte sie in die Kammern, die von dem Hauptgang abzweigten, fand zerschlissene Kleidung, leere Flaschen und Fastfood sowie einen alten Altar und Gedenkstätten. Der Reiseführer hatte ihr erzählt, dass die Kammern früher als Handelsplätze genutzt worden waren, ehe sie im Laufe der Zeit zu Unterkünften für diejenigen wurden, die von der Gesellschaft verachtet und von der Obrigkeit ignoriert wurden. Obdachlose, Kriminelle und Prostituierte wohnten einträchtig mit jungen Familien nebeneinander. Es dauerte nicht lang, bis sich Tod und Krankheit breitmachten und Mörder ihr Unwesen trieben. Zwei besonders gerissene Menschenhändler, Burke und Hare, töteten die Ärmsten der Armen und verkauften die Leichen an die Gerichtsmedizin. Glaubte man den Legenden, spukten die verlassenen Seelen heute noch in den Vaults.

Thyra bog um eine weitere Ecke. Sofort wurde ihre Aufmerksamkeit von einem schwachen Lichtschein angezogen. Ihr stockte der Atem. Hastig schaltete sie ihre Taschenlampe aus. Angst flutete ihren Verstand und focht mit dem Wunsch, endlich etwas Neues zu erfahren. Ein Kribbeln, ähnlich jener Sehnsucht auf Edinburgh Castle, erfasste sie und zog sie beständig vorwärts.

Sie näherte sich der Kammer, aus der das Licht drang. Der Boden unter Thyras Füßen vibrierte. Alles in ihr forderte, in die Kammer zu stürzen, herauszufinden, was dort vor sich ging. Unter der Aufbringung ihrer gesamten Selbstbeherrschung blieb sie ein paar Meter abseits stehen. Eng an die Wand gepresst, lauschte sie in die Stille.

Ihr Puls hämmerte dröhnend in ihren Ohren und ihr eigener Atem klang so laut, dass Thyra glaubte, wer immer in der Kammer sei, müsse sie längst gehört haben. Als fünfzehn Atemzüge später noch niemand zu sehen war, schlich sie näher an die Kammer heran. Ihre Finger krallten sich um die Taschenlampe, ihre Handflächen wurden feucht.

Das hier ist der ideale Hinterhalt. Und ich bin dämlich genug, hineinzulaufen.

Aber ihr blieb keine andere Wahl. Die Ungewissheit und die quälenden Fragen trieben sie an, zwangen sie regelrecht, nachzusehen, was in der Kammer auf sie wartete.

Thyra fühlte ein unerklärlich vertrautes Pochen in ihrem Inneren und Gewissheit erwachte in ihr. Dies war der Ort, zu dem ihr Angreifer heute Abend hatte kommen sollen.

Sie beugte sich vor und spähte an der rauen Wand vorbei in die künstliche Höhle. Der schwache Lichtschein ließ die Szenerie beinahe außerirdisch wirken. Die rauen Wände waren von Spinnweben und Wurzelgeflechten überzogen, die Decke hing nur knapp zehn Zentimeter über Thyras Kopf und den Ursprung des Lichts konnte sie nicht ausmachen. Sie beugte sich noch ein wenig weiter vor, bis sie auch den Bereich direkt an der Wand einsehen konnte.

Gähnende, alles mitreißende Enttäuschung drohte Thyra in einen Abgrund zu zerren. Die Kammer war leer.

Bin ich zu spät?

Vielleicht hatte sie sich in der Zeit verschätzt und länger für den Weg durch die Vaults gebraucht als geplant. Oder sie irrte sich, und das hier war gar nicht der besagte Treffpunkt?

Nein.

Für einen Moment haderte sie und wog ihre Alternativen ab. Sie konnte ihrer Wege gehen, zurück zu Pete. Dafür bräuchte sie nur eine hanebüchene Geschichte über ihren Verbleib in den letzten vierundzwanzig Stunden. Oder sie suchte weiter in den Vaults nach Antworten, die sie möglicherweise nie finden würde.

Keine der Optionen schmeichelte ihr.

Ich glaube einfach nicht, dass ich zu spät bin. Ich kann es nicht glauben! Ich werde warten.

Kurzentschlossen trat sie zurück auf den Gang und sah sich um.

Dort!

Etwa vier Meter weiter hinten fand sich ein kleiner Felsvorsprung. Sie hockte sich hinter den Fels, bemüht um eine bequeme Sitzposition, aber immer wieder bohrte sich das unebene Gestein in ihren Rücken, ihre Oberschenkel oder ihre Waden, bis sie entnervt aufgab und ihr Schicksal akzeptierte. Sicherheit war wichtiger als Bequemlichkeit.

Reglos beobachtete Thyra die Kammer. In ihrem Schoß lag der Dolch. Der Gedanke, sie könne sich damit verteidigen, war geradezu lächerlich. Dass sie den Angreifer hatte besiegen können, war schlichtweg Glück gewesen. Und doch beruhigte sie das Gewicht der Waffe auf ihren Beinen.

Um ihre flatternden Nerven zu besänftigen, zählte Thyra ihre Atemzüge. Sie war bei vierhundertachtzig angekommen, da verstärkte sich das Vibrieren des Bodens, das fahle Licht wurde heller und ein intensiver Geruch nach Zitrusöl breitete sich in den unterirdischen Tunneln aus. Gleichzeitig ertönte ein summendes Geräusch aus der Kammer, und wenige Herzschläge später erklangen Schritte.

Thyra presste sich tiefer in die Schatten. Eine Gestalt trat aus der Öffnung der Kammer, angeschienen von hinten ließen sich nur lockige Haare und breite Schultern erkennen. Metall blitzte an der Seite des Mannes auf. Ein Schwert. Ein Schauer rann Thyras Wirbelsäule hinab. Der Mann lief einige Schritte in ihre Richtung, blieb stehen und tippte mit dem Fuß auf den Boden.

Er wird nicht kommen!

Triumph breitete sich in Thyra aus, der sogleich geschmälert wurde, als sich eine drängende Frage in ihre Gedanken schob.

Wo ist der Kerl hergekommen? Die Kammer war leer!

Plötzlich spürte sie eine sengende Hitze auf ihren Schenkeln und Sekundenbruchteile später stieg ihr der Geruch verbrannten Fleisches in die Nase. Schmerz durchfuhr sie. Sie zischte scharf auf und zog die Beine an.

Der Dolch glühte, als er in die ausgedörrte Erde fiel.

Wie kann dieses Ding so heiß werden?

Dann erstarrte sie.

Der Mann! Bitte, lass ihn nichts gehört haben!

Sie spähte an dem Fels vorbei. Ihr Mund wurde trocken. Der Mann pirschte durch die Dunkelheit wie ein Panther auf der Jagd, die rechte Hand ruhte auf dem Heft seiner Klinge.

Thyra presste sich an die Wand, ihre Gedanken rasten.

Was soll ich tun?

Ihr Blick huschte umher. Eine Flucht war ausgeschlossen. Sie zweifelte nicht daran, dass der Fremde sie erwischen würde, sobald sie ihre Deckung verließ.

Blind tastete sie nach dem heißen Dolch. Lieber verbrannte sie sich, als kampflos zu sterben.

Die Schritte kamen näher. Sie wagte nicht, sich zu rühren, wagte nicht, nochmal nachzuschauen. Den Geräuschen nach fehlten nur wenige Meter, bevor der Mann sie entdeckte. Grau und schwer legte sich Machtlosigkeit über Thyra, ihre Sicht verschwamm.

Ich will nicht sterben!

Unvermittelt verstärkte sich das Vibrieren erneut, Zitrusölgeruch ergoss sich über Thyras angespannte Sinne, und Summen erklang.

»Kommandant?« Eine weitere Stimme ertönte und Thyra wagte einen Blick über den Felsvorsprung. Eine neue Gestalt stand neben der Kammer im Gang und der Mann, der Thyra fast entdeckt hätte, hatte sich umgedreht, sodass Thyra nun seinen Rücken sah.

»Es ist besser wichtig, Soldat!«, fauchte er. Der Dolch in Thyras Hand war inzwischen so heiß, dass ihre Haut Blasen warf. Sie biss die Zähne zusammen. Der Schmerz drohte übermächtig zu werden und ihr wurde schwindelig.

»Tut mir leid, Kommandant, die Schwarze Lilie greift mehrere Dörfer an. Wir brauchen Sie. Jetzt.«

Einen quälenden Moment lang fürchtete Thyra, der Kommandant könnte die Worte des anderen ignorieren, doch er stieß ein wütendes Geräusch aus und marschierte auf die Kammer zu.

Erleichterung durchströmte Thyra, während sich gleichzeitig unsäglicher Druck in ihrer Brust aufbaute und die Luft aus ihren Lungen presste. Ein letztes Mal hörte Thyra das summende Geräusch, dann verlor sie das Bewusstsein.

Die Dunkelheit peitschte durch ihre Adern. Laut hallte ihr eigener Atem in ihren Ohren wider, Schweiß rann in Strömen über ihr Gesicht und tropfte auf ihre Brust. Mit einem entschlossenen Ruck zog sie das Schwert aus dem Torso ihres Gegners und steckte es in die Scheide. Tödlich verwundet sackte der Mann zusammen und Thyra schenkte ihm keine Beachtung mehr. Der Kobold war besiegt, ebenso seine beiden Mitstreiter. Dem einen hatte sie die Kehle durchgeschnitten, er lag im Schlamm der morastigen Wiese. Der Zweite hatte mehr Widerstand geleistet, es war ihm gelungen, ihr den Unterarm aufzuschlitzen, ehe sie ihm den Kopf abgeschlagen hatte.

Ein markerschütternder Schrei zerschnitt die Luft. Sie suchte den Ursprung des Lautes und entdeckte unweit von ihr ein kleines Bauernhäuschen. Rauch quoll aus dem Schornstein, die Eingangstür hing aus den Angeln. Vier Rösser waren an einem fragil aussehenden Zaun festgebunden, unter ihnen entdeckte Thyra auch ihre schwarze Stute.

Erneut ertönte ein durchdringender Klageschrei. Thyra lief auf die Hütte zu, stolperte beinahe über den Leichnam des Kopflosen und eilte an den Pferden vorbei ins Haus. Die Pflicht rief.

Das Häuschen versank im Chaos. Ein Tisch, Stühle und Hocker waren umgeworfen worden, Scherben einer zu Bruch gegangenen Vase lagen am Boden. Bücher, Kohlestifte, sogar ein Laib Käse waren achtlos aus den Regalen gerissen worden und Blut färbte das wenige Heu auf der bescheidenen Schlafstatt rot.

Thyra ließ ihren Blick weiterwandern und blieb an dem Schauspiel hängen, das vor dem brennenden Kamin stattfand. Vier Wesen standen dort. Zwei von ihnen, ein Mann und eine junge Frau mit Hörnern, welche links und rechts der Stirn dem verformten Schädel entsprangen, knieten im Staub. Sie waren gefesselt und frisches Blut lief aus kleinen Schnittwunden überall an ihren Körpern, außerdem zierte eine hässliche Platzwunde das rechte Auge der Frau. Leises Wimmern drang aus ihrer Kehle.

Hinter ihnen standen zwei Fae, Männer, die unterschiedlicher kaum hätten sein können. Beide waren in Leinen gekleidet, welches vor Blut starrte. Der Größere der beiden, ein blonder Hüne mit grobschlächtigem Gesicht und breiten, schwieligen Pranken, drohte dem Weib, ihr jeden Finger einzeln abzuschneiden und an ihren Gatten zu verfüttern. Der andere lehnte an der steinernen Hauswand und beobachtete das Spektakel distanziert. Es bestand kein Zweifel daran, dass er das Sagen hatte. Sein dunkles Haar fiel ihm verwegen ins Gesicht, während stechend violette Augen jedes Detail wahrnahmen.

Thyra räusperte sich und zog so die Aufmerksamkeit auf sich. Der Brünette nickte ihr zu, finsterer Hunger lag in seinem Blick und veranlasste ihr Herz, schneller zu schlagen. Sie kannte diesen Ausdruck. Die gleiche Finsternis, die auch durch ihren Körper rauschte, forderte ihren Tribut von Amael, dem Sohn des Königs der Vier Lande.

»Die beiden reden nicht und Hugo hat seinen Spaß mit ihnen. Doch du solltest nachsehen, was sich unter dieser Falltür versteckt, kleine Alancrá.« Er deutete auf einen Bereich zwischen der schmalen Pritsche und dem umgeworfenen Tisch hinter Thyra. »Ein Vögelchen zwitscherte mir, dass wir dort finden, wonach wir suchen.«

»Nein! Bitte, dort unten ist nichts!«, schrie die junge Frau. »Da ist nur ein wenig Nahrung für den Winter und …« Ein hartes Klatschen ertönte und die Frau jaulte auf.

»Halt's Maul, oder ich schneid dir die Kehle durch!«, knurrte der Hüne, Hugo. Amael lachte leise. Das Geräusch strotzte vor sadistischer Freude und sandte einen Schauer über Thyras Körper. Sie griff in ihr Innerstes und öffnete die Pforten zu ihrer Magie. Schwarzes Feuer hieß sie willkommen.

An besagter Stelle neben dem Bett fand sich ein versteckter Hebel. Sie betätigte ihn. Die Falltür öffnete sich mit einem leisen Quietschen und gab den Blick auf eine schmale, klapprig aussehende Treppe frei, die unter die Erde führte. Hilfloses Schluchzen drang vom Kamin an Thyras Ohren. Es interessierte sie nicht.

Sie stieg in die Dunkelheit hinunter und zückte ihr Schwert. Der schnelle Atem zweier kleiner Lebewesen empfing sie.

Sie formte die Magie nach ihrem Willen und ein Feuerball entsprang ihrer Handinnenfläche. Der dunkel-orangefarbene Schein offenbarte zwei Kobold-jungen am hintersten Ende der Kammer. Sie starrten mit weit aufgerissenen Augen zu ihr hinauf, ihre winzigen Herzen rasten furchtsam in ihrer Brust.

»*Hast du was entdeckt?*« *Amaels Stimme drang ungeduldig zu ihr hinab, verlangte Ergebnisse.*

Anstatt eine Antwort zu geben, trat sie auf die Koboldkinder zu. Sie nahm sich einen Moment Zeit, ihre Züge zu studieren, die blasse, olivfarbene Haut. Der ältere der beiden besaß bereits weiche Hörnchen und musste daher um die sieben Jahre alt sein, während der jüngere nur kleine Höcker auf der Stirn aufwies. Auf diesen Knaben ruhten die Hoffnungen des gesamten Volkes der Kobolde. Diese beiden Jungen waren die letzten Nachkommen des Koboldkönigs.

»*Euer Vater hätte keinen Aufstand gegen die Feen anzetteln sollen*«, *erklärte sie ihnen kopfschüttelnd. Tränen rannen den beiden Kobolden über die Wangen und benetzten die Erde zu ihren Füßen.*

»*Bitte, wir versprechen, wir werden niemandem etwas tun. Wir werden niemals ...*«

»*Schweig*«, *fuhr Thyra dem Älteren über den Mund.* »*Noch seid ihr jung und unschuldig. Doch auch aus dem harmlosesten Baby wird einmal ein erwachsener Mann mit Rachegedanken. Und niemand stellt sich ungeschoren gegen meinen König.*« *Ansatzlos schwang sie ihr Schwert. Mit einem Streich traf sie zweimal auf Widerstand. Dumpf fielen die abgeschlagenen Köpfe der letzten Koboldprinzen zu Boden und die pechschwarze Glut in Thyra loderte jubilierend auf.*

»*Sie sind beide tot*«, *antwortete sie dem Thronfolger der Feen laut.*

KAPITEL 7

AMAEL

Rauchsäulen brandmarkten den Himmel über dem ärmlichen Dorf nahe des Vouristogebirges. Amaels Herz klopfte im Takt der Hufe seines Pferdes. Schreie hallten ihm entgegen und er trieb dem Tier die Sporen in die Flanken.

»Sie sind noch da!«, rief er. Fünfzig Kavalleristen ritten in seinem Windschatten, bestrebt, ihrem Prinzen und ihrem Land zu dienen. »Rettet die Einwohner und tötet die Rebellen der Schwarzen Lilie! Zeigt keine Gnade!«

»Jawohl, Prinz!«, ertönte die vielstimmige Antwort.

Amael scherte sich nicht darum. Er zückte sein Schwert und preschte in das umkämpfte Dorf. Die Vorfreude auf den Kampf ließ seine Nerven kribbeln, die Gier nach Blut, die Macht, die er fühlte, wenn er ein Leben nahm, riefen ihn. Ein Schatten stürzte aus der Dunkelheit auf ihn zu. Er parierte den ersten Hieb und versenkte sein Schwert in der Brust des Rebellen. Das Seelenlicht des Mannes erlosch und reine Macht schwappte auf Amael über. Ein Schauer rann ihm über den Rücken.

Ein befreites Grinsen legte sich auf seine Lippen. Nicht umsonst nannte man ihn den, der mit dem Tod tanzt.

Einer für dich, Dunkle. Der Nächste ist für mich allein.

Er lenkte das Pferd weiter in das Dorf hinein, vorbei an ausgebrannten Häusern und ermordeten Dörflern. Am Marktplatz saß er ab. Aus einer Hütte drangen die verzweifelten Schreie einer Frau und das derbe Gelächter mehrerer Männer. Verächtlich verzog Amael den Mund und stieß die Tür auf. Was sich ihm präsentierte, überraschte ihn kaum.

Fünf Männer, dreckig und blutverschmiert, standen um einen Tisch herum. Zwei von ihnen hielten eine Fee fest, während ein Dritter seine schmutzigen Hände unter ihr Kleid schob. Große Blutergüsse an ihrer Kehle und im Gesicht bewiesen, dass sie sich schon länger gegen die Rebellen wehrte.

»Nimm die Finger von ihr«, forderte Amael, gerade laut genug, um gehört zu werden. Die Männer wandten sich ihm zu. Einer von ihnen trat vor. Er war etwa so groß wie Amael, sein Wams war zerfleddert und die Hose stand offen.

»Wer bist du, dass du –« Er stockte. »Scheiße verdammt!« Binnen Sekunden rupfte er zwei Messer aus seinem Gürtel, in seiner Eile schnitt er sich fast selbst in den Oberschenkel. »Das ist der Prinz! Das ist Amael Malecai!«

Amael grinste und deutete eine spöttische Verbeugung an. »Es sind die Augen, nicht wahr? Es sind immer die Augen, die mich verraten.« Er richtete das Schwert auf die Männer. Jeglicher Humor schwand. Er trat auf die Rebellen zu und einer von ihnen zog ruckartig seine Hände zurück, die eben noch auf den Brüsten der Frau gelegen hatten.

»Geht«, sagte Amael zu der Dörflerin, ohne sie eines Blickes zu würdigen. »Dort draußen sind Soldaten des Königs, sie werden Euch beschützen.«

»Was ... was ist mit Euch?« Die Stimme der Frau bebte. »Kann ich nicht bei Euch –«

»Geht jetzt«, unterbrach er sie barsch, während die Blutgier in seinen Adern tobte. Unter keinen Umständen würde er sich mit ihr belasten. Nicht, wenn sechs Seelen darauf warteten, dem Schnitter übergeben zu werden. Die Dörflerin murmelte ihren Dank und huschte aus der Hütte.

»Und nun zu euch.« Amael lächelte die Mitglieder der schwarzen Lilie an. »Zeit, euer letztes Gebet zu sprechen.«

»Prinz Amael, kommt schnell!« Ein Soldat platzte in die Hütte, als Amael dem letzten der fünf Männer das Schwert durch die Kehle trieb. Die Macht der genommenen Seelen berauschte ihn. Mit halb geschlossenen Lidern wandte er sich dem Krieger zu.

»Was gibt es, Soldat?«

»Einer der Männer hat etwas entdeckt, das euch interessieren wird.«

Amael wischte die blutige Klinge an der Hose eines Toten ab und steckte sie in das Futteral. Er folgte dem Soldaten durch das Dorf, das in den letzten Stunden seiner Vernichtung entgegengeblickt hatte. Kaum ein Haus stand noch, Flammen leckten über verkohltes Holz und Kadaver von Tieren und Feen gleichermaßen bedeckten die festgetretene Erde in den Gassen. Dichter Rauch hing in der Luft und ließ Amaels Lungen brennen. Die überlebenden Soldaten liefen umher, darum bemüht, zu retten, was zu retten war.

»Wir werden Hilfsgüter schicken müssen«, sagte Amael und der Soldat nickte. Er war jung, vermutlich gerade erst in den Dienst einberufen worden.

»Ich kümmere mich darum«, versprach er und wies nach vorn. »Zunächst jedoch solltet Ihr das hier sehen.« Amael folgte seinem Fingerzeig und runzelte die Stirn. Eindringlich betrachtete er die Ruine eines Hauses vor ihm. Sie war schmutzig, mit Schlamm und Blut bespritzt, die einst hellen Ziegel vom Feuer versengt. Doch die Botschaft, die jemand in roten Buchstaben darauf hinterlassen hatte, war unübersehbar.

»Der wahre Erbe der Gezeichneten wird auferstehen«, las Amael und ballte die Hände zu Fäusten. Die Nachricht war mit Blut geschrieben. Mit dem Blut *seiner* Untertanen. Es stand kein Name darunter, doch er wusste, von wem die Worte stammten. Die Gezeichneten. Jene Untergruppe der Schwarzen Lilie, die seit Jahrhunderten jedem Zugriff trotzte.

Nicht einmal die Alancrá, Amaels tödlichste Assassinen, hatten ihrer habhaft werden können.

»Der Täter ist längst über alle Berge und keiner der Rebellen wollte uns etwas verraten.«

»Das ist keine Überraschung«, knurrte Amael. Wind fuhr ihm durchs Haar und vertrieb für einen Moment den dichten schwarzen Rauch.

Eben ist es noch windstill gewesen.

Amael kniff die Augen zusammen und griff nach seiner Magie, doch einen Moment später legte sich die Brise.

»Nehmt das in den Bericht auf, Soldat. Jedes Detail kann helfen.«

Der Soldat drehte sich zu ihm um. In seinen Augen tanzten tausende Sterne, das Weiß seiner Bindehaut war von grauen Schlieren durchzogen.

»Das wird wohl ein anderer für ihn erledigen müssen«, antwortete er und es klang, als sprächen fünf Personen aus der Kehle einer einzigen.

Bei den Göttern, verdammt sei sie.

»Kasétu.«

»Komm zu mir, *kleiner Prinz*.«

»Wir können uns genauso gut hier unterhalten«, widersprach Amael. Das darauffolgende Gelächter hallte aus einer Vielzahl von Kehlen wider.

»Wärst du der Gott und ich die Fee, könnten wir das. Aber nun komm zu mir.«

Erneut brauste Wind auf und der Soldat sackte zusammen. Amael machte sich nicht die Mühe, nach seinem Puls zu tasten. Es war nicht das erste Mal, dass die große Mutter Besitz von Feen ergriffen hatte, und es würde nicht das letzte Mal sein.

Selbst die höchste Würde hat ihren Preis.

Amael verließ den Platz und zog sich in eine der verlassenen Ruinen zurück. Für das Folgende bevorzugte er einen Hauch von Privatsphäre. Er streckte die Arme aus und stellte Kontakt zu den Elementen her.

»Ihr Götter der Erde, der Luft, des Feuers und des Wassers, hört mich an und steht mir bei. Ich, Amael Malecai, Kronprinz der Vier Lande, rufe euch. Erfüllt mich mit Eurer Gnade, auf dass ich sie verteilen kann an mein Volk.«

Die Luft knisterte, Magie surrte in seinen Adern und die Energie ließ die Härchen in seinem Nacken zu Berge stehen. Donner grollte über den wolkenlosen Himmel.

Kasétu öffnete ihre Pforten für ihn.

Er rollte seinen linken Ärmel hoch, zückte einen Dolch und stach tief in die S-förmige Narbe an seinem Handgelenk. Blut quoll hervor, lief über die Ausläufer des Zeichens der großen Mutter und troff zu Boden. Es zischte und brodelte. Schwarzer Qualm stieg empor und legte sich auf Amaels Sinne.

Wilde Macht, uralt und gefährlich, erfasste ihn. Er schnappte nach Luft, seine Seele verließ seinen Körper. Für einen Moment sah er sich selbst am Boden hocken, dann ergriff ihn Dunkelheit und zog ihn hinter den Schleier der Welt.

Die große Mutter erwartete ihn in grauer Ewigkeit. Augen, in denen die Unendlichkeit des Universums stand, blickten ihm entgegen, lange Finger aus Rauch und Schatten ruhten auf dem Schwert des Nebels, ihrer auserkorenen Waffe.

Helle Lichter leuchteten in der Finsternis. Es waren die Geister der Verstorbenen, die in dem Grau ihr Dasein fristeten, bis sich ihre Seelen zersetzt hatten und sie ein neues Leben begannen.

»Amael, Sohn des Schicksals. Du bist meinem Ruf gefolgt.« Die formlose Stimme echote durch das Grau. Schauer rannen Amaels Nacken hinab, Totenkälte lähmte seine Glieder und sein Verstand gefror für den Bruchteil einer Sekunde.

»Du ließt mir keine andere Wahl«, erinnerte er die Göttin. »Was also forderst du?«

Höflichkeiten bedeuteten der mächtigsten aller Götter nichts und Amael tat sein Bestes, die Zeit in dieser Sphäre der Existenz auf so wenige Herzschläge wie möglich zu beschränken. Jede Sekunde, die er länger blieb, zerfiel seine Seele ein Stück mehr.

Die große Mutter, oder die Dunkle, wie Amael sie nannte, richtete ihre neblig feine Klinge auf ihn. »Du kennst meine Forderung, Amael. Bringe mir Seelen von Feen, Kelpies, Banshees, Kobolden, Berserkern, Menschen, je mächtiger, umso geeigneter.«

»Nichts anderes tue ich.« Er machte einen Schritt auf sie zu. »Jedes meiner Opfer widme ich dir, unlängst erst errichtete ich einen Schrein zu deinen Ehren!«

»Das ist nicht genug!«, brüllte sie und es klang, als tobe ein Sturm vor ihm. »Du hältst dich zurück. Glaub nicht, es sei mir entgangen, *kleiner Prinz*. Bring mir jene Essenz, nach der es mich dürstet, jene eine, die all meine Gier zu befriedigen vermag.«

»Das kann ich nicht, und du weißt es! Mein Vater, er –«

»Deine Belange sind für mich nicht von Bedeutung«, unterbrach ihn die Göttin kalt. »Mein Wille muss dir nicht gefallen. Doch es gibt auch für dieses Problem eine Lösung. Du hast bereits darüber nachgedacht, nicht wahr?«

Rauchige Finger tippten ihm neckisch auf die Brust. Ertappt biss Amael die Zähne zusammen. Selbstverständlich hatte er darüber nachgedacht …

Finsternis, die der seines Blutes so sehr ähnelte, umwirbelte ihn, drängte ihn fort aus dem Grau der Toten und zurück in seinen Leib.

Amael schnappte nach Luft. Die Verbindung mit seinem Körper brannte sich jedes Mal tief in seine Knochen. Jeder Besuch bei Kasétu forderte seinen Tribut von ihm, bis es ihn eines Tages auslöschen würde.

KAPITEL 8

TIMOTHY

Timothys Schuldgefühle peitschten seine Seele wie eine neunschwänzige Katze. Pete machte sich Sorgen um Thyra und hatte darauf gedrängt, den Tag an der St. Giles Cathedral zu verbringen. Dort hätten sie Thyra treffen sollen. Doch sie war nicht gekommen.

Natürlich nicht.

Am Abend war Pete trotz Timothys Einwänden zur Polizei gegangen. Der Beamte hatte ihn höflich, aber bestimmt für verrückt erklärt, als er eine Vermisstenmeldung für eine 1,75 m große, schwarzhaarige Frau mit dutzenden Narben hatte aufgeben wollen, ohne ihren Nachnamen zu kennen.

Nun saß Pete zusammengesunken auf einer klapprigen Bank vor der Polizeiwache und vergrub das Gesicht in den Händen.

»Hätte ich ihr doch ein Handy gegeben, oder sie gar nicht erst allein gelassen! Sie kennt doch nur das Dorf! Vermutlich ist sie von den vielen Eindrücken vollkommen überfordert!«, stieß er hervor.

Timothy legte ihm zögerlich die Hand auf die Schulter. Seit vielen Jahren gab es eine große Distanz zwischen ihnen, aber er liebte seinen Vater. Ihn so verzweifelt zu sehen, schmerzte mehr als die Gewissheit, dass er bei Arthur MacLeods Auftrag versagt hatte und die Konsequenzen tragen musste.

»Lass uns nach Hause fahren, Dad. Du hast getan, was du konntest und brauchst dringend ein wenig Ruhe.« Die Worte hinterließen einen schalen Beigeschmack auf seiner Zunge.

Dad wird nie erfahren, dass ich für ihr Verschwinden verantwortlich bin.

Pete seufzte und erhob sich schwerfällig. Seine Wangen wirkten eingefallen und seine Augen glänzten.

Die beiden Männer legten den Weg zu ihrem Auto schweigend zurück. Pete bestand darauf, zu fahren.

»So habe ich wenigstens etwas zu tun«, erklärte er mit einem traurigen Lächeln und setzte sich hinters Steuer.

Der Wagen bog in die Einfahrt ein, da vibrierte Timothys Handy. Darauf bedacht, das Display vor seinem Vater versteckt zu halten, las er die Nachricht.

Die Zeit ist um.

Die Worte legten sich über seinen Verstand. Eisiges Adrenalin schoss durch seine Adern und seine Hände verkrampften sich.

Pete brachte den Wagen zum Stehen und stieg aus.

Er darf unter keinen Umständen zuerst ins Haus gehen.

Hastig schloss Timothy zu seinem Vater auf und griff nach dessen Arm. Als Pete sich umdrehte, erkannte Timothy im Mondlicht die Verwunderung in seinen Augen.

»Schaust du noch nach den Hühnern? Du weißt ja, mir liegt diese Sicherungskette nicht. Ich habe nie begriffen, wie sie einrastet«, bat er.

Sein Vater grummelte ungehalten, stapfte jedoch sofort in den Garten. Die Hühner bedeuteten ihm die Welt.

Timothy rannte ins Haus und das Herz klopfte ihm bis zum Hals, doch um ihn herum war alles still. Es war wie die trügerische Ruhe einer heimtückischen See. Nichts wies darauf hin, dass er nicht allein war. Ohne die wenige kostbare Zeit zu verlieren, die er hatte, strebte er dem Wohnzimmer entgegen. Er wusste instinktiv, wen er dort vorfinden würde, und doch hoffte er, sich zu irren.

Er ging vorbei an dem hohen Garderobenständer, der ihn als Kind stets zu Tode geängstigt hatte, passierte das alte Klavier, auf dem schon sein Urgroßvater die ersten Stunden genommen hatte, trat vorsichtig über die eine knarrende Stelle im Parkett hinweg und betrat den Wohnraum erhobenen Hauptes. Angespannt schaltete er das Oberlicht ein und sein Herz sank.

Drei in schwarze Kilts gekleidete Männer saßen auf der Couch, als gehörte das Haus ihnen. Die Verwandtschaft des Trios ließ sich nicht von der Hand weisen. Dunkles, wirres Haar, bleiche Haut und tiefbraune Augen prägten das Aussehen. Die beiden Jüngeren waren glattrasiert und besaßen teigige Gesichter, während sich der Älteste, Gawin, einen Drei-Tage-Bart wachsen ließ, der ihm den Anschein von hohen Wangenknochen verlieh. Provokant lehnte er sich Timothy entgegen, öffnete die Arme und formte die Lippen zu einem spöttischen Lächeln.

»Timothy, wie schön, dass du es einrichten konntest. Setz dich doch zu uns.«

Die Einbrecher hatten das Fenster zum Garten eingeschlagen. Nicht, weil sie unbemerkt bleiben wollten.

Nein. Gawin MacLeod liebt einfach nur eine gute Show.

Die Scherben lagen auf der Sofalehne und hinter der Couch am Boden verteilt. Eisiger Nachtwind pfiff durch die kleine Öffnung und musste den drei Männern unangenehm den Nacken kühlen, die sich davon jedoch nichts anmerken ließen. Sie sahen aus, als säßen sie in gemütlicher Runde beisammen und warteten darauf, Speis und Trank serviert zu bekommen.

Mit starrem Blick setzte sich Timothy auf den hässlichen ockerfarbenen Sessel gegenüber des langen Sofas und fixierte die drei unwillkommenen Besucher.

»Gawin, Alistair und Brody MacLeod. Wie ich sehe, fühlt ihr euch wie zu Hause.« Timothy hasste die MacLeod-Brüder aus tiefstem Herzen.

Sie waren entfernte Verwandte und ergebene Diener des Clanführers der MacLeods. Stets überbrachten sie in seinem Namen unangenehme Botschaften. »Was wollt ihr hier?«

Scheinbar desinteressiert pulte Alistair mit einem Messer Dreck unter seinen Nägeln hervor und seufzte. »Wir haben dich auch vermisst, Timmy. Aber ich fürchte, dir steht Ärger bevor. Arthur erwartet dich.« Gawin und Brody schmunzelten über den beißenden Kommentar und Ärger kroch in Timothy hoch.

Ich werde mich nicht noch einmal von ihnen in die Enge treiben lassen!

Alistair schien seine Wut zu spüren. Er richtete nachlässig das Messer auf ihn. »Du hattest einen Auftrag, Kleiner, und du hast erbärmlich versagt. Wir sind hier, um dich zum großen Boss zu bringen.«

Timothy ballte die Hände zu Fäusten. Bevor er etwas erwidern konnte, erschien Pete im Türrahmen.

»Timothy, ich …« Sein Blick blieb an den unangemeldeten Gästen hängen, er wurde aschfahl. Er registrierte Gawins provokative Haltung, Alistairs Messer und das Grinsen in Brodys Gesicht. Seine Miene verhärtete sich. »Gawin MacLeod, was verschafft mir das zweifelhafte Vergnügen eurer Anwesenheit?«

Timothy biss sich auf die Zunge. Sein Vater wusste nichts von seinem *Verhältnis* mit dem MacLeod-Clan. Unwillkürlich stand er auf und schob sich vor seinen Vater. »Lass ihn da raus«, forderte er von Gawin.

Gelassen erhob dieser sich und trat an Timothy heran. Er stand so dicht, dass der Gestank von kaltem Zigarrenrauch Timothys Sinne vernebelte. »Du hattest deine Chance, Timmy.« Abschätzig klopfte er ihm auf die Schulter. »Nehmt ihn ebenfalls mit«, wandte er sich an seine Brüder und zeigte auf Pete. Dann wirbelte er herum und rammte Timothy ansatzlos den Ellbogen in die Magengrube.

KAPITEL 9

THYRA

Die Kälte des Untergrunds fraß sich unbarmherzig in Thyras Fleisch. Sie riss die Augen auf und rang nach Luft. Ihr war übel. Die Szenerie aus dem Bauernhaus hatte sich in ihr Gedächtnis eingebrannt. Allzu deutlich erinnerte sie sich an das dumpfe Geräusch der zu Boden fallenden Kinderschädel und die ewige Schwärze in ihrem Herzen. Kein Funke Mitleid hatte ihr diese grausige Tat erschwert.

Was um alles in der Welt war das? Ein Traum?

Die muffige Luft, die sich in ihre Lungen drängte, rief Thyra zurück in die Gegenwart. Sie befand sich in den South Bridge Vaults. Ihr Herz stolperte.

Der Kommandant!

Sie starrte in die Dunkelheit, doch kein Schemen hob sich von der Wand ab, niemand stürzte sich auf sie oder griff sie an. Sie war allein. Ihr Blick fiel auf den Dolch, der neben ihr lag. Er musste ihr aus der Hand geglitten sein, als sie ohnmächtig geworden war.

Wie ist er überhaupt so heiß geworden?

Zaghaft stupste sie ihn an. Doch während ihre Finger noch von der unerwarteten Hitze pochten und schmerzten, war der Griff der

Waffe glatt und kühl, so wie zu dem Zeitpunkt, als sie ihn gefunden hatte. Sie runzelte die Stirn und betrachtete ihre Handfläche, die von rötlichen Blasen übersät war.

Ich habe es mir nicht eingebildet.

Aber wie ist das überhaupt möglich?

Verliere ich den Verstand?

Sie richtete sich auf, aber bevor sie nach der Waffe griff, zögerte sie.

Vielleicht sollte ich ihn zurücklassen.

Noch bevor sie den Gedanken beendet hatte, stieg Übelkeit in ihr auf. Ein Zittern überkam sie. Die bloße Idee, den Dolch in den Vaults zu lassen, versetzte sie in Panik.

Nein.

Nein, ich kann ihn nicht zurücklassen.

Dieser Dolch sicherte ihr Überleben.

Thyra atmete tief durch und griff nach dem kühlen Metall, ehe sie es sich anders überlegen konnte, bevor sie sich erhob und notdürftig den Dreck von ihrer schweißnassen Kleidung klopfte. Ihre Muskeln brannten, als wäre sie einen Marathon gelaufen.

Zeit für das zweite Mysterium des heutigen Abends.

Thyra hielt sich nicht für besonders furchtsam, doch als sie auf die Kammer zupirschte, aus der weiterhin das Leuchten auf den Korridor fiel, flatterte ihr Herz wild in ihrer Brust. Sie schluckte schwer.

Es entbehrte jedweder Logik, dass zwei Menschen aus einem geschlossenen Raum tief unter den Straßen Edinburgh herauskamen, ohne vorher hineingegangen zu sein.

Und sie hatte die Kammer vorhin genau gesehen.

Sie war leer gewesen.

Oder nicht?

Verbissen schüttelte Thyra den Kopf und rang die Zweifel nieder, die sich in ihrem Verstand einzunisten drohten wie ein Parasit, der sich im Fleisch seines Wirts vergrub. Sie erschauerte. Es gab nur zwei Erklärungen für das Auftauchen des Kommandanten.

Entweder ich habe einen Zugang übersehen oder hier ist etwas Seltsames am Werk.

Thyra ballte die Hände zu Fäusten und zuckte zusammen, als der Schmerz durch ihre verbrannte Handfläche schoss.

Magie gibt es nicht.

Dennoch stockte sie, als sie die Öffnung erreichte, die in die Kammer führte. Dann gab sie sich einen Ruck.

Eins ... zwei ... drei!

Sie linste um die Ecke. Die Kammer war leer, genau wie bei ihrer ersten Erkundung.

Erleichterung und Enttäuschung fluteten Thyras Körper gleichermaßen und Für einige Atemzüge blieb sie in der Kammeröffnung stehen, um nachzudenken. Und je länger sie die Szenerie betrachtete, desto ruhiger wurde ihr Herzschlag. Ein weiteres Mal hatte sie der Gefahr ins Auge geblickt und gesiegt. Oder zumindest überlebt. Neuer, gefährlicher Mut erwachte in ihr. Sie stand vor einem Rätsel, und es wäre das Klügste, den Vaults den Rücken zu kehren, nach St. Abbs zu fahren und nie wieder ein Wort über ihre Erlebnisse in Edinburgh zu verlieren.

Aber dann würde ich nie verstehen, was hier passiert ist.

Sie kniete sich hin und legte eine Hand auf den Boden. Noch immer nahm sie die sachten Vibrationen wahr. Sie schloss die Augen.

Sei vernünftig! Fahr zu Pete, lebe dein Leben, genieße den Frieden!

Der Versuch, sich selbst zu überreden, scheiterte auf allen Ebenen. Thyra spürte es, als sich bei dem Gedanken an die Ruhe in dem kleinen Fischerdorf, die ein Geschenk des Himmels war, ein schaler Geschmack auf ihre Zunge legte. Sie öffnete die Augen und rieb sich die Stirn.

Ich muss dem ganzen auf den Grund gehen, oder ich werde keine Ruhe finden.

Sie seufzte tief.

Diese Entscheidung werde ich mit Sicherheit bereuen.

Dann zückte sie die Taschenlampe, überprüfte erneut die Wände, folgte den Spinnenweben und schreckte einige der pelzigen Achtbeiner auf, stieß auf Dreck, weitere Krabbeltiere und Staub. Frustriert stöhnte sie auf und ließ den Schein ihrer Taschenlampe über den Boden wandern. Etwas blitzte in der Dunkelheit auf.

»Was ist das denn?«

Unter einer dicken Schicht Erde glänzte etwas. Sie schlich näher, ohne den Blick abzuwenden, aus Angst, es könne verschwinden und trug den Dreck ab. Je mehr sie säuberte, desto länger wurde das Stück Metall. Es aus dem Boden zu ziehen, war schlicht unmöglich. Sie schnaufte und schob noch mehr Erde von dem Objekt, bis sie einen perfekten Kreis freigelegt hatte. Er maß etwa einen Meter im Durchmesser und eine filigrane Inschrift war darauf verewigt.

»Das ist doch … Ich kenne diese Sprache«, murmelte Thyra und betrachtete den Kreis eingehender.

Die Worte wirkten altertümlich. Konzentriert schob sie die Unterlippe vor und sammelte ihre bruchstückhaften Kenntnisse der schottischen Sprache zusammen.

»Verbunden durch das Tier der Fünfzig, geeint in vier Völkern, darf passieren das Tor, wer besitzt die Kraft der Elementare?«

Tier der Fünfzig? Kraft der Elementare?

Thyra schüttelte den Kopf. »Das ist mit Sicherheit falsch«, grummelte sie und runzelte die Stirn. Erneut las sie die alten Schriftzeichen und stöhnte frustriert auf. Um die Worte zu übersetzen, benötigte sie mehr als ihre wenigen schottischen Vokabeln, aber jemanden um Hilfe zu bitten, stand außer Frage. Wie sollte sie erklären, wo sie die Inschrift gesehen, oder was sie in den Vaults getrieben hatte?

Sie schürzte die Lippen und plötzlich kam ihr eine Idee.

KAPITEL 10

TIMOTHY

Das gleichmäßige Ruckeln eines Wagens weckte Timothy. Gleich darauf drängten sich dröhnende Kopfschmerzen in sein Bewusstsein. Er verzog das Gesicht und öffnete die Augen. Ihm gegenüber lag Petes schlaffer Körper.

Diese Bastarde!

Zorn erwachte in ihm und spornte ihn an. Er brauchte Informationen. Timothy nahm einen tiefen Atemzug und betrachtete seine Umgebung. Dem lauten Motorengeräusch nach lag er im Laderaum eines fahrenden Lieferwagens oder Sprinters. Abgesehen von ihm und seinem Vater war der Frachtraum leer. Seine Hände und Füße waren gefesselt, von der Fahrerkabine schallte laute Musik zu ihm und zwei Männer grölten lautstark zu Taylor Swifts ›*Look what you made me do*‹. Timothy befand sich auf direktem Weg in seine persönliche Hölle.

Petes Körper gewann an Spannung und seine Augen öffneten sich.

»Du bist wach!«, entfuhr es Timothy erleichtert. Pete stemmte die Hände in den Boden und richtete sich umständlich auf, sodass er einigermaßen stabil sitzen konnte. »Spar dir den Atem, Junge. Erzähl mir lieber, warum mich die MacLeod-Brüder mitten in der Nacht niedergeschlagen haben!«

Timothy zuckte zusammen. Er hatte sich vor diesem Moment seit langer Zeit gefürchtet und selbst heute Abend, als er Arthurs Nachricht erhalten hatte, hatte er geglaubt, Pete aus allem heraushalten zu können.

Ich habe wahrlich glänzend versagt.

Nun gab es kein Zurück mehr. In Timothys Kopf herrschte absolutes Chaos, es war unmöglich, die richtigen Worte zu finden. Nichts würde seine Fehler beschönigen. »Es fing alles an Silvester vor einigen Jahren an. Ich war auf diese irre Party eines Freundes eingeladen. Es sollte ein richtiger Hogmanay werden, mit Abendgarderobe und Champagner und all dem Schnick Schnack und –«

»Deine Eskapaden interessieren mich nicht, Timothy. Was hat eine verfluchte Party damit zu tun, dass wir uns auf dem Weg zum Oberhaupt des MacLeod-Clans persönlich befinden?«

Timothy schluckte schwer.

Reiß dich zusammen, verdammt!

»Auf diesem Hogmanay traf ich Brody. Unsere davor letzte Begegnung war vor neunzehn Jahren, als du in Mutters und meinem Namen mit der Familie gebrochen hast.« Timothy merkte, wie er die Geschichte erneut ausschmückte, und gab sich einen Ruck. Sich in unnötigen Details zu verstricken, würde ihn nicht vor Petes Ungnade bewahren. »Brody erzählte mir diese wahnsinnige Geschichte über unsere Familie, schwafelte von Ruhm und Ehre und davon, wie du unseren Namen in den Schmutz gezogen hättest. Ich trank zu viel an jenem Abend. Als Brody dann von mir verlangte, unser Ansehen wiederherzustellen, stimmte ich zu, ohne darüber nachzudenken. Ich hatte nicht erwartet, dass seine Forderung Einfluss auf mein Leben haben würde.« Timothy schnaubte verbittert. Im Nachhinein wusste er selbst, wie lächerlich dieser Gedanke gewesen war.

»Götter, nein!«, entfuhr es Pete. »Sag mir nicht, du hast …«

Timothy schlug beschämt die Augen nieder und nickte. Seine Gedanken wanderten zurück zu jenem Tag, an dem er den größten Fehler seines Lebens begangen hatte.

Timothy stand im Gästezimmer seines Gastgebers und betrachtete sich im Spiegel. Die traditionelle Kleidung seiner Familie schmeichelte ihm. Seine sonst eher schmale Brust kam in dem engen Hemd, welches ihm zwei Nummern zu klein war, hervorragend zur Geltung, und der schwarze Kilt betonte seine trainierten Waden. Einzig die Luftigkeit untenherum war ungewohnt, aber darüber machte er sich keine weiteren Gedanken, hatte er doch den Kilt-Pin, der bei Wind alles an Ort und Stelle hielt. Er schnallte sich den Sporran um und steckte das Sgian dubh in seinen linken Strumpf. Hoffentlich schnitt er sich nicht versehentlich an dem kleinen Messer. Brody hämmerte gegen die Tür, eine Spur zu laut für Timothys verkaterten Schädel. Vielleicht hätte er gestern doch nicht bis um halb sieben abfeiern sollen.

»Timmy, bist du bald fertig damit, dich einzuscheißen?«

»Ich komme!«, murrte er und schnappte sich hastig sein Smartphone. In Ermangelung einer Hose steckte er es kurzentschlossen in den Sporran, in dem sich ohnehin nur einige Münzen befangen. Er öffnete eilig die Tür und kollidierte beinahe mit Brody.

»Verdammt, Alter, spionierst du mir etwa durchs Schlüsselloch nach?« Er hätte doch eine zweite Aspirin einwerfen sollen.

»Ich schau dir schon nichts weg«, spottete Brody, der ebenso feierlich gekleidet war wie Timothy. »Nun komm, alle warten auf dich!«

Mit federnden Schritten ging Brody vor und vertraute offenbar darauf, dass der Andere ihm folgte. Sie marschierten durch das Schloss Dunvegan, in dem Brody aufgewachsen war. Timothy war in seiner Kindheit nur wenige Male hier gewesen, bevor sein Vater alles ruiniert hatte.

»Hast du dich mit dem Schwur vertraut gemacht?« Unerwartete Ernsthaftigkeit lag in Brodys Worten und Timothy verspürte den Wunsch, die Stimmung aufzulockern. Er schloss zu ihm auf und zwinkerte seinem Cousin zu. Auf keinen Fall würde er sich seine Nervosität anmerken lassen.

»Logisch, ist ja nun kein Hexenwerk, Bro. Entspann dich, ich pack das schon.« Brody warf ihm einen unergründlichen Blick zu und bog in einen der weiten Flure ein. Er führte Timothy zu einer großen Doppeltür, vor der zwei alte Ritterrüstungen dekorativ Wache hielten.

»Bereit?«

Timothy schluckte. Sein Herz schlug ihm bis zum Hals.

Reiß dich zusammen!, ermahnte er sich.

Er nickte Brody zu. »Bereit.«

Die Scharniere quietschten laut, als Brody die Tür öffnete. Die Szenerie, die sich Timothy bot, war gänzlich anders als erwartet. Vor ihm lag ein Raum, der den Begriff „Halle" verdiente. Die Wände waren aus rauem Stein geschlagen und hatten schon viele Jahrhunderte gesehen. Etwa ein Dutzend Männer stand in stummer Einigkeit im Kreis in der Mitte des Saales, ge-kleidet in die traditionell schottische Tracht. Einzig ein älterer Mann saß stolz erhobenen Hauptes auf einem Sessel, der einem Thron glich. Ein großes Schwert, dass außerordentlich scharf aussah, lag auf seinem Schoß.

Timothy kannte jeden der Männer seit Kindesbein an, doch nie hatte er sie so ernst und unnahbar gesehen. Überall brannten Kerzen und dienten als Lichtquelle, abseits des Kreises standen Alistair und Gawin, zu denen sich Brody gesellte. Gegenüber der Tür, hoch oben an der Wand, hing das Familienwappen der MacLeods, ein Bulle auf rotem Grund.

»Tritt näher, Timothy«, forderte der Sitzende ihn auf. Es war Arthur MacLeod, der Clanführer.

Timothy zögerte. Er hatte sich in der Ernsthaftigkeit des Events getäuscht. Was er als kleine Mutprobe angesehen hatte, drohte sämtliche Grenzen zu sprengen. Scheinbar nahm der Clan die unverbrüchliche Treue zum Ober-haupt der MacLeods wichtiger, als Timothy es sich vorgestellt hatte.

Jetzt war es zu spät für einen Rückzieher. Er drückte das Kreuz durch und trat vor das Clanoberhaupt. Unschlüssig, was zu tun war, blickte er sich um.

»Knie dich hin, Junge«, zischte eine Stimme von rechts. Unwillen regte sich in Timothy, doch er schluckte seinen Stolz hinunter und beugte das Knie vor Arthur. Dieser hob erneut das Wort.

»Timothy Gibbins MacLeod aus St. Abbs. Wir haben uns hier eingefunden, weil mir zugetragen wurde, dass du die begangene Schande deines Vaters, Pete Gibbins MacLeod, wieder gutzumachen gedenkst und mir die Treue schwören möchtest. Ist das korrekt?«

Timothy nickte. »Ja, das stimmt. Wobei ich echt nicht sehe, was für eine Schandtat Dad begangen haben soll, nur weil er —«

»Dies zu beurteilen obliegt nicht dir, Bursche«, unterbrach ihn Arthur barsch und legte die rechte Hand auf den Griff des Schwertes. Fasziniert von der Waffe betrachtete Timothy die Klinge und konnte eine Inschrift ausmachen. ›Hold fast‹, ›Bleibe standhaft‹. Es war seit Jahrhunderten das Credo des Clans. Die MacLeod-Brüder waren damit aufgewachsen, Timothy wusste erst seit wenigen Tagen um diese Bedeutung. Es klang super cool.

Vielleicht sollte er sich den Spruch quer über die Brust tätowieren lassen, sinnierte er und sah das Tattoo förmlich vor sich.

»Nun denn, Timothy, Sohn des in Ungnade gefallenen. Schwöre jetzt den Eid, auf dass die Schande deines Vaters von deiner Seele gewaschen und du wieder in den Kreis der Familie aufgenommen wirst.« Arthur riss ihn aus seinen sprunghaften Überlegungen und Timothy räusperte sich.

»Ja, klar, sorry, ich … ähm, wie ging das nochmal …«

Arthur hob missbilligend eine Augenbraue und unter den Zuschauern entstand Unruhe.

»Sorry, ich …«

Fuck, er hätte diesen verdammten Eid echt nochmal lesen sollen, bevor er zur Zeremonie gekommen war. Aber wer hatte den ahnen können, dass der Clan den Ritus bitterernst gemeint hatten?

Arthur MacLeod hob die Hand und unterbrach Timothys Gestotter.

»Sprich mir nach, Junge, das wirst du ja wohl zusammenbringen.«

Hitze stieg ihm in die Wangen. »Ja … Ja, Sire.«

»Ich, Timothy Gibbins MacLeod aus St. Abbs.«

»Ich, Timothy Gibbins MacLeod aus St. Abbs.«

»Schwöre hiermit feierlich dem rechtmäßigen Führer meines Clans, Arthur Alexander MacLeod von MacLeod, Herrscher und Besitzer von Dunvegan Castle, meine unverbrüchliche Treue.«

Timothy legte den Kopf schief. Der Kerl hieß echt Arthur Alexander? Was hatten sich die Eltern denn dabei gedacht?

Das unwirsche Hüsteln hinter ihm erinnerte Timothy an seinen Einsatz.

»Oh, sorry … Schwöre hiermit feierlich dem rechtmäßigen Führer meines Clans, Arthur Alexander MacLeod von MacLeod, Herrscher und Besitzer von Dunvegan Castle, meine unverbrüchliche Treue.«

Arthur Alexander MacLeod nickte, zufrieden wirkte er trotzdem nicht.

»Diese Treue wird gelten bis in den Tod. Ich werde tun, was von mir verlangt wird und sage mich los von den schändlichen Taten meines Vaters, Pete Gibbins.«

Alter Falter, was hatte Dad bloß getan, dass dieser Typ ständig darauf herumritt? Hatte Arthur vielleicht eine Frau, die …

Die dreckigen Gedanken ließen ihn grinsen, während er brav wiederholte, was ihm vorgebetet wurde. Gefühlt zwei Lebzeiten später stand der Clanführer auf und hob das Schwert bedrohlich über Timothys Kopf.

»Scheiße, was soll das?«, entfuhr es Timothy. Er wollte zurückweichen, doch starke Hände verhinderten, dass er sich bewegte.

»Damit deines Vaters Schuld von dir weicht, muss dein Blut von diesem Schwert vergossen werden. Strecke deine Hände aus.«

Timothy zog ungläubig die Augenbrauen zusammen. Das Ganze war doch abstrus!

Die Blicke der Zuschauer stachen in seinen Rücken. Er würde jetzt keinen Rückzieher machen.

Gehorsam streckte er die Hände aus und fluchte lautstark, als die Klinge nur eine Sekunde später seine beiden Handflächen zerschnitt, als wären sie aus Butter. Heißes Blut tropfte auf den Boden und der Schmerz ließ Timothy kurz schwindelig werden. Er biss die Zähne zusammen und zwang sich, dem Clanführer in die Augen zu sehen. Zufrieden goss ihm Arthur Wasser aus einem Krug über die Hände.

»Nun seist du gereinigt, Timothy Gibbins MacLeod und bist offiziell wieder Teil der Familie. Du kannst dich auf unseren Schutz verlassen, solange du tust, was dir gesagt wird. Und jetzt – Steh auf und trink. Du musst durstig sein.«

KAPITEL 11

LORCAN

Eine Nachricht aus dem herrschaftlichen Palast hatte Lorcan in aller Frühe aus dem Bett geholt. Ein weiterer Angriff war erfolgt, die neue Aktion der Rebellen hatte viele Feen das Leben gekostet. Und das bedeutete, der König wollte Blut sehen. Bald.

Angetrieben von Sorge eilte Lorcan durch Shahin-la, die Hauptstadt der vier Lande.

Die Widerstände tobten seit Jahrzehnten. Anfangs hatte niemand die Rebellen ernst genommen, insbesondere der Hofstaat des Feenkönigs hatte Witze darüber gerissen, wie sich die Bevölkerung das Leben selbst erschwerte. Doch dann waren die Aufständischen dazu übergegangen, die Ernten zu vernichten, hatten Dörfler gezielt entführt oder gar ermordet, die Kontrolle über wichtige Versorgungsposten übernommen und waren somit zu einer ernsthaften Bedrohung für den König geworden. Böse Zungen behaupteten, dass innerhalb des nächsten Jahrzehnts eine erneute Rebellion ausbrechen würde. Lorcan glaubte nicht daran. Es war keine zwei Jahre her, da war der letzte große Volksaufstand vernichtend niedergeschlagen worden. Ein Stich durchzuckte ihn und für einen Moment sah er sturmgraue Augen, in denen das Leben tanzte.

Nicht jetzt!

Er verbat sich jede Erinnerung an die Frau, für die er einst alles geopfert hätte, und zwang seine Gedanken zurück in die Gassen Shahin-las. Er kannte das weitverzweigte Straßennetz blind. Hier war er vor rund fünfhundertsechsunddreißig Jahren geboren worden und hatte hier auch den Großteil seines Lebens verbracht. Dennoch faszinierte ihn dieser Ort jeden Tag aufs Neue.

Schwarze, violette und marineblaue Blumen, die ebenso schön wie tödlich waren, rankten entlang der Gemäuer, prächtige Falter, so groß wie eines Mannes Kopf, flogen von Blüte zu Blüte und saugten den lebenswichtigen Nektar. Die Wände eines jeden Hauses, einer jeden Mauer und jeder Weg waren aus reinen Kristallen gebaut, durchzogen von Adern aus Diamant, welche das Licht der zwei Sonnen reflektierten und der Stadt ihren Namen gegeben hatten. Die leuchtende Stadt.

Der Königshof erhob sich im Herzen Shahin-las in majestätischer Pracht. Je näher man dieser unwahrscheinlichen Schönheit kam, desto unscheinbarer wurde das Leben eines Einzelnen. Und genau darauf zielte die Königsfamilie ab.

Der König, der seit vielen Jahrhunderten herrschte, besaß die Fähigkeit, seinen Untertanen die Illusion einer rechtmäßigen und fairen Regentschaft vorzugaukeln. Sogar die Versklavung der Kelpie vor drei Jahrhunderten hatte er seinem Volk erfolgreich als legitim verkauft. Wagte dennoch einmal ein Frevler, ein kritisches Wort über den Feenkönig zu verlieren, verstummte dieser bald schon auf mysteriöse Weise für immer.

Lorcan hielt die Schultern gerade und das Kinn nach oben gereckt, während er auf das Tor zustrebte. Die Wachen öffneten ihm mit respektvoll geneigtem Haupt das große Tor.

Im Inneren des Schlosshofes herrschte reger Betrieb. Mägde liefen umher, beladen mit den Kleidern ihrer Herren, Stallburschen nahmen die Einhörner und Pferde der Anreisenden entgegen, einige Kinder spielten vergnügt im Schatten des großen Bauwerks und ihre Eltern gingen ihren täglichen Geschäften nach. Ein Narr bot seine Kunststücke dar und stahl von einer unbedarften Adeligen einen Kuss, während sich einige Meter weiter ein Dutzend Krieger in der Kunst des Schwertkampfes übten.

Für Lorcan hatte all das vor langer Zeit seinen Reiz verloren. Er war des höfischen Lebens überdrüssig und hasste den Lärm, der zu keiner Tageszeit abnahm. In sich gekehrt passierte er die vielen Säle des Königssitzes, in denen Kunstwerke und Skulpturen aus verschiedenen Jahrhunderten zu finden waren, grüßte die Hofdamen und ignorierte die Blicke der Diener und Sklaven des Hofes. Endlich sah er die große, weißgoldene Doppelflügeltür, die zum Kronsaal führte. Davor standen zwei hochrangige Offiziere, die ihn mit eiserner Miene betrachteten.

»Ich werde erwartet«, teilte er ihnen mit und schritt unbeirrt geradeaus. Die Erfahrung hatte ihn gelehrt, nicht stehenzubleiben, außer er wollte sich ein Wortgefecht mit der königlichen Leibgarde liefern. Erst im letzten Moment traten die Wächter beiseite und gaben den Weg frei. Einige Dinge würden sich niemals ändern.

Seit seinem letzten Besuch vor wenigen Wochen hatte sich nichts im Kronsaal verändert. Und doch stieg in Lorcan Hochachtung vor der detailreichen Baukunst des Raumes auf. Hohe Bögen rahmten die deckenhohen Fenster ein, durch die Tageslicht auf die matt schimmernden Fliesen fiel. Protzige Ölgemälde der Herrscherfamilie hingen an den cremefarbenen Wänden und direkt gegenüber der Türen, vor der königlichen Fahne der Vier Lande, standen die Throne des Königspaares. Der größere glänzte pechschwarz und kalt, der kleinere der beiden reflektierte perlmuttweiß das Licht. Frischer Efeu rankte sich um die Lehne.

Nachdenklich betrachtete Lorcan den Sitz der Macht, welcher Königin Feylin gehörte. Seit langer Zeit hatte niemand die Frau des Feenkönigs gesehen. Offiziell hieß es, Feylin zöge es vor, ihren Verpflichtungen unter Ausschluss der Öffentlichkeit nachzukommen. Hinter vorgehaltener Hand wurde eine andere Geschichte erzählt. Die Königin sei nach dem Tod ihrer einzigen Tochter dem Wahnsinn anheimgefallen und von ihrem Gatten an einem abgeschiedenen Ort untergebracht worden. Am Hof wurde diese Version des Pöbels dementiert – alleine schon, weil ein jeder an seinem Leben hing. Ein solches Gedankengut zu verbreiten, galt als Hochverrat und wurde mit dem Tode bestraft.

Der Kronrat war zu großen Teilen bereits versammelt. Sieben der zehn einflussreichsten Personen des Reiches standen um einen länglichen Tisch aus Mahagonieiche. Einzig zwei Mitglieder sowie der König selbst fehlten.

»Seid gegrüßt, werte Mitstreiter«, sagte Lorcan in den Raum, ohne eine Reaktion zu erwarten. Seine Anwesenheit war dem Hochadel stets ein Dorn im Auge. Allerdings wagte niemand, sich offen gegen ihn auszusprechen, galt er doch als Vertrauter des Thronfolgers Amael.

Lorcan trat an den Tisch heran und blickte auf die Karte hinab, welche das Reich in seiner vollen Schönheit präsentierte.

Das nordwestlichste Land, Tuulinar, wurde als Land der windigen Inseln bezeichnet. Die dort lebenden Wesenheiten waren entweder stark genug, es mit dem vorherrschenden Sturm aufzunehmen, oder sie beherrschten selbst die Luftmagie. Alle anderen mussten auf eine Einladung der Tuulinarer warten, um das Land sicher betreten zu können.

Daran angrenzend, angesiedelt im aufgepeitschten Meer, fand sich das Land Vesil. Oberflächlich fanden sich viele kleine Gesteininseln, die dem rauen Wetter trotzten und einzig aus Eis und Fels bestanden. Selbst die widerstandsfähigsten Pflanzen vermochten dort nur schwer Wurzeln zu schlagen. Um die Schönheit dieses Ortes zu entdecken, musste man im wahrsten Sinne des Wortes hinter die Fassade blicken. Versteckt unter dem salzigen Ozean lebten jene Feen, welche der Wassermagie mächtig waren. Ganze Häuser, Schlösser und Burgen hatten sie in der Dunkelheit des Meeres errichtet, fernab des Zugangs ungewollter Gäste.

Südlich an Vesil grenzte Palos an, das Land der Feuerfeen. Als heißestes der Vier Lande war es eine gigantische Wüste, durchzogen von Schluchten, kärglicher Steppe und Lava spuckenden Vulkanen. Tagsüber war es sengend heiß in diesen Gefilden, während die Temperaturen nachts dem Eis Vesils Konkurrenz machten.

Lorcan sah zum unteren Rand der Karte, zu den weiten Wäldern Zemelars, in denen sich schon so manch ein Wanderer verirrt hatte. Altbekannte Sehnsucht stieg in ihm auf. Obwohl er in Shahin-la geboren worden war, sah er Zemelar als seine Heimat an, den Ursprung seiner Magie und einen Großteil seiner Identität. Seine Eltern, selig mögen sie in den Armen des Schnitters ruhen, waren Erdfeen gewesen, und so war die Gabe der Erdmagie an ihn weitergereicht worden.

Im Herzen der Karte lag Vaimur, gekennzeichnet durch üppige, bunte Landschaften, Felder, Seen und Strände an der nordischen Küste. Vaimur stand unter direkter Herrschaft des Regenten und wurde von Shahin-la aus geleitet. Abgeschottet durch das Vouristo-Gebirge, hatte kaum ein Eroberer jemals einen Weg in das Herz der Vier Lande gefunden. Und die wenigen, denen eine Überquerung gelungen war, waren in die tödlichen Arme der königlichen Armee gelaufen.

Verschiedenste Figuren waren auf der Karte verteilt, um den militärischen Stand darzustellen. Eine rote Flamme in Palos markierte den Ort des neuesten Überfalls der Rebellen.

»Dieser Angriff war infam und hinterhältig! Wir können das nicht länger hinnehmen!« Der erboste Ausruf stammte von einem jungen Mann mit seidig glänzendem, dunkelbraunem Haar.

»Wir müssen die Rebellen zu Grunde richten oder das Volk verliert das Vertrauen in den König!« Nach Zustimmung heischend sah der Mann die übrigen Anwesenden an. Lorcan tat sein Bestes, sich seine Abneigung ihm gegenüber nicht anmerken zu lassen. Lyran war ebenso jung und idealistisch, wie jähzornig und impulsiv. Weshalb der König ihn in den Kronrat berufen hatte, war eines der größten Geheimnisse, denen sich Lorcan in jüngster Zeit gegenübersah.

»Beruhige dich, Lyran Feuersohn. Mit vorschnellem Handeln ist niemandem gedient. Lasst uns zunächst mit den Aufständischen reden, sie können unmöglich bereits vergessen haben, was mit der letzten

Aufrührerin geschah, die seine Majestät zu fassen bekam.« Baldhur, einer der ältesten Fae im Kronrat, hob beschwichtigend die Hände. Er hatte es sich zur Aufgabe gemacht, seine Erfahrungen an die junge Generation weiterzugeben, doch seine Worte stießen keineswegs auf fruchtbaren Boden.

»Vorschnell?! Diese verdammten Aasgeier wüten seit Jahren unter unserem Volk. Die letzte Rebellion mag zerschlagen worden sein, doch seit Monaten töten sie unsere Männer, schänden unsere Frauen und entführen unsere Kinder. So kann es nicht weitergehen. Die Krone kann das nicht länger akzeptieren!«

»Und das wird die Krone auch nicht tun, junger Krieger.« Die volltönende Stimme in Lorcans Rücken ließ ihm das Blut in den Adern gefrieren. Er wirbelte herum, brach das Knie und senkte das Haupt. Ohne sich umzusehen, wusste er, dass sämtliche Mitglieder des Kronrates es ihm gleichtaten. Amael, der Sohn des Königs, war eingetroffen.

Konzentrier dich.

Er durfte sich keinerlei Fehler erlauben, nicht hier und nicht jetzt. Zu groß war die Gefahr, entlarvt zu werden.

»Erhebt euch. Auf dem Boden seid ihr als Berater nicht zu gebrauchen«, befahl Amael und wischte die Respektbekundungen mit einem Wink beiseite. Mit grimmiger Miene musterte er die Landkarte.

Der Kronprinz der Vier Lande war in tiefstes Schwarz gekleidet, das seinen hellen Hautton kontrastierte. Feinstes Leder hob seine breiten Schultern hervor, die weite Hose und die schweren Stiefel zeigten, dass Amael vermutlich gerade noch seine Fähigkeiten im Schwertkampf erprobt hatte. Der Blick aus seinen stechend violetten Augen, die ihn als Mitglied der Königsfamilie und Beherrscher der Geistmagie auswiesen und jeder Fee in die Seele zu blicken vermochten, glitt kritisch über die vielen abgebildeten Details.

Mit dem Wissen, die absolute Macht in seinen Fingern zu halten, deutete Amael auf zwei Figuren, die etwas abseits der umstrittenen

Gebiete in Zemelar standen. »Zieht diese Truppen dort ab und schickt sie zu den Rebellen.«

»Es wird zu Kämpfen kommen, Prinz.« Baldhur trat neben Amael und deutete auf die tiefen Schluchten und Sandgebiete von Palos. »Womöglich gelingt es uns, die Schwarze Lilie zu überraschen und Boden zu gewinnen, doch wir sollten nicht vergessen, die Bevölkerung zu warnen. Die Wüste ist kein guter Ort, um planlos zu flüchten.«

Bedrohliche Kälte lag in Amaels Mimik, während er den Älteren betrachtete und die Worte in sich aufnahm, die Optionen abwog und eine Entscheidung traf. Schließlich nickte er. »Leite alles in die Wege, Baldhur. Und nimm Lyran mit, er wird viel von deiner Weisheit profitieren.«

»Sehr wohl, Prinz.« Baldhur verneigte sich tief und trat rückwärts den Gang aus dem Saal an. Amael sah ihm und Lyran nach, bis die Tür erneut ins Schloss gefallen war. Dann wandte er sich an die übrigen Mitglieder des Kronrates.

»Die Rebellen werden nie aufhören, unser Land zu schänden und Krieg heraufzubeschwören. Wir alle sehnen uns nach Frieden, doch um diesen zu erreichen, müssen wir härter kämpfen als jemals zuvor.« Amael nahm sich die Zeit, jedem der Anwesenden in die Augen zu sehen und Lorcans Herz schlug schneller, als er die schwarzen Schlieren in den violetten Iriden entdeckte. Dieser Mann war einst sein engster Freund gewesen, doch vieles war seither geschehen. Einiges davon würde er ihm niemals verzeihen. Lorcan zwang sich zu einem angedeuteten Lächeln und Amaels Blick zog weiter.

»Bald schon werden wir die Schwarze Lilie vom Antlitz dieser Gefilde tilgen. Im Namen meines Vaters ermahne ich euch daher: Bleibt der Krone treu und lebt im Glanze eurer Schwüre.« Verhaltenes Klatschen bestärkte die Rede des Prinzen. Amael machte eine ausschweifende Geste. »Und nun geht euren Tagesgeschäften nach. Ich lasse euch rufen, wenn ich euch brauche.«

Sie waren entlassen. Lorcan atmete erleichtert auf, da winkte Amael ihn zu sich. Er folgte der Anweisung und trat auf den Kronprinzen zu.

So nah, dass dieser die Dunkelheit in Amaels Sein roch. Eine Dunkelheit, die er sich mit jener einen teilte, der Lorcans Herz gehört hatte.

»Mein Freund, geh zum Tempel der Kasétu. Mein Vater verlangt nach dir.«

KAPITEL 12

THYRA

In die *National library of Scotland* einzubrechen, stellte sich als nahezu lächerlich einfach heraus. Strömender Regen hatte Thyra an der Stadtoberfläche begrüßt, nachdem sie die South Bridge Vaults wieder verlassen hatte. Die Straßen lagen verwaist vor ihr, und während sie durch Edinburgh hetzte, las sie auf einer Anzeigetafel, dass es ein Uhr nachts war. Es dauerte etwas, bis sie die Nationalbibliothek fand, doch ihren Plan setzte sie zügig und unbarmherzig um. Niemand beobachtete, wie sie den reizenden, aber fatal vertrauensseligen Wachmann überwältigte und die Alarmsysteme der Nationalbibliothek ausschaltete.

Nun stand sie in der gigantischen Eingangshalle des reich verzierten Gebäudes und hatte Mühe, all die winzigen Details und die über mehrere Etagen reichenden Bücherregale zu erfassen. Der vertraute Geruch alter Bücher wirkte Wunder auf Thyras aufgewühlten Geist, doch ihr Körper verlangte nach Ruhe. Seit zwei Tagen hatte sie nicht mehr geschlafen, pochende Kopfschmerzen störten ihre Konzentration und jeder Lidschlag fühlte sich an, als bestünde ihre Bindehaut aus Schleifpapier.

Sie warf einen prüfenden Blick auf die Sicherheitskameras, deren unstetes Blinken eine Fehlermeldung signalisierte, und huschte dann durch die vielen Abteilungen.

Regional- und Landesgeschichte, Stadthistorie, die Nachkriegszeit, die Weltkriege, die Renaissance … Die Masse an Wissen, die in diesen alten Wänden verwahrt wurde, war enorm. Thyra jedoch suchte etwas Spezielles. Auf dem Weg in die Bibliothek hatte sie die Inschrift immer wieder rezitiert, aus Angst, den genauen Wortlaut zu vergessen. Je öfter sie die ungewohnte Sprache ausformulierte, desto sicherer wurde sie.

Flott bog sie in einen Gang ein. ›Historie der Sprachen‹ stand in verschnörkelter Schrift auf einem Schild, welches von der Decke hing. Die Regale warfen lange Schatten im Licht der Nachtbeleuchtung. Mehrfach glaubte Thyra, wabernde Nebelschwaden zwischen den Büchern zu sehen und kniff sich fest in die empfindliche Haut ihrer Handgelenke. Sie war müde und ihr Verstand spielte ihr Streiche.

Sengender Schmerz schoss plötzlich durch ihren rechten Oberschenkel. Thyra zuckte zusammen. Fahrig fuhr sie in ihre Hosentasche und spürte neben dem Schmerz eine unsägliche Hitze.

»Dieser verfluchte Dolch!« Mit voller Wucht schleuderte sie die glühende Waffe durch den Gang und er bohrte sich federnd in eines der Bücher. Erschöpft rieb sie sich die Schläfen und atmete durch.

Ich sollte ihn zurücklassen. Ständig bereitet er mir Ärger.

Sie drehte sich auf dem Absatz um, da erfasste heftiger Schwindel ihren Geist. Sie keuchte auf, setzte ihren Weg jedoch fort. Doch mit jedem Schritt den Gang entlang wurde das Gefühl unerträglicher, Übelkeit stieg in ihr auf. Thyra blieb stehen. Ihr Puls raste, ihre Handflächen waren feucht von Schweiß. Ging sie nur ein Zentimeter weiter, würde sie sich übergeben. Ihr Mageninhalt kratzte beharrlich an ihrer Speiseröhre, Speichel füllte ihren Mund.

Frustriert stöhnte sie und wandte sich um. Augenblicklich flaute der Schwindel ab und wurde ersetzt von wohliger Gänsehaut.

Sie runzelte die Stirn und drehte sich wieder um. Sofort kehrte die Übelkeit zurück und zwang sie regelrecht, stehen zu bleiben.

»Was bei allen guten Geistern ist hier los?«, flüsterte sie und massierte ihre Nasenwurzel. Erneut machte sie kehrt und wieder stellte sich ein warmes, wohliges Gefühl in ihrem Magen ein. Ihr Blick fiel auf den Dolch.

Das kann nicht sein.

... oder vielleicht doch?

Probehalber setzte sie noch einen Fuß zurück in Richtung des Dolches und kam sich dabei unfassbar lächerlich vor. Die Wärme zentralisierte sich in ihrem Magen und sandte Wellen behagliche Ruhe in ihre Gliedmaßen.

»Oh bitte, das ist lächerlich!«, stieß sie zwischen zusammengebissenen Zähnen hervor und drehte erneut auf dem Absatz um, fort von dem Dolch. Diesmal wartete sie nicht auf die Übelkeit, sondern rannte regelrecht los.

Zwei Meter weiter knickten ihr die Knie weg und sie erbrach galliges Sekret auf den Teppichboden der Bibliothek. Sie konnte nicht mehr geradeaus schauen. Die Welt drehte sich, und sie war das Zentrum.

Ein sehr angeschlagenes, widerwilliges Zentrum.

»Verdammte Scheiße«, stöhnte sie, als die Wahrheit, so unglaublich, unerklärlich und verrückt sie auch war, zu ihr durchdrang.

Thyra lächelte zynisch, als sie sich in die Höhe stemmte und auf den Dolch zuging. Augenblicklich klärte sich ihr Kopf, und die Welt drehte sich wieder um die Sonne, so, wie es sein sollte.

»Ich hab's verstanden«, knurrte sie zu niemandem bestimmten. »Lasse ich den Dolch zurück, komme ich nicht weit.«

Die Härchen in ihrem Nacken richteten sich auf.

Ich verstehe es nicht. Verstehe gar nichts mehr. Nichts ergibt einen Sinn und doch habe ich das Gefühl, als gäbe es eine Erklärung.

Und sie liegt mir direkt auf der Zunge.

Thyra wagte es nicht, den Gedanken weiterzuführen. Zu ungeheuerlich war der Verdacht, der in ihr aufglomm und sich in ihrer Seele festsetzte.

Stattdessen konzentrierte sie sich auf das, was sie sah. Der Dolch steckte in einem Buch mit einem verblichenen grünen Einband, dessen Buchrücken von schimmernden Buchstaben geziert war.

»Gälische Sprache im zehnten Jahrhundert – von Myrddin O'Brien«, las Thyra laut. Sie zog den Dolch heraus, holte das Buch aus dem Regal und schlug es auf. Die Seiten waren durchscheinend und vergilbt, die Schrift eng gesetzt und schwer lesbar. Skepsis erwachte in ihr. Dies war ein Wörterbuch für schottisch-gälisch. Genau, was sie brauchte.

Das ist zu einfach.

Misstrauisch spähte sie zwischen den Regalbrettern hindurch und lauschte. Auf Schritte, fremde Atemzüge, Stimmen. Einzig Stille antwortete ihr, nur unterbrochen von dem Sirren der Neonröhren an der Decke.

Es fühlte sich an, als renne sie sehenden Auges in eine Falle. Und doch … die Neugierde, die Übersetzung herauszufinden, überwog.

Wort für Wort blätterte sie sich durch das Wörterbuch und wälzte die Grammatik. Wieder und wieder verwarf sie ihre Übersetzungen und es vergingen Stunden, bis sie bei der letzten Vokabel ankam, die sie brauchte. Sie ließ das Buch sinken.

Gänsehaut breitete sich auf ihren Armen aus, Thyras Puls wummerte in ihren Ohren. Ihre laienhafte Übersetzung war vollkommen falsch gewesen. Die Inschrift, die sie in den Vaults tief unter den Straßen Edinburghs gefunden hatte, war eine Beschwörungsformel, ein Ruf quer durch die Realität, gebildet, um die Essenz des Universums zu durchdringen.

»Verbunden durch das Blut der Fünf, geeint in vier Völkern, darf passieren das Tor unter dem Nebel, wer besitzt die Kraft der Elemente«, flüsterte sie heiser.

Ihr wurde heiß und die Worte, die sie vorhin nicht einmal zu denken gewagt hatte, nahmen jetzt für einige Atemzüge ihren gesamten Verstand ein. Jeder Zweifel, jede Mauer, die sie errichtet und mit Argumenten der Logik hatte stützen wollen, zerbarst in tausend Einzelteile, ein jedes davon scharf genug, um Thyras Innerstes bluten zu lassen.

Magie gibt es wirklich.

Ein Windstoß fuhr durch die Bibliothek, wirbelte Staub, Papier und Bücher auf. Pure, gewaltige Macht erfasste Thyra, Glut erwachte in ihren Adern und öffnete ihren Geist.

»Schau an, wen ich da gefunden habe«, sagte eine tiefe Stimme hinter ihr und ein Schrei ertönte, so schrill, dass Thyras Gehirn aus ihrem Schädel zu platzen drohte. Die Knie brachen unter ihr weg, gleißender Schmerz schoss durch ihren Körper. Sie schmeckte Eisen im Mund und fühlte Tränen ihre Wangen hinabrinnen.

Ein junger Mann trat aus den Schatten der hohen Regale. Er war gekleidet wie ein Mensch, doch nichts anderes an ihm wirkte menschlich. Die Haut war totenbleich, die Augen blass und pupillenlos.

»Die Verräterin, die dem Tod entronnen ist.«

KAPITEL 13

AMAEL

Die längst verstummten Schreie der Toten in dem alten Verlies hießen Amael willkommen. Nachdrücklich schloss er die Tür hinter sich und entzündete mit einem Wink die Fackeln. Wasser plätscherte leise in einem Wandbrunnen, Rüstungen standen links neben ihm, dunkle Lettern an den Wänden sprachen von Ehre, Loyalität und der Freiheit der Macht in ewiger Finsternis. Ein großer Torbogen gegenüber führte tiefer in das unterirdische Gemäuer. Seit Jahrhunderten schon war dies sein Reich, sein Refugium abseits von den Intrigen und Machtspielen des Königshofes.

Ein schwarzer Pfeil surrte heran. In letzter Sekunde duckte er sich unter dem scharfen Geschoss hinweg. Und es war das Versteck der Alancrá. Der Assassinen, dessen Oberhaupt er war.

Lachend trat ein dunkel gekleideter Mann aus den Schatten, ein großer Bogen überragte seine breiten Schultern. »Du wirst langsam, alter Freund.«

»Finnean!« Amael schloss den stellvertretenden Anführer der Alancrá in die Arme. »Ich habe dich nicht vor Ende des Monats zurückerwartet. Sind die anderen auch hier?«

»Nur ich. Pirmin, Ronan und Eoghan führen die Mission in Tuulinar fort. Ich erfuhr beunruhigende Neuigkeiten über die Rebellen, Prinz. Im Norden heißt es, die Schwarze Lilie würde schon bald einen neuen Angriff auf die Hauptstadt wagen. Zunächst glaubte ich an ein haltloses Gerücht, doch dann hörte ich von den Angriffen in Palos. Was wirst du dagegen unternehmen?«

»Ich habe zwei Trupps unter dem Kommando von Baldhur und Lyran entsandt.«

Finnean verzog das Gesicht. Er und das jüngste Mitglied des Kronrats waren sich selten einig. Nur darin, nichts auf den jeweils anderen zu halten, stimmten sie überein.

»Ich weiß, was du sagen willst. Und ich gebe dir recht. Doch eine Alternative gab es nicht. Lorcan ist im Namen des Königs unterwegs, die Götter allein wissen um seine Mission. Und die Alancrá sind, wie du ja weißt, alle ausgeflogen.«

Seite an Seite wanderten sie tiefer in das Gebäude hinein. Dieser Ort galt als verflucht, das gemeine Volk bekreuzigte sich allein bei dem Gedanken daran. Das Grab der Verdammten nannten sie es. Niemand kam freiwillig hierher.

Für Amael war dies der Ort, an dem seine Schwester gestorben war. Der Ort, an dem sich alles für ihn verändert hatte. Der Ort, an dem er wahre Macht erhalten hatte.

»Soll ich seinen Platz einnehmen?«, fragte Finnean.

»Nein. Mein Vater plant etwas, ich brauche dich hier.«

Finnean seufzte. »Auf die Gefahr hin, deinen Unmut zu erregen ... Wir sind die Alancrá, die Assassinen des Todes. Unsere Mission ist es, dich und deine Interessen zu schützen. Aber seit ... *ihr* sind wir zu wenige. Wir sollten jemand neues akquirieren.«

»Nein.« Jäh blieb Amael stehen. Hass loderte in dem schwarzen Klumpen aschfarbenen Blutes in seiner Brust auf, der einst sein Herz gewesen war. »Ich will keinen Neuen in unseren Reihen. *Ihr* Verrat sitzt tief. Einzig wir bleiben, um das Königreich zu schützen.«

»Amael, …«

»Finde heraus, was der König plant und behalte die Neuankömmlinge im Auge. Kehrt Lorcan zurück, muss ich davon als Erster erfahren.«

Finnean war ebenfalls stehen geblieben und musterte seinen Anführer intensiv. Er rang sichtlich mit sich, bevor er schließlich nachgab. »Wie du befiehlst. Die Zeiten sind unstet, das Volk ist in Aufruhr.« Er legte Amael eine Hand auf die Schulter und wartete, bis dieser seinem Blick begegnete. »Die Verräterin hat eine Leere hinterlassen, und obgleich ich deinen Schmerz nicht nachzufühlen vermag, versichere ich dir, du bist niemals allein, mein Freund. Die Alancrá stehen geschlossen hinter dir – was auch geschieht.«

Amael schluckte schwer. Finnean war es zu verdanken, dass er in den letzten knapp zwei Jahren nicht vollends den Verstand verloren hatte, nachdem seine Welt in einen Abgrund aus Schande, Verrat und Misstrauen gestürzt war. Er sah dem Assassinen nach, bis die gusseiserne Tür hinter seinem Stellvertreter ins Schloss fiel. Hass und Zorn verlangen Vergeltung und die Macht der Kasétu brachte sein Blut zum Kochen. Er tastete nach den Dolchen, die in dem Waffengurt an seiner Hüfte steckten.

Heute bekommst du ein Festmahl der Seelen, Dunkle.

KAPITEL 14

PETE

Müdigkeit legte sich bleiern auf Petes Knochen, seine Knie schmerzten und sein Schädel pochte, als er durch die rauen Gänge von Schloss Dunvegan in den Südflügel geführt wurde. Anmerken ließ er sich davon nichts.

»Da rein, alter Mann.« Brody MacLeod stieß ihn unsanft in einen kleinen Raum. Timothy protestierte, wurde aber von Alistair weitergezogen. Wenige Augenblicke später war Pete allein.

Pete hatte immer gewusst, dass ihm ein Wiedersehen mit Arthur Alexander MacLeod bevorstand. Doch in seinen dunkelsten Träumen hätte er sich nicht vorgestellt, als Gefangener vor ihn zu treten.

Er verfluchte seinen Sohn für dessen Torheit, dem Clanoberhaupt die Treue zu schwören und zu dessen Handlanger zu werden. Aber eine Teilschuld konnte er nicht von der Hand weisen, hatte er doch nie mit Timothy über die Vorfälle gesprochen …

Aufmerksam inspizierte er seine Umgebung. Die Einrichtung war karg, ein Stuhl, der nicht gerade gemütlich aussah, und ein versiffter alter Tisch voller Brandflecken standen in der hintersten Ecke. Ächzend ließ Pete sich nieder und streckte die Beine aus.

»Was für eine Wohltat«, murmelte er und schloss die Augen. Er würde nicht einschlafen, dafür sorgte die nervig flackernde Glühbirne, die von der Decke herabhing. Doch er musste dringend seine Gedanken sortieren. Pete war ein gebürtiger MacLeod und mit all den Sagen und Legenden seiner Familie aufgewachsen. Von klein auf waren Pete und Arthur die besten Freunde gewesen, hatten alles miteinander geteilt und an seinem 17. Geburtstag hatte Pete Arthurs Vater Gregor Jamison MacLeod von MacLeod, dem früheren Clanoberhaupt, die Treue geschworen. Pete hatte eines Tages Arthurs rechte Hand werden sollen.

Doch dann war alles anders gekommen. Pete hatte Sarah Martins geheiratet, und wenig später wurde Timothy geboren. Das Familienglück hätte perfekt sein können, doch Pete hatte seiner Frau und seinem Sohn die Wahrheit über die Legenden der MacLeods verschwiegen. Auf einem Clantreffen hatten seine Lügen ein unheilvolles Ende gefunden. Timothy war gerade neun Jahre alt geworden, da …

Die Tür zu seiner Kammer öffnete sich mit einem lauten Quietschen und riss Pete aus seinen Erinnerungen. Niemand Geringeres als Arthur betrat den winzigen Raum und kurz verschlug es Pete den Atem. Es war fast, als könne die Zeit Arthur nichts anhaben. Schlank und rank stand er in der Tür, einzig sein Haar hatte sich dem Alter gebeugt und war weiß wie Nebel, und einige Lachfalten prägten die Augenpartie. Er musterte Pete von oben bis unten. Dieser ertrug die Musterung mit stolz vorgerecktem Kinn.

Schließlich seufzte Arthur und machte eine abwinkende Geste. »Für diese Art von Kräftemessen bin ich zu alt. Wir sollten uns unterhalten und soweit es mich angeht, gibt es keinen Grund, das nicht bei einem guten Whisky zu tun.«

Pete maß seinen früheren Freund skeptisch, stand dann jedoch auf. »Nach dir.«

»Schau uns an, Pete. Einst waren wir beste Freunde, vertrauten einander blind. Ich wäre für dich durch jedes Feuer gegangen, hätte jede Schlacht an deiner Seite geschlagen und mein Leben in deinen Schutz gestellt. Doch nun ist das Misstrauen zwischen uns größer als die Whiskyvorräte auf Schloss Dunvegan.« Arthur reichte ihm ein Glas mit bernsteinfarbener Flüssigkeit.

Sie saßen in einem der vielen Wohnzimmer des Anwesens, im Kamin brannte ein Feuer und sprach von Gemütlichkeit und Frieden. Über die unterschwellige Feindseligkeit im Raum vermochte jedoch auch der beste schottische Whisky nicht hinwegzutäuschen. Pete schnaubte verächtlich.

»Es waren mehr als zwanzig Jahre, Arthur. Zwanzig Jahre und nicht ein Wort von dir. Nicht einmal, als Sarah gestorben ist, hast du von dir hören lassen. Stattdessen verknechtest du meinen Sohn für deine Sache? Ich dachte, du wärst besser als das, selbst nach all dem, was geschehen ist.«

Die Freundlichkeit wich aus Arthurs Gesicht. Seine stahlgrauen Augen verdunkelten sich. »Nicht ich war es, der seiner Familie den Rücken kehrte. Du hast uns im Stich gelassen, als wir dich am dringendsten gebraucht hätten. Es war nicht an mir, auf dich zuzugehen.«

»Du hast meinen Jungen hineingezogen! Du hast ihn und seine Unwissenheit ausgenutzt, obwohl du wusstest, was er mir bedeutet!« Abrupt stellte Pete das Glas auf den Tisch und erhob sich. Seine über Jahrzehnte antrainierte Geduld schwand und machte einem Zorn Platz, den er lange nicht mehr gespürt hatte. Er trat an das Fenster, um sich die Gärten von Dunvegan anzusehen. Bereits in seiner Jugend hatte ihre raue Schönheit ihn beruhigt. Zartgelbe Strahlen erhellten die herbstliche Pflanzenwelt vor der Glasscheibe, heller Dunst stieg von den weiten Grünflächen auf und tanzte im ersten Licht der Morgensonne, während in Pete Ärger und verletzter Stolz nach Vergeltung schrien. Arthur trat an seine Seite, doch Pete sah ihn nicht an.

»Timothy gehört zur Familie. Er hatte es verdient, die Wahrheit zu erfahren.«

Im tiefsten Grunde seines Verstands gab Pete Arthur recht. Seinem Sohn die Wahrhaftigkeit über die Realität, in der sie lebten, zu verschweigen, war falsch gewesen. Doch nichts hatte den Mann dazu berechtigt, sich über Petes Entscheidung hinwegzusetzen.

Ein Rabe flog laut krächzend über den Himmel, vollführte eine elegante Schleife und landete in der Krone der alten Eiche nur wenige Meter vom Gemäuer entfernt. Es war wie damals, als er ein anderer Mann gewesen war …

Überschwänglich legte Pete Arthur die Hand auf die Schulter und reichte ihm mit der anderen ein Whiskyglas. »Du musst durstig sein!«, grölte er gegen die Musik an.

Arthur zögerte nicht eine Sekunde, prostete ihm zu. »Auf das Leben, Bruder! Und auf uns.« Ohne den Blickkontakt zu unterbrechen, tranken die Männer den edlen Tropfen in einem Schluck. Pete klopfte Arthur auf den Rücken, dann zog ihn der Übermut zurück in die Menge der feiernden Schotten.

Es war ein lauer Sommerabend, die Sonne versank hinter Schloss Dunvegan und zeichnete den Himmel orange. Der Geruch von fettigem Fleisch, Guinness und Whisky hing in der Luft, Gespräche und das Lachen der Clanmitglieder hallten über die Gärten des Anwesens. Männer, Frauen und Kinder hatten sich versammelt, um den Einstand der jüngsten volljährigen MacLeods in die Riege der Erwachsenen zu zelebrieren. Der Schwur der Gefolgschaft galt als Aufnahmeritual in die Welt hinter dem Schleier der Realität. Alljährlich, stets zur Sommersonnenwende, führte das Clanoberhaupt die nächsten Schotten in die Mythen und Mysterien ihres Volkes ein.

Melancholisch dachte Pete an den Tag zurück, als er die Wahrheit begriffen hatte. All die Geschichten, die ihm die Ältesten von Kindesbeinen an erzählt hatten, waren wahr. All jene Wesen existierten. Feen, Kelpie, Kobolde, Einhörner, Drachen, Gestaltwandler und Wiedergänger … Sie lebten in ihrer eigenen Welt, getrennt von den Menschen. Es gab Portale, durch welche magisch begabte Wesen zu reisen vermochten. Lebhaft erinnerte Pete sich an seinen Enthusiasmus, als er erfahren hatte, dass er womöglich eine dieser sagenumwobenen Wesenheiten zu Gesicht bekommen würde. Ebenso erinnerte er sich an sein Entsetzen, als er von dem Fluch gehört hatte, der auf den MacLeods, und damit auf ihm, lastete.

Jemand berührte seine Hand. Er wandte sich um und begegnete den dunklen Augen seiner Frau Sarah. Ihr blondes Haar wirkte in der Dämmerung nahezu braun. Liebevoll strich er ihr über die Wange, sog die Wärme ihrer Haut regelrecht auf. »Alles in Ordnung? Wo ist Timothy?«

»*Timmy schläft den Schlaf der Gerechten. Nachdem er so viele Würstchen in sich hineingestopft hat, dass er kaum noch laufen konnte, war es ein leichtes, ihn zu Bett zu bringen.*« *Sarah lächelte liebevoll, so wie stets, wenn sie über ihren Sohn sprach. Dann hob sie die Augenbrauen zu einer fragenden Grimasse.* »Meinst du, wir können uns bald davonmachen? Es war ein langer Tag und die Anreise steckt mir noch in den Knochen.«

Obgleich er der Zeremonie gern beigewohnt hätte, nickte Pete. Seine Frau ahnte nichts von der tieferen Bedeutung hinter diesem Abend und er würde alles dafür geben, dass es so blieb.

»Ich verabschiede mich, geh ruhig schon mal vor.« *Sarah gab ihm einen flüchtigen Kuss, der sein Innerstes Feuer fangen ließ.*

»Mach schnell«, *flüsterte sie ihm verheißungsvoll ins Ohr, ehe sie ihn freigab.*

Arthur zu finden stellte sich als schwieriger als erwartet heraus. Nachdem Pete sicher war, dass sein bester Freund nicht auf der Fete war, ahnte er, wo er sich herumtrieb und eilte in das Nebenhaus des Dunvegan-Anwesens.

Es war größer als die meisten Einfamilienhäuser Schottlands, dennoch wurde es nur als Stauraum genutzt. Zumindest offiziell. Vor Jahren schon hatte Arthur eines der Zimmer freigeräumt und sein persönliches Reich darin errichtet.

Als Pete näher kam, hörte er Arthurs heisere Lache und das affektierte Gekicher einer Frau. Es wunderte ihn nicht. Arthur war unverheiratet und ein wahrer Schürzenjäger. Ginge es nach ihm, würde er alles vögeln, was nicht bei drei auf den Bäumen war, solange nur sein Vater keinen Wind davon bekam. Der legte nämlich recht großen Wert darauf, dass sein Sohn sich endlich festlegte und einen anerkannten Erben zeugte, damit die Clan-führung in nächster Generation gesichert war. Pete räusperte sich, bevor er den Raum betrat.

»Arthur?«

Das alberne Gekicher ging in hektisches Kreischen über und ein rothaariges Mädchen, etwa zehn Jahre jünger als Arthur, rannte spärlich bekleidet an Pete vorbei. Arthur folgte der jungen Frau wesentlich entspannter. Mit einem verklärt selbstverliebten Ausdruck auf seinem Gesicht, bog er um die Ecke, hinter der vermutlich ein Bett stand. Pete war nie so weit in den Raum hineingegangen. Manches wollte er schlichtweg nicht wissen. Wortlos hob er Arthurs Hemd auf und warf es seinem besten Freund an den Kopf.

»Die Katze lässt das Mausen nicht, nicht wahr?«

Arthur lachte schelmisch und strich sein halblanges Haar zurück. »*Ich bin machtlos gegen die Waffen einer betörenden Frau. Sie hat entschieden, dass sie mich will.«*

Pete schüttelte nachsichtig den Kopf. »*Sarah ist müde, wir werden uns also zurückziehen. Gratuliere den Jungs nach der Zeremonie ganz herzlich von mir zu diesem bedeutenden Schritt.«*

Schlagartig versteifte sich Arthur, das überschwängliche Grinsen wich von seinem Gesicht. »*Du kommst also wieder einmal nicht zur After Show Party? Kannst du dich nicht irgendwie davonschleichen?«*

Pete schüttelte etwas wehmütig den Kopf und lehnte sich an die Wand. »*Sarah würde sofort merken, dass ich weg bin.«*

Arthur verschränkte die Hände über dem Kopf, in ihm arbeitete es sichtlich. Abschätzend sah er zu Pete hinüber, öffnete den Mund und schloss ihn wieder. Pete wusste, worüber Arthur nachdachte und beschloss, ihm zuvorzukommen.

»Ich weiß, du verstehst es nicht, doch womöglich wirst du das eines Tages, wenn du aufhörst, jedem hübschen Schopf hinterherzurennen. Timothy wird niemals von seinem Erbe erfahren. Er ist so rein und unschuldig, er würde die Wahrheit nicht verkraften. Und Sarah ... Sie würde helfen wollen. Dieser Gefahr werde ich sie unter keinen Umständen aussetzen.«

»Du hast meinem Vater die Treue geschworen, wirst als meine rechte Hand ausgebildet und wir beide werden die Leitung dieses Clans sowie die damit einhergehende Verantwortung übernehmen!« Aufgebracht lief Arthur auf und ab. *»Du hast eine Pflicht deinen Leuten gegenüber!«* Er redete sich in Rage, doch seine Worte prallten an Pete ab. Er ließ seinen Freund schimpfen und zetern. Erst als dieser sich alle Vorwürfe von der Seele geredet hatte, ergriff er das Wort.

»Der Fluch der Feen bestimmt unser Leben, Arthur. Die Angst eines jeden MacLeods, dass der König im falschen Moment seine Opfergabe fordert, hält uns alle in ihrer eisigen Gewalt. Ich werde das nicht länger zulassen. Timothy wird diese Zeremonie niemals durchlaufen. Er wird niemals Teil werden von diesem ganzen Irrsinn. Er wird niemals Todesangst im Kampf durchstehen, niemals die Bösartigkeit der Feen erleben und niemals den Schmerz eines viel zu frühen Verlusts kennenlernen. Ich will, dass mein Sohn ein normales Leben führt, ohne Magie und Flüche.«

Fassungslosigkeit spiegelte sich auf Arthurs Gesicht. Pete fluchte innerlich. Er hatte dieses Gespräch nicht so beginnen und schon gar nicht unter diesen Umständen führen wollen. Müde rieb er sich die Augen. Er hätte diesen vermaledeiten letzten Whisky nicht trinken sollen.

»Das ... das kann unmöglich dein Ernst sein, Pete! Du hast deine Treue geschworen. Vater wird – du würdest uns alle im Stich lassen.« Arthur sprach die Wahrheit und die Worte hinterließen schmerzhafte Wunden auf Petes Seele. Er hasste es, sich zwischen seinem Sohn und seinem Clan entscheiden zu müssen. Und dennoch hatte er seine Wahl am Tage von Timothys Geburt getroffen. *»Es geht um meinen Kleinen, Arthur. Du wirst es verstehen, wenn du selbst Kinder hast.«*

»Pete, schläfst du im Stehen?« Arthur holte Pete abrupt aus der Vergangenheit. »Hab wenigstens den Anstand, mir zu sagen, wenn dich unser Geplänkel langweilt.«

Pete blinzelte. Die letzten Minuten und die Zeit vor all den Jahrzehnten schienen verwoben zu sein. »Erinnerst du dich an jenes erste von vielen Streitgesprächen zur Sommersonnenwende, als ich davon sprach, Timothy aus allem herauszuhalten? Es schmerzt, zu sehen, wie du meine Wünsche mit Füßen trittst.«

»Timothy ist —«

»Arthur?« Alistair MacLeod streckte den Kopf zur Tür herein. Das schwarze Haar fiel ihm unordentlich über die Schultern, Augenringe zeugten von der langen Nacht hinter dem Steuer des Sprinters, mit dem er und seine Brüder Pete und Timothy quer durch Schottland gefahren hatten. »Der Banshee ... Er hat *sie* gefunden.«

Arthur wirbelte herum. Er eilte durch den Raum und packte den jungen Mann an der Schulter. »Zugriff, auf der Stelle! Bringt sie mir!«

Alistair zuckte unter dem festen Griff seines Clanoberhaupts zusammen, nickte und verschwand. Unheilvoll wandte sich Arthur wieder an Pete. »Wir sind bald vollzählig.«

KAPITEL 15

THYRA

Die Häuser Edinburghs flogen an Thyra vorbei. Blindlings rannte sie durch das morgendliche Zwielicht, ihre Schritte platschten laut auf den regennassen Straßen. Das Herz in ihrer Brust trieb Blut und Adrenalin durch ihre Adern, Angst umwölkte ihre Gedanken. Sie sprintete um eine Häuserecke, presste sich fest gegen den Klinkerbau und spähte über die Schulter.

Der Weg lag verlassen hinter ihr, nur ein älterer Mann mit Gehstock und Golfercap führte seinen Dackel spazieren. Es war ein winterlich friedlicher Tag, die Sonne kroch allmählich über die Häuser, nebliger Dunst stieg vom Asphalt gen Himmel. Die Ruhe war trügerisch, falsch. Kraftvoll stieß Thyra sich von der Mauer ab. Sie musste weiter. Fort von der Bibliothek, fort von dem, was dort in der Dunkelheit auf sie gelauert hatte. Sie wusste nicht mehr, wie sie der Kreatur hatte entkommen können. Ihr Fluchtinstinkt hatte übernommen, ihre Fingerknöchel schmerzten und zwei tiefe Kratzer zierten ihre Wange.

Geisterhaftes Lachen umhüllte sie, drang von überall und nirgendwo zu ihr. Filigrane Finger streckten sich ihr entgegen, liebkosten ihren Nacken, ihren Hals, ihren Bauch.

»Nein!« Thyras Schrei hallte laut durch die verlassene Gegend. Straßenlaternen flackerten und Thyras Magen sank in die Kniekehlen. Sie stolperte weiter, blickte nicht mehr zurück. Wenn sie doch nur wüsste, was es war …

»Thyyyyyraaaa.« Die Stimme war nur ein Hauch im Wind und warf sie in die dunkelste Realität ihrer Albträume. Erinnerungen kratzten an ihrem Bewusstsein, gruben sich mit scharfen Klauen einen Weg aus dem Vergessen.

Namenloses, vages Verständnis rührte sich in ihr. Es war, als brannte ihr Geist unter unbekannten Mächten. Sie kannte dieses Wesen. Sie wusste um seine Brutalität, um seine Gnadenlosigkeit, und vermochte es doch nicht in Worte zu fassen. Ihr entfuhr ein Wimmern.

Unvermittelt prallte sie gegen eine breite Brust, ihr Atem setzte aus. Neugierige braune Augen begegneten ihr, ein Mund mit perfekten Zähnen verzog sich zu einem Lächeln, kräftige Finger schlossen sich um ihre Handgelenke.

»Verzeihung, mein Fehler. Ich habe dich wohl übersehen.« Der Mann strahlte sie an, hielt sie eng an seinen gestählten Körper gepresst. Thyras rasender Puls beruhigte sich.

Ich bin nicht mehr allein.

»Ich muss mich entschuldigen«, stieß sie atemlos hervor. »Ich war in Gedanken und habe nicht auf die Umgebung geachtet, ich …« Unruhig zog sie an ihren Handgelenken. So froh sie um die Gesellschaft war, *es* war zu nah. »Bitte, ich … ich muss weiter, meine … meine Mutter ist ins Krankenhaus eingeliefert worden, und …« Sie war eine grauenhafte Lügnerin. Erneut versuchte sie, sich zu befreien. Stählern festigte der Mann seinen Griff, sein vormals freundliches Gesicht wurde ernst, seine Augen verdunkelten sich und mit der freien Hand griff er in seine Jacke.

»Wohin denn so eilig?« Er lehnte sich ihr entgegen. Sein Teint wurde blasser, seine Iriden milchig-weiß. »Ich habe dich doch gerade erst gefunden, *Thyra*.«

Etwas Spitzes bohrte sich zwischen die Muskelstränge an ihrem Hals, ätzende Säure brannte sich durch ihr Fleisch.

Sie hatte keine Zeit zu schreien. Die Ohnmacht kam schnell und unvermeidbar.

KAPITEL 16

TIMOTHY

Die Zellentür öffnete sich mit lautem Quietschen. Timothy hob den Kopf und kniff die Augen zusammen. Nach ihrer Ankunft auf Schloss Dunvegan hatten die MacLeod Brüder Pete weggebracht und Timothy in eine Zelle gesperrt. In den vergangenen Stunden hatten Gewissensbisse und Ungewissheit ihn gequält. In seiner Vorstellung wurde sein Vater misshandelt, gefoltert oder er lag bereits tot im Graben, während Timothy zur Untätigkeit verdammt war. Als die Sonne ihren Höchststand erreicht hatte, hatte Timothy aufgehört, seine Freilassung zu fordern. Seither waren Stunden vergangen. Allmählich kroch die Dämmerung über das Firmament und brachte Dunkelheit mit sich.

»Aufstehen, Gibbins. Dein Typ wird verlangt.« Gawin MacLeod packte ihn grob am Arm und zerrte ihn aus dem Gefängnistrakt hinaus.

»Wohin bringst du mich?«

»Nach deinem jämmerlichen Versagen haben andere deinen Platz eingenommen«, antwortete Gawin kryptisch. »Jetzt will Arthur dich sehen.«

Timothy trat Schweiß auf die Stirn. Sein *Versagen* bezog sich mit ziemlicher Sicherheit auf sein Unvermögen, Thyra ausfindig zu machen und zu Arthur zu bringen.

Obwohl ich eigentlich nur den Söldner auf sie angesetzt habe, so wie Arthur es gefordert hat.

Er wusste, darüber zu diskutieren, würde ihm nichts bringen. Dennoch fragte er sich, wie Arthur die Streunerin so schnell hatte finden können. Oder suchte er sie etwa noch, und bei dem Gespräch ging es um etwas ganz anderes? Eine laue Wärme breitete sich in Timothys Magengegend aus.

Vielleicht erfährt Dad doch nicht, dass ich es war, der ihm Thyra genommen hat.

Gawin brachte Timothy in einen kleinen Raum mit trostlosem Interieur. Einige Stühle, ein verstaubter Tisch und eine ebenso verstaubte Kommode standen lieblos zusammengewürfelt nebeneinander. Die Fenster waren blind, das wenige Licht des frühen Abends drang kaum ins Innere des Zimmers. Im hinteren Bereich war ein Vorhang quer von einer Wand zur anderen gespannt.

»Setz dich.« Gawin wies auf den nächsten Stuhl, dessen hölzerne Lehne höllisch unbequem aussah, und ließ sich ebenfalls nieder. Schweigend kam Timothy seiner Aufforderung nach. Unzählige Gedanken schwirrten durch seinen Verstand und Blut rauschte in seinen Ohren.

Was passiert nun?

Er schüttelte leicht den Kopf, als verschwände auf diese Weise das flaue Gefühl in seinem Magen.

Was, um alles in der Welt, hat es mit diesem Vorhang auf sich? Die MacLeod-Brüder werden wohl kaum ein Theaterstück aufführen.

Es rumpelte, die Tür wurde schwungvoll aufgerissen und Arthur MacLeod betrat den Raum, begleitet von Alistair und Pete.

»Dad!« Timothy wollte ihm entgegeneilen, doch Gawins Hand schnellte vor und drückte ihn in den Sitz.

»Das würde ich nicht tun«, warnte er.

Trotz flackerte in Timothy hoch. »Und was wenn doch?«, fragte er provokativ.

Ehe ein handfester Streit zwischen den Männern ausbrach, mischte sich Pete ein. »Es geht mir gut. Tu, was Gawin dir sagt. Je schneller diese Scharade hier vorbei ist, umso früher sind wir wieder Zuhause.«

Arthur brummte bestätigend. Dramatisch schritt er in die Mitte des Raumes, bis er direkt vor dem Vorhang stand. Dann wandte er sich seinem vierköpfigen Publikum zu.

»Wir alle kämpfen mit der Vergangenheit. Vorwürfe, alte Gefälligkeiten und Wut liegen in der Luft, ebenso wie Unverständnis für das Handeln der anderen. Timothy, ich trug dir auf, eine gewisse Person ausfindig zu machen und zu mir zu bringen. Durch dein Scheitern wanderten andere auf gleichen Pfaden, doch es gelang mir, das Schicksal zu meinen – nein, zu den Gunsten *unseres* Clans zu beeinflussen.«

Unbehaglich rutschte Timothy auf seinem Stuhl herum. Er spürte den kalten Blick seines Vaters auf sich ruhen. Pete war klug. Noch hielt er zwar nicht alle Bruchstücke in der Hand, doch es würde nicht mehr lange dauern und er würde das Ausmaß von Timothys Verrat erkennen.

»Ich kenne meinen Ruf und weiß, was von mir erwartet wird«, fuhr Arthur fort. »Aber ich habe dich nicht herbringen lassen, um dich zu bestrafen, Timothy.« Er griff nach dem langen Stück Stoff hinter sich und zog daran, bis es leise zu Boden fiel. »Ich habe dich herbringen lassen, damit du verstehst.«

KAPITEL 17

THYRA

Die leuchtende Stadt lag in vollendeter Eleganz zu ihren Füßen. Der sanfte Glanz der Gebäude erhellte die Gassen und Plätze, schien bis hinauf in den Himmel und wurde mit einem metallischen Blitzen von den stahlharten Schuppen der Drachen reflektiert. Feen tanzten ausgelassen unter dem Licht des Vollmonds, genossen die lauen Stunden der Nacht und feierten ein rauschendes Fest zu Ehren der Göttin der Natur, der großen Kasétu.

Die heutige Nacht galt als heilig, niemand wagte es, den Unmut der Götter auf sich zu ziehen und den Frieden der Sonneneclipse zu stören. Niemand außer der vollkommen verhüllten Frau hoch oben über den Dächern der Stadt. Niemand außer einer Kriegerin der Alancrá.

Thyra griff nach ihren Messern und zog lautlos eine der tödlichen Waffen aus dem Holster. Das Silber der Klinge blitzte im Licht der Sterne, lockte zu Taten der Gewalt im Namen ihres Prinzen.

Tief unter ihr, in den Schatten der Gasse, eilte eine Gestalt durch die Nacht. Eine Kapuze verdeckte Gesicht und Haar. Thyra verengte die Augen zu Schlitzen und beugte sich vor. Das musste er sein. Sie setzte sich in Bewegung, sprang kaum hörbar von Dach zu Dach, überwand lose Ziegel, Abgründe zwischen den Mauerwerken, Regenrinnen und Vogelnester. Immer *wieder sah sich die Gestalt um, es war offensichtlich, dass sie fürchtete, verfolgt zu werden.*

Du siehst in die falsche Richtung, Rebell, dachte sie zufrieden.

Die Kapuzengestalt verharrte und spähte erneut in die Dunkelheit. Minutenlang stand sie regungslos vor einem kleinen Haus, dessen heruntergekommene Fassade niemals Thyras Aufmerksamkeit erregt hätte, bevor sie sacht gegen die Tür klopfte. Nur Sekunden später schwang die Tür auf. Thyra konnte gerade noch eine blonde Haarlocke erkennen, bevor die Gestalt im Inneren des Häuschens verschwand und die Tür ins Schloss fiel.

Zeit zu handeln. Thyra schwang sich über den Rand des Daches und sprang über den kleinen Spalt zwischen den Häusern. Unmöglich konnte sie das Gebäude durch die Vordertür betreten. Stattdessen hatte sie einen anderen Weg für sich erwählt. Sie huschte über das Dach, hin zu einem schrägen Fenster. Kein Licht ließ darauf schließen, dass in diesem Gebäude auch nur eine lebendige Seele zu finden war. Geschweige denn eine ganze Gruppe von Verrätern.

Sie zog ihre Handschuhe aus und legte ihre bloßen Handflächen auf das kühle Glas. Sanfte Schwingungen zeugten von Schutzzaubern und ihre Magie reagierte instinktiv auf die fremde Macht. Gleißende Hitze wallte durch Thyras Adern. Feine Risse durchzogen das Glas, schwarze Linien breiteten sich in dem Material aus. Das Feuer in ihr griff nach den wabernden Schwaden der Macht, Sigillen leuchteten auf und erloschen, Runen verblassten und der Bannzauber verlor seine Kraft, ohne dass einer der Rebellen etwas bemerkte.

Ein sanfter Stoß, und das Fenster schwang auf. Thyra horchte auf eine Reaktion, die nicht kam. Schattengleich glitt sie durch die schmale Öffnung und landete auf altem Holzboden. Das Innere des Hauses war ebenso verwahrlost wie das Äußere. Spinnweben, Motten und Staub konkurrierten um das wenige an Platz, das sich ihnen bot. Es war schon lange niemand mehr im Dachgeschoss gewesen.

Thyra drang zwei Etagen weiter gen Erdgeschoss, bevor sie auf den ersten Rebellen traf. Die schwarze Lilie auf dem Wams der Frau glich einer stillen Herausforderung für Anhänger der Königsfamilie, zu denen Thyra sich ebenfalls zählte. Sie fauchte und machte einen großen Schritt auf die Fee zu. Erkenntnis und Furcht zeichneten gleichermaßen das grobschlächtige Gesicht der Rebellin. Sie wirbelte blitzschnell herum und stürzte zur Treppe. »Alancrá!« Ihr Ruf war getränkt von Angst. Thyra folgte ihr, metallisches Schaben erfüllte den winzigen Vorraum mit den dicken Stützbalken. Sie griff nach dem langen rotblonden Zopf der Rebellin und riss sie grob zurück. Heftig keuchte diese auf.

»Das war ein Fehler«, fauchte Thyra und ließ ihr Messer lautlos durch die Luft sausen. Die Rebellin schnaufte, entwand sich Thyras Griff und parierte den Angriff im letzten Augenblick. Unten brach Tumult aus und Thyra hörte das Geräusch schwerer Stiefel.

Weitere Rebellen.

Einige näherten sich, während andere scheinbar hinaus in die Nacht flohen. »Wohl kaum«, zischte der Rotschopf und attackierte sie ihrerseits. »Hierher zu kommen, in unser Quartier, ist reine Selbstüberschätzung!«

Thyra lachte hart auf, fing einen Fauststoß ab und rammte der Frau das Knie in die Magengrube.

»Selbstüberschätzung.« Sie stieß ihr Messer tief in den Arm der Rebellin. Sofort quoll Blut aus der Wunde und die Frau jaulte auf. »Oder Überlegenheit.« Sie hob das Messer erneut, da streifte ein Luftzug ihre Wange. Instinktiv ließ sie sich fallen. Ein Pfeil, abgeschossen aus nächster Nähe, surrte nur wenige Fingerbreit an ihr vorbei und blieb im Holz des Gebälks stecken.

Ein großer Umriss zeichnete sich am Treppenabsatz ab und einen Wimpernschlag später stürmte ein Mann ihr entgegen, eine Armbrust im Anschlag. Den Geräuschen nach folgten weitere Rebellen mit nur wenig Abstand.

Thyra spannte ihren Rumpf an und sprang auf die Füße. Noch im Sprung griff sie nach einem ihrer Wurfsterne und schleuderte ihn dem neuen Herausforderer entgegen. Die Metallscheibe bohrte sich tief in die Brustmuskulatur des Riesen. Getroffen stolperte er, starrte auf die silbrig glänzende Spitze, knurrte wütend und … zog die scharfkantige Waffe aus seinem eigenen Fleisch, als wäre es allenfalls der Dorn einer Rose.

Verflucht!

Instinktiv zog Thyra die Rothaarige vor sich, die einen irritierten Schrei ausstieß. Der Wurfstern sauste erneut durch die Luft, die Fee schrie auf, ihre Augen waren vor Entsetzen und Schmerz geweitet. Sie brach zusammen. Der Wurfstern steckte tief in ihrer Nackenmuskulatur. Ohne jeden Zweifel hatte der Rebell ihr Rückgrat auf Höhe des Schädelansatzes durchtrennt. Obgleich sie lebte, gehörte ihre Seele dem Schnitter.

»Aria!« Thyra vernahm den Schmerz in der Stimme des Mannes. »Dafür bezahlst du, du Hure des Königs!«

Weitere Gestalten erklommen die Treppe. Männer und Frauen, allesamt gekleidet in die Kluft der Rebellen, umringten Thyra. Stahl und Silber blitzten auf, die Elemente kochten hoch, Luft und Erde tanzten miteinander ebenso wie Feuer und Wasser. Thyra zwang sich, Ruhe zu bewahren. Ihr Auftrag war banal.

›Finde das Nest der Rebellen und belausche ihre Pläne.‹

So jämmerlich hatte sie in ihrer Zeit bei den Alancrá, der Leibwache des Königs und seit neuestem unter Befehl des Prinzen, seit ihrer Initiation vor zwei Jahren nicht mehr versagt. Sie war arrogant gewesen, leichtsinnig und berauscht von Macht.

»Kommt schon«, forderte sie die Rebellen auf und stürzte sich dann selbst auf den ersten. Die Finsternis in Thyras Adern tobte, verstärkte ihr Feuer und ihre Magie, doch die Rebellen waren zahlreich. Für einen Toten kamen zwei neue nach, entschlossen, die Verluste zu rächen und Thyra dem Schnitter zu präsentieren. Sie jagten einander durch das gesamte Haus, vom Dachgeschoss bis in den Keller und wieder hinauf.

Thyras Muskeln zitterten, Schweiß lief in Strömen über ihren Körper, ihr lauter Atem wurde verstärkt von dem angestrengten Keuchen der Rebellen.

»Ergib dich und wir werden gnädig mit dir sein!«, forderte einer der Rebellen. Es war der Mann mit dem Wurfstern.

Wut kochte in Thyra hoch, sie drehte sich und nutzte den Schwung, um die Deckung eines blonden Jünglings zu durchbrechen, der kaum mehr als achtzig Winter gesehen hatte. Mit einem Ruck durchschnitt sie seine Kehle. Erinnerungen an eine Realität der Schmerzen stiegen in ihr auf. »Ich kenne die Gnade der Rebellen«, fauchte sie und parierte einen Messerhieb auf ihre Flanke. »Sie brachte mir nichts als Narben und Dunkelheit!«

»Dann stirbst du!« Der Wurfstern-Mann sprintete auf sie zu. Thyra wappnete sich für den Moment, in dem er sprang.

Der Mann stieß sich vom Boden ab, die anderen Rebellen, vier an der Zahl, drehten sich aus seiner Flugschneise heraus.

Thyra warf sich nach rechts und rollte sich über die Schulter ab.

Im Erdgeschoss, fast direkt unter ihr, zerbarst die Eingangstür unter lautem Krachen.

Rohe, sadistische Macht drängte sich in Thyras Bewusstsein, übernahm ihren Geist und lenkte ihren Körper. Die Luft knisterte, angefüllt von ungebremster Magie.

Panik brach unter den Rebellen aus. Der pelzig-süße Geschmack von Angst legte sich auf Thyras Zunge. Eine Gestalt, hochgewachsen und breitschultrig, tauchte im Türrahmen auf. Das Licht einer Laterne erleuchtete das Gesicht des Neuankömmlings.

Der, der mit dem Tod tanzt, war gekommen.

Amael.

KAPITEL 18

TIMOTHY

Der Vorhang fiel zu Boden und gab den Blick auf eine gefesselte Person frei. Entsetzen erfüllte Timothy. Die Gestalt war die Streunerin, und sie sah furchtbar aus. Einzelne Strähnen ihres langen Haares hingen lose aus dem Dutt, ihre Lider waren geschlossen und die olivfarbene Haut wirkte aschfahl, grau-schwarze Adern pulsierten dicht unter der Oberfläche ihrer Arme.

»Was habt ihr getan?«, entfuhr es ihm. Arthurs Auftrag, Thyra zu ihm zu bringen, hatte Timothy verwundert, und der Typ, den er beauftragt hatte, hatte zwielichtig gewirkt. Doch niemals hätte er geglaubt, dass das Clanoberhaupt Thyra misshandeln würde.

»Mein Junge, du hast doch nicht etwa Mitleid mit dieser Monstrosität?«

Monstrosität?

»Sie ist nur ein Mensch!«, protestierte Timothy, doch er hörte selbst, wie dünn seine Stimme klang.

»Ist das so?« Arthur trat dicht an Thyra heran. Er hob ihr Kinn und spukte ihr ins Gesicht. Die Bewusstlose zuckte kaum sichtbar zusammen und Timothy stutzte. Eine solche Reaktion erforderte die Anwesenheit von Verstand.

Ist sie womöglich gar nicht bewusstlos?

»Pete, du warst wirklich zu nachsichtig mit deinem Sohn.« Timothys Vater saß wie versteinert auf dem Stuhl, sein Kiefer mahlte. »Du bist ein sadistischer Bastard, Arthur. Es erfüllt mich mit Stolz, dass mein Sohn trotz seines Treueschwurs zu dir genug Anstand besitzt, um deine Missetaten zu erkennen.«

Der Clanführer lachte hart auf. Alistair, der erbost einen Schritt auf Pete zugemacht hatte, blieb irritiert stehen. »Ich zeige deinem Sohn die Welt hinter dem Schleier. Dafür sollte er mir dankbar sein.«

Die Welt hinter dem Schleier. Timothy erinnerte sich lebhaft an jenes Gespräch nach seiner Initiation. Arthur MacLeod hatte ihn beiseitegenommen und ihm erklärt, dass all die Geschöpfe aus Märchen existierten. Sie lebten in einer eigenen Welt, getrennt von der Erde durch einen Schleier der Realität. Einen Beweis dafür hatte er nie erhalten.

»Was haben die Legenden mit der Streunerin – mit Thyra – gemein?«, fragte Timothy und wünschte sich an einen weit entfernten Ort.

Mit einer allumfassenden Geste wies Arthur auf Thyra, die nach wie vor regungslos in den Seilen hing. »Wie lief der Anruf ab, in dem du mir von dieser Kreatur berichtet hast?«

»Ich berichtete dir von der jungen Frau, die bei Pete lebte«, erinnerte Timothy sich und Schamesröte stieg in seine Wangen. »Du befahlst mir, bei passender Gelegenheit einen deiner Männer, einen Söldner, anzurufen. Er sollte den dreckigen Part erledigen und sie zu dir bringen.«

»Ganz recht. Und was sagte ich dir über deine Zielperson?«, hakte Arthur nach. Sämtliche Augen ruhten auf Timothy, die Erwartung seiner Ausführungen hing einem Damoklesschwert gleich in der Luft. Unwillig verschränkte er die Arme. Arthur durchschritt den Raum, in seinen Augen loderte unverhohlene Wut.

»Was habe ich dir über deine Zielperson gesagt?«, fragte er zwischen zusammengebissenen Zähnen.

Die Macht seiner Position spielte in jedem seiner Worte mit. Die Spannung im Raum war zum Greifen nahe.

»Du sagtest, sie wäre eine Fee, und dass ein Gedanke von ihr ausreichen würde, um uns alle zu Asche werden zu lassen. Dass ich ihr nicht trauen soll«, brach es aus Timothy heraus. Er hasste sich für seine Schwäche, als die Worte seinen Mund verließen.

Pete schnaubte empört. »Sie hat keine Erinnerungen an ihr altes Leben!« »Also wusstest du es.« Arthurs Blick verhakte sich in Petes, der ihm unerschrocken die Stirn bot. Gawin und Alistair schnappten nach Luft, Timothy riss ungläubig die Augenbrauen hoch. »Sie ist eine von *denen*. Eine Fee, hinterhältig und mörderisch«, fuhr er fort.

Pete schüttelte den Kopf und erhob sich. »Ja, ich wusste es von dem Moment an, als ich sie vor zwei Jahren auf der Straße nach St. Abbs aufgelesen habe. Alles an ihr war fremd, und obgleich ihre Ohren nicht spitz sind und ihre Magie nicht ersichtlich, bestand kein Zweifel an ihrer Herkunft. Aber Thyra ist keine Gefahr für uns. Sie ist glücklich. Was immer ihr früheres Leben bestimmt hat, ist nun Vergangenheit.«

»Sie ist eine *Fee*. Ihre wahre Natur wird einen Weg zurück an die Oberfläche finden, ganz gleich, wie lange es dauert!« Arthur zeigte anklagend auf Thyra, deren angestrengter Atem laut durch das Zimmer schallte. »Du magst es vergessen haben, Pete, aber ihr Volk ist es, das unseren Kindern die Zukunft stiehlt! Ihnen ist die Kluft zwischen uns beiden zu verdanken!«

Pete seufzte tief. »All das ist Jahre her und sollte nicht auf dem Rücken einer Unschuldigen ausgetragen werden.«

»Nichts an ihr ist unschuldig!«, widersprach Arthur aufgebracht und wandte sich an Gawin. »Wir sind hier, um einen Blinden ans Licht zu führen. Gawin, tu, was ich dir aufgetragen habe.«

»Was hast du vor?«, fragte Pete alarmiert. Timothy sehnte sich ebenso nach der Antwort auf die Frage seines Vaters, wie er sich davor fürchtete.

Unter ihrer aller Aufmerksamkeit schritt Gawin auf die Streunerin zu. In seiner Hand hielt er eine Spritze, dessen Inhalt gräulich schimmerte. Unwillkürlich fielen Timothy all jene Fakten ein, die Arthur ihm nach seiner Initiation erzählt hatte.

Feen waren zäh, magiebegabt und intelligent. Wollte man ihnen beikommen, musste man die wenigen Schwächen nutzen, die ihnen die Natur mitgegeben hatte. Eisen verbrannte Feenfleisch, konnte gar die Knochen zersetzen. In Wände eingestreut, band es eine geschwächte Fee an Ort und Stelle.

Gawin rammte die Spritze in Thyras Hals und drückte den Kolben herunter. Die junge Frau schrie auf. Die schwarzen Adern wanden sich wie Würmer unter ihrer Haut. Sie riss die Augen auf, das Weiß ihrer Bindehaut war reinster Finsternis gewichen. Sie bleckte die Zähne, ein urgewaltiger Schrei entrang sich ihrer Kehle und ihre kurz geschnittenen Fingernägel wuchsen zu Klauen, scharf genug, eines Mannes Kehle aufzuschlitzen.

»Götter steht uns bei.« Arthur wich zurück, Alistair drückte die rechte Faust auf Stirn und Herz und Pete fluchte lauthals. Irritiert schaute Timothy zu seinem Vater.

»Sie ist keine gewöhnliche Fee, Arthur.« Pete klang, als wäre er um Jahrhunderte gealtert und der Schock stand ihm ins Gesicht geschrieben. »Thyra ist die Schwarze Assassine.«

KAPITEL 19

THYRA

K onzentrier dich, Feuertochter! Du hältst dich zurück.« Amael stürzte
ihr entgegen, das Schwert hoch erhoben, bereit, zuzuschlagen. »Die
Rebellen hätten dich fast überwältigt. Das ist nicht akzeptabel für eine
Kriegerin der Alancrá!«

Thyra biss die Zähne zusammen. Die Sonne brannte unbarmherzig auf
den Innenhof des Palasts hinab und die Hitze wurde von Thyras fester
Lederbekleidung gespeichert. Es fehlte nicht viel, um sie in ihrem eigenen
Schweiß zu garen. Seit Stunden focht sie nun bereits gegen den Kronprinzen, hatte unzählige Demütigungen und Schläge kassiert und selbst
nur wenige Treffer gelandet. Schaulustige versammelten sich in den langen
Bogengängen des Hofes. Geld wechselte den Besitzer, Wetten wurden abgeschlossen, spöttische Kommentare prasselten auf die junge Kriegerin ein.

»Sie ist wohl eher ein Mädchen fürs Bett«, rief ein bierbäuchiger Adeliger
und erntete zustimmendes Gelächter. Thyra knurrte unwillig.

»Lässt du sie so über dich reden?«, spottete Amael. Sein Körper bewegte
sich in perfekter Eleganz und Thyra konnte das Muskelspiel unter seiner
Haut durch das leichte Hemd erahnen. Das helle Violett seiner Augen
leuchtete auf.

Thyra reagierte instinktiv. Sie drehte sich aus seiner Angriffsfläche heraus, blockierte seinen Schwertarm mit ihrem Körper und hieb mit ihrem Ellbogen nach hinten, direkt auf den empfindsamen Punkt unter seinem Rippenbogen. Amael keuchte auf, umschlang sie mit den Armen und schleuderte sie in den Dreck. Unwillig fauchte sie.

»Ich weiß um dein Talent, Feuertochter. Ich kenne deine Dunkelheit, denn es ist die gleiche, die in meinen Adern tobt.« Er griff in ihr langes Haar und zerrte sie hoch. Scharfer Schmerz zog durch ihre Kopfhaut, Gelächter drang an ihre Ohren. Sie ballte die Hände zu Fäusten.

»Ich habe dich kämpfen gesehen. Die Rebellen hätten keine Chance gegen dich haben dürfen. Du hältst dich zurück!« Amaels samtige Stimme sandte Schauer über ihre zum Zerreißen gespannten Muskeln. »Gib dich der Finsternis hin, kleine Alancrá.«

Seine Worte drangen in ihren Verstand ein. Amaels Macht zwängte sich in ihre fleischliche Hülle, fuhr tief in die dunkelsten Abgründe ihrer Seele, bis hinab zur schwarzen Flamme ihrer Essenz. Doch anstelle eines lodernden Brandes schwelte einzig Glut in ihrem Innersten.

Violette Stränge der majestätischen Magie reckten sich Thyras Essenz entgegen. Umfassender Schmerz ließ ihr Sein explodieren.

Gellend verkündete sie ihre Qual dem ganzen Palast und befreite sich aus Amaels Umklammerung. Schwarze Adern wanden sich unter ihrer Haut wie aufgescheuchte Schlangen, ihre Sicht wurde von schwarzem Rauch verschleiert.

Amael hatte recht. Wäre er am Fest der Sonneneklipse nicht aufgetaucht, hätten die Rebellen sie gefangen genommen. Das Blut in ihren Adern kochte hoch. Ein einziges Mal war sie in Gefangenschaft geraten. Unter der Folter hatte sie sich verändert, die Finsternis hatte sich in ihrem Körper eingenistet und stärkte sie nun mit jedem Herzschlag.

Einmal mehr hatte sie vergessen, wer sie war.

Einmal mehr hatte ihr sanftes Gemüt gewonnen.

Einmal mehr hatte sie Gnade walten lassen.

Obgleich sie sich anderes geschworen hatte.

Die Erinnerung an dutzende getötete Rebellen, Männer, Frauen und Kinder, durchzog ihre Gedanken. Ihr Feuer hatte getanzt mit der Finsternis. War verkommen zu schwarzem Tod, der die Ewigkeit brachte. Hatte sich vereint mit der Macht des Prinzen.

Ihr Wille verdichtete sich, paarte sich mit dem Zorn in ihr. Schwarze Flammen leckten über ihre Haut, erstreckten sich vom Scheitel bis zu den Fußspitzen über ihren Leib. Das Getuschel der Umstehenden verstummte. Herausfordernd drehte sie sich zu Amael um. Für einen Moment schwieg der gesamte Palast.

Die Wucht des Zusammenpralls der Mächte Thyras und Amaels ließ das gigantische Gemäuer erbeben. Feuer und Wasser, Assassine und Kronprinz, fochten miteinander, verbrannten, erloschen, quälten und heilten die Schaulustigen, während pure Macht sie in die Knie zwang.

Schlag um Schlag attackierten sie einander, ohne Rücksicht auf Verletzungen, Grenzen wurden eingerissen, Mauern zerstört.

»Willkommen zurück, kleine Alancrá«, raunte Amael und senkte die Waffen. Seine Stimme war angefüllt mit der Finsternis seiner Seele und einem Hunger, der nicht durch Nahrung zu befriedigen war.

Thyra beachtete ihn nicht. Ihr Kopf ruckte herum, sie suchte mit ihrem Blick die Anwesenden ab. Schickte ihre Flammen aus, fraß sich durch Stroh, Heu, Holzwägen, Hühner und Pferde. Rauch stieg auf, Feen schrien und die Alarmglocke ertönte. Süßlich und kalt breitete sich der Geruch von Panik im Hof aus. Unbarmherzig schlang Thyra ihre Magie um den Bierbäuchigen und zerrte ihn in die Mitte des Hofes, sah sich satt an seiner Qual, labte sich an dem Wimmern, das aus seiner Kehle drang, während die Flammen über seinen Körper leckten. In seinem Blick stand die Gewissheit seines nahenden Todes und sie liebte alles daran. Sie hob die Hand zu einer lässigen Geste und das Feuer, das beinahe den Palast niedergebrannt hatte, erstarb unter ihrem Willen. Ruhe kehrte ein. Niemand wagte, sich zu bewegen, aus Angst, Thyras Zorn auf sich zu ziehen. Sämtliche Augenpaare ruhten auf ihr. Macht rauschte durch ihre Adern, die Euphorie tränkte ihren zornigen Geist. Sie reckte ihr Schwert in die Höhe, ein fanatisches Grinsen zierte ihre Züge.

»Ich«, rief sie aus und trat an den Adeligen heran, »bin Thyra Feuertochter.«
Zart glitten ihre Flammen über die Haut des Bierbäuchigen und hinterließen
rußige Spuren auf verbranntem Fleisch. Er schrie unterdrückt auf und ein
Keuchen fuhr durch die Schaulustigen.
Sollten sie nur Angst haben.
»Ich bin ein Schatten in der Dunkelheit, das Grauen des herannahenden
Tages. Ich bin die Vollstreckerin des Willens des Prinzen, das Schwert seines
Urteils. Ich bin eine Kriegerin der Alancrá.«
Thyra richtete die Klinge auf das Herz des Adeligen vor sich. Im Bruch-
teil einer Sekunde grub sie ihre Faust in seinen Brustkorb und riss das noch
schlagende Organ heraus. Die Essenz seiner Seelenflamme loderte auf, quoll
aus seinem gequält geöffneten Mund und sank in Thyras Fleisch. Die Macht
ihres Opfers reihte sich in die Finsternis in ihren Adern ein, verwob sich mit
ihrem Sein und nährte ihre Magie.
Sie warf einen Blick auf die Menge der versammelten Fae. Keiner be-
gegnete ihrem Blick. Zufriedenheit kroch in Thyra hoch. Ihre Botschaft war
angekommen. Ohne ein weiteres Wort zu verlieren, warf sie das Herz in den
Schmutz und verschmolz mit den Schatten der Burg.

Stimmen erhoben sich und bohrten sich in Thyras Gehirn, verbanden sich mit rauen, alles umfassenden Schmerzen und tränkten ihren Verstand. Das Bild vor ihrem inneren Auge verschwand und wurde ersetzt durch Schwärze. Die jüngsten Ereignisse prasselten auf sie ein. Das unheimliche Wesen mit der totenblassen Haut und den milchig-weißen Haaren, der Schrei, der ihr Gehirn beinahe hatte zerbersten lassen, ihre Flucht aus der Bibliothek und ihre Kollision mit dem Mann, der ihr so harmlos erschienen war, bis …

»… ihre Leute sie fortgeschickt. Sie wird unser aller Tod sein!« Die fremde Stimme war tief und befehlsgewohnt. Dennoch schmückte ein Hauch von Panik die Worte.

Thyra entfuhr ein Stöhnen. Unter Aufbietung all ihrer Kräfte gelang es ihr, die Augen zu öffnen.

»Götter steht uns bei! Sie erwacht!« Eine weitere, jüngere Stimme knapp neben ihr klang nicht minder ängstlich. Während die Eindrücke langsam in ihr Bewusstsein sickerten, hielt sengender Schmerz Thyra in eisigen Klauen, verhinderte, dass sie sich bewegte. Ihre Sicht war rauchig verschleiert und tauchte das Bild vor ihr in grauen Dunst.

Sie konzentrierte sich. Atmete durch, verengte die Augen. Allmählich wurde ihr Blick klarer. Im Zwielicht des Raumes erkannte sie fünf Männer, die im Halbkreis um sie herumstanden. Einer von ihnen besaß schlohweißes Haar und einen dichten Bart. Neben ihm, und damit ihr am nächsten, befanden sich zwei Männer mit dunklen Haaren und Augen, die einander ähnelten als seien sie Brüder. Weiter hinten standen noch zwei Personen. Thyra erkannte sie sofort. Ihr Herz schlug schneller.

»Pete? Timothy?« Die Worte kamen als Krächzen aus ihrer Kehle. »Was geht hier vor? Wo sind wir? Weshalb bin ich gefesselt?«

»Thyra, es –«

»Schweig, Pete!« Der Weißhaarige baute sich drohend vor ihr auf. »Wir fallen auf deine faulen Tricks nicht herein! Spuck's aus, warum bist du hier? Warum sucht der Feenkönig nach dir?«

»Feenkönig?«, wiederholte Thyra heiser. Verständnislos schüttelte sie den Kopf und zuckte zusammen, als beißender Schmerz von ihrem Nacken ihr Rückgrat hinabschoss. »Ich weiß nicht, wovon du sprichst. Bitte, mach mich los. Es verbrennt mich!« Erst jetzt, als sie mehr und mehr zu sich kam, realisierte sie den Schmerz, der von Sekunde zu Sekunde unerträglicher wurde. Automatisch huschte ihr Blick hinunter. Ihre Handgelenke steckten in eisernen Ringen, die sich bis auf ihren Knochen gegraben hatten. Blut rann aus dem rohen Fleisch und sammelte sich in einer kleinen Lache zu ihren Füßen.

Pete ergriff das Wort. »Ich sagte es dir, Arthur. Sie erinnert sich an nichts. Was auch immer sie getan hat, die Manipulation des Feenkönigs hat ihr das Wissen für immer geraubt.«

Thyra hatte Mühe, dem Gespräch zu folgen. Die sengende Qual erschwerte es ihr, einen klaren Gedanken zu fassen.

Feenkönig. Verbannte.

Ihr Herz stolperte. Die Worte hallten in ihrem Innersten wieder und ein vertrautes Gefühl erfüllte sie. Die Bilder der Szenerie im Burghof schoben sich erneut in ihren Geist.

Kriegerin der Alancrá.

»Sie ist eine Verdammte, und Nerio sucht sie! Das sie in unserer Gewalt ist, gleicht einem Segen der Götter. Wir sollten sie erforschen, herausfinden, was sie weiß. Womöglich können wir uns auf diese Weise von dem Fluch befreien!« Der jüngere der mutmaßlichen Brüder deutete nachdrücklich auf Thyra. »Finden wir ihre Schwächen heraus, können wir uns endlich wehren!«

Pete trat an den Weißhaarigen, Arthur, heran. »Hör nicht auf Alistair. *Du* bist das Clanoberhaupt. Genug Leben sind schon geopfert worden für einen Fehler, der weit in der Vergangenheit liegt. Tu das Richtige. Lass sie laufen. Behaupte, sie wäre geflohen und rette ihr das Leben!«

Arthur lachte auf. Es war ein harter Laut, wütend und kalt. »Der Feenkönig will sie. Selbst wenn ich sie verschonen wollte, würde er sich dafür an unserer Familie rächen. Das riskiere ich nicht!«

»Bringt man sie zurück, wird sie womöglich hingerichtet!«, rief Pete aufgebracht.

Hingerichtet? Die Angst, bisher unterschwellig unter der Kraft der Schmerzen versteckt, bäumte sich auf. Thyra stemmte sich gegen die Fesseln und biss die Zähne fest zusammen.

»Lasst mich gehen!«, forderte sie erneut. Bilder schoben sich in ihren Verstand, sie spürte die warme Nässe des Blutes an ihrer Hand, meinte, den Gestank verbrannten Fleisches zu riechen. Schwarze Adern zeichneten sich unter ihrer Haut ab, lange Krallen erwuchsen unter ziehenden Schmerzen aus ihren Fingernägeln.

»Vorsicht! Zurück!« Arthurs Warnung hallte durch den Raum, die Männer stolperten rückwärts. Wie von Sinnen zerrte Thyra an ihren eisernen Fesseln. Gleißende Hitze in ihrer rechten Gesäßtasche steigerte ihre Pein, ein Klagelaut entfuhr ihr.

»Gawin! Mehr Eisen!«, bellte Arthur. Der Ältere der Brüder, Gawin, hob eine Spritze mit gräulichem Inhalt. In seinen Augen stand nackte Furcht. Zögerlich tat er einen Schritt auf sie zu. Thyra knurrte und er wich zurück.

»Dann mache ich es eben!« Alistair entriss Gawin die Spritze und näherte sich Thyra. Pete vertrat ihm den Weg.

»Weg von ihr, du Köter«, fauchte er.

Alistair schob sich an Pete vorbei, der ihn im Nacken packte und zu Boden stieß. Gawin erwachte aus seiner Starre und stand seinem Bruder bei, dafür kassierte er einen Fauststoß von Timothy, der die Seite seines Vaters gewählt zu haben schien. Arthur schnappte sich die zu Boden gefallene Spritze. Er strotzte vor Entschlossenheit und Hass.

Erneut zerrte Thyra an den Ketten, die sie hielten. Sie schrie und tobte und Spucke landete auf Arthurs Hemd.

»Ich verspreche dir einen qualvollen Tod, du Scheusal«, knurrte der Weißhaarige und rammte ihr die Spritze in den Hals.

KAPITEL 20

TIMOTHY

Der Boden erzitterte, die Wände von Schloss Dunvegan vibrierten unter der Präsenz einer Macht, die Timothy noch nie gespürt hatte. Es krachte laut, als die Tür zu dem Vorführraum zerbarst. Die Splitter wurden mit gewaltiger Geschwindigkeit durch die Luft geschleudert.

Ein Fremder rauschte herein, ein langer, dunkelgrüner Umhang flatterte hinter ihm her und untermalte das stürmische Meeresblau seiner Augen. Spitze Ohren lugten unter den halblangen dunkelblonden Haaren hervor. Sein Gesicht war zu einer wütenden Maske verzehrt.

Wir sind geliefert!

Der Fae marschierte quer durch den Raum, stieß Alistair und Gawin beiseite, ignorierte Timothy und Pete und blieb vor Arthur MacLeod stehen. In seinen offenen Handflächen tanzten dunkelbraune Blitze, die Atmosphäre um sie herum knisterte und knackte unter der Last der Energie. »Lass die Spritze fallen, Mensch, oder du bist des Todes.«

Für den Bruchteil einer Sekunde waren nur entfernte Schreie zu hören. Und Timothy schluckte, als er sah, was als nächstes geschah. Arthur MacLeod, der furchtlose, entschlossene und brutale Anführer des verfluchten Clans, zog die Spritze aus dem Hals der Streunerin, ließ sie zu Boden fallen und … brach das Knie!

»Ich bitte um Vergebung«, flüsterte Arthur, seine Stimme bebte kaum hörbar. »Meine Männer … sie haben nur getan, was ich ihnen befohlen habe. Es gibt keinen Grund, sie zu bestrafen.«

Der Faekrieger ignorierte ihn und richtete seine Magie auf die eisernen Ringe, die Thyras Arme in rohe Fleischklumpen verwandelt hatten. Es klackte laut, die Ketten sprangen auf und gaben die Streunerin frei. Diese äugte skeptisch zu ihrem unbekannten Gönner hoch. »Wer bist du?«, krächzte sie und räusperte sich. Der Fremde runzelte die Stirn, blickte von ihr zu Arthur, zu den MacLeod-Brüdern und schließlich zu Timothy und Pete hinüber.

»Euer Auftrag lautete, sie zu finden! Niemand sprach davon, dreckige Experimente an ihr durchzuführen!« Er riss die Arme empor, der Erdboden rumpelte und die Mauern Dunvegans verschoben sich. Etwas brach zusammen, Schreie wurden laut. Angst legte sich über Timothy wie ein Mantel aus Eis und seine Zähne begannen unwillkürlich zu klappern.

»Was tut Ihr?«, entfuhr es Arthur und seine Demut verwandelte sich in Wut. Er wollte sich aufrichten, doch es schien, als kämpfe er gegen eine unsichtbare Barriere an, die ihn am Boden hielt.

»Erinner dich daran, wem du verpflichtet bist, *Mensch*.« Der Fae senkte die Arme und das Beben endete. Timothy wagte nicht, erleichtert aufzuatmen. Dieser Fae vermochte ihrer aller Leben binnen Sekunden auszulöschen.

»Thyra, komm mit mir. Es wird Zeit, nach Hause zu gehen.«

KAPITEL 21

THYRA

Der Fremde brachte sie in die Dunkelheit der Nacht. Der Mond war wolkenverhangen, nur vereinzelt blitzten Sterne durch das dichte Netz der Himmelsdecke. Ein einsamer Uhu begleitete sie auf ihrem Weg durch die Schlossgärten. Würde nicht das Adrenalin in ihren Adern mit wirren Bildern in ihrem Geist um ihre Aufmerksamkeit konkurrieren, wäre sie hingerissen von der Schönheit der Anlage.

Nach einigen Minuten eisigen Schweigens wandelte sich der perfekt gestutzte und gepflegte Rasen in eine wild wuchernde Mooslandschaft. Kleine Rinnsale bahnten sich ihren Weg durch den feuchten Erdboden, Steine und größere Felsen erschwerten ihren Marsch.

Thyra fixierte den blonden Haarschopf vor sich und beneidete den Mann mit den seltsam spitzen Ohren um seinen Umhang. Die Nacht war klamm und sie trug nichts als eine Jeans und ihr dünnes, vollkommen verschwitztes Langarmshirt. Doch die Umstände vermochten sie nicht von den brennenden Fragen abzubringen, die auf ihrer Seele lasteten.

»Woher kennst du meinen Namen? Wohin bringst du mich?«

»Das sagte ich bereits. Nach Hause«, lautete die knappe Antwort.

Thyra schob die Unterlippe nach vorn. »Wie heißt du?«

»Wirst du früh genug erfahren. Und jetzt sei still. Ich muss hören, wieviele Menschen uns folgen.«

»Menschen? Wie meinst du das? Bist du denn keiner?« So leicht ließ sie sich nicht abweisen. Dem genervten Schnauben nach begriff das auch ihr ominöser Retter.

»Nein.« Er duckte sich unter einem niedrigen Ast hinweg und schlug eine vorwitzige Motte beiseite. »Nein, Thyra. Ich bin kein Mensch. Ebenso wenig wie du einer bist.«

Thyras Überraschung flammte nur milde auf. Sie spürte, dass er die Wahrheit sprach, und die Neugier formte von selbst die nächsten Fragen, die ihren Mund verließen. »Was bist du dann? Wer bist du?«

Endlich blieb er stehen und wandte sich ihr zu. Unergründlich musterte er sie, unzählige Emotionen huschten über sein Gesicht. Er streckte die Hand nach ihr aus, als wolle er über ihre Wangen streicheln und ließ sie sogleich wieder sinken.

»Ich hörte von den Manipulationskünsten des Königs. Doch bei den Göttern, ich ahnte ja nicht, wie mächtig dieser Zauber wirklich ist«, raunte er.

Ein Knacksen erklang, leise Stimmen zischten. Knappe hundert Meter hinter ihnen entdeckte Thyra einen fahlen Lichtschein.

»Sie verfolgen uns. Komm!« Der Unbekannte schnappte Thyras Arm und zerrte sie weiter, ignorierte ihre körperliche Schwäche und die blutenden Wunden. Nach wenigen Metern hatte Thyra die Orientierung verloren, sodass ihr nichts anderes übrig blieb, als ihm zu folgen und zu hoffen, dass er ihr die Antworten auf ihre Fragen gab.

Der Fremde führte sie in eine kleine Höhle. Von außen betrachtet hätte es ebenso gut der Bau eines Bären sein können, an den Innenwänden jedoch fanden sich allerlei gälische Schriftzeichen, Runen und Symbole aus der alten Welt. Am hinteren Teil der Wand gab es kleine Hohlräume, in denen bunte Steine eingesetzt waren. Um sie herum entdeckte Thyra Symbole, die ihr bekannt vorkamen. Dort stand in goldenen Lettern der gleiche Spruch geschrieben, den sie bereits in den South Bridge Vaults gesehen und in der Bibliothek entziffert hatte, ehe dieses Wesen sie gefunden und gejagt hatte. Ein Schauer rann ihr Rückgrat hinab. Sie war genau da, wo sie sein musste.

»Verbunden durch das Blut der Fünf, geeint in vier Völkern, darf passieren das Tor unter dem Nebel, wer besitzt die Kraft der Elemente«, murmelte sie.

Der Fremde drehte sich zu ihr um, seine Augenbrauen waren überrascht zusammengezogen. »Du weißt um den Portalzauber?«

»Den … was? Nein, ich …«, Thyra hielt inne. Wie viel wollte sie dem Mann anvertrauen? Er mochte sie aus den Händen der brutalen Schotten befreit haben, doch sie kannte nicht einmal seinen Namen, während er ihre Vergangenheit zu kennen schien. »Das geht dich nichts an«, schloss sie lapidar und wechselte das Thema. »Werden uns *die Menschen* hier nicht aufspüren?«

»Doch. Das werden sie«, bestätigte er ungerührt und zog ein in grünes Leder gewickeltes Bündel unter seinem Umhang hervor. Mit geübten Fingern rollte er es auf. Seltsam anmutende Kräuter und Knospen kamen zum Vorschein, einige im Ganzen getrocknet, andere zerkleinert und wieder andere wirkten, als hätte er sie vor Kurzem erst abgeerntet. Er zerrupfte einige der Blätter und zerdrückte die Knospen mit dem Knauf eines Messers, sodass eine Paste entstand. Thyra beobachtete ihn misstrauisch.

Was tut er da? Und wieso beunruhigen ihn unsere Verfolger nicht?

»Komm her.« Er winkte sie heran. »Das Eisen hat deine Haut empfindlich geschädigt und halb verblutet nutzt du mir nichts.«

Das Eisen? Sie wollte sich ihm nicht nähern, ihre Instinkte brüllten dagegen an, dem namenlosen Mann zu vertrauen.

»Erst will ich wissen, weshalb dich all das hier nicht aus der Ruhe bringt.«

Er seufzte und Thyra fürchtete, ihre Karten schlecht ausgespielt zu haben, doch da räusperte er sich.

»Wir befinden uns auf menschlichem Territorium, aber die Schotten vermögen diese Höhle nicht zu betreten. Sind sie länger als einen Atemzug der Magie dieser Felsen ausgesetzt, verwandeln sie sich in eine stinkende Pfütze schleimiger Zellmasse, noch bevor ihr Gehirn die Gefahr registriert hat.«

Es ergab Sinn. Sie wollte nicht, dass es Sinn ergab, aber die Wahrheit seiner Worte resonierte mit Thyras Unterbewusstsein, ohne dass sie sich dagegen wehren konnte.

»Woher wusstest du, dass mit mir nicht das Gleiche geschehen würde?«

Er hob seine leeren Handflächen. Ein herausforderndes Lächeln ließ sein Gesicht erstrahlen. »Gestatte mir, dich zu heilen und du erhältst deine Antwort.«

Der Schmerz in ihren Armen war erträglich, jetzt wo das Eisen der Fesseln nicht mehr darauflag. Aber die offenen Wunden waren ein Risiko. Sie hatte nicht vor, an einer Infektion zu sterben, bevor sie herausgefunden hatte, wer sie überhaupt war.

»In Ordnung.« Widerwillig streckte sie ihm die Hände entgegen. Sofort benetzte er die geschundene Haut mit der zubereiteten Paste. Das quälende Pochen und das Brennen ihrer Muskulatur schwoll für einen Wimpernschlag an und ein Wimmern drang beinahe auf Thyras Kehle, ehe der Schmerz abstumpfte und einen Atemzug später wohltuender Taubheit wich. Erleichtert schloss sie die Augen und holte tief Luft.

»Danke«, murmelte sie.

»Du hast Glück. Die Wunden werden schon sehr bald vollständig verheilt sein.« Er kontrollierte sein Werk und nickte zufrieden. Dann erst sah er zu ihr auf. Der Blick aus seinen meerblauen Augen traf sie bis ins Mark. »Wir kennen uns.« Seine Stimme war kaum mehr als ein Flüstern. »Mein Name ist Lorcan Erdsohn. Ich bin sechshundertdreiundsiebzig Jahre alt, und damit genau sechsundzwanzig Jahre älter als du. Wir sind Angehörige des vereinten Feenvolkes und lernten uns an deinem einhundertsiebenundneunzigsten Geburtstag kennen. Sehr zum Missfallen deiner Eltern, möchte ich hinzufügen. Wir verbrachten Jahrhunderte miteinander.«

Ruckartig erhob er sich und zeichnete mit den Resten der Paste seltsam anmutende Symbole an den Fels. Thyra beobachtete ihn stumm, ließ die Worte sacken, die die Grundfesten ihrer Welt erschütterten. Sie sollte über sechshundert Jahre alt und eine *Fee* sein. Es klang absurd, absolut unglaublich. Doch sie suchte vergeblich nach dem Anflug von Hohn in Lorcans Körperhaltung. Er schien es ernst zu meinen. Und so haarsträubend seine Erklärung klang, sie *wollte* sich der Wahrheit dahinter nicht verweigern. Es war, als führte sie ihr Herz mit jedem weiteren Wort aus Lorcans Mund ein Stück weiter nach Hause.

»Mein Auftrag lautet, dich an den Königshof zu bringen, den Ort, an dem du aufgewachsen bist.« Er raufte sich das Haar. Es wirkte, als ersticke er an seinen eigenen Gedanken.

»Was noch?« Das Herz schlug ihr bis zum Hals. Er sprach die Wahrheit und verheimlichte ihr doch etwas. »Da ist noch mehr, nicht wahr? «

Er zog eine Kette unter dem Umhang hervor. Daran hingen zwei Ringe. Der größere war schlicht und schmucklos, der zweite hingegen filigran gearbeitet. Winzige Steinchen in allerlei Rot-, Orange- und Gelbtönen waren in Form einer Flamme eingearbeitet.

»Du warst meine Frau«, hauchte er.

»Wir haben uns geliebt?« Die Frage platzte aus Thyra heraus, bevor sie es verhindern konnte. Sie horchte in ihr Innerstes und suchte auf eine Bestätigung seiner Worte, etwas, das seine Aussage bestätigte. Doch sie erhielt keine Antwort. Zaghaft ergriff sie die Ringe. Sie waren überraschend leicht, die Details perfekt ausgearbeitet und anmutig. Kein Schmuckstück dieser Welt glich der Schönheit dieser Ringe. Glühende Hitze riss sie aus ihrer Bewunderung, eine Welle des Schmerzes ergoss sich über sie und drohte, Besitz von ihr zu ergreifen.

Der Dolch!

Es glich einem Wunder, dass die Männer ihn ihr nicht weggenommen hatten.

Fahrig fuhr Thyra in die Gesäßtasche ihrer Jeans und schloss die Finger um den Dolch. Ihre Haut verbrannte binnen eines Wimpernschlags. Sie stieß ein gequältes Fluchen aus und ihr wurde schwindelig. Lorcan sprang ihr entgegen, just in dem Moment, in dem sie in tiefe Schwärze hinabglitt.

Die Vorhänge raschelten leise im Wind. Der Stoff flatterte in den Raum hinein und gab den Blick frei auf die Reitanlage des königlichen Palasts. Dahinter fand das Leben Shahin-las in seinem alltäglichen Trott statt.

Thyra nahm einen großen Schluck des roten Feenweins und stellte das Glas auf die Fensterbank. Im Unterschied zu menschlichem Wein wurde das süßliche Getränk aus den Blüten der Yaharapflanze gewonnen, nicht aus Reben. Es benebelte die Sinne auf unvergleichlich sanftmütige Art und schenkte dem geneigten Genießer wohlige Stunden. Genau das brauchte sie nach den Ereignissen des heutigen Tages.

»Der ganze Hofstaat redet über dich, kleine Alancrá.«

Sie wirbelte herum. Die Arme lässig vor der Brust verschränkt, lehnte Amael an einem Pfosten ihres Himmelbetts und brachte das Feuer in ihren Adern zum Lodern.

»Gut. Niemand bezeichnet mich als Hure und kommt mit dem Leben davon.«

»Er war einer meiner Männer«, knurrte der Prinz und pirschte auf sie zu. Er überragte sie um eineinhalb Köpfe, sodass sie zu ihm aufschauen musste, um den Blickkontakt zu halten.

»Du mochtest ihn nie«, hielt sie gleichgültig dagegen.

Amael lachte heiser, sein Atem strich über ihren Hals. »Wie recht du doch hast.« Er musterte sie hungrig. »Du tatest recht daran, ihn zu bestrafen. Neben seiner Liebe zu maßlosem Essen war sein loses Mundwerk schon immer Sir Gaels größter Makel.«

»Tatsächlich?« Thyra überspielte ihre Sehnsucht nach seiner Berührung mit hochgezogenen Augenbrauen. Ein einziger Kuss war alles, was jemals zwischen ihnen geschehen war und jemals geschehen würde. Sie war eine Alancrá,

er der Thronfolger der Vier Lande. Eine Beziehung wäre ein Affront gegen
jede adelige Tochter aus angesehenem Hause, die sich eine Chance auf eine
Heirat erhoffte. Thyra war keine akzeptable Partie, das hatte der Feenkönig
ihr deutlich zu verstehen gegeben. Allein für Amaels Anwesenheit in ihrem
Schlafgemach, konnte ihr die Haut abgezogen werden. Und dennoch fanden
sie immer wieder Wege, allein zu sein. Wenn auch nur für schmerzhafte
süße, kurze Momente.

Amael hob die Hand und fuhr über ihre Wange, ohne sie wirklich zu
berühren. Ihr stockte der Atem. Sie durfte nicht …

Das Wiehern eines Pferdes brach die angespannte Stille zwischen ihnen.
Als hätte sie sich verbrannt, zuckte Thyra zurück. Zorn darüber, dass er sie
so leichtfertig in Gefahr brachte, wallte in ihr auf und verdrängte die allzu
verbotenen Gefühle. Energisch wies sie zur Tür.

»Geht, Prinz. Und seht zu, dass Euch niemand entdeckt.«

»Thyra!« Jemand rüttelte sie an der Schulter, klopfte ihr gegen die Wange.
Unwillig murrte sie und öffnete die Augen. Sie starrte direkt in Lorcans
besorgtes Gesicht.

»Was war das? Geht es dir gut?« Er half ihr auf die Beine und musterte
sie.

»Du bist doch der, der alle Antworten kennt«, grummelte sie und hielt
demonstrativ den Dolch in die Höhe. »Dieses Teil hat einen eigenen
Willen. Ständig verbrennt er mich und bringt mich in Gefahr.«

Lorcan schnappte nach Luft. Gebannt trat er näher, streckte die Hand
aus. »Das ist …« Er schüttelte sich. »Wo hast du den gefunden?«

»Auf Edinburgh Castle. Etwas hat mich zu ihm getrieben, ganz so,
als *wollte* er gefunden werden.«

Vor der Höhle erklangen Schritte. Die Menschen näherten sich.

»Steck ihn ein. Zeit, in unsere Welt zurückzukehren.« Lorcan wandte
sich um und zeichnete weitere Sigillen an die Felswand. Enttäuscht
beobachtete Thyra ihn. Lorcan wusste mehr, als er zugab. Wenn sie
wirklich seine Frau war, wieso weihte er sie nicht ein?

Lorcan stimmte einen altertümlichen Gesang an. Mit jedem Wort des Schriftzugs begann ein weiterer der bunten Steine von innen heraus zu leuchten, die Luft vibrierte und intensiver Zitrusölgeruch verbreitete sich.

»Gib mir deine Hand«, befahl Lorcan, ohne den Blick von der Wand abzuwenden. Thyra zögerte nicht. Ihr Herz hüpfte, als erinnerte es sich an etwas, das Thyras Bewusstsein verwehrt war. Als ginge es tatsächlich nach Hause.

Sie trat an seine Seite, in dem Moment, als sich der Felsen vor ihnen in einen Lichtstrudel verwandelte. Lorcan zog sie hinter sich her.

KAPITEL 22

AMAEL

Das Blut sang in seinen Adern und seine Seele triumphierte. Amael sah über die versammelten Feen, Kobolde und Banshees hinweg. Nicht ein Geräusch drang zu ihm herauf, keiner wagte auch nur, laut zu atmen, aus Angst, den Zorn des Kronprinzen auf sich zu ziehen. Er wandte sich der jämmerlichen Gestalt vor sich zu.

Der Mann war alt und dürr, Hörner ragten aus seiner Stirn und wiesen ihn als Kobold aus. Die Hände hinter dem Rücken gefesselt, kniete er auf dem Podest, der Kopf war auf einem Holzklotz fixiert, sein Nacken entblößt. Leises Schluchzen schüttelte den Schwächling.

»Im Namen meines Vaters, des gerechten Königs Nerio Malecai, verurteile ich den Kobold Miórich für die Mitgliedschaft in der staatsfeindlichen Vereinigung der Schwarzen Lilie und den Verrat an der Institution meiner Familie zum Tode.«

Amael schwang den großen Zweihänder und durchtrennte mit einem Hieb die Wirbelsäule des Mannes. Enthauptet bäumte sich der zarte Körper auf, ehe sämtliches Leben aus ihm wich und er zusammenbrach.

Die Schönheit des Moments ließ Amaels Essenz erbeben. Seine Seele flimmerte auf, saugte die freigesetzte Kraft des Kobolds in sich auf und verschmolz sie mit seinem Sein.

Achtlos drückte der Thronfolger der Vier Lande das Richtschwert dem nächstbesten Faekrieger in die Hände und marschierte von dem Podest, auf dem seit dem Zeitalter seiner Urväter die Hinrichtungen stattfanden. Das Volk wich ihm aus und einige murmelten Abwehrzauber gegen die Finsternis, die Amael gerüchteweise innewohnte.

Er verkniff sich ein bösartiges Lächeln. Gegen den, der mit dem Tod tanzt, gab es keine Verteidigung. Keine Mauer war dick genug, ihn aufzuhalten, kein Versteck sicher, um seinem Blick zu entgehen. Dafür hatte die Dunkle gesorgt.

Er eilte unter dem Torbogen der Burg hindurch, da trat eine junge Fee, gekleidet in die braune Uniform der Bediensteten, gesenkten Hauptes an ihn heran.

»Verzeiht meine Aufdringlichkeit, Eure königliche Hoheit. Euer Vater schickt nach Euch.« Amael entging das Zittern in ihrer Stimme nicht. Selbst unter seinen eigenen Leuten war er gefürchtet. Und er liebte es. Noch mehr jedoch liebte er seine Macht.

Er streckte die Hand aus und hob ihr Kinn. Blanke Angst stand in ihren Augen, deren Blauton einem Eisgletscher Konkurrenz machte.

»Wie lautet dein Name, Dienerin?«

»Tré … Tréasa Wassertochter.«

Es fehlte nicht viel und sie würde in Tränen ausbrechen. Fasziniert prägte er sich die helle Haut und das rötlich schimmernde Haar ein, bevor er ihr ein verwegenes Lächeln schenkte. »Dann will ich den König der Vier Lande nicht warten lassen.« Er entließ die zitternde Magd aus seinem Griff und begab sich auf den Weg zu seinem Vater. Das erleichterte Seufzen in seinem Rücken entging ihm nicht.

Nerio Malecai, König der Feen und Herrscher über die Vier Lande, erwartete seinen Sohn und Nachfolger im Tempel der großen Mutter Kasétu. Die Hände zum Gebet emporgehoben, stand er vor dem steinernen Altar. Wasser rann aus dem Boden durch Furchen im Stein auf die ebene Fläche und sammelte sich dort, ehe es wieder abfloss, um in die geheiligte Quelle unterhalb des Tempels eingespeist zu werden. Der Tempel glich einer naturbelassenen Oase der Ruhe. Allerlei Pflanzen rankten sich die sieben Säulen empor, auf denen die Götterhalle stand. Der Boden bestand aus reiner Erde und winzigen Wasserrinnsalen, Steinplatten führten zu den Gebetsplätzen und dem Altar selbst. An jeder der sieben Säulen stand eine Schale, in der violettes Feuer aufloderte, gefüttert von der Magie der großen Mutter.

»Du hast nach mir rufen lassen, Vater?« Amael wartete nicht, bis ihm die Aufmerksamkeit gegeben wurde. Er nahm sie sich, so, wie er sich alles nahm, was er haben wollte.

Eine Welle der Macht brach über ihn herein, lähmte seine Glieder und hielt ihn für einen Moment lang an Ort und Stelle, ehe sie sich ebenso plötzlich wieder zurückzog. Es war die persönliche Handschrift seines Vaters, um ihn in seine Schranken zu weisen. Amael lächelte zynisch, schwieg und wartete, bis Nerio sich zu ihm umdrehte.

Der Feenkönig war ein imposanter Mann, dessen athletischer Körper über seine tausendvierhundert Lebensjahre hinwegtäuschte. Kurzgeschnittenes, tiefbraunes Haar zierte seinen Kopf in leichten Wellen, stechend violette Augen, die ihn als Beherrscher der Geistmagie kennzeichneten, bohrten sich in die Seele seines Gegenübers. Ein markantes Kinn sowie eine ausgeprägte Kieferpartie unterstützten das natürliche Charisma des Regenten.

»Die Rebellen im Süden erstarken, zwei weitere Dörfer an der Grenze Zemelars befinden sich nun in der Gewalt der Schwarzen Lilie. Die Verteidigung unser innerstaatlichen Gesetze obliegt dir, dem Thronerben. Was also gedenkst du zu tun?«

»Ich habe bereits Truppen entsandt. Sie treffen noch heute dort ein. Die Ordnung wird bald wieder hergestellt sein.« Die Provokation in den Worten seines Vaters war kaum zu überhören. Amael schlenderte zum Altar und legte die rechte Hand auf sein Herz, während er die linke in den Aufwärtsstrom des Wassers tauchte. Eine Respektbekundung für seine Göttin.

»Eine Armee ist so stark wie ihr Anführer«, sagte Nerio schneidend. »Du hast dich in letzter Zeit in jedes Scharmützel, jede noch so kleine Schlägerei gestürzt und das Blut vieler vergossen, doch noch immer sind die Gezeichneten sowie der Anführer der Schwarzen Lilie auf freiem Fuß! Zeige deinen Kriegern, worauf es wirklich ankommt!«

Die Worte seines Vaters drangen kaum durch die Wand, die Amael vor seinen Gefühlen hochgezogen hatte. Auch der kümmerliche Überrest seines Gewissens regte sich nicht. Er erinnerte sich an jeden einzelnen Kampf, jede einzelne Tötung der letzten Jahre. Wieder und wieder durchlebte er sie, und die Kraft der Seelen seiner Opfer frohlockten in seinem Blut. Er fühlte keine Reue, kein Bedauern. Einzig den Wunsch nach größerer Macht.

»Die Armee untersteht seit Jahrhunderten meiner Befehlsgewalt. Die Rebellen sind flink, aber gegen unsere Soldaten chancenlos. Ich versichere dir, du wirst bald schon den Anführer der Schwarzen Lilie deinen Gefangenen nennen können.«

Nerio stieß einen verächtlichen Laut aus. »Du stehst auf geweihtem Boden, Sohn. Halte dich an dein Versprechen, oder ich werde dich vor das Tribunal der Götter stellen.«

Das Tribunal der Götter. Jenes eine Ritual, welches über Recht und Unrecht entschied, mit dem selbst ein Herrscher der Geistmagie für immer aus der Existenz gelöscht werden konnte. Durch bloßen Willen rief Amael seine Magie. Wasser und Geist tobten unter seiner Haut, die Blätter der Pflanzen raschelten und die Finsternis in seinem Herzen brüllte auf.

»Ich halte *immer* mein Wort.«

KAPITEL 23

THYRA

Das Erste, was Thyra auffiel, waren die zwei Sonnen am Himmel. Fassungslos starrte sie nach oben, von links nach rechts und rieb sich die Augen. Dann erst nahm sie den Rest ihrer Umgebung wahr. Sie standen auf einer Wiese, bunte Blumen wuchsen den Himmelskörpern entgegen, Falter und anderes Getier surrte durch die Lüfte, einige winzig klein, andere größer als Thyras Hand. Bäume mit grünen, blauen, schwarzen und silbernen Blättern und Flussläufe, die der Schwerkraft trotzten und bergauf flossen, stellten Thyras Verständnis der Physik auf den Kopf.

»Wie …?«

»Das Portal hat uns auf die andere Seite des Schleiers gebracht. Wir befinden uns Lichtjahre entfernt von der Erde.« Lorcans Erklärung wirkte einstudiert, als würde er dies nicht zum ersten Mal erläutern. Prüfend suchte er den Horizont ab. »Allzu lang sollten wir nicht verweilen. Die Wälder Zemelars sind gefährlich bei Nacht, besonders für eine Fae mit Gedächtnisverlust.«

Ohne eine Antwort abzuwarten, marschierte er los und legte ein ordentliches Tempo vor. Thyra seufzte entnervt und folgte ihm. Sie eilten über die Wiese hinein in einen Wald, der alles, was Thyra zu kennen glaubte, mit einem leisen *Plopp* implodieren ließ. Neben ihr bekannten Tieren wie Rehen, Hasen und Vögeln entdeckte sie auch Kreaturen, die ihr vollkommen fremd waren. Winzig kleine Bären mit Hauern, groß genug, um sie aufzuspießen, lebende Steine, die über den Laubboden rollten, Schnecken und Spinnen, größer als Thyras ausgebreitete Hand. Von überall her trafen Vibrationen und Schwingungen Thyras Sinne, ihr ganzer Körper kribbelte und ihr Geist schickte sie in ein beständiges Gefühl eines Déjà-vu. Es fühlte sich an, als wäre sie nach langer Zeit endlich wieder zu Hause. Mit jedem weiteren Schritt verlor sie ihre Zweifel, tatsächlich in einer anderen Welt gelandet zu sein.

Ein glückliches Lachen entfuhr ihr, sie hob die Arme und drehte sich im Kreis. Die Baumwipfel über ihnen schienen sich zu ihr hinunterzubeugen, als wollten sie Thyra begrüßen. Lorcan verlangsamte das Tempo, blieb direkt neben einem Baum mit schwarzem Stamm und silbrig glänzenden Blättern stehen und drehte sich zu ihr um. Ein vielschichtiges Lächeln zierte seine Lippen.

»Willkommen im Reich der Vier Lande – deiner Heimat.«

»Es ist unglaublich!« Thyra zeigte demonstrativ auf die gewaltige Natur um sie herum.

»Wie konnte ich all das vergessen?«

So schnell, wie die Freude in Lorcans Gesicht gekommen war, verschwand sie wieder. Dunkelheit befiel ihn. »Die Entscheidung lag nicht bei dir«, versicherte er ihr und holte tief Luft. »Bevor die Sonnen untergehen, sollten wir noch ein Stück des Weges hinter uns bringen. Ich kenne einen sicheren Ort, an dem wir übernachten können. Und halte dich von den Bäumen mit türkisen Blättern fern, das Gift, welches sie absondern, lähmt dich binnen Sekunden.«

»Warte ... was?!«

Ohne auf Thyras schockierten Ausruf einzugehen, preschte Lorcan durch das dichte Gehölz, als trachteten ihm Höllenhunde nach der Seele.

Hat der denn nie genug von der Rennerei?

Obwohl sie gern länger verweilt hätte, um die Schönheit dieser neuen Welt voll und ganz in sich aufzunehmen, setzte sie sich erneut in Bewegung.

Es dauerte nicht lang, bis sie nach Atem rang. Ihr Puls raste und ihre Lungen schrien. Einzig ihrem Stolz verdankte sie es, dass sie nicht um eine Pause bat. Verbissen schob sie die Unterlippe vor und sprang über Steine, Moos, gefällte oder abgestorbene Bäume, verscheuchte rehähnliche Kreaturen und setzte über mehrere Bäche hinweg. Die Schatten der Bäume verschmolzen mit der Umgebung und das Licht reichte kaum noch, um einen Meter weit zu sehen, da verfiel Lorcan endlich in einen langsamen Trab.

»Jetzt ist es nicht mehr weit«, sagte er und deutete nach vorn. »Dort können wir uns ausruhen.«

Lorcans sicherer Hafen stellte sich als winzige Försterhütte heraus, bestehend aus einer Schlafstatt, einer Vorratskammer, die erstaunlich gut gefüllt war, sowie einer kleinen Kochstelle unter einem hölzernen Vordach. Nachdem sich Lorcan versichert hatte, dass niemand das Häuschen geplündert hatte, entspannte er sich ein wenig, sammelte Holz und entzündete ein Feuer.

Thyra beobachtete ihn aus sicherer Entfernung. Ihre Gedanken rasten, Fragen über Fragen türmten sich in ihr auf und verlangten nach Antworten. *Weshalb erinnere ich mich nicht an diese Welt? Erzählt er mir die Wahrheit? Darüber, wer er ist? Wer ich bin?*

Schweren Herzens gesellte sie sich zu Lorcan, der inzwischen einen Topf über die Kochstelle gehängt hatte und Nahrung erwärmte. Ihr Magen knurrte gierig, sie konnte sich nicht einmal daran erinnern, wann sie zuletzt etwas gegessen hatte. Thyra setzte sich ein paar Schritte entfernt von Lorcan auf einen umgelegten Baumstamm.

»Der Eintopf ist gleich fertig«, murmelte Lorcan just und verharrte. Intensiv musterte er sie, saugte unverhohlen jedes Detail an Thyra auf. Wärme kroch in Thyras Wangen.

»Ich … habe einige Fragen«, sagte sie leise und nestelte an ihrem

Ärmel. Die Art, wie Lorcan sie ansah, war ihr ebenso unangenehm wie die Tatsache, auf ihn angewiesen zu sein.

»Natürlich hast du die, wer hätte in deiner Situation keine Fragen. Sprich nur frei heraus.« Lorcan richtete seine Aufmerksamkeit wieder auf den Eintopf und Erleichterung spülte durch Thyras Adern.

Womit soll ich anfangen? Welche Frage ist am drängendsten?

»Wohin bringst du mich?«

»Nach Hause«, kam die sofortige Antwort. »Ich bringe dich nach Shahin-la, die Stadt, in der du aufgewachsen bist.«

Nachdenklich stützte Thyra ihr Kinn in die rechte Hand und versuchte, sich an die Stadt zu erinnern. Da war nichts, nur gähnende Leere in ihrem Geist. Sie verfolgte das Spiel der Flammen vor sich, als hinter ihnen ein gellender Schrei zu hören war, gefolgt von leisem Gegacker und Flügelschlagen. Panisch fuhr sie zusammen und sah sich wild um.

»Was zur ...?«

»Das ist nur ein Shakrei«, beruhigte Lorcan sie. »Er imitiert die Laute seiner Beute und lockt sie auf diese Weise an. Geht sie ihm in die Falle, verschlingt er sie im Ganzen.«

Thyra zog die Augenbrauen zusammen. »Wie groß sind denn diese … Shakrei?«

»Manches möchtest du nicht wissen, glaub mir.« Ein belustigtes Funkeln trat in Lorcans Augen. »Du bist noch genauso neugierig wie früher. Ich weiß noch, einmal sind wir auf Einladung eines Herzogs nach Vesil gereist, in das Land der Wasserfeen. Damals hast du ihn mit all deinen Fragen nahezu durchlöchert.«

Obwohl Lorcans Worte unschuldig gemeint waren, legte sich Schwermut über Thyra. Sie hatte ein ganzes Leben gelebt, sogar die Liebe hatte sie gefunden. Nur, um dann alles zu verlieren?

»*Wieso* habe ich mein Gedächtnis verloren?« Die Worte wehrten sich dagegen, ausgesprochen zu werden. Ihr Brustkorb hob und senkte sich hektisch. Die Antworten auf ihre Fragen konnten sie mit absoluter Leichtigkeit ins Verderben führen.

Lorcan seufzte und inspizierte seine Fingernägel. Eine Weile lang hörte man nur das Knacken des Feuers und den Jagdschrei des Shakrei im Hintergrund. »Die Vier Lande sind das Reich der Feen. Wir sind Nachkommen der Götter Kuvâl, Mâakera, Voljūk und Talekajū, deiner Vorfahrin und der Herrscherin über das Feuer. Unsere Macht über die Elemente Wasser, Luft, Erde und Feuer geht auf die Götter zurück. Einzig die Königsfamilie herrscht über das fünfte Element, den Geist, und trägt damit das Blut Kasétus, der großen Mutter, in sich. Deine Loyalität gehörte stets dem Herrscher, über Jahrhunderte warst du der Schatten des Thronerben. Eines Tages kam es zu einer Rebellion in Shahin-la, der Palast wurde angegriffen, viele Feen starben. Du hattest in jener Nacht Patrouliendienst und so verdächtigte man dich, gemeinsame Sache mit den Aufständischen der Schwarzen Lilie zu machen. Es gelang mir nur unter großen Mühen, deine Hinrichtung zu verhindern. Stattdessen erlegte man dir einen Bann des Geistes auf und schickte dich ins Exil.«

Exil?

Das Wort hallte hohl in ihrem Kopf wider und sie schluckte schwer. »Und glaubst du, dass ich schuldig bin?«

»Du bist meine Frau«, antwortete er ausweichend. »Ich werde immer hinter dir stehen.«

Das war kein Nein.

Lorcan rückte näher an sie heran, sodass er kaum noch eine Handbreit von ihr entfernt saß. Das Blond seines Haars reflektierte den orangenen Schein des Lagerfeuers. Fasziniert streckte Thyra die Hand aus, strich über seinen Kopf, seine Schläfen und die fein gekräuselten Härchen in seinem Nacken.

Es fühlt sich so fremd an ... und doch so vertraut.

Lorcans Blick verschleierte sich, ein verlangender Glanz trat in seine Augen. Hastig zog sie ihre Hand zurück.

»Verzeih, ich ...« Sie schüttelte den Kopf. Für derlei Schwäche war jetzt kein Platz. »Kannst du den Bann aufheben?« Vielleicht konnte sie so herausfinden, ob sie sich wirklich des Verrats schuldig gemacht hatte.

Lorcan blinzelte, blieb jedoch neben ihr, so dicht, dass seine Körperwärme auf sie überging und ihr den Schweiß auf die Stirn trieb. »Der Bann des Geistes gilt ein Leben lang, zurücknehmen kann ihn nur der, der ihn einst aussprach.«

»Und man hält mich für einen Verräter. Meine Chancen für eine Ausnahme stehen also fast bei Null«, schlussfolgerte Thyra und zwang sich, den Kloß hinunterzuschlucken, der sich in ihrer Kehle gebildet hatte.

»Die Lage ist kompliziert, eine einfache Antwort kann ich dir nicht liefern. Der Feenkönig selbst schickte mich, um dich zu holen, obwohl er von deiner Schuld überzeugt ist. Und wenn mich nicht alles täuscht, befindet sich außerdem eines der mächtigsten Artefakte unserer Welt in deinem Besitz. Womöglich kannst du dies zu deinem Vorteil nutzen.«

Der Geruch nach Chili und Fleisch verstärkte sich. Der Eintopf über der Kochstelle fing an, Blasen zu werfen und dampfte.

»Verdammt!« Lorcan sprang auf und zog den Topf vom Haken. Mit leichtem Schwung landete er in der Erde neben dem brennenden Holz. Es zischte leise, als Feuchtigkeit dem Boden entwich. Lorcan eilte ins Haus und kam mit zwei Schüsseln zurück. Wortlos befüllte er sie und reichte Thyra eine Schale.

»Von welchem Artefakt hast du eben gesprochen?«, fragte sie zwischen zwei Löffeln.

Lorcan, der sich wieder neben sie gesetzt hatte, wischte sich mit einer Hand über den Mund. »Der Dolch, den du gefunden hast. Es ist der Dolch der *cuimhne*, der Erinnerungen. Die Waffe gilt seit Jahrhunderten als verschollen, doch so wie es scheint, hat sie auf dich gewartet.«

Ungläubig zog Thyra besagte Klinge hervor. Die goldene Schneide spiegelte das Licht des Feuers weit in den Wald hinein. Lorcan stellte seine Schale beiseite und deutete auf das reich verzierte Heft.

»Siehst du diese Schriftzeichen und Runen? Übersetzt heißen sie: *Die Seele erkennt den Verstand, der Verstand prägt die Seele.* Er vermag, Erinnerungen zu zeigen, die längst vergessen wurden. Unsere Vorväter fertigten den Dolch mit dem Segen Kasétus. Doch er ist Geschenk und Gefahr zugleich, viele seiner früheren Träger verfielen dem Wahnsinn.«

Ein Schauer rann ihren Rücken hinab. Unvermittelt erfasste sie durchdringende Klarheit. »Die Träume«, wisperte sie ergriffen. »Es sind keine Träume! Es sind Erinnerungen aus meinem alten Leben.« Aufregung durchfuhr sie, gepaart mit Entsetzen. Die Szenen, die sich vor ihrem inneren Auge abgespielt hatten, waren grausam gewesen. Stimmte Lorcans Theorie, hatte sie getötet. Mehrfach und ohne Gnade. Sie packte Lorcans Arm und zwang ihn, sie anzusehen. Sie brauchte Gewissheit.

Jetzt.

»In welcher Beziehung stand ich zu des Königs Sohn?«

Lorcan legte seine Hand auf die ihre und drückte sie sanft. Er schien zu ahnen, was in ihr vorging. »Du warst Teil von Amaels Leibgarde, seine ruchloseste Assassine. Es gab niemanden, der vor dir sicher war.«

KAPITEL 24

PETE

Schloss Dunvegan glich einer Ruine. Insbesondere der Südflügel hatte unter der Magie des Fae schwere Schäden erlitten. Das Dach war eingestürzt, die herabfallenden Steine hatten eine Küchenmagd unter sich begraben und drei weitere Bedienstete verletzt.

Nachdem Arthur zunächst mit einigen Männern Thyra und dem Faekrieger in die Dunkelheit gefolgt war, war er nach etwa einer Stunde mit leeren Händen ins Schloss zurückgekehrt. Seither hatte er kein Wort gesprochen, war nur stumm durch die Zerstörung seines Familiensitzes gewandert, hatte gegen seine inneren Dämonen angekämpft – und verloren. Jede Hoffnung war aus seinem Blick gewichen.

Um Pete selbst war es nicht besser bestellt. Timothys leichtsinniges Verhalten, seine Bereitschaft, Thyra auszuliefern, setzten ihm zu. Er fühlte sich verantwortlich, hatte er doch seinem Sohn die Wahrheit vorenthalten. Vielleicht wäre alles anders gekommen, hätte er Timothy von der Existenz der Magie und den fantastischen Wesen erzählt.

Doch nun war Thyra unwiederbringlich fort, gegangen mit einem Angehörigen jenes Volkes, das sie, wie Pete glaubte, verstoßen hatte. Es gab keinen Grund für Pete, weiter im Hauptsitz des MacLeod-Clans zu verweilen und als die Sonne wieder aufging, beschloss er, sich Gehör zu verschaffen. Er sehnte sich nach seinen Hühnern und Ziegen sowie seinem beschaulichen Leben in St. Abbs.

»Wie soll es nun weitergehen, Arthur?« Seine Stimme durchschnitt die Stille mit der Schärfe einer Glasscherbe. Sie waren allein. Alistair und Gawin waren davongeeilt, um ihrem Clan zu helfen, und sogar Timothy half bei den Aufräumarbeiten. Das schlechte Gewissen musste ihn wahrlich plagen.

Arthur schaute auf, dicke Tränensäcke und tiefe Falten ließen ihn nun wirken wie ein Greis, der seit längerem schon mit dem Schnitter focht. Nichts erinnerte mehr an das charismatische Clanoberhaupt der vorigen Nacht.

»Spielt das noch eine Rolle? Wir – Nein, *ich* habe eine Fee gefoltert. Aus welchen Gründen auch immer sie ihr Gedächtnis verlor, es ändert nichts daran, dass sie die Schwarze Assassine, und für den Feenkönig von offenbarer Relevanz ist. Er wird uns niemals von dem Fluch befreien.«

Der Fluch der MacLeods. Auferlegt vor Jahrhunderten, verdammte er den Clan zu ewiger Gefolgschaft den Feen gegenüber. Als junge Männer hatten Pete und Arthur oft Pläne geschmiedet, um ihre Familie zu befreien, doch mit der Zeit hatten sie begriffen, wie aussichtslos ihre Lage und wie unerschöpflich der Hass des Feenkönigs war.

Arthur vergrub das Gesicht in den Händen. Unterdrücktes Schluchzen ließ seine Schultern beben, salzige Tropfen nässten den staubigen Boden. »Ich habe alles zerstört«, stieß er aus und hob den Kopf. »Fiona hat vor wenigen Wochen eine kleine Tochter geboren und ich habe das Schicksal ihres Kindes besiegelt.«

»Fiona, deine Enkelin?« Eiserne Angst schloss sich um Petes Herz. Trotz des Kontaktabbruchs ihres Großvaters hatte Fiona Pete von Zeit zu Zeit besucht, Tratsch ausgetauscht und Freude in sein Heim gebracht. Unlängst hatte Pete eine Taufeinladung erreicht und er hatte sich von Herzen für die junge Frau gefreut. Jetzt Arthurs Verzweiflung zu sehen, ließ nur einen Schluss zu. »Sag mir nicht, dass es –«

»Fiona weiß nicht, dass es ihr Kind ist, dass der Feenkönig fordert«, unterbrach ihn Arthur. »Ich hatte gehofft, eine Lösung zu finden. Die Fee —«

»Thyra.«

»Thyra. Sie sollte mein Trumpf werden. Stattdessen ist sie jetzt unser aller Untergang.«

KAPITEL 25

THYRA

Das erste Licht des Morgens kroch über das Firmament und erhellte die Waldhütte. Die Hände hinter dem Kopf verschränkt, starrte Thyra an die Decke und beobachtete die Wanderung der zarten Sonnenstrahlen. Lorcan war vor Stunden in die Wildnis verschwunden und hatte Thyra mit ihren Gedanken allein gelassen.

Ich bin eine Mörderin. Unzählige habe ich im Namen meines Königs, meines Prinzen, dahingeschlachtet.

Sie sollte unter der Schuld zusammenbrechen und um Gnade flehen. Sollte sich schämen und in einer dunklen Höhle verharren, bis der Schnitter sie holte. Sie hatte unsagbaren Schmerz und Leid unter die Angehörigen ihres eigenen Volkes gebracht. Doch in ihr fand sich kein Funken Reue. Die Erinnerungen waren präsent und gleichzeitig weit entfernt, als wäre sie damals eine andere Person gewesen. Der einzige Tod, den sie aufrichtig bedauerte, war der des Mannes in Edinburgh.

Immer wieder kehrten ihre Gedanken zurück zu den Leichen, die ihren Weg säumten und zu Lorcan, der so gar nicht wie der Ehemann einer gewissenlosen Mörderin wirkte. Und weshalb fanden die Erinnerungen an ihn keinen Weg in ihr Bewusstsein? Da gab es nur diesen Amael, dessen leuchtend violette Augen sie auf unerklärliche Weise fesselten. Lebhaft hörte sie seine Stimme in ihrem Kopf, fühlte seinen Atem auf ihrer Haut, die Hitze seiner Berührung ...

Lorcan polterte in die Hütte und unterbrach ihre kreisenden Gedanken. Er reichte ihr ohne Umschweife ein unförmiges Bündel.

»Zieh das an.«

»Dir auch einen guten Morgen«, grummelte Thyra und griff nach dem Bündel. Es entpuppte sich als lange, weite Hose aus dunklem Leder sowie eine helle Leinenbluse mit abstoßend vielen Rüschen. Anklagend sah sie zu Lorcan hoch, dessen schlichte Kleider ihm eindrucksvoll schmeichelten.

»Ist das notwendig?«, fragte sie und hielt die Bluse hoch. »Wir sind doch nicht im Mittelalter.«

Lorcan lächelte schmal. »Die Vier Lande sind anders als die Erde. Hier gibt es keine Autos, keine Elektrizität oder Technik, die Magie in der Luft verhindert ihre Funktionalität. Und ganz bestimmt tragen die Frauen hier keine *Jeans*.«

»Sie sind praktisch!«, fauchte Thyra empört. In den vergangenen Monaten hatten sich locker geschnittene Mom Jeans zu ihren liebsten Hosen entwickelt und sie war nicht bereit, Kritik daran zu akzeptieren.

»Und auffällig«, hielt Lorcan trocken dagegen. »Jetzt zieh dich um, wir müssen weiter, ehe uns jemand entdeckt.«

Die Kleidung war verblüffend bequem. Die Hose bot jede Menge Bewegungsfreiheit und die Bluse war luftig genug, um die Wärme der zwei Sonnen zu ertragen. Lorcan erwartete sie vor der Hütte, und er war nicht allein. Zwei Pferde, ein Rappe und ein Fuchs, grasten das Unterholz ab. Wie angewurzelt blieb Thyra stehen. Mit großen Augen sah sie zu Lorcan, der die Zügel entspannt in der Hand hielt.

»Das ist ein Witz. Ich kann nicht reiten!«

Gemächlich kam er auf sie zu, liebevolle Strenge lag auf seinem Gesicht. »Selbstverständlich kannst du reiten. Du magst es vergessen haben, doch deine Muskeln werden sich an den Ablauf erinnern.« Er drückte Thyra die Zügel in die Hand. »Sie heißt Maeve, hat bereits einige Jahre auf dem Buckel und ist die Gleichmütigkeit selbst. Das perfekte Anfängerpferd.« Zweifelnd schob Thyra die Unterlippe vor und strich der Stute über die weichen Nüstern. Maeve schnaubte und schüttelte die Mähne.

»Wir sollten los«, sagte Lorcan und saß mit der Eleganz jahrelanger Übung auf. Thyra gab sich einen geistigen Schubs.

Wie schwer kann es schon sein, in diesen Sattel zu gelangen?

Vorsichtig setzte sie einen Fuß in den Steigbügel und schwang ihren Körper auf den Rücken des Pferdes. Beinahe fiel sie auf der anderen Seite wieder herunter. »Scheiße!«

Lorcan lachte, verstummte jedoch, als sie ihm einen finsteren Blick zuwarf. Thyra rang um ihr Gleichgewicht und erst, als sie sicher war, nicht sofort zu fallen, sah sie erneut zu Lorcan hinüber. »Also dann.«

Er schnalzte laut und beide Pferde setzten sich in Bewegung. Vollkommen überfordert zerrte Thyra an den Zügeln und presste die Fersen in den weichen Bauch des Tiers. Maeve schnaubte und wieherte unwillig.

»Streck den Rücken durch und bewege dich in ihrem Takt. Nimm die Zügel locker in die Hände. So.« Lorcan demonstrierte ihr die richtige Haltung, ballte die Finger zu einer aufrechtstehenden Faust und klemmte die Zügel auf dem mittleren Glied des Zeigefingers mit dem Daumen fest. Ungeschickt ahmte Thyra ihn nach.

Einige Zeit ritten sie in der Stille des angebrochenen Tages nebeneinanderher. Der Wald lichtete sich und wich weiten Feldern und Wiesen. Thyra konzentrierte sich darauf, nicht zu stürzen, und bekam schon bald einen Krampf in den Fingern. Verbissen spähte sie zu Lorcan hinüber. Er war ihr einige Antworten schuldig geblieben. Nachdem sie ihn gestern über Amael ausgefragt hatte, war er zunehmend abweisend und einsilbig gewesen.

»Du hast gesagt, der König hat dich beauftragt, mich zurückzuholen. Richtig?«

Lorcan nickte und Thyra runzelte die Stirn.

»Obwohl er mich für eine Verräterin hält?«

Lorcans Gesicht verdüsterte sich. »Wohl gerade deswegen«, grummelte er. »Du bist bei weitem nicht die Erste, die er verbannt hat, aber die Erste, deren Magie trotz der Manipulation noch aufflammt, sodass sie bis nach Shahin-la zu spüren war.«

»Ich besitze keine Macht.«

Lorcan lachte auf. Es klang derart verzweifelt und amüsiert, dass Thyra eingeschnappt den Mund verzog.

»Da irrst du dich. Deine Seelenflamme ist in tiefen Schlummer versetzt, doch niemand kann dir nehmen, was in deinem Blut ist. Du bist nicht nur eine Feuerfee, Thyra. Als einzige Fee der Vier Lande warst du, ohne die Magie des Geistes zu besitzen, stark genug, um dich dem Willen des Kronprinzen zu widersetzen.«

»Oh.« Das warf ein anderes Licht auf ihre Vergangenheit. Hatte sie für den Feenkönig womöglich eine Gefahr dargestellt? »Aber ich spüre meine Magie nicht mehr. Da ist nichts, nur … Leere.«

Lorcan nickte. »Das ist der Bann. Gelingt es dir, ihn zu brechen, kannst du wieder auf deine Magie zugreifen. Und davor fürchtet sich der König.«

»Aber du meintest, den Bann zu brechen, wäre unmöglich.«

»Nur weil ich keinen Weg kenne, heißt das nicht, dass keiner existiert«, sagte Lorcan. »Immerhin befindet sich der Dolch der *cuimhne* in deinem Besitz. Doch davon weiß der Feenkönig nichts. Und wenn du klug bist, behältst du das vorerst für dich.«

Thyra gab ein nachdenkliches Geräusch von sich. »Also glaubst du –?«

Lorcan hob die Hand. Sein Blick wanderte über die flache Landschaft, er suchte offenbar die abgeernteten Felder und Wege ab und blieb an der dichten Baumlinie rechts von ihnen hängen.

Etwas beunruhigt ihn.

»Was ist los?«

»Es ist zu ruhig«, flüsterte Lorcan. »Der Winter ist in diesen Breitengraden die Jahreszeit der Trulipen, eine lästige Vogelart, deren

Laute am ehesten noch als Geschrei durchgehen.« Er hielt sein Pferd an und auch Maeve verlangsamte ihren Schritt automatisch.

Mit klopfendem Herzen suchte Thyra ebenfalls die Umgebung ab. Sie vermochte nichts Ungewöhnliches zu erkennen.»Wonach soll –?« Die Erde begann zu beben, große Risse bildeten sich, von irgendwoher tönte lautes Brüllen zu ihnen heran. Die Pferde wieherten panisch, der Rappe bäumte sich auf.

»Hüa!« Lorcans Befehl peitschte durch die Lüfte, ehe Thyra realisieren konnte, was geschah. Sie kippte fast hintenüber, so scharf galoppierte Maeve an. Ein Schrei entfuhr ihr, sie krallte die Hände in die lange Mähne und umklammerte den Hals des Pferdes, als hinge ihr Leben davon ab.

Das Brüllen näherte sich von rechts. Was immer es war, nutzte den Schutz der Bäume, um ungesehen zu bleiben.

»Was ist das?« Sie musste schreien, um das Getrappel der Pferdehufe zu übertönen.

»Ein Rudel Ristarakwölfe«, kam die prompte Antwort.

Ein großer Schatten brach just in dem Moment durch die Baumreihe und hielt auf sie zu. Ein Mannsgroßer Albtraum mit dicken Krallen und riesigen Zähnen. Thyra wurde übel. Weitere Schatten preschten aus dem Unterholz, jagten den Reitern nach. Die Wölfe waren schnell. Schneller als die Pferde.

»Sie holen uns ein!« Thyra presste ihre Schenkel zusammen, trieb Maeve zur Eile an. Lorcan fluchte laut.

»Nach links!« Sein Rappe scherte aus, Maeve folgte ohne Thyras Zutun. Der Fluchtinstinkt der Stute übernahm ihr Handeln.

Schon bald hörte Thyra das laute Hecheln eines Wolfes, fühlte den schnellen Atem in ihrem Nacken. Ihr Herz raste. Die Luft roch nach fauligem Fleisch und Aas. Obwohl Panik ihren Verstand durchzog, wagte sie einen Blick nach hinten.

Leuchtend gelbe Augen fixierten sie, Speichel troff aus einem Maul, so lang wie Thyras Unterarm. Spitze Reißzähne schimmerten leicht, während der graue Wolfspelz die Strahlen der Sonnen zu verschlucken schien. Riesige Pranken hetzten über den trockenen Erdboden. Thyras Magen hob sich, es fehlte nicht viel, und sie würde auf der Stelle ihr Frühstück wieder zu Tage befördern. Sie wandte sich ab, presste sich dichter an Maeves Hals und versuchte, den Luftwiderstand so gering wie möglich zu halten.

»Lorcan!«

Er muss etwas unternehmen!

Lorcan drehte sich nach hinten, die rechte Hand auf den hungrigen Räuber hinter Thyra gerichtet, dem noch etliche weitere folgten. Braune Blitze erschienen in seiner Handfläche.

Magie.

Er fixierte die sich nähernden Ristarakwölfe, murmelte etwas und schleuderte seine Magie auf die Jäger. Die Macht pfiff knapp an Thyra vorbei und ein schneidender Schmerz zuckte über ihre Wange. Warmes Blut troff aus der Wunde, welche die Magie in ihr Fleisch gerissen hatte. Es war ihr egal. Der Schmerz verblasste bereits wieder, als nur Sekundenbruchteile später hinter ihr Jaulen aus vielen Kehlen ertönte. Das Beben der Erde wurde schwächer, das Getrappel schwerer Pfoten verklang. Ein kurzer Blick über die Schulter zeigte Thyra, dass das Rudel zurückblieb. Erleichterung durchströmte ihren Körper und die Euphorie ersetzte die Panik.

»Das war genial!«, jubelte sie und wäre Lorcan am liebsten um den Hals gefallen.

Lorcan dämpfte ihre Begeisterung sofort. »Der Zauber verschafft uns etwas Zeit. Doch sollte einer der Wolf durch meine Magie sterben, haben wir uns das Rudel zum Feind gemacht und die Überlebenden werden uns jagen, bis wir sie alle ausgerottet haben – oder wir tot sind.« Erneut trieb er den Rappen zur Eile an. »Lass uns so viel Abstand zwischen uns und die Wölfe bringen wie möglich.«

Sie ritten über Wiesen und überquerten Flüsse, bis die Pferde Schaum vor den Mündern hatten und ihr Schweiß zu Boden troff. Erst als Thyra schon glaubte, Maeve würde unter ihr zusammenbrechen, drosselte Lorcan das Tempo und lenkte sie auf ein kleines Städtchen zu, das am Horizont auftauchte.

»Rahin-la steht unter der Vorherrschaft des Großherzogs der Vier Lande, einem Bruder des Königs. Er war einer der Wenigen, die sich gegen deine Hinrichtung aussprachen. Doch die Zeiten haben sich geändert, Überfälle und Brandschatzung machen den Adeligen zu schaffen. Wir übernachten dort und reisen morgen weiter.« Lorcan zögerte, dann fügte er hinzu: »Ich weiß nicht, auf wen wir dort treffen werden, Vorsicht ist geboten. Am besten bedeckst du deine Ohren.«

»Meine Ohren?« Irritiert tastete Thyra die äußere Gehörmuschel ab, befühlte die vernarbten Ränder. »Was stimmt nicht mit ihnen?«

»Damit Feen unerkannt unter den Menschen wandeln können, nutzen sie einen Zauber, der ihre übernatürlichen Merkmale verschleiert. Verbannten steht dieser Weg nicht frei. Ihnen werden die Ohren abgeschnitten.«

Bitterkeit füllte Thyra aus. Auch wenn sich die Vier Lande wie ihr Zuhause anfühlten, so war sie doch für immer als Aussätzige gekennzeichnet.

»Ich verstehe.« Sie drängte ihre Gefühle zurück und löste ihr langes Haar aus dem Zopf, sodass es ihr in sanften Wellen über die Schultern und den Rücken fiel. Lorcan beobachtete sie mit wachsamem Blick und schluckte schwer. Für eine Sekunde fragte Thyra sich, ob er sie schön fand.

Reiß dich zusammen!

Sie richtete den Blick unverwandt auf das, was vor ihnen lag.

Vor dem Stadttor aus glänzendem perlmuttfarbenem Material saßen sie ab und führten die Pferde an den Zügeln in Richtung der Stadtwache, um Passierscheine zu erwerben. Händler, Bauern und Stadtbewohner drängten in die Sicherheit der Stadt, nun, da es dämmerte, und Lorcan und Thyra warteten geduldig, bis sie an der Reihe waren.

»Ausweise, Grund des Besuchs?«, schnarrte die Wache, eine hagere Frau mit schmalen Lippen und knöchrigen Fingern. Sie schien Thyra mit ihren nahezu schwarzen Augen regelrecht zu durchbohren. Nur knapp widerstand sie dem Drang, den Blick niederzuschlagen. Lorcan hingegen war offensichtlich auf diese Aufforderung vorbereitet.

»Mein Name ist Lorcan Erdsohn. Diese Feuerfee soll auf Geheiß des Königs in den Palast nach Shahin-la gebracht werden. Wir begegneten auf dem Weg einem Rudel Ristarakwölfe und suchen nun Rast für uns und unsere Tiere«, erklärte er mit engelsgleichem Lächeln. Er zog ein Papier unter seinem Umhang hervor und hielt es der Frau hin.

Ebenso fasziniert wie ungläubig beobachtete Thyra, wie die Wache das Dokument las und sie anschließend kommentarlos passieren ließ.

Nachdem sie das Stadttor durchschritten hatten, fand sich Thyra zwischen dicken Mauern wieder. Rahin-la war altertümlich. Es war, als sei Thyra nicht nur durch die Galaxie, sondern auch durch die Zeit gereist. Hatte sie St. Abbs schon für ein beschauliches Städtchen gehalten, dass den Wandel der Jahrhunderte überdauert hatte, so war Rahin-la das blühende Mittelalter – wenn man von der Eleganz der Bauten und der Reinlichkeit absah.

Pflanzen mit spitzen Dornen rankten die Stadtmauern empor. Bäume mit silbrigen und blauen Blättern zierten die große Allee ins Stadtinnere, die Gassen und Straßen waren eng und Fackeln spendeten des Nachts Licht. Pflastersteine zierten den Boden, links und rechts des Weges fanden sich schmale Bäche. Der linke floss stadtauswärts, der rechte stadteinwärts. Die Häuser waren klein und detailverliebt gestaltet, Türmchen, Balkone, Erker und Terrassen aller Art, sogar Brücken und Bögen, Säulen und Podeste in den verschiedensten Farben und Formen schmückten die Bauten.

Sie überquerten einige Märkte, Feen liefen in den feinsten Gewändern und mit komplizierten Frisuren umher, Magie erfüllte die Luft. Vereinzelt sah Thyra dürftig gekleidete Gestalten mit hungrigen Augen, doch Lorcan zog sie zu schnell mit sich, als dass sie sich ein genaues Urteil bilden konnte.

»Wohin gehen wir?«, fragte Thyra leise. Ihr schwirrte der Kopf, jede

Zelle ihres Körpers vibrierte. Sie spürte den Dolch in ihrer Tasche und hoffte, das Artefakt würde sie für den Moment mit weiteren Erinnerungen verschonen.

»Wir gehen in die Pension einer Freundin. Sie ist vertrauenswürdig.«

KAPITEL 26

AMAEL

Er fühlte die Erregung und Blutgier der Krieger im Tunnel vor sich. Der salzig-süße Geruch erfüllte die kleine Kabine mit der schlichten Trennwand zu seinen Gegnern und spiegelte Amaels eigenen Rausch wieder. Nichts wies darauf hin, dass sie erwarteten, heute dem Schnitter entgegenzutreten.

»Seid Ihr bereit, mein Prinz?« Der Diener, Arcanto Wassersohn, trat gesenkten Hauptes an ihn heran, sodass sein blondes Haar ihm in die Stirn fiel. Ein langes Schwert ruhte auf seinen Unterarmen. Obgleich es lächerlich war, in einem solchen Etablissement auf Förmlichkeiten zu achten, hatte der Junge sich in den letzten dreiundzwanzig Jahren nicht einen Fehltritt erlaubt.

Seit Amael das erste Mal durch die Türen des *Arach Noir* geschritten war, auf der Suche nach der reinsten Form der Betätigung für Körper und Geist. Dem Kampf.

»Hast du mich jemals anders erlebt, Bursche?«

Es war eine rhetorische Frage, die keiner Antwort bedurfte. Niemals würde Arcanto Amael darauf hinweisen, dass er abgelenkt schien. Nicht, wenn ihm sein Leben lieb war.

Entschlossen griff Amael nach dem ihm dargebotenen Schwert. Es war leicht genug, um mit einer Hand gehalten zu werden und scharf genug, seinen Gegner mit einem Hieb zu enthaupten. Die Klinge war makellos geschliffen, das Heft breit und fest. Probehalber fuhr Amael mit der Waffe durch die Luft, sie folgte seinen Bewegungen in perfekter Balance. Zufrieden nickte er.

»Ich wünsche Euch viel Erfolg, mein Herr.« Arcanto verneigte sich erneut und zog sich zurück.

Amael verbannte alle Gedanken aus seinem Geist. Er wollte nur im Hier und Jetzt sein, alles fühlen, alles erleben. Jeden Schmerz, den er zufügte, jedes Leben, das er nahm und in sein Bewusstsein einspeiste. Alles, um zu verdrängen, was ihn mehr quälte als jede körperliche Pein, die er jemals gefühlt hatte. Und in seinen über neunhundert Lebensjahren hatte sich einiges an Qualen angesammelt.

Ein Surren ertönte, gefolgt von einem Knall. Das Signal!

Er verließ die Kabine und stürmte mit großen Schritten durch die Dunkelheit des dahinterliegenden Tunnels. Vor dem Tunnelende bremste er ab und marschierte mit gestrafften Schultern in das Amphitheater. Der Sand unter seinen Füßen knirschte vertraut, der Jubel der Zuschauer sandte ein überschwängliches Grinsen auf sein Gesicht. Amael reckte sein Schwert in die Höhe, ließ sich tragen von der mordlustigen Begeisterung der Zuschauer und Wetteiferer.

Auf den Rängen dieser Arena fand sich jeder, der in der Unterwelt Rang und Namen besaß. Feen und Kobolde, Banshees, Gestaltwandler und weitere Schattenwesen schlossen Wetten auf den Überlebenden ab, auf die Todesart oder auf die Reihenfolge der Getöteten. Geld wechselte den Besitzer, Handschläge wurden ausgetauscht. Eine junge Fee mit blutrot geschminkten Lippen und schwarz umrandeten, leuchtend grünen Augen winkte ihm lasziv zu. Die Einladung war eindeutig und Amael gedachte, sie anzunehmen.

In diesem Moment betraten seine Gegner das Feld. Es waren fünf an der Zahl, ein Gestaltwandler, zwei Banshees, eine weibliche und eine männliche, sowie zwei Feen. Insbesondere die zwei Banshees weckten Amaels Vorsicht, ebenso wie seine Finsternis. Mit ihrem Schrei vermochten sie einen gestandenen Mann in den Wahnsinn zu treiben. Amael besaß zwar das Geistelement, doch er nutzte es in Kämpfen selten. Es wäre zu leicht, seine Feinde zu überwältigen. Nein, er wählte lieber die harte Tour.

»Kämpfer des *Arach Noir*, ihr alle kennt die Regeln – es gibt keine.«

Lachen schallte von den Rängen herunter. Der Sprecher war gut versteckt, in all den Jahren hatte Amael ihn nie zu Gesicht bekommen. Er wurde das Gefühl nicht los, dass dies einen triftigen Grund hatte, der ihn jedoch nicht genug interessierte, um weitere Nachforschungen anzustellen.

»Bezieht Stellung, verbrüdert euch, schmiedet Pläne und vergesst nicht: Nur einer von euch verlässt die Arena lebend!«

Einen perfekten Moment lang hätte man eine Stecknadel fallen hören können. Dann brach Anarchie aus.

Amael stürzte sich auf die weibliche Banshee. Die Feen forderten den männlichen Banshee und den Gestaltwandler heraus. Es war offensichtlich, dass sich die beiden abgesprochen hatten. Ein kurzsichtiges Unterfangen in Anbetracht der Örtlichkeit, doch Amael war es recht.

Er hieb nach der Banshee, die ihn mit dem Blick aus ihren milchigweißen Augen erfasste, ehe sie den Mund zum Schrei öffnete. Sie griff in die Schneide hinein, dunkles Blut quoll an ihren Fingern hervor und rann die Klinge hinab. Wütend verzog sie das Maul. Ein schnarrender Ton entstand in ihrer Kehle und legte sich bezirzend um Amaels Sinne. Der Drang, das Schwert fallen zu lassen, war wider seiner Natur. Unter größter Anstrengung duckte er sich und entging so ihren langen Klauen. Er konterte mit einer harten Geraden und ihr Kiefer barst unter seiner Kraft.

Der Ton, der von ihr ausging, stockte, veränderte den Klang, verlor aber dennoch kaum an Gewalt. Sein Blut schrie auf, seine Macht loderte heiß in seinem Innersten. Amael rief das Wasser, formte es nach seinem Willen und sog jeden Tropfen davon aus dem Körper seiner Feindin. Sie wandt sich und schrie, doch ihre Stimme wurde schwächer, ihre Macht verlor an Kraft. Amael trat einen Schritt auf sie zu, verstärkte seinen Willen erneut und die Banshee stieß ein hohes Gurgeln aus. Es fehlte nicht viel und sie vertrocknete bei lebendigen Leibe.

Gleich gehört deine Macht mir!

Ein harter Stoß traf ihn im Rücken. Seine Konzentration brach und unwillkürlich gab seine Magie die Banshee frei, bevor ihr Leben erstarb und ihre Macht in sein Blut übergehen konnte. Amael stolperte, die Wucht des Hiebs trieb ihm die Luft aus den Lungen. Er wirbelte herum und sah direkt in die blutigen Lefzen des Gestaltwandlers. Ein katzenhaftes Grinsen zierte dessen Fratze.

Amael ließ sich zu Boden fallen und rollte sich unter dem nächsten Stoß weg. Die toten Augen der zweiten Banshee begegneten ihm. Auf ihr lag der Fae, sein Gedärm war über den gesamten Platz verteilt. Die zweite Fee war nirgends zu sehen.

Wahrscheinlich ist sie ebenso tot wie der andere.

Behände kam er auf die Füße, hob das Schwert mit der Rechten, und hielt die linke Hand schützend vor seinen Schädel. Seine beiden Gegner verbündeten sich.

Banshee und Gestaltwandler.

Dunkelheit und Schatten.

Folter und Schmerz.

Amael lachte. Der ganze Frust, die ganze Wut auf seinen Vater und die Vergangenheit flossen aus ihm heraus. Die Zuschauer grölten, warfen faule Eier, blutige Organe und vergammelte Pflanzenreste. Sie wollten Blut sehen.

Und das werdet ihr bekommen.

Amael suchte die Ränge ab und fand die Fee mit den blutroten Lippen. »Das ist für dich«, brüllte er gegen den Lärm an. Als wäre das ihr Zeichen, stürzten die beiden übrig gebliebenen Gegner auf ihn zu. Die Banshee schrie. Amael schrie. Der Gestaltwandler schlug zu. Amael parierte. Amael griff an. Die Banshee verstummte. Sein Schwert hatte ihre Kehle durchtrennt. Ein Wimpernschlag länger und er hätte sich selbst das Gehirn aus dem Schädel operiert. Schwer atmend stieß er die sterbende Kreatur von sich.

Der Gestaltwandler ließ ihn gewähren. Aus dunklen Augen beobachtete er ihn, sein langer, disproportionaler Körper war sehnig, die Muskeln angespannt, die Klauen durstig nach Feenblut.

»Komm schon«, forderte Amael. Er war trunken vor Macht. Er wollte mehr. Ohne abzuwarten, stürzte er sich auf den Wandler.

Ein Stoß direkt zwischen die Rippen und dein Seelenlicht gehört mir!

Tobender Schmerz in seiner rechten Flanke ließ ihn zurückprallen. Er erstarrte. Das Maul des Wandlers war ganz nah. Plötzlich sah er in seine eigenen violetten Augen, sein Mund war blutverschmiert, seine Kleidung zerfetzt.

»Der Sohn des Königs stirbt durch meine Hand. Die Götter sind mir heute wahrlich gewogen.« Der Gestaltwandler sprach undeutlich, als hätte er Schwierigkeiten, die ungewohnten Laute zu artikulieren.

Amael festigte den Griff um sein Schwert, während heißer Schmerz ihn geißelte. Die Klauen des Wandlers steckten tief in seinem Fleisch und bestätigten, was dieser sagte. Tat Amael nicht bald etwas dagegen, würde er sterben. Hier, im *Arach Noir.*

Niemals.

Nicht, bevor er sein Erbe nicht angetreten hatte.

»Da irrst du dich«, zischte er. Zorn erfüllte ihn, ließ die Finsternis in seinen Adern hochkochen. Schwarz zeichneten sich die Venen unter seiner Haut ab. Amael schlug in das ihm widerwärtig vertraute Gesicht. Es knackte, Blut schoss aus den Nasenlöchern. Der Wandler zuckte zusammen. Mit einer Wendung drehte Amael sich aus den Klauen. Schwindel erfasste ihn, er drohte zu fallen.

Wellenartig kochten Wasser und Geist hoch, erschlossen jede Zelle seines Körpers, stärkten seine Knochen und mobilisierten seine Muskeln. Der Schmerz war vergessen. Verderben ergriff Besitz von ihm, brach die Fesseln, in die er es gelegt hatte, und stählte Amaels Leib. Er setzte dem

Wandler nach, schnitt tief in dessen Bauch, riss das Schwert herum und durchtrennte Haut, Sehnen, Muskeln und Knochen. Der Oberkörper des Wandlers, sein eigener Oberkörper, fiel zu Boden, während seine Beine noch einige Meter weiterliefen.

»Wir haben einen Gewinner!«, brüllte der Sprecher und die Menge tobte. Flüche und Jubelschreie gleichermaßen erfüllten die Arena.

Hohles Gelächter quälte sich aus Amaels Kehle. Die Finsternis in ihm war mächtiger als je zuvor. Das wenige an Kontrolle, dass ihm geblieben war, würde nicht mehr lange anhalten. Die Wahrheit würde noch früh genug an die Oberfläche gelangen.

Er, der mit dem Tod tanzt, *war* der Schrecken.

Im Siegesrausch ließ er die blutige Waffe achtlos in den Sand fallen und verließ die Arena.

Die Fee mit den blutroten Lippen erwartete ihn in der Kabine. Er kannte sie nicht und er fragte nicht nach ihrem Namen. Wortlos trat er auf sie zu und klemmte sie zwischen der Wand und seinem verschwitzten, blutigen Körper ein. Sie begegnete seinem Blick unerschrocken, fuhr mit ihrer Hand in seinen Nacken und bohrte ihre Fingernägel in seine Muskulatur. Er keuchte auf und presste seine Lippen gierig auf ihren weichen Mund.

Sie war nicht, was er wollte.

Doch sie war, was er haben konnte.

KAPITEL 27

LORCAN

Das Gasthaus sah genauso aus wie in seiner Erinnerung. Die weiß getünchte Fassade mit den großen Yahararanken, der Turm mit den geschwungenen Verzierungen, der eine fantastische Aussicht über Rahin-la bot, und die messingfarbene Eingangstür mit dem eingeritzten Zeichen der großen Mutter. Fackeln erhellten den Weg und er winkte Thyra heran. Ihre Nähe zu spüren, ihren Geruch wahrzunehmen, dem das Feuer und die Dunkelheit fehlten, war verwirrend und süchtig machend zugleich. Niemals wieder würde er sie gehen lassen.

Ich werde meine Fehler wiedergutmachen. Ich werde –

»Lorcan?« Die Haustür wurde aufgerissen, ein blonder Kugelblitz sprang in seine Arme. Kinderhände schlossen sich um seinen Hals und kleine Beinchen schlangen sich um seine Hüfte.

»Erestris, du bist groß geworden«, keuchte er und umarmte seine Nichte fest.

»Das ist nicht schwer, wenn sich jemand über zwei Jahrzehnte nicht blicken lässt.« Kalte Augen, die den seinen ähnelten, fixierten ihn aus weichen Gesichtszügen. Die Frau hatte das gleiche straßenköterblonde Haar wie er, doch ihre Schönheit übertraf die seine um ein Vielfaches.

Verlegen setze er die junge Fee ab, die mit ihren dreiundachzig Jahren in etwa auf dem Entwicklungsstand eines achtjährigen Menschen war. Sofort rannte das Mädchen zurück ins Haus und Lorcan trat auf seine Schwester zu.

»Verzeih mir, Amaryl. Vieles ist geschehen in den letzten Jahren. Es gibt keine Entschuldigung für mein Fortbleiben, doch bin ich nun hier.« Er streckte ihr die Arme entgegen. Amaryl kniff die Augen zusammen und schwieg. Er fürchtete bereits, seine Schwester würde ihn nicht willkommen heißen, da fluchte sie und schloss ihn in eine feste Umarmung.

»Mach das nie wieder!«, verlangte sie und rückte von ihm ab. Er lächelte. Trotz all der vergangenen Zeit hatte sich seine Schwester nicht verändert. Es war beruhigend.

»Ich hatte gehofft, hier einen Platz für die Nacht zu finden.«

»Natürlich, natürlich. Kommt rein, kommt rein. Wer ist deine Begleitung?« Amaryl wuselte in ihrer gewohnt energetischen Art davon. Lorcan holte Luft und sah zu Thyra. Er hatte ihr seinen Umhang gegeben. Die Kapuze tief ins Gesicht gezogen, war sie vor ungewollten Blicken geschützt. Vor Amaryl jedoch konnte er sie auf diese Weise nicht verstecken. Seine Schwester hatte ein Talent dafür, Lügen und Geheimnisse aufzudecken. Ihm blieb nur, die Wahrheit zu sagen. Er trat ins Haus und schloss die Tür hinter Thyra, die sich bemerkenswert ruhig verhielt.

»Du kennst sie«, sagte er mit Bedacht und nickte Thyra zu. Mit einer fließenden Handbewegung setzte sie die Kapuze ab.

Stille.

Tiefgreifende, bedrohliche Stille.

Die Temperatur im Flur fiel ab, Raureif kroch über die Fenster und erinnerte Lorcan daran, dass seine Schwester neben der Erdmagie ihrer Mutter auch die Luftmagie ihres Vaters geerbt hatte.

Wut blitzte in Amaryls Augen. Instinktiv blockierte sie mit ihrem Körper den Zugang zur Pension, sperrte Lorcan und Thyra in dem schmalen Eingangsbereich ein. Die hohen Wände schienen näherzukommen.

»Du *wagst es*, die verfluchte Schwarze Assassine in mein Haus zu bringen?«

»Sie ist harmlos, Amaryl, Thyra wird niemandem etwas zuleide tun! Es ist nur für eine Nacht, dann reisen wir weiter!« Flehentlich streckte er die Hand nach seiner Schwester aus. Ein Luftstrom erfasste ihn, die Haustür sprang auf und er und Thyra schlitterten zurück auf die Straße, die sie gerade erst verlassen hatten.

»Verschwinde und komm niemals wieder hierher, Lorcan. Hörst du? Ich will dich und deine dreckige Verräterin niemals wiedersehen!« Amaryl vollführte eine entschiedene Geste und die Eingangstür fiel krachend ins Schloss. Es klackte, Riegel wurden vorgeschoben.

»Verflucht seien die Götter! Du stures Weibsbild!«, schrie Lorcan und hämmerte gegen die Zeichen der Kasétu. »Das wird dir noch leidtun!«

»Lorcan.« Thyras Stimme drang kaum durch den Nebel seiner Emotionen. Er trat gegen die weiße Hauswand. Verzweiflung legte sich kalt und klebrig um seinen Verstand. Er hatte Amaryl vertraut und darauf gehofft, ihr geschwisterliches Band wäre stärker als die Vergangenheit. Wie sehr er sich doch getäuscht hatte!

»Lorcan!« Eine schmale Hand legte sich auf seinen Arm.

Thyra.

Er schüttelte sie ab. Ihre Berührung glich einem Bad in Salzsäure, löste seine Essenz in die erbärmlichen Fetzen auf, die er erst unter so großer Anstrengung zusammengeflickt hatte.

Ein scharfer Schmerz und lautes Klatschen brachten ihn wieder zur Besinnung. Instinktiv fasste er sich mit der Hand an die linke Wange.

Verblüfft hielt er inne. Sturmgraue Augen begegneten ihm ungnädig, schwarzes Haar umspielte das prägnante Gesicht wie das einer Göttin.

»Hast du … mich gerade geschlagen?«

»Dein Ausbruch erregt bei weitem zu viel Aufmerksamkeit!« Thyra deutete auf ihre Umgebung.

Obwohl der Abend bereits hereingebrochen war, entdeckte Lorcan zahlreiche Feen, die sie musterten. Einige zerrten ihre Kinder schnell weiter, andere tuschelten hinter vorgehaltener Hand oder wechselten eilig die Straßenseite.

»Du hast recht«, grummelte er, obwohl die Wut noch in ihm tobte. »Komm. Hier werden wir kein Bett für die Nacht bekommen.«

Sein Magen zog sich zu einer steinharten Kugel zusammen. Er hatte diesen Weg nicht gehen wollen, aber nach Amaryls Abweisung führte kein Weg mehr daran vorbei. Wollte er Thyras Sicherheit gewährleisten, mussten sie dem Großherzog ihre Aufwartung machen.

Das Anwesen des Großherzogs konnte man mit Fug und Recht als Schloss bezeichnen. Weder in Größe noch Protz stand es dem Palast des Königs nach, und jedes Detail untermauerte die Gefährlichkeit des Mannes, den sie zu später Stunde aufsuchten.

Die breite Einfahrt war gesäumt von Acaziae nocturnae, einer genetischen Aberration der Akazienbäume der Menschenwelt. Die Wissenschaftler der Feen waren sich einig, dass vor langer Zeit ein Weltenwanderer Samen der irdischen Bäume in ihre Welt gebracht haben musste. Im Lauf der Jahrtausende hatte sich die Pflanze angepasst und war nun hochgiftig. Die zauberhaft goldenen und blauen Blätter zogen Insekten an. Ließ sich eines nieder, zersetzte der Schutzfilm der Blätter es in seine Bestandteile, ähnlich wie die Magensäure der Menschen es mit Nahrung tat. Lorcan hatte einmal gesehen, wie eine unglückliche Trilupe von dem Film benetzt verendet war. Diese Schreie würde er niemals vergessen.

»Der Großherzog ist ein Wasserfae, genau wie der König und seine direkten Nachfolger. Das Geistelement in ihm ist nur schwach ausgeprägt, weswegen er bei Hofe stets belächelt wird«, wandte er sich an Thyra, die stumm neben ihm lief. Die Kapuze hatte sie wieder tief ins Gesicht gezogen, dennoch war er sicher, dass ihr Blick auf ihm ruhte. »Zolle ihm Respekt. Senke den Kopf und beuge das Knie, wenn er eintritt. Er weiß, was mit dir geschehen ist und wird hoffentlich nicht erwarten, dass du dich an ihn erinnerst. Verwechsle seine Nachsicht jedoch niemals mit Gnade. Nützte es ihm, würde er dich binnen Sekunden töten lassen.«

Sie konnten nur hoffen, dass der Großherzog guter Stimmung war. War er es nicht ... Lorcan zog es vor, nicht weiter darüber nachzudenken. Der Weg vor ihnen weitete sich zu einem Vorgarten. Fackeln erhellten die Dunkelheit der Nacht und gewährten Einsicht auf Hecken voller Dornen, und Blumen, deren Knollen groß genug waren, um einen Eber damit zu erschlagen, zierten die Beete. In der Mitte der Einfahrt stand ein stattlicher Springbrunnen, das Wasser plätscherte leise vor sich hin, unermüdlich floss es von einer Stufe auf die nächste und wieder zurück. Magie war etwas Wunderbares.

Lorcan setzte den ersten Fuß auf die unterste Stufe der Treppe, die zur Eingangstür führte, da öffnete sich selbige wie von Geisterhand. Eine kleine, rundliche Gestalt erschien. Die Arme weit geöffnet, eilte ihnen der Großherzog von Zemelar entgegen. Sein Mantel aus Ristarakpelz wehte dramatisch hinter ihm her.

»Thyra Feuertochter! Bei Kasétu und Kuvâl, niemals hätte ich geglaubt, dein liebreizendes Antlitz noch einmal zu sehen! Nun setz schon die Kapuze ab, Kind, niemand hier wird es wagen, die Hand gegen dich zu erheben!« Er zerrte an ihrem Umhang, doch er war deutlich kleiner als Thyra, deren irritiertes Gesicht unter dem Stoff der Kapuze zum Vorschein kam. Sie sah zu Lorcan hinüber und er konnte schwören, dass sie ihn skalpieren wollte. Umarmungen und körperliche Nähe hatte sie auch früher nur selten toleriert ...

»Schau dich nur an! Zwei Jahre ist es her, seit mein sturer Bruder dich verbannt hat. Die Menschenwelt hat deiner Schönheit jedoch keinen Abbruch getan, im Gegenteil!« Er strich hingebungsvoll über ihre Wange und leckte sich über die Lippen. »Du siehst atemberaubend aus!« Thyra zuckte, als wollte sie ihm die Hand abbeißen. Hastig trat Lorcan an ihre Seite und neigte das Haupt.

»Königliche Hoheit, es ist wahrlich großzügig, dass Ihr uns zu so später Stunde noch empfangt. Wir wollen kein großes Aufhebens machen, wir hofften allerdings, einen sicheren Platz für eine Übernachtung zu erhalten und –«

»Ach Unsinn! Lorcan Erdsohn, du wirst deine Angetraute noch früh genug für dich allein haben. Jetzt«, der Großherzog schnappte sich begierig Thyras Arm und hakte sie bei sich ein, »tu einem alten Mann den Gefallen und berichte von deinen Abenteuern in der Menschenwelt.«

Ohnmächtig folgte Lorcan dem Großherzog und seiner ebenso überwältigten Begleitung. Thyra sah über die Schulter zu ihm, ihre Augen waren vor Schreck geweitet. Er wollte ihr beistehen, doch es gab nichts, das er tun konnte. Der Großherzog hatte sich sein Faible für die Feuertochter behalten. Und niemand, der bei Verstand war, verwehrte ihm ein Abendessen mit seiner Auserkorenen.

KAPITEL 28

THYRA

Thyra beäugte das servierte Nachtmahl und bemühte sich, ihren Argwohn zu verbergen. Sie saß am Kopfende des langen Speisetisches des Großherzogs, dessen Tischplatte aus purem Gold bestand. Eine Kreatur mit Hörnern an der Stirn stand stumm in der Ecke und fächelte ihr Luft zu. Unzählige Fackeln erhellten den gigantischen Saal, der eine ganze Festgesellschaft fassen könnte, und eine weitere gehörnte Kreatur eilte mit seltsam anmutenden Speisen und Getränken an die Tafel.

»Greift zu!«, ermutigte der Großherzog sie. Trotz des mehr als ausreichenden Platzes saß er direkt neben ihr. Immer wieder berührten seine Knie wie zufällig Thyras Beine und die Berührungen jagten unangenehme Schauer über ihren Körper. Thyra benötigte all ihre Selbstbeherrschung, um den fetten Kerl nicht vom Stuhl zu werfen.

Ihr einziger Anker in diesem Raum, in dem sie sich vorkam wie eine Zirkusattraktion, war Lorcan. Er verfolgte jede Bewegung des Großherzogs mit Argusaugen und warf ihr immer wieder ermutigende Blicke zu. Ihm zuliebe musste sie sich beherrschen.

»Vielen Dank, königliche Hoheit. Ihr seid sehr freundlich.« Sie neigte den Kopf und griff nach einer der dargebotenen Platten – beim bestem

Willen konnte sie nicht erkennen, worum es sich handelte – und häufte sich wahllos Nahrung auf den Teller.

»Weißt du«, sagte der Großherzog und biss in eine saftige Keule undefinierbarer Herkunft, »Diese Förmlichkeiten haben wir längst hinter uns gelassen. Ich verstehe nicht, weshalb du so abweisend bist.« Der Großherzog verzog eingeschnappt den Mund.

Habe ich etwas falsch gemacht? Verdammt, Lorcan hätte mich besser über die Etikette unterrichten sollen!

Sie räusperte sich, wollte irgendetwas sagen, um die Wogen zu glätten, da schlug der Großherzog sich die Hand auf die Stirn. »Oh, ich alter Esel! Da habe ich doch tatsächlich für einen Moment deinen Bann vergessen! Hach, es ist einfach wie in alten Zeiten. Aber wo bleiben nur meine Manieren!« Er erhob sich überraschend quirlig für seine Leibesfülle. Mit seinem Hintern stieß er gegen den Tisch, der daraufhin bedrohlich wackelte. Flink hielt Thyra die hochstieligen Weingläser fest und zwang sich zu einem beflissenen Lächeln.

Den Adeligen interessierte das nicht. Beherzt langte er nach Thyras Hand und deutete eine Verbeugung an. Sein Verhalten wirkte albern.

»Gestatte, dass ich mich erneut vorstelle. Rhamnus Malecai, Bruder des Königs und Großherzog von Zemelar!« Eifrig drückte er seine fetttriefenden Lippen auf ihre Haut. Die Berührung war warm und schmierig. Ihr Blick zuckte unwillkürlich zu Lorcan. Er hob warnend die Augenbrauen, signalisierte ihr, sich zu beherrschen. Sie atmete tief ein und schwor sich, später ihre Hand mit Seife zu waschen, bis sich die Haut abpellte.

»Es ist mir eine Freude, Rhamnus«, würgte sie hervor und zog ihre Hand zurück. Doch der Großherzog festigte seinen Griff, ehe er sie freigab. Er richtete seine Kleidung und sah zu ihr auf. In seinen Augen erkannte Thyra pure Lust. Ekel erfasste sie. Sie brauchte keine Erinnerungen, um zu wissen, dass er sie schon früher umworben hatte. Und dass sie ihn jedes Mal aufs Neue abgewiesen hatte.

»Lasst uns weiteressen«, schlug Lorcan vor. Nie war Thyra erfreuter darüber gewesen, seine Stimme zu hören.

»Nehmt Euch nur nach, werter Erdsohn.« Rhamnus wies auf das riesige Buffet. »Ich für meinen bescheidenen Teil bin gesättigt. Doch ich frage mich, ob du mir nicht bei einem kleinen Spaziergang Gesellschaft leisten willst, liebste Thyra? Mit vollem Magen schläft es sich stets schlecht, nicht wahr?«

Allein mit dir in der Dunkelheit sein? Nein, das will ich nicht, du Widerling.

Lorcan legte seine Serviette beiseite und machte Anstalten, aufzustehen. »Es wäre uns eine Ehre, Euch zu begleiten, Groß—«

»Ich bat nicht um Eure Begleitung, Lorcan.« Die Worte durchschnitten die Luft. Es war deutlich, dass der Großherzog keinen Widerspruch duldete. Ohnmächtig erhob sich Thyra und zwang sich zu einem Lächeln. »Es wäre mir eine Ehre, Euch zu begleiten«, presste sie hervor. Bevor sie einen klaren Gedanken fassen konnte, schnappte sich der Adelige ihren Arm und führte sie vergnügt grinsend aus dem Gebäude.

Thyra hatte erwartet, dass sie in die Gärten gehen, eine Runde drehen und wieder ins Warme zurückkehren würden. Stattdessen führte Rhamnus sie im Schein des Mondes quer über das Gelände, plapperte wie ein Wasserfall über sein Anwesen, seine schäbigen Bediensteten, seine unfähige Ehefrau und die ebenso nutzlosen wie faulen Kinder und Enkelkinder, von denen nicht eines das Geistelement beherrschte. Thyra hörte ihm längst nicht mehr zu. Sie gab von Zeit zu Zeit bedauernde, zustimmende oder entrüstete Geräusche von sich und wünschte sich weit fort. Nichts verband sie mit diesem unausstehlichen Mann, dessen einziger Bezugspunkt im Leben er selbst war.

Ob Lorcan nach ihnen suchte? Es war bestimmt schon eine Stunde vergangen, seit der Großherzog ihn so rüde aus der Unternehmung gestoßen hatte.

»Hörst du mir überhaupt zu?«

Rhamnus' Frage ergoss sich über Thyra wie eisiges Wasser. Sie blinzelte, versuchte krampfhaft, sich daran zu erinnern, worüber der Großherzog die letzten Minuten geschwafelt hatte und scheiterte. Sie zögerte einen Moment, dann ergriff sie seine Hände und drückte sie leicht. Unterwürfig schlug sie die Augen nieder.

Er darf nicht merken, wie sehr er mich anwidert.

»Verzeiht mir, Rhamnus. Eure Erzählungen sind überaus mitreißend, doch die Reise steckt mir fest in den Knochen. Ich fürchte, da wird einzig ein tiefer Nachtschlaf helfen.«

»Meine Liebe! Was für ein schlechter Gastgeber bin ich nur, Eure Bedürfnisse vollkommen fehl zu interpretieren. Ich rechnete Eure verkühlte Art der Anwesenheit Eures Gatten zu, schließlich weiß der ganze Hof, dass Euer Herz stets einem anderen gehörte.« Er zwinkerte ihr zu. »Einzig wem Eure Leidenschaft galt, blieb ein Geheimnis.«

Ich hatte einen Liebhaber?

Unvermittelt dachte sie an Amael, an die Sehnsucht, die sie in ihren Erinnerungen gespürt hatte, das raue Verlangen nach seiner Berührung. War er –?

Rhamnus trat so dicht an sie heran, dass sein Kinn ihre Brüste berührte und sein warmer Atem einen Weg in ihr Dekolleté fand. »Womöglich bist du ja nun bereit, meinem Werben nachzugeben?« Seine fleischige Hand packte fest ihren Hintern und der Großherzog stieß einen wollüstigen Laut aus, während sein Unterleib sich ihr entgegendrängte.

Thyra schrie auf, schlug die Hand weg und versetzte dem Großherzog einen Stoß. Er landete auf seinem feisten Hinterteil, sein Gesicht lief puterrot an. Mit einem Satz war sie über ihm und presste ihr Knie auf seine Brust.

»Wagt es nie wieder, mich zu berühren, Großherzog. Ich mag mein Gedächtnis verloren haben, meine Würde jedoch ist davon unbetroffen! Niemals würde ich mich auf einen schmierigen Fettsack wie euch einlassen, der an niemandem ein gutes Haar lässt!«

Ihr Atem war das einzige, was die Ruhe der Nacht durchbrach. Niemand hatte ihren Ausbruch mitbekommen, niemand war da, um dem Großherzog zur Seite zu stehen. Thyra roch bittersüßen Schweiß.

Er hat Angst. Angst vor mir.

Genugtuung flutete ihr Sein, zerrte an den Fesseln ihres Geistes. Blitze tobten durch ihren Verstand, Schmerz schoss durch ihre Nervenfasern, Hitze erfüllte ihre Venen. Ein Teil ihrer selbst, der bis dahin verschüttet gewesen war, erwachte bebend zum Leben. Ihre Essenz flammte auf, Wellen unkontrollierter Magie pflügten durch die nächtlichen Gärten.

Thyra atmete hektisch, ihre Finger verkrampften sich. Der Großherzog starrte aus wässrig violette Augen voll stummem Entsetzen zu ihr auf. Reichlich verspätet dämmerte ihr, was sie getan hatte.

Ich muss hier weg!

Sie sprang auf und sprintete durch die dunklen Schatten der großherzoglichen Gärtnerei.

Das Anwesen ragte über ihr auf. Bei ihrer Ankunft war ihr das Haus wie ein Schloss vorgekommen, nun vermochte es ihr Gefängnis zu werden.

»Thyra!« Lorcan rannte ihr entgegen. In seinen Armen hielt er ihre wenigen Habseligkeiten. »Deine Magie ... Was ist geschehen?«

»Wir müssen aufbrechen. Sofort!« Thyra strebte auf den Reitstall zu. Ihr Herz pochte wild, ungebrochen wallte Glut durch ihren Körper.

Lorcan folgte ihr auf dem Fuß. In Windeseile sattelten sie die Pferde und preschten hoch zu Ross an Rhamnus' Haus vorbei, die breite Einfahrt entlang. Befreit lachte Thyra auf.

»Der Großherzog ist ein Arschloch«, ließ sie Lorcan wissen. Er blieb ihr eine Erwiderung schuldig. Verwirrt sah sie zu ihm hinüber. Dieser Mann war ihr wahrlich ein Rätsel.

»Entspann dich. Wir sind ihm entkommen. Er –«

»Hör hin!« Lorcans Befehl brachte sie zum Verstummen.

Was meint er?

Einzig der Wind peitschte ihnen um die Ohren und das Getrappel der Pferde auf den Pflastersteinen hallte laut in der Stille der Nacht wider.

Zu laut.

Grauen erfasste Thyra, als seitlich von ihnen drei dunkle Schatten aus dem Unterholz der Akazien brachen. Allen voran ritt der Großherzog selbst. Das Gesicht zu einer wütenden Fratze verzogen, schnitt er ihnen den Weg ab. Die anderen beiden Reiter, gehörnte Diener des Großherzogs, wollten sie in die Mitte nehmen.

Sie saßen in der Falle.

Panisch sah Thyra zu Lorcan hinüber. Er war aschfahl, seine Hände krampften sich um die Zügel.

»Nach links!«, rief Thyra. Mit der wenigen Erfahrung, die sie besaß, lenkte sie Maeve seitlich an dem Großherzog vorbei. Sie durften nicht anhalten, durften Rhamnus keine Gelegenheit geben, seine widerlichen Pranken um ihr Schicksal zu legen.

»Bleibt stehen!« Rhamnus' Stimme hakte sich tief in Thyras Verstand, durchtrennte ihren Willen wie ein Steakmesser blutiges Fleisch. Druck legte sich auf ihren Torso, das Atmen fiel ihr schwer und sie sah, wie sie die Hände hob und an den Zügeln zog, bis Maeve anhielt. Stocksteif übergab sie einem der gehörnten, einem Mann mit athletischem Körperbau und unendlich traurigen Augen, die Riemen. Ihr Innerstes begehrte auf, ihre Nervenenden schienen in Brand zu stehen, doch kein Laut drang über ihre Lippen. Gelähmt ließ sich Thyra zurück auf das Anwesen des Großherzogs führen, Seite an Seite mit einem ebenfalls willenlosen Lorcan.

KAPITEL 29

THYRA

Die Schwärze um Thyra herum drohte sie zu ersticken. Kalte, bösartige Finger strichen über ihren Körper, violettes Feuer trampelte über ihren Geist hinweg und zerrte sie hinab in den Abgrund der Ewigkeit, bis die Finsternis sie wieder einfing und in ihre fleischliche Hülle versetzte.

Nicht der winzigste Lufthauch besänftigte ihre angespannten Nerven, kein Licht spendete ihr Trost. Einzig der eisige Ring um ihre Hände hielt sie aufrecht. Rhamnus hatte sie in sein Anwesen gebracht. Stundenlang hatte er sie gequält und sich an ihrem Schmerz erfreut. Spitze Klingen, die ihre Haut zerschnitten, brennendes Gift, das durch ihre Adern jagte. Doch danach ... war er verschwunden.

Etwas rumpelte, Schritte kamen näher, das violette Feuer kehrte zurück. »Sieh dich an. Sogar im Exil bietest du meinem arroganten Bruder noch die Stirn. Du hättest meine Königin werden können, *Feuertochter*! Es ist ein Jammer. Du bist geboren, um zu herrschen, zu stark, um bezwungen zu werden und doch zu blind, um deine Chance zu erkennen.« Rhamnus' Atem strich faulig über ihre Haut. Mit aller Macht verbot Thyra sich eine Reaktion auf seine Anwesenheit, war jedoch machtlos gegen den heißen Hass, der sie erfüllte.

Stoff riss und bissige Kälte vergrub sich in ihrem Rücken.

»Großherzog, kommt zur Vernunft. Der König will sie lebend!«
Lorcan. Er kniete direkt neben ihr.

»Keine Sorge, Erdsohn. Nerio bekommt seine Schwarze Assassine.
Ich statuiere vorher nur ein Exempel an ihr.« Er klang widerwärtig
hingebungsvoll, beinahe, als wäre er aufgeregt.

Eine Tür wurde aufgestoßen. Fackelschein erhellte die Dunkelheit
und gab Thyra endlich Gelegenheit, ihre Umgebung zu erkunden. Sie
befanden sich im Speisesaal, in dem sie vor so wenigen Stunden noch
beisammengesessen hatten. Eine Schar ängstlich dreinblickender Feen
und Gehörnter wurde in den Saal getrieben.

»Ah, meine Gäste sind da!« Der Großherzog trat hinter Thyras
entblößtem Rücken hervor. »Kommt näher, auf dass ihr versteht, was
euch erwartet, solltet ihr es jemals wagen, euch gegen mich zu wenden!«
Er winkte die Fremden heran. In seiner Hand hielt er einen langen Stab,
von dessen Ende Stricke herabhingen.

»Diese Frau«, Rhamnus deutete auf Thyra, »wagte es, mich, den
Großherzog Zemelars und Bruder des gerechten Königs des Reichs der
Vier Lande, anzugreifen.« Hass untermalte seine Worte. »Als Strafe erhält
sie fünfzig Peitschenhiebe.«

»Das überlebt sie nicht!«, rief Lorcan entsetzt und Thyra brachte es
nicht über sich, zu ihm hinüberzusehen. Ihr wurde heiß und kalt, das
Gefühl eines Déjà-vus erfasste sie mit Übelkeit erregender Macht. Das
Netz aus Narben auf ihrem Rücken kam ihr in den Sinn.

Ich bin bereits früher ausgepeitscht worden.

Eine Frau trat an den Großherzog heran. Ihr Gesicht war von einer
Maske verdeckt. Sie griff wortlos nach dem Stab in Rhamnus' Hand
und verschwand aus Thyras Sichtfeld.

Die nächsten Herzschläge fühlten sich an wie der letzte Segen eines
Priesters.

Lautes Schnalzen zerriss die Luft. Hart trafen die Stricke Tyras nackten Rücken. Jäher Schmerz breitete sich in ihr aus. Ein weiterer Schlag

traf sie. Ihre Haut verbrannte unter dem Eisen, Gestank mischte sich mit dem Wimmern der unfreiwilligen Zuschauer. Thyra presste die Lippen zusammen, gab keinen Laut von sich. Herausfordernd fixierte sie Rhamnus. Unter dem nächsten Hieb platzte ihre Haut auf. Sie fühlte, wie warmes Blut ihren Leib hinabrann. Ihre Muskeln zitterten, so verkrampft war sie und ein kleiner Teil ihres Verstandes fürchtete, dass ihre Zähne unter dem Druck ihres zusammengepressten Kiefers zerbersten würden. Aber sie ließ den Großherzog nicht aus den Augen.

Er wird mich nicht brechen!

Der Schmerz drohte ihr das Bewusstsein zu rauben, doch ihr Stolz gewährte ihr keine Gnade. Den Großherzog zu fixieren, brachte sie in andere Sphären, verhalf ihr zu Rachegedanken, die ihren Willen stärkten.

Aus dem Augenwinkel sah Thyra eine dunkle Gestalt herannahen. Sie trat auf den Großherzog zu und wechselte einige Worte mit ihm. Thyra vermochte das Gesprochene nicht zu hören, und es war ihr egal. Sie war einzig dankbar für die Pause, die ihr gewährt wurde und ließ für einen winzigen Moment den Kopf hängen.

Ungezählte Atemzüge später wurde ihr Kinn gehoben und sie starrte in milchig-weiße Augen.

Scheiße.

Sie hörte Lorcans Protest, lauschte auf seine Worte und hörte, wie er um ihr Leben verhandelte.

Nicht der kleinste Funken Hoffnung erwachte in ihr.

Nichts konnte sie retten.

Der Mann übernahm die Peitsche. Es war der gleiche Mann, der sie aus Edinburgh entführt hatte. Das gleiche Monster, das ihr in den Schatten der Bibliothek aufgelauert hatte.

Die Wucht des nächsten Peitschenhiebs riss sie von den Knien, ihre Schultern schrien unter der plötzlichen Belastung. Zittrig richtete sie sich auf und spuckte blutigen Speichel aus. »Verreck in der Hölle, du Bastard!«

Der Mann mit der Peitsche lachte rau. »Da bin ich doch längst«, raunte er ihr ins Ohr. Seine Stimme wurde zu einem hellen Kreischen.

Es bohrte sich in Thyras Gehirnwindungen, zerstörte ihr Denken, zerschmetterte ihren Lebenswillen. Der nächste Hieb mit der Peitsche aus Eisen stürzte sie in den tiefsten Ozean der Pein.

Geisterhaft hallte Rhamnus' Lachen durch ihren zerrütteten Verstand.

»Setz noch zehn Schläge obendrauf, *Banshee*.«

Thyra verlor den Kontakt zur Realität.

Thyra war keine furchtsame Person, doch der Thronsaal war ein beängstigender Ort. Mit gesenktem Haupt kniete sie auf dem harten Boden.

König Nerio hatte sie rufen lassen. Seit Jahrzehnten hatte er mit den Alancrá nicht mehr persönlich kommuniziert. Thyra hatte den Herrscher der Vier Lande zuletzt vor über fünfzehn Jahren gesprochen. Damals waren Amael und sie den Rebellen entkommen und hatten das Hauptquartier der Schwarzen Lilie bis auf die Grundmauern niedergerissen. Nun saß der König auf seinem Thron, die Arme verschränkt, stierte er auf sie herab.

»Thyra Feuertochter. Deine Eltern zürnen mir immer noch, dass mein Sohn dich in seine Dienste berief.«

Das war eine Untertreibung. Zehn Jahre lang hatten ihre Eltern kein Wort mit Thyra gesprochen. Erst die Intervention von Brix, Thyras jüngerem Bruder, hatte sie wieder an einen Tisch gebracht. Dennoch war das Verhältnis bestenfalls als unterkühlt zu beschreiben.

»Sie lieben und ehren Euch und den Kronprinzen, königliche Majestät«, versuchte Thyra den König zu beschwichtigen. Dieser überging ihre Antwort, als habe er sie nicht gehört. »Ich selbst hegte ebenso Zweifel an der Wahl meines Sohnes. Eine Soldatin, die keinerlei Kampferfahrung hatte, sollte eine Alancrá, eine tödliche Assassine, werden? Es erschien mir, als habe Amael seine Urteilsfähigkeit über dein hübsches Gesicht vergessen. Aber im Laufe der Jahre belehrtest du mich eines Besseren.«

König Nerio erhob sich. Gemächlich schritt er von seinem Podest herab auf sie zu, bis seine Stiefel in Thyras Sichtfeld auftauchten.

»Du bist gnadenlos. Hinterhältig. Unbarmherzig. Dein Ruf eilt dir voraus. Die Schwarze Assassine. Es heißt, du wärst die beste Alancrá, die jemals

existierte.« Behandschuhte Finger legten sich unter ihr Kinn und zwangen ihren Kopf nach oben. Die violetten Augen des Königs brandmarkten sie.

»Kennst du die Kaiserin der Banshees, Thyra?«

Sie nickte. Jeder kannte die bleiche Kaiserin. Seit Anbeginn der Zeiten waren die Banshees ein wanderndes Volk gewesen, hatten in kleinen Gruppen ihr Dasein gefristet, verjagt und gehasst von anderen Wesenheiten. Bis eines Tages eine junge Banshee Anhänger um sich geschart, und das Land der Wechselbälger erobert hatte. Seit Jahrhunderten lebte die bleiche Kaiserin nun bereits unangetastet mit ihrem Volk hinter dem Vouristogebirge.

»Gut.« König Nerio strich ihr über die Wange und die zärtliche Geste ließ sie beinahe zusammenzucken. »Bring sie mir.«

Er hätte ebenso gut Eiswasser über ihrem Kopf ausschütten können. »Was?«

»Du hast mich verstanden, Assassine. Bring mir die bleiche Kaiserin. Sie gefährdet meine Herrschaft und damit auch die Nachfolge Amaels. Du bist nicht meine erste Wahl, sei dessen versichert. Heute Morgen erhielt ich den Kopf des letzten Boten. Seine Augäpfel waren herausgerissen, sein Trommelfell geplatzt. Ich rate dir also, versage nicht.«

Nerios Forderung war unmissverständlich, den Auftrag abzulehnen unmöglich. Die Finsternis in Thyras Seele loderte auf. Gleich schwarzem Teer schwappte sie auf ihren Geist über.

»Ich werde Euch nicht enttäuschen, mein König.« Sie senkte das Haupt, presste die Stirn auf den kalten Boden und wartete, bis Nerios Schritte verklungen waren. Erst dann erhob sie sich und eilte dem Reitstall entgegen. Der Mond wurde halb von den Schatten der zwei Sonnen verdeckt. War er voll, würde die bleiche Kaiserin sich in den Fängen des Reichs der Vier Lande befinden.

»Wohin des Weges, kleine Alancrá?« Amael schälte sich aus den Schatten des Palasts. Er musste auf sie gewartet haben. Niemand kam je freiwillig in diesen Teil des Schlosses, einzig die Kerkerwache wanderte hier entlang, sowie die unglücklichen Seelen, die in die Zellen geworfen wurden und das Tageslicht niemals wiedersahen. Düsternis umgab ihn auf geheimnisvolle Weise. Eine

widerspenstige Haarsträhne fiel ihm in die Stirn und weckte in Thyra das Bedürfnis, sie aus seinem Gesicht zu streichen.

»Dein Vater erwartet meinen Bericht«, erklärte sie kurz angebunden und wollte sich an ihm vorbeidrängen. Zwei Wochen lang war sie auf der Jagd gewesen, hatte die Ausläufer des Vouristogebirges durchsucht und dem unwirtlichen Wetter getrotzt, um ihren Auftrag zu erfüllen. Nun sehnte sie sich nach einem heißen Bad und der Ruhe ihrer Gemächer. Amael umfasste ihren Oberarm und drehte sie zu sich herum.

»Mein Vater ist nicht aber dein Kommandant. Und du warst den halben Mondzyklus fort, ohne eine Nachricht, ohne ein Wort.«

Thyra hob das Kinn. »König Nerios Auftrag wahrte auch deine Interessen. Die bleiche Kaiserin befindet sich im Kerker, bereit, die Treue ihres Volkes auf das Leben und Sterben deines Throns zu schwören.«

Amaels Griff festigte sich. Das Violett seiner Augen flammte auf, widerstreitende Gefühle huschten über seine Züge. Er blickte den langen Gang entlang, versicherte sich, dass niemand sie belauschte. Dann erst packte er ihr Gesicht mit beiden Händen. Der Geruch nach tiefstem Nebel und Finsternis umhüllte sie auf schmerzhaft vertraute Weise. Dieser Mann war ihr Verderben und ihre Ewigkeit. Für ihn war sie der Schatten, der seinen Willen durchsetzte. Für sie war er die Unendlichkeit der Finsternis in ihren Adern, das Einzige, woran sie glaubte. Und das Einzige, was sie niemals haben durfte.

»Verstehst du es nicht?«, flüsterte er rau. »Du hast mich wie einen einfältigen Narren wirken lassen. Mir bleibt keine andere Wahl.« Es dauerte ganze fünf Herzschläge, bis Thyra die Aussage hinter seinen Worten verstand.

»Du willst mich bestrafen?« Ungläubig zog Thyra die Augenbrauen zusammen. »Ich tat, was dir dient, Amael! Ob der Befehl nun von dir oder Nerio kam, ist da doch einerlei!«

»Wie sehr du dich irrst! Die anderen Alancrá, Finnean, Eoghan, sie schauen zu dir auf. Lasse ich dir diese Respektlosigkeit durchgehen, fährt die Disziplin der Alancrá auf direktem Wege in die Kiretos ein!« Härte, die sie sonst nur kannte, wenn er über seine Feinde richtete, schloss sie aus seinem Inneren aus. »Bei Morgengrauen erhältst du zwanzig Hiebe mit der Peitsche.«

Sie riss sich los, stolperte rückwärts. Ihr Feuer loderte auf, schwarz und tödlich leckten die Flammen über ihre Haut, bereit, auf ihren Befehl hin Opfergaben an den Schnitter zu bringen.

»Du bist ein widerwärtiges Schwein, Amael!«

Er lachte hart auf. »Komm pünktlich. Sonst erhältst du weitere zehn Schläge.«

KAPITEL 30

THYRA

Wohltuende Kälte zog Thyra aus der Dunkelheit. Licht schien durch ihre Lider und weckte ihre Sinne. Jeder Knochen und Muskel schmerzte und jede Sehne fühlte sich an, als hätte man sie über die Streckbank gezogen. Ein Stöhnen entfuhr ihr und sie öffnete die Augen.

Sie lag bäuchlings auf einer Matratze und starrte auf staubigen Holzboden. Sonnenstrahlen erhellten ihre Umgebung. Die Wände des Raumes bestanden aus grob behauenem Fels, durchsichtige Vorhänge flatterten leise im Wind des geöffneten Fensters ihr gegenüber. Jemand bewegte sich hinter ihr, ein Plätschern ertönte, dicht gefolgt von neuerlicher Kälte in ihrem Nacken.

»Wo bin ich? Wer bist du?« Ihre Stimme klang wie das Kratzen eines Nagels über geborstenem Stahl. Die Berührung verflog und eine zierliche Gestalt trat vor Thyra.

Langes dunkles Haar verdeckte das Gesicht des Mädchens. In Menschenjahren musste sie etwa zehn Jahre alt sein, obwohl die spitzen Ohren Thyra verrieten, dass sie eine Fee sein musste, und daher wahrscheinlich bereits viel älter war.

»Ihr seid in Shahin-la, Herrin. Ich bin Rigani, Eure Kammerzofe. Der große Mann mit den blauen Augen befahl mir, Euch zu versorgen, bis er wiederkommt. Ihr seid sehr schwer verletzt.«

»Shahin-la? Wo … Warte, blaue Augen? Lorcan? Wie bin ich hergekommen, wir waren doch in –« Erinnerungsfetzen schossen an Thyra vorbei. Sie waren in Rahin-la gewesen. Der Großherzog hatte getobt …

»Dieser miese Bastard, ich schwöre bei Gott, bekomme ich ihn in die Finger …«

»Von welchem Gott sprecht Ihr, Herrin? Kuvâl oder Voljūk?«

»Welcher Gott?« Die Frage riss Thyra aus ihrer Wut. Irritiert zog sie die Augenbrauen zusammen. »Na, von … Gott eben!«

»Es gibt aber doch fünf Götter«, widersprach die Kleine aufrichtig empört. »Kasétu, Talekajū, Mâakera, Kuvâl und Voljūk. Sie alle sind unsere Urahnen, gaben uns unsere Kräfte und befähigen uns der Herrschaft über andere Völker.« Das Mädchen nickte heftig, um ihren Worten Ausdruck zu verleihen. Es klang, als wäre sie empört, dass Thyra offenbar nichts von den fünf Göttern wusste. Siedend heiß fiel Thyra ein, dass niemand wissen sollte, dass sie die Verbannte war, und setzte ein falsches Lächeln auf.

»Natürlich. Ich wollte nur prüfen, ob du das auch weißt«, erklärte sie und winkte Rigani heran. »Hilf mir hoch. Ich muss mit Lorcan sprechen.«

»Ihr dürft nicht aufstehen! Der Mann mit den blauen Augen hat es untersagt.«

Thyra zog die Augenbrauen zusammen. Ja, sie konnte sich vorstellen, dass Lorcan ein solches Verbot ausgesprochen hatte. Allerdings gedachte sie nicht, sich daran zu halten.

»Nun, das kann er mir selbst sagen, wenn ich ihn gefunden habe. Du bist doch so etwas wie meine Dienerin, nicht? Dann tu, was ich dir sage, oder ich lasse dich austauschen!«

Sofort schimmerten Riganis Augen verdächtig und die Kleine schniefte.

Großer Gott, ich hasse weinende Kinder!

Es fühlte sich an wie die Strafe des Universums für all ihre Vergehen. Entschlossen stützte Thyra sich auf ihre Arme und drückte sich hoch. Der Schmerz in ihrem Rücken explodierte, Hitzewellen schwappten über ihren Körper und ihr wurde schwarz vor Augen. Zischend holte sie Luft.

»Bleib liegen!« Lorcan trat mit großen Schritten in den Raum und setzte sich neben sie auf die Matratze. »Du kannst gehen, Rigani. Und du, Thyra, bleibst gefälligst liegen. Deine Wunden sind bei weitem nicht verheilt. Der Bann hindert deine Magie, dich zu heilen und meine Heilkräfte haben Grenzen.«

Rigani floh regelrecht. Seufzend sah Thyra ihr nach, dann wandte sie sich an Lorcan. Die Glut in ihr schwelte. »Wie bin ich hierhergekommen? Das letzte, woran ich mich erinnern kann, ist der Mann mit den weißen Augen und die Peitschenhiebe auf meiner Haut.«

Und an die Schmerzen.

Lorcans Gesicht verdüsterte sich. »Rhamnus hat dich auspeitschen lassen. Anschließend hat uns der Banshee, der Mann mit den weißen Augen, drei Tage lang durch die Vier Lande geschleift. Du warst bewusstlos, hast gefiebert und wirres Zeug von einer bleichen Frau geredet, die du finden musst, und einer Strafe, die du nicht verdienst. Vor zwei Tagen sind wir am Königshof eingetroffen. Seither hast du in deinen alten Gemächern gegen die Infektion gekämpft.«

Banshee. Vier Lande. Königshof. Alte Gemächer. Infektion.

»Wir sind also wirklich in Shahin-la«, stellte Thyra matt fest. Trotz der Schmerzen wuchs in ihr der unbändige Drang, die Heimat aus ihrem vergessenen Leben zu sehen, und ehe sie den Gedanken zu Ende geführt hatte, hörte sie sich selbst sagen: »Hilf mir hoch.« Lorcans Unwille entging ihr nicht, daher fügte sie hinzu: »Bevor du widersprichst: Ich finde auch alleine einen Weg.«

»Bei den Göttern, Thyra!«, fluchte Lorcan und raufte sich das blonde Haar. »Werden wir dort draußen gesehen, wird der König dich sofort zu sich rufen!«

Thyra schnaubte. Ihr Nacken schmerzte von der Drehung ihres Kopfes. »Irgendetwas sagt mir, dass ich auch vor dem Bann nicht immer die klügsten Entscheidungen getroffen habe.«

»Zumindest darin stimmen wir überein.«

Erneut stemmte sie sich hoch. Der Schmerz schoss neuerlich ein, doch diesmal griff Lorcan um ihre Mitte und zog an ihren Beinen. Kurz darauf saß sie an der Bettkante, kleine schwarze Punkte flimmerten vor ihren Augen. Erst als sie sicher war, nicht zu stürzen, verlagerte sie ihr Gewicht auf die Füße und stand auf. Die ganze Zeit über spürte sie Lorcans besorgten Blick auf sich und die Wärme seiner Hand an ihrem Arm.

»Hier.« Einsilbig legte Lorcan ihr einen Umhang über die Schultern. Das zusätzliche Gewicht auf ihrem Rücken intensivierte den Schmerz und sie biss die Zähne zusammen. Vorsichtig wankte sie in einen langen, kahlen Gang, stützte sich schwer auf Lorcans Arm. Nach der Helligkeit, die in ihrem Zimmer geherrscht hatte, brauchte sie etwas, um sich an das Zwielicht zu gewöhnen. Das Herz schlug wild in ihrer Brust.

Hier habe ich früher gelebt? All das hier erscheint mir fremd.

Je weiter sie lief, desto weniger achtete sie auf den Schmerz, der sie bei jeder Bewegung begleitete. Der Gang verbreiterte sich nach einigen Metern zu einer Galerie mit zahlreichen Kunstwerken und Büchern. Thyra trat an das Geländer heran und sah hinab in einen Burghof, der dem in ihren Träumen, nein, in ihren *Erinnerungen*, glich.

Die Palastwände schimmerten im Sonnenlicht, dicke Ranken wuchsen daran empor. Pferde standen aufgezäumt an einem Balken, Mägde, Diener und Feen, die dem Aussehen nach Adelige waren, wanderten umher, Geplauder erfüllte die Luft. Ein paar Meter weiter fochten vier Männer miteinander, laut schepperten ihre Schwerter, als die Klingen aufeinanderprallten.

Drei der Männer trugen eine Kluft aus geschwärztem Leder, filigran aussehende Stiefel und einen breiten Waffengürtel. Das Hemd des vierten Kämpfers war weiß und selbst aus der Entfernung meinte Thyra erahnen zu können, dass es ein Vermögen gekostet haben musste.

Die Bewegungen der Krieger wirkten brachial und dennoch elegant. Große Kreise, Stiche, Hiebe, Stöße und Tritte folgten mit rasanter Schnelligkeit, Konzentration und Härte.

»Sie sind fantastisch«, hauchte sie.

»Natürlich sind sie das«, bestätigte Lorcan. »Immerhin hast du drei der vier Krieger dort ausgebildet.«

»Ich habe was?« Erstaunt sah Thyra zu Lorcan. Seine meerblauen Augen ruhten auf ihr, als wüsste er nicht, wie viel er ihr verraten sollte. »Du warst der Kopf der Alancrá, die direkte Verbindung zu Prinz Amael. Gemeinsam mit ihm hast du eine Assassinengarde mit bis dato ungekannter Größe geformt. Was einst als Leibgarde begann, entwickelte sich zu einem unbesiegbaren Bund auf Lebenszeit. Dank dir kann niemand den Assassinen des Prinzen das Wasser reichen. Ihre Fähigkeiten im Handwerk des Tötens sind unübertroffen grausam.«

Seine Worte erzeugten einen schalen Geschmack in Thyras Mund. Irrationale Eifersucht auf ihr früheres Leben, gemischt mit der Sehnsucht nach der Vergangenheit, die unwiderruflich ausgelöscht war, erfüllten sie und rangen mit brennender Schuld ob der Grausamkeit, zu der sie scheinbar fähig war.

»Kann ich ...«, nervös leckte sie sich über die Lippen, »kann ich zu ihnen gehen?«

»Auf gar keinen Fall! Der Königshof ist gefährlich. Früher vermochtest du dich selbst zu schützen, jetzt fällt mir diese Aufgabe zu. Immerhin bin ich dein vor Kasétu angetrauter Mann.« Lorcan grinste schief, bevor ein weitaus ernsterer Ausdruck in seine Augen trat. Er zog die Kette mit den zwei Ringen unter seinem Hemd hervor.

»Ich würde niemals von dir verlangen, dich an unser Gelübde zu halten, aber du hast dir in den vergangenen Jahrhunderten einige Feinde gemacht. Daher bitte ich dich, trage diesen Ring. Ich mag kein Krieger der Alancrá sein, doch ich stehe dem Kronprinzen nah genug, als dass dieser Ring dich vor dem Zugriff der meisten Adeligen schützen sollte.«

Er streckte ihr die Hand entgegen. Die Schmuckstücke schimmerten im Sonnenlicht und warfen bunte Reflexe an die hohen Palastmauern. Es widerstrebte Thyra, den Ring anzunehmen. Lorcan war stattlich, intelligent und warmherzig. Sie hätte es bei weitem schlechter treffen können. Und doch …

»Lorcan, ich …«

»Ich schwöre bei Kasétu, du schuldest mir nichts. Ich tue das, weil ich dich schützen möchte. Weil du mir die Welt bedeutest, ganz egal, ob du diese Gefühle erwiderst. Ich erwarte keine Gegenleistung.«

Die Worte raubten Thyra für einen Moment den Atem. Sie erkannte die Ehrlichkeit in Lorcans Zügen, ebenso wie die stumme Bitte, ihm Folge zu leisten. Er liebte sie wahrhaftig und bedingungslos.

»Also gut.« Sie atmete tief ein, nahm den Ring entgegen und steckte ihn auf den Finger. Die Symbolik drohte sie zu erdrücken. Es fühlte sich seltsam an, falsch und fremd. Aber sie würde sich daran gewöhnen. *Ganz bestimmt.*

»Wir sollten zurückgehen«, drängte Lorcan und bot ihr seinen Arm an. »Bevor du auf den König triffst, solltest du mit den Etiketten unserer Gesellschaft vertraut sein und –«

»Thyra Feuertochter?« Ein Soldat trat aus den Schatten der Galerie auf sie zu. An seiner Seite hing ein schlichtes Schwert, ein Kettenhemd schützte seinen Torso. »Der König verlangt Euch zu sehen.«

»Jetzt?« Thyras Puls schnellte in die Höhe. Panisch sah sie zu Lorcan hinüber, der konzentriert die Augenbrauen zusammenzog.

»In diesem Aufzug kann sie unmöglich vor den Herrscher treten«, sagte er, ohne ihren Blick zu erwidern.

Der Soldat zuckte mit den Schultern. »König Nerio erwartet Euch in einer Stunde im Thronsaal. Besser, Ihr seid pünktlich.«

KAPITEL 31

TIMOTHY

Es kam Timothy vor, als arbeitete er gegen das Schicksal selbst. Nachdem der Faekrieger Thyra mitgenommen hatte, setzten die Bewohner alles daran, Dunvegan wieder in einen repräsentablen Zustand zu bringen. In etwa drei Wochen, bei Neumond, sollte die Taufe von Arthur MacLeods jüngster Enkelin stattfinden. Bis dahin mussten sämtliche Schäden beseitigt sein. Sogar Pete hatte sich nach langer Diskussion bereit erklärt zu helfen. Nun hatte das Clanoberhaupt Timothy zu sich gerufen und all die Schuld, die er noch immer wegen seiner Taten der Streunerin gegenüber verspürte, traten wieder in den Vordergrund.

Timothy erreichte Arthurs Büro. Er zögerte kurz, bevor er sich einen Ruck gab, anklopfte und die Tür öffnete. Ihn empfingen jahrhundertealte Bücher in deckenhohen Regalen, die von Glasvitrinen voller Tand der vergangenen Jahrhunderte unterbrochen wurden. Ein großer Schreibtisch stand vor dem Fenster und zwei Sofas waren gegenüber voneinander in der Mitte des Raumes positioniert.

»Timothy, komm herein.« Arthur stand am Fenster und sah hinaus in die Gärten, die Hände hinter dem Rücken verschränkt. Er war nicht allein. Irritiert blickte Timothy zu seinem Vater, der auf der mahagonifarbenen

Ledercouch saß und ein Gesicht wie sieben Tage Regenwetter zog. Ächzend setzte sich Timothy neben seinen Vater.

»Was wir jetzt besprechen, darf diesen Raum nicht verlassen«, sagte Arthur und ließ sich auf dem anderen Sofa nieder.

Der Satz weckte Timothys Interesse. Er lehnte sich vor. »Worum geht es?«

»Bevor ich beginne, habe ich Pete versprochen, dich auf die Gefahren dieser Unterhaltung hinzuweisen. Was einst geschah, kann nicht mehr rückgängig gemacht werden und was nun geschehen wird, verändert dein Leben erneut. Nichts und niemand kann dich schützen, sollte etwas schiefgehen. Bist du bereit dafür?«

»Ohne zu wissen, worum es geht? – Ich schätze schon.«

Pete seufzte laut. Er hatte sich ohne Zweifel eine andere Antwort erhofft.

»Was Arthur so blumig ausdrückt, ist, dass der Feenkönig dich für die Beteiligung an dem Plan, in den wir dich gleich einweihen, häuten und bei lebendigem Leibe vierteilen lassen kann. Du hast jetzt die Möglichkeit, aufzustehen und zu gehen. Niemand wird dir einen Vorwurf machen. Aber bleibst du, steckst du mit Haut und Haar in der Sache drin. Bis zum bitteren Ende.«

Nie hatte Timothy seinen Vater so ernst erlebt. Es fehlte nicht viel und Pete würde ihn anflehen, den Raum zu verlassen, dessen war er sich sicher. Doch Timothy war kein kleines Kind mehr.

»Ich bleibe.«

Arthur nickte ihm anerkennend zu. »Eine ehrenvolle Entscheidung, mein Junge. Du erinnerst dich sicher an den Fluch, der auf unserer Familie lastet und uns dazu verdammt, dem Willen der Feen zu folgen.«

Timothy nickte. Die Geschichte verursachte ihm immer wieder aufs Neue Gänsehaut. »Ein entfernter Vorfahr verliebte sich in eine der Ihren, doch die Fee wurde von Menschenhand getötet. Obwohl die Liebe echt war, war die Distanz und der Hass zwischen den Völkern zu groß, um ein derartiges Paar zu akzeptieren.«

Umständlich nestelte Arthur an seiner Hosentasche herum und zog eine gelbe Karte hervor. Eine Einladung zur Taufe seiner Enkelin. »Nun, das ist nicht die ganze Wahrheit.« Arthur warf Pete einen schnellen Seitenblick zu. Erst, als Timothys Vater nickte, fuhr er fort. »Die Fee, die durch die Hand unserer Urahnen einen frühen Tod erlitt, war keine andere als die geliebte Tochter des Feenkönigs. Angetrieben von Rache, fordert Nerio Malecai seither alle zehn Jahre das jüngste Kind einer Abstammungslinie unseres Clans, als Strafe für seinen Verlust.« Arthur pausierte und Timothy schluckte. Er sah hinab auf das sonnengelbe Papier in der Hand des Clanobersten und versuchte, das Gehörte zu begreifen. Ein solcher Fluch ...

»Diese Last wird nur von den obersten unseres Clans getragen. Alle übrigen werden vom Feenkönig oder seinem Sohn mit einem Bann belegt, stark genug, damit Mütter ihre verlorenen Kinder vergessen«, mischte sich Pete mit rauer Stimme ein und Timothys Blick flog zu seinem Vater.

»Die Feen ... nehmen die Kinder mit in ihr Reich?«, hakte Timothy ungläubig nach.

»Niemand weiß, was mit den Kindern geschieht, die der Feenkönig beansprucht.« Pete lehnte sich vor und unaussprechlicher Schmerz lauerte in seinen Augen.

Timothy schluckte schwer und für einen kurzen Moment wünschte er sich, ebenfalls wieder ahnungslos zu sein. Dieses Wissen war schauderhaft, widerwärtig, abstoßend. »Aber was hat das alles mit ...?« Er schnappte nach Luft und wandte sich an Arthur. »Du glaubst, dass sie deine Enkelin holen?«

»Ich weiß es sogar.« Arthur rieb sich mit den Händen über das Gesicht. »Mein Anruf neulich – das war kein Zufall. Der Feenkönig hatte mich beauftragt, eine mächtige Fee zu finden, die sich in Schottland aufhalten sollte.« Er warf Pete einen bedauernden Blick zu. »Als du mir von Thyra erzähltest, wusste ich sofort, dass sie gemeint war. Nerio befahl mir, sie einem seiner Kommandanten zu überantworten. Nachdem unser Mittelsmann nicht an dem vereinbarten Treffpunkt aufgetaucht ist, entsandte er weitere Krieger, einen Banshee und einen Fae. Letzteren hast du kennengelernt.«

Timothy erinnerte sich lebhaft an den zornigen Mann mit den meeresblauen Augen. Ein Schauer rann ihm die Wirbelsäule hinab und er brummte zustimmend.

»Der Banshee traf als erster ein. Er überbrachte mir einen Brief vom Feenkönig, bevor er aufbrach um auf die Jagd zu gehen. Darin stand, dass Nerio ein weiteres Kind fordert – aus meiner direkten Blutlinie.«

Timothy starrte Arthur an, dessen Hand mitsamt der gelben Taufeinladung unkontrolliert zu zittern begann, und er begriff. »Aber Fionas Tochter ist noch keine drei Monate alt! Das wird Fiona zerstören!«, entfuhr es ihm. Er kannte und schätzte Arthurs Tochter Fiona als warmherzige Frau. Sie hatte sich schon lange ein Kind gewünscht. Dass der Fluch ausgerechnet sie treffen sollte, war grausam.

Doch Arthur sprach weiter, die Worte quollen tonlos und bleiern aus seinem Mund. »Ich verlor die Nerven, bestach den Banshee und folterte Thyra in der Hoffnung, einen Ausweg für Fiona und ihr Baby zu finden. Das Lorcan auftauchen würde, ahnte ich nicht.«

Ein Kloß bildete sich in Timothys Kehle. Er räusperte sich und wischte die schweißnassen Handflächen an seiner Jeans ab. »Es ist also alles schief gelaufen, was schief laufen kann«, fasste er zusammen. »Aber aufgeben können wir nicht. Fionas Baby muss bei ihren Eltern aufwachsen!«

Arthur stand auf. Unter Timothys wachsamen Blick holte er eine Flasche alten Whisky und drei Gläser und stellte sie auf den Tisch. Er schenkte eine großzügige Menge der bernsteinfarbenen Flüssigkeit ein und reichte sowohl Timothy als auch Pete eines der Gläser. Dann griff er nach dem letzten Glas und lehnte sich auf der Couch zurück.

»Genau das denken wir auch«, sagte er. »Pete und ich haben einen Plan, aber damit der funktioniert, brauchen wir deine Hilfe.«

»Arthur will den Abgesandten der Feen am Tag der Taufe in eine Falle locken und einsperren. Ich schulde ihm etwas, daher werden wir beide uns der Gefahr stellen.« In einem Zug kippte Pete den Whisky hinunter. »Damit wir überhaupt eine Chance haben, brauchen wir das Baby. Die Übergabe soll nach den Feierlichkeiten stattfinden, wenn die Gäste gegangen sind. Fionas Mutterinstinkte werden sie warnen, ihr Kind aus der Hand zu geben. Daher wird es deine Aufgabe sein, sie abzulenken, Timothy.«

»Und was tut ihr währenddessen?«

Nachdenklich schwenkte Arthur das Whiskyglas. »Feen zu hintergehen ist schwer. Sie sind von Natur aus hintertrieben. Der Feenkönig weiß um den Schmerz, den er mit der Forderung nach dem jüngsten Kind auslöst, doch Widerstand wird er keinen erwarten. Bisher wagte niemand, sich seinen Befehlen entgegenzustellen. Das Überraschungsmoment wird also auf unserer Seite sein. Wir überwältigen die Fee, injizieren ihr Eisen und sperren sie in die Verließe unter dem Schloss.«

»Vermag das, eine Fee zu halten?« Zweifelnd hob Timothy eine Augenbraue. »Immerhin beherrschen sie Magie.«

»Die Grundfesten von Dunvegan sind mit Eisenpulver durchsetzt. Zusammen mit dem Eisen im Blutkreislauf wird die Fee oder der Fae zu geschwächt sein, um auf Magie zurückzugreifen. Das wird uns die Gelegenheit geben, mit dem Feenkönig zu verhandeln.« Arthur zog eine grimmige Miene. »Ich lasse meine Enkelin nicht auf ewig in dieser verfluchten fremden Welt verschwinden.«

KAPITEL 32

THYRA

Eine Stunde. Sechzig Minuten, bis sie jenem Mann gegenüberstehen würde, der sie ins Exil geschickt hatte.

»Was machen wir jetzt?«, fragte Thyra, und ihre Stimme klang ungewollt schrill.

»Dich für den König herrichten.« Lorcan zerrte sie durch die langen Gänge des Palasts in ihr Gemach. Rigani, die gerade dabei war die Vorhänge zu richten, sprang erschrocken auf.

»Mein Herr, was –«

»Keine Zeit für Erklärungen, Rigani. Der König verlangt nach uns. Im Schrank hängt eine Robe, hilf Thyra dabei, sie anzuziehen. Mach schon!«

Rigani schob einen Paravent ins Zimmer und holte ein Ungetüm aus Stoff, Bändern und Korsettstäben hervor.

»Ihr müsst das anziehen, Herrin«, murmelte sie und machte Anstalten, Thyra zur Hand zu gehen.

»Ich kann das allein«, wies Thyra sie zurück und schob die Hände des Mädchens beiseite. Das Herz schlug ihr bis zum Hals, Übelkeit regte sich in ihr.

Ich brauche die Kontrolle. Und sei es nur über dieses Stück Stoff!

»Der König wird dich auf den Prüfstand stellen, Thyra. Du bist eine verurteilte Verräterin und das er wird dich spüren lassen. Verbeuge dich tief, halte den Blick gesenkt und was immer du tust – widersprich ihm nicht. Nerio würde dich foltern und töten, nützte es ihm etwas.«

»Und wie spreche ich – verflucht!« Die Stäbe des Korsetts bohrten sich in ihren Magen und ihr Rücken brannte bei jeder Bewegung. Thyra seufzte und sah zu Rigani, die sie mit großen Augen beobachtete.

»Hilf mir«, bat sie leise.

Rigani machte sich sogleich ans Werk, legte Stoffe übereinander, schnürte Bänder und knöpfte Lagen zusammen. Je mehr Thyra mithalf, umso schwieriger wurde die Aufgabe für die Zofe.

Kleidung, die man nicht allein anziehen kann, ist wertlos!

»Und wie spreche ich ihn an?«, vollendete Thyra ihre Frage an Lorcan.

»Am besten sprichst du nur, wenn du dazu aufgefordert wirst. Nenn ihn *Eure Majestät*. Weitere Angehörige der königlichen Familie erkennst du an dem Violett ihrer Iriden. Sie sind die einzigen, die Kasétus Macht in sich tragen.«

Rigani straffte zwei Bänder an ihrer Taille und trat nach hinten. »Ihr seid bereit, Herrin.« Sie schob den Paravent beiseite und präsentierte Lorcan ihre Arbeit.

»Bei allen Göttern ...« Lorcans Augen wurden groß, sein Adamsapfel hüpfte nervös und er leckte sich über die Lippen. »Thyra du –«

»Siehst albern aus?«, vollendete sie seinen Satz und sah an sich hinab. Das Kleid schimmerte in sattem Rot und zauberte ihrem sehnigen Körper Kurven an die richtigen Stellen. Die Ärmel sowie das tief ausgeschnittene Dekolleté waren mit weiß-goldener Spitze besetzt, eine schwere Kette zierte Thyras Hals. Sogar die Schuhe waren an die Farbe ihres Kleides angepasst. Lorcan hatte an alles gedacht, einzig Thyras Abneigung gegen Röcke hatte er nicht vorhergesehen. Oder sie war ihm egal gewesen.

»*Gleichst einer Göttin*«, antwortete Lorcan mit belegter Stimme.

»Der Herr hat recht«, meldete sich Rigani. »Ihr seid wunderschön.«

Thyra seufzte und strich über den feinen Stoff. »Habe ich sowas früher wirklich getragen?« Sie fühlte sich hilflos und eingeschnürt.

»Nein, Herrin, Ihr wart eine Kriegerin. Niemals hättet Ihr Euch so gekleidet, doch heute seid Ihr auf die Gnade des Königs angewiesen, daher solltet Ihr Euch kleiden wie eine Hofdame.«

»Fantastisch.« Die dumpfe Ahnung von Gefahr schwoll in ihrem Magen an.

Lorcan trat auf sie zu. »Vertraust du mir?«

»Habe ich eine Wahl?«

Er lächelte traurig, griff nach ihrer Hand und legte diese auf seine Brust. Beständig pumpte sein Herz unter ihrer Berührung. »Nein. Für den Augenblick musst du tun, was dir gesagt wird und glauben, was du hörst.« Er drückte ihre Hand leicht, bevor er vor ihr auf die Knie ging und mit der Hand zwischen die Stofflagen ihres Kleides fuhr.

»Was –?«

»Ganz ruhig, ich falle nicht vor den Augen einer Minderjährigen über dich her«, unterbrach Lorcan ihren Protest. Er befestigte ein Band an ihrem Oberschenkel und Thyra biss sich auf die Unterlippe. Seine Haut, die ihre nackten Schenkel streifte, ließ Nervosität in ihr erwachen. Sie sah zu Rigani, die eilig so tat, als richtete sie wieder die Vorhänge an den Fenstern.

Dieser Tag ist vollkommen obskur.

Lorcan schien keine Notiz von dem zu nehmen, was in Thyra vorging. Er wandte sich dem Häufchen ihrer verschmutzten Kleidung zu, wühlte kurz darin und reichte ihr anschließend den Dolch der *cuimhne*. »Dort wird ihn vorerst niemand finden.« Sein Blick huschte zu der Stelle unter ihrem Kleid, an der Sekunden zuvor noch seine Finger herumgenestelt hatten.

Thyra nickte stumm und verstaute die kleine Waffe, bevor sie es wagte, den Blick zu heben. Lorcan beobachtete sie und es fühlte sich an, als sähe er in die tiefsten Abgründe ihrer Seele. Für einen Moment versank sie in dem wogenden Meer seiner Augen und ein Gefühl von

Sicherheit stieg in ihr auf. Sacht strich sie über seine Wange und spürte die rauen Borsten seines Dreitagebarts unter ihren Fingerspitzen. »Ich danke dir. Für alles.«

Lorcan lächelte zaghaft und setzte an, etwas zu sagen, da hämmerte jemand gegen die Tür zu ihren Gemächern und das Lächeln erlosch.

»Zeit vor den König zu treten, Verbannte!«, rief eine fremde Stimme. Thyra zog ihre Hand zurück und atmete tief ein. Lorcan musterte sie. »Bist du bereit?«

Bereit, die Tür zu öffnen? Oder dem König gegenüberzutreten? Ich hätte diese Räume nicht verlassen dürfen, hätte zuerst Informationen einholen sollen.

»Als wäre das von Bedeutung«, antwortete sie bitter.

»Komm heraus oder ich trete die Tür ein!« Die Stimme vor ihren Gemächern klang tief und entschlossen.

»Ich komme!«, rief Thyra. Bei jedem Schritt zitterten ihre Knie. Sie straffte die Schultern und nickte Rigani zu, die daraufhin schwungvoll die Tür öffnete.

Ein Mann stand vor ihren Gemächern, gekleidet in das dunkle Blau der Palastwache. An seiner Hüfte steckte ein Schwert im Waffengurt, das silberne Emblem des Königs prangte auf seiner Brust. Der Krieger trug sein langes blondes Haar im Nacken zusammengebunden. Mit einem durchdringenden Blick aus mandelförmigen Augen erfasste er ihre Erscheinung.

»Verbannte. Lorcan.« Der Mann neigte das Haupt. Bei näherem Hinsehen entdeckte Thyra eine zarte Narbe an seinem linken Kieferwinkel. »Ich bin Kommandant Aodh. König Nerio wies mich an, dich zu ihm zu bringen. Folge mir.«

Rigani lächelte ihr aufmunternd zu. Thyra zwang sich, das Lächeln zu erwidern, dann ging sie gemessenen Schrittes hinter dem Kommandanten her, gefolgt von Lorcan. Mehrfach hörte sie, wie der Soldat heftig einatmete, als wollte er etwas sagen, und chließlich beschloss sie, den Sprung ins kalte Wasser zu wagen.

»Geht es Ihnen nicht gut, Kommandant Aodh?«

Sein Nacken verkrampfte sich. Stur hielt er den Kopf gerade. Ohne eine Antwort führte er sie an der Galerie vorbei eine schmale Treppe hinunter. Wo sie hinkamen, blieben die Anwesenden stehen, einige flüsterten miteinander, andere sahen furchtsam zu Boden oder schlossen die Hände vor der Brust, als sendeten sie ein schnelles Stoßgebet an die Götter. Thyras Puls stieg mit jedem weiteren Schritt. Nie hatte sie sich so sehr an einen anderen Ort gewünscht. Als der Kommandant vor einer verzierten Doppelflügeltür stehen blieb, rauschte das Blut in ihren Ohren.

»Wir sind da.«

»Kommandant Aodh, gebt uns noch einen Augenblick«, bat Lorcan. Der Kommandant drehte sich zu ihnen um und kräuselte die Stirn.

»Du hast eine Minute, Lorcan. Niemand lässt Nerio warten.« Lorcan nickte und zog Thyra in eine schwitzige Umarmung. Überrascht quietschte sie auf und stemmte sich gegen seinen Griff, da hörte sie seine Stimme an ihrem Ohr.

»Ich hatte keine Zeit, die Motive des Königs herauszufinden, aber eines ist gewiss: Nerio braucht dich.«

Thyras Herz setzte für einen Schlag aus. »Was soll ich tun?«, flüsterte sie ebenso leise zurück. Von außen musste die Umarmung aussehen wie der verzweifelte Abschied eines Liebespaares, das sich gerade erst wiedergefunden hatte. Eine Adelige, deren gelockte Perücke an das aufgeplusterte Fell eines Hochlandschafes erinnerte, stieß ihren Gatten verzückt an.

»Ich werde tun, was in meiner Macht steht, um so bald es geht wieder an deiner Seite zu sein.« Seine Hand fand ihren Hals, federleicht strich er über ihre Haut. »Eines noch: Vertraue niemals Amael Malecai.« Mit seinen Fingern strich er sanft über ihre Schläfe und Lorcan hauchte ihr einen Kuss auf ihre Stirn. »Und vergiss nicht: Ich liebe dich.«

»Seid ihr so weit?« Kommandant Aodh unterband jede weitere Kommunikation und Thyra blieb nichts, als zu hoffen, die vor ihr liegende Begegnung zu überleben.

Lorcans Geständnis überraschte sie nicht, hatten all seine Handlungen doch diese Sprache gesprochen. Nun jedoch war sie auf sich allein gestellt.

Mechanisch drückte sie den Rücken durch. »Ich bin bereit«, krächzte sie und hasste sich für diese Schwäche. Der Kommandant, der bereits den Palastwächtern signalisieren wollte, die Türen zu öffnen, verharrte. Er stieß einen kaum hörbaren Fluch aus und wandte sich ihr zu.

»Du hattert recht. Wir kannten einander vor deiner Verbannung. Ich würde sogar so weit gehen, uns als Freunde zu bezeichnen. Also nimm meinen Rat an. Schweig. Ganz egal, was der König sagt, verhalte dich ruhig. Er wird auf einen Fehler lauern, einen Anlass, dich nun doch hinzurichten.«

Thyra schluckte hilflos. Kommandant Aodhs Worte verstärkten ihre Panik und sie glaubte, zu ersticken. Nur am Rande nahm sie wahr, wie die Doppelflügel aufgestoßen wurden und Aodh sie in den riesigen Thronsaal führte.

Protziger Wandschmuck, Ölgemälde und reich verzierte Decken vermochten Thyras Aufmerksamkeit nicht einzufangen. All die Schönheit verblasste neben der dunkelhaarigen Gestalt mit den violetten Augen, die auf einem schwarzen Thron saß und den Tod in jeder Zelle zu tragen schien.

»Eure königliche Majestät, ich bringe Euch die Verbannte«, sprach Kommandant Aodh feierlich, verbeugte sich und zog sie mit in die Knie. Thyra verfiel in einen stümperhaften Knicks. Schmerz schoss von ihrem Rücken und sie wankte bedrohlich, ehe sie ihr Gleichgewicht wiederfand.

»Bleib unten«, wisperte der Kommandant, richtete sich auf und trat seitlich von ihr an den Rand des Saales, direkt neben einen in schwarz gehüllten Mann, der sie anstarrte. Thyra meinte, Schmerz in dessen Zügen zu sehen, und erkannte ihn als einen der Männer, die vorhin im Burghof trainiert hatten. Einer der Männer, die Thyra vor dem Vergessen alles gelehrt hatte. Einer der Männer, der sie jetzt innerhalb eines Wimpernschlages töten konnte, ohne dass sie sich zu verteidigen gewusst hätte.

KAPITEL 33

THYRA

Winzige Schweißtropfen perlten von Thyras Stirn und benetzten den edel marmorierten Boden. Es gab kein Entkommen aus dieser Situation. Es gab nur sie und den Mann, der sie ins Exil geschickt und ihr die Identität geraubt hatte.

»Komm nach vorn«, schallte es zu ihr heran. Gehorsam richtete Thyra sich auf und setzte dann einen Fuß vor den anderen. Druck auf ihrer Brust erschwerte ihr das Atmen, fremdes Gewicht auf ihren Schultern verhinderte ruckartige Bewegungen, Nebel in ihrem Kopf unterdrückte jeden klaren Gedanken. König Nerio ließ sie die Fülle seiner Macht mit brachialer Stärke spüren.

»Das ist nah genug«, befahl er, als sie die unterste der Stufen, die hinauf zu seinem Thron führten, erreicht hatte. Er erhob sich und schritt zu ihr hinab. Dann legte er ihr die Hand unters Kinn und hob es an. Seine Fingernägel schnitten in Thyras Haut. Adrenalin rauschte durch ihre Adern.

»Thyra Feuertochter. In all den Jahrhunderten meiner Herrschaft ist mir keine Fee untergekommen, deren Magie sich dem Bann des Geistes entzogen hat.« Eine steile Falte entstand zwischen Nerios perfekt geformten Augenbrauen. »Was also ist so besonders an dir?«

Thyras Kehle war wie ausgedörrt. Dieser Mann war nicht nur ein König. Er war auch kein einfacher Krieger. Er war ein Raubtier auf der Jagd. Er lauerte auf einen Fehler, und sei er noch so winzig. Gab sie ihm einen Anlass, würde er sie vernichten.

»An ... an mir ist nichts besonders, Eure Majestät.«

»Das glaubte ich auch. Trotzdem stehst du hier, in meinem Thronsaal. *Lebendig.* Meine Vorfahren würden sich vor Kasétu in den Dreck werfen, erführen sie davon.« Ruckartig entließ er Thyra aus seinem Griff. »Und doch danke ich Kuvâl dafür, dass du hier bist. Amael, komm herein.«

Thyras Blick flog wie von selbst durch den Raum, vorbei an dem leeren elfenbeinfarbenen Thron, dem sie neben dem größeren schwarzen Sitz der Macht keine Beachtung geschenkt hatte. Schritte erklangen und eine jüngere Version von Nerio schälte sich aus den Schatten.

Ein Blick aus stechend violetten Augen erfasste jedes Detail ihrer pompösen Aufmachung, fuhr auf verbotene Art und Weise über ihren Körper, als wollte er Thyra an Ort und Stelle ausziehen. Finsternis umgab den Thronfolger des Königs wie ein Schleier, Wellen der Düsternis brachen über Thyra herein und zogen sie hinunter in unendliche Tiefen einer Seele, deren Boden niemand je gesehen hatte. Sie schnappte nach Luft. Amael sah genauso aus wie in den Erinnerungen, die der Dolch sie hatte erleben lassen, und seine Präsenz ließ ihre Knie weich werden. Hätte man ihr gesagt, er sei das Abbild eines Gottes, hätte sie den Worten Glauben geschenkt.

»Deine ehemalige Alancrá erkennst du noch, Sohn?« Es war eine rhetorische Frage, gestellt, um Thyras Platz als Verdammte zu unterstreichen.

Thyras Seele dehnte sich aus, unkontrollierte Hitzeschübe überrollten sie, als brenne das Blut in ihren Adern. Euphorie erfasste sie, und ohne es verhindern zu können, stahl sich ein glückliches Lächeln auf ihre Lippen. Amael so nahe zu sein, war, als fände sie ein längst verlorenes Puzzlestück ihres Selbst wieder. Unbewusst machte sie einen Schritt auf ihn zu.

Amael kniff die Augen zusammen. »Als könnte ich die größte Schande unseres Volkes jemals vergessen. Weshalb ist dieser Abschaum zurück?«

Thyra prallte regelrecht zurück, ihr Lächeln erstarb.

»Es gab ein Aufflammen der Elemente«, sagte Nerio.

Amael zog eine Augenbraue in die Höhe. »Und du denkst, dass sie die Unruhen verursacht?«

Sie sprachen über Thyra, als wäre sie nicht da. Als bedeutete sie nichts weiter als ein Stück Hundekot am Schuh.

»Die große Mutter selbst befahl mir, die Verbannte ausfindig zu machen, da die Feuertochter schon früher ihre Macht unter Beweis gestellt hat. Untersuche sie. Finde heraus, ob sie dem Bann tatsächlich widerstehen kann und wenn ja, wie.«

»Kann das nicht jemand anderes tun?« Amael klang bestenfalls gelangweilt, doch in seinen Augen loderte unersättlicher Hass, der größer wurde, je länger er Thyra betrachtete.

Nerio zog eine zynische Grimasse. Die Luft knisterte, Amael taumelte getroffen nach hinten und griff sich an die Kehle. Sein Gesicht lief rot an, die Augäpfel traten aus den Höhlen hervor. »Das war ein Befehl, *Sohn.*«

Nerio rauschte so dicht an Amael vorbei, dass er ihn an der Schulter streifte. Eifrig öffneten die Wachen die Doppelflügeltür für ihren König. Er hatte den Thronsaal bereits verlassen, da blieb er noch einmal stehen und rief: »Enttäusche mich nicht!«

Es rumpelte laut, als die Tür ins Schloss fiel. Thyra starrte Amael unverwandt an. Jede Zelle ihres Körpers schrie, dass sie ihn kannte, und doch wusste sie nur um die wenigen Augenblicke zwischen ihnen, die ihr der Dolch gezeigt hatte. Weil der König ihr alles andere genommen hatte.

»Finnean!« Amael sprach den schwarz gekleideten Mann an, in dessen dunklen Augen alter Schmerz saß. »Bring sie runter, aber sei vorsichtig. Wir können ihr nicht trauen.«

»Wohin bringst du mich?« Mit all ihrem Gewicht stemmte Thyra sich gegen Finneans Griff, ignorierte den Schmerz ihrer Wunden und die langen Stoffbahnen des Kleides, die sich wie Seile um ihre Beine gewickelt hatten. Der Krieger schleppte sie quer durch das Schloss, ohne sie eines Blickes zu würdigen. Er zerrte sie vorbei an den Palastbewohnern und Dienern, schleifte sie über sündhaft teures Parkett und dicke Teppiche, die älter wirkten als die Zeit selbst, zog sie unzählige Treppen hinunter, bis sie ins Freie traten. Dort führte er sie über die ordentlich gestutzte Rasenfläche, hinein in ein kleines Wäldchen. Er starrte stur geradeaus, sodass Thyra kaum mehr sah als ungeordnete dunkle Locken, die in wilden Strähnen über seine breiten Schultern fielen.

»Hey, du verdammter Riesenschädel, hörst du mir eigentlich zu?« Empört stieß sie den Mann an und stolperte prompt über einen losen Stein. Einzig Finneans schneller Reaktion war es zu verdanken, dass sie nicht mit dem Gesicht voran zu Boden ging. Er stieß ein unterdrücktes Kichern aus und lockerte seinen Griff. Hitze schoss Thyra in die Wangen. »Das ist nicht witzig!«, fauchte sie und rieb sich den Knöchel. Finnean inspizierte ihre Kleidung, ihre Schuhe, ihre kunstvoll hochgesteckten Haare.

Einen Moment waren nur die Geräusche des Waldes zu hören, das beschwingte Zwitschern eines Vogels, das Rascheln des Laubes im Wind, leises Hufgetrappel. Finneans Schultern begannen zu beben, trotz seines dunklen Teints lief er rot an, bis er lauthals losprustete.

»Du hast recht«, stieß er hervor und kicherte wie ein alberner Schuljunge, »Es ist überhaupt nicht witzig. Und dennoch kann ich nicht aufhören zu lachen.« Der Hüne stützte die Hände auf die Knie und lachte weiter, achtete kaum auf sie.

Das ist meine Chance!

Thyra preschte durch das Laub zurück in Richtung Palast. Was immer Amael vorhatte, sie wollte es nicht herausfinden. Allzu deutlich erinnerte sie sich an die Härte in seinem Gesicht, den unverhohlenen Hass in seinen Augen. Hinter ihr verstummte das Gelächter, schwere Schritte planierten Äste und Blätter gleichermaßen. Finnean schob seinen massigen Körper in ihren Weg und legte seine Hände auf ihre Schultern.

»Ich kann dich nicht gehen lassen«, sagte er und jeder Hauch von Belustigung hatte seine Stimme verlassen. »Amael würde mich bei lebendigem Leib häuten.«

»Dann hat er ein verfluchtes Kontrollproblem!«, zischte Thyra, schüttelte seine Hände ab und versuchte, sich an ihm vorbeizudrängen. Kurzerhand packte Finnean sie und warf sie über die Schulter.

»Du ahnst ja nicht, wie recht du damit hast«, grummelte er.

»Lass mich runter!«

»Nein.«

Finnean trug sie unbarmherzig über Stock und Stein und umrundete schließlich einen kleinen Teich. All das auf dem Gelände des Palasts zu finden, sprengte Thyras Größenverständnis.

»Wir sind da.« Finnean setzte sie vor einer fast gänzlich hinter Ranken verborgenen Treppe ab und dirigierte sie die Stufen hinab. Die Dunkelheit umhüllte sie, strich über ihre Haut und begrüßte sie wie einen lang verlorenen Geliebten. Thyras Herz schlug hektisch in ihrer Brust, sie konnte kaum etwas erkennen. Finnean öffnete eine Tür und schob sie hindurch. Kühle, leicht modrig riechende Luft umfing sie. Schlagartig entzündeten sich Fackeln und verbannten die Schwärze.

Die dunkelroten, stellenweise rußig verfärbten Schriftzüge an den Wänden sandten Schauer über Thyras Leib. Instinktiv wusste sie, dass es sich bei der Farbe um Blut handelte. Altes Blut.

»Geh weiter«, raunzte Finnean. Er trieb sie durch das dämmrige Licht, unter einem großen Torbogen hindurch, vorbei an Zellen, deren Gitterstäbe von Rost zerfressen waren und einem Wandbrunnen, aus dem ein dünnes Wasserrinnsal tröpfelte. Sie passierten einen Raum voller Waffen und Rüstungen und im Gang dahinter lagen mehrere Matratzen auf dem Boden. In einer Ecke entdeckte Thyra einen langen Tisch, auf dem vergessene Essensreste allmählich dem Verfall anheimfielen.

Finnean steuerte auf eine rustikale Holztür zu, deren Griffe glänzten wie poliertes Silber. Der Raum dahinter kontrastierte das vorher Gesehene auf wahnwitzige Art. Feinster Stoff, ein großes Bett, in dem mühelos drei

Personen schlafen konnten, saubere Kacheln und ein brennender Kamin, der Wärme spendete und für eine nahezu gemütliche Atmosphäre sorgte. Regale voller Bücher und seltsamer Gegenstände schmückten die Wände.

»Setz dich da hin und warte.« Finnean wies auf das lange Ecksofa neben dem Kamin. Der Pelz eines Tieres, womöglich eines Braunbären, lag ausgebreitet davor. Wortlos ließ Thyra sich auf das Polster fallen. Jetzt, wo sie Nerios unbarmherzigen Blick fürs Erste entkommen war, wurde sie sich ihres geschundenen Körpers wieder allzu bewusst. Ihr Korsett schnitt in ihr Fleisch, ihr Rücken brannte als liefe frische Säure ihre Haut entlang und sie hatte das Gefühl, jeden Moment aus dem Kleid zu platzen.

Und dennoch ist all das hier besser als eine Folterkammer.

Finnean positionierte sich direkt neben der Tür und mied ihren Blick.

Vielleicht fürchtet er, ich renne ihm erneut davon.

Eine Ader an seiner Schläfe trat deutlich hervor, Thyra sah sie von ihrem Sitz aus pulsieren. Der wilde Hüne war unverkennbar angespannt.

Um ihre eigene Anspannung zu überspielen, stützte sie das Kinn auf die rechte Hand und schenkte Finnean ein strahlendes Lächeln.

»Du könntest mich jetzt einfach gehen lassen«, versuchte sie ihr Glück. »Es müsste niemand erfahren. Du könntest behaupten, ich hätte dich niedergeschlagen oder so.« Der Hüne reagierte nicht auf ihre Worte. Unverwandt stand er da, drückte den Rücken durch und starrte auf das Kaminfeuer. Verärgert zog Thyra die Nase kraus.

»Gehst du beim ersten Date immer so forsch ran?« Sie deutete auf die warme Beleuchtung. Unter anderen Umständen könnte dieser Raum romantischen Charme versprühen. »Bevor du mich in deine Höhle geschleppt hast, hättest du mich wenigstens zum Essen einladen können.« Finnean schenkte ihr nicht einmal ein winziges Zucken der Mundwinkel. Unverfroren, als wäre er aus Wachs, blickte er geradeaus und schürte damit Thyras Angst.

Dieser Mann kam ihr nicht vor wie jemand, der sich an Regeln hielt und mit Sicherheit war er niemals um einen dummen Spruch verlegen.

Wie sehr musste der Prinz ihn in den Fängen haben, dass er stocksteif und stumm unterirdischen Fels anstarrte?

Entschlossen schwang sie die Beine von der Sitzgelegenheit und erhob sich. Keine Reaktion.

Sie schlenderte zum Kamin, fuhr mit dem Finger über den erwärmten Stein. Keine Reaktion.

Ungerührt inspizierte sie die Wände, schritt die Bücherregale ab. Keine Reaktion.

Bedächtig ergriff sie ein schweres Artefakt, dessen raue Oberfläche unter ihrem Griff kribbelte. Schneller als sie schauen konnte, warf der Hüne sie zu Boden, presste ihr den Unterarm auf die Kehle und drückte schmerzhaft fest zu. Erschrocken keuchte sie auf, schlug wütend auf den Hünen ein. Gleißender Schmerz durchzog ihren Körper von der Fußsohle bis zum Scheitel.

»Lass mich los«, krächzte sie. Finnean rührte sich nicht von der Stelle. Mit seiner freien Hand zückte er ein Messer und glitt mit der Klinge Thyras Schläfe entlang. Thyras Herz pochte wild, ihr Körper schüttete Adrenalin aus. Der Schmerz trat in den Hintergrund, machte Platz für etwas sehr viel Wichtigeres.

Überlebensinstinkt.

Sie schlug nach ihm, kratzte an seiner Wange entlang mit dem Ziel, seine Augen zu erwischen. Genauso schnell, wie er sich auf sie gestürzt hatte, wich er zurück. Sein dunkler Blick lag stoisch auf ihr.

»Setz dich wieder hin. Der Prinz wird gleich hier sein.«

KAPITEL 34

AMAEL

Untersuche sie. Finde heraus, ob sie dem Bann tatsächlich widerstehen kann und wenn ja, wie.

Die Worte seines Vaters kreisten in Amaels Verstand, erweckten verdrängten Zorn und riefen die Macht seiner Finsternis hervor. Schwarze Adern wanden sich unter seiner Haut, seine Sicht war rauchig verschleiert. Der Wald um ihn herum schien sich zu verkleinern, der Himmel näherte sich, die Blätter drehten sich um ihn und Wind piesackte ihn mit neckischen Böen.

Jäh zückte er sein Schwert, hieb auf einen jungen Baum ein und fällte ihn mit einem Schlag. Sein Herz pumpte wild, er rang nach Atem. Ein weiterer Hieb, ein weiterer Sprössling fiel abgeholzt zu Boden.

Das ist nicht genug.

Das ist bei weitem nicht genug!

Hinter ihm knackte es. Amaels Kopf ruckte herum. Ein Reh trottete ein Stück entfernt zwischen den Bäumen und fraß genüsslich das wenige Gras vom Boden.

Die Düsternis in Amael wurde gierig. Er pirschte sich an, schlich mit gezückter Klinge über den Waldboden. Ein Ast brach unter seinem

Gewicht. Amael erstarrte. Das Reh schaute hoch. Für den Bruchteil einer Sekunde blickten sie einander in die Augen, der Jäger und seine Beute. Die Nüstern des Rehs blähten sich, es witterte. Amael spannte die Muskeln an. Das Tier stieß ein Schnauben aus und sprintete davon. Und Amael hinterher.

Er rannte über Stock und Stein, Äste peitschten ihm ins Gesicht, mehrfach drohte er auf dem feuchten Grund auszurutschen. Doch er würde nicht aufhören. Selbst wenn er gewollt hätte, war er längst über diesen Punkt hinaus. Er stieß einen spitzen Schrei aus und sprang durch die Luft. Seine Magie dehnte sich aus, ergriff von dem schlichten Geist des Rehs Besitz und er zwang es, stehen zu bleiben. Er begrub das Tier unter seinem Gewicht und bohrte das Schwert tief in den warmen Leib. Das zarte Leben erlosch und die sanfte Seele ging in Amaels Besitz über.

Schwer hockte er auf dem toten Tier, spürte die Wärme des schlaffen Körpers und atmete hektisch. Atemzüge verstrichen, der Puls raste in seinen Ohren. Die Mauern seiner Selbst errichteten sich erneut und die Finsternis zog sich zurück. Als er sich schließlich erhob, war sein Geist klar und seine Gedanken geordnet. Nun war er bereit, jener Einen gegenüberzutreten, für die er einst sein Erbe geopfert hätte.

Ihr Geruch hing schwer in der modrigen Luft seines Verstecks, Finnean hatte sie auf direktem Wege hergebracht. Etliche Jahrhunderte war *sie* hier ein- und ausgegangen, hatte hier trainiert, gearbeitet, gelebt. Niemals hatte er sich träumen lassen, dass sie ihn, den Prinzen, den zu beschützen sie mit ihrem Blut geschworen hatte, eines Tages verraten würde.

Mit wehendem Umhang rauschte er in sein privates Zimmer. Sie saß auf dem Sofa, die Arme vor der Brust verschränkt. Ihre Ellbogen waren aufgeschrammt und der Geruch nach frischem Blut lag in der Luft. Amael brauchte wenig Fantasie, um zu wissen, dass sie sich gewehrt hatte. Die fehlenden Erinnerungen machten sie keineswegs willenlos.

Kommentarlos ging er zu einem der Regale. Vor langer Zeit hatte er hier einen Zauber versteckt, der ihm heute zugutekommen würde. Hinter einer Originalausgabe von William Shakespeares „Romeo und Julia" wurde er fündig. Die Phiole war glatt und kalt, der Inhalt schimmerte grünlich im Licht des Kaminfeuers.

»Wirst du das hier freiwillig trinken?« Er brach die abwartende Stille mit brachialer Gewalt. Die Verräterin zog die Brauen zusammen und schwieg.

»Das ist wohl ein Nein«, sagte er.

Dann breche ich das Schweigen eben mit Gewalt.

Ein Blick von ihm und Finnean stieß sich von der Wand ab. Er trat neben die Verbannte, umfasste blitzschnell ihren Kopf und mit seinen großen Händen zwang er ihren Kiefer auseinander. Zügig und doch mit der nötigen Vorsicht schraubte Amael das Fläschchen auf. Der Zauber stank abartig. Die Verbannte riss die Arme hoch, zerrte und kratzte an Finnean, trat nach Amael und drohte von dem Polster zu fallen.

Erbarmungslos warf sich Amael auf sie, spürte ihre Wut und den Schmerz ihrer Tritte und Kratzer. Es war ihm einerlei. Er kippte das grünliche Zeug in ihre Kehle und schnellte zurück. Im gleichen Augenblick gelang es der Verbannten, Finnean zu fassen zu bekommen.

Tief grub sie ihre Zähne in sein Fleisch. Der Krieger grunzte auf, griff in ihren Nacken und stieß sie von sich. Sie landete auf allen vieren. Unkontrollierte Hitze strahlte von ihrer Haut, Zorn und purer Überlebenswille saßen in ihren Augen. Amael sprang seinem Freund zur Seite, bereit, die Verbannte abzuwehren, da erschlaffte sie plötzlich.

»Was ist denn jetzt?«, fragte Finnean verdutzt und tippte die Verbannte sacht an. Sie erzitterte unter seiner Berührung, wehrte sich aber nicht.

»Der Zauber wirkt«, sagte Amael und klaubte für seinen Alancrá ein Tuch aus einem der Wandregale. »Verbinde deine Wunde. Ich kümmere mich um sie.« Finnean nickte und verschwand wortlos im Halbdunkel der unterirdischen Gänge.

Amael verstaute die kleine Phiole, ehe er vor der Verbannten in die Hocke ging und jeden Zentimeter ihres Antlitzes erforschte. Ihre Halsschlagader pulsierte in schnellem Takt, ihre Brust hob und senkte sich hektisch. Das bemerkenswerteste waren die Fenster ihrer Seele, jene Augen, die exakt den gleichen Farbton besaßen wie das Firmament eines sturmgrauen Tages. Unkontrolliertes schwarzes Feuer tanzte in ihren Iriden und focht mit dem Bann, den er ihr einst auferlegt hatte.

Sie ist wahrhaft einzigartig.

Und eine Verräterin.

Er sandte seine Macht aus und griff nach Thyras Bewusstsein. Das Geistelement ermöglichte ihm, ihre Gedanken zu kontrollieren und ihren Willen zu überschreiben. Der Zauber hingegen legte ihre Essenz frei, jenen Teil ihres Selbst, von dem der Bann sie trennte.

Thyra schnappte nach Luft, keuchte, wortlos schrie sie ihn an, verfluchte ihn, hasste ihn aus tiefster Seele. Ein müdes Lächeln war alles, was er dafür übrig hatte. Er war der, der mit dem Tod tanzt. Was war da schon ein kleiner Fluch von einer Verdammten.

Endlich durchbrach er die letzte Mauer ihres Verstandes und drang zu den kümmerlichen Resten ihres früheren Ichs vor. Die Flamme ihrer Magie, die einst bis zu den Sternen gebrannt hatte, war nahezu erloschen. Schwarze Kohlen glühten in der Dunkelheit und erhielten Thyra am Leben, aber ihre Anmut war verloren gegangen, begraben unter Amaels Willen.

Doch woher nimmt sie dann die Kraft, meinem Bann zu widerstehen?

Woher stammen die Ausbrüche ihrer einstigen Stärke?

Er drang tiefer vor, stocherte in der Glut, grub Löcher in ihr Bewusstsein und zerstörte die Grenze zu ihrem Unterbewusstsein. Entfernt hörte er Thyras Schreie wie das Singen eines geplagten Tempeldieners, der sein Fleisch der großen Mutter Kasétu darbot.

Amaels Magie prallte auf undurchdringliche Schwärze, die der Seinen in nichts nachstand. Und da sah er es. Im tiefsten Abgrund ihres Unterbewusstseins, verschüttet unter dem Zauber des Vergessens, umspannt von einem dichten Netz aus schwarzviolettem Zorn, züngelte schwarzes Feuer in der Düsternis.

Amael lachte auf. Er hätte es wissen müssen. Nie zuvor war ein Alancrá ins Exil geschickt worden. Keiner der Krieger wich von seiner Seite, bis der Schnitter ihn zu sich rief. Der Grund war ebenso schmerzhaft wie offensichtlich. Der Fluch der Alancrá, jener Fluch, der sie mächtiger und gefährlicher werden ließ als jeden anderen Soldaten, band Thyra selbst in ihrer Verbannung an Amael. Aber da war noch mehr … Eine Signatur, eine Zeichnung ihrer Essenz, die keinesfalls zu ihm gehörte. Uralte Macht hatte Klauen in ihr Sein geschlagen und brach Stück für Stück Amaels Bann.

Etwas gibt ihr die Erinnerungen zurück.

KAPITEL 35

TIMOTHY

Die Vorbereitungen für die Taufe liefen auf Hochtouren. Sämtliche Angehörige des MacLeod-Clans trafen auf Schloss Dunvegan ein. War die Isle of Skye für gewöhnlich ein Ort der Stille und Einkehr, erscholl jetzt aus jeder Ecke Gelächter, Geplauder und Hochgesänge. Trotz Timothys Protesten war Arthur der unfreiwilligen Tradition seiner Vorväter gefolgt und hatte den Clanmitgliedern verschwiegen, dass der Feenkönig Anspruch auf das jüngste Mitglied ihrer Familie erhob. Daher wähnten sich die Schotten in Sicherheit und der Schrecken über die Anwesenheit des Faekriegers geriet in Vergessenheit.

Die alte Burg wurde nicht nur repariert, nein, sie erhielt einen neuen Turm, einen Wintergarten und sogar der Festsaal wurde vergrößert, um genügend Platz für die Feier zur Verfügung zu haben.

In der letzten Nacht hatte es geschneit. Ein Meter Schnee verhinderte, dass irgendjemand das Schloss unbemerkt verlassen oder betreten konnte. Timothys täglicher Jogginglauf wurde dadurch zu einem Sprint durch die Eingangshalle, verfolgt von den starren Blicken seiner Vorfahren, die sich auf Ölgemälden jeder Form und Größe hatten verewigen lassen. Es fehlten nur die Ritterrüstungen an

Ausgängen und Fenstern, um das Klischee einer mittelalterlichen Burg in Vollendung zu bestätigen.

All das bedeutete Timothy nichts. Sorge und Angst saßen ihm im Nacken und die zaghafte Hoffnung, dem Fluch zu entkommen, umklammerte dagegen seine Brust, während er die Treppe mit dem roten Teppich hinauf- und wieder hinunterrannte. Er fühlte sich innerlich zerrissen. Sich den Feen entgegenzustellen war leichtsinnig. Eine von ihnen fangen und ihr Geheimnisse entlocken zu wollen, glich schierem Wahnsinn.

Bei der Aktion mit der kleinen Streunerin hatten sie Glück gehabt. Der Faekrieger, der sie befreit hatte, hatte nicht einmal versucht, die MacLeods zu töten, und dennoch einen der Ihren ins Jenseits geschickt. Nicht auszudenken, wozu ein Fae im Stande war, der auf Rache sann.

Es wird in einem Blutbad enden.

»Timothy!« Petes Kopf tauchte am Treppenabsatz auf. »Geht es dir gut, mein Junge?« Sein Vater ließ ihn seit Tagen nicht aus den Augen. Ständig erkundigte er sich nach Timothys Befinden oder schwelgte in Kindheitserinnerungen.

»Wieso fragst du? Weil du und Arthur euch zusammengetan und den vollkommen verrückten Plan gefasst habt, eine Fee im Keller einzusperren? Oder weil ich meine Cousine ablenken soll, während ihr das Leben ihres Babys in Gefahr bringt? Oder weil niemand anderes hier erfahren darf, welch wahnwitzige Tat ihr vorbereitet?«

»Du wünscht dir, wir hätten dich niemals eingeweiht.« Pete klang so resigniert, dass es Timothy den Magen umdrehte. Trotzdem gab er nicht klein bei.

»Noch habt ihr Zeit, die Sache abzublasen! Wir könnten einen anderen Weg finden, uns gegen die Feen zu wehren.« Er packte seinen Vater an den Schultern. »Vielleicht findet sich ein Fluchbrecher in Edinburgh, ein Druide, habt ihr daran schon gedacht?«

»Du willst Feuer mit Feuer bekämpfen?« Pete schüttelte den Kopf. »Druiden mögen in unserer Welt leben und unserer Lebensweise näher sein als die Feen. Nichtsdestotrotz sind sie magisch. Schließt du einen Handel mit ihnen ab, lädst du den Teufel ein, sich an unseren Tisch zu setzen.«

Verdammter sturer Esel!

»Druiden sind keineswegs Zaubertränke brauende Männer mit langem weißen Haar und Rauschebart, die ihre Krieger schützten, so, wie es Miraculix in Asterix und Obelix tut. Aber anders als Feen schätzen sie menschliches Leben, halten es in Ehren und leben seit Jahrtausenden mit uns in Eintracht!«

»Timothy, versprich mir, dass du nichts Dummes tust«, flüsterte Pete eindringlich. »Halt dich so weit fern von der Magie, wie es dir nur möglich ist!«

Rückwärts brachte Timothy Abstand zwischen sie beide, seine Schritte wurden von dem weichen Teppich der Treppe gedämpft.

»Du kennst mich doch, Dad. Ich tue nie etwas Dummes.«

KAPITEL 36

THYRA

Eisige Kälte fraß ihr die Haut von den Knochen. Undurchdringliche Schwärze und Stille, nur unterbrochen von dem leisen Plätschern herabfallender Wassertropfen, zermürbte Thyra. Was Amael ihr angetan hatte, überstieg ihr Verständnis. Sie fühlte sich dreckig und benutzt und sie hasste ihn dafür. Er hatte sie in einer Zelle eingesperrt zurückgelassen. Das abgetrennte Areal war kaum mehr als zwei Quadratmeter groß, einzig eine Schlafkoje war in den Stein gehauen und ein Eimer für ihre Notdurft stand in der Ecke.

Sie verharrte bewegungslos. Auch nachdem die Wirkung des Gebräus des Prinzen nachgelassen hatte, hatte sie nicht gewagt, nur einen Finger zu rühren. Eine Weile hatte sie leises Gemurmel gehört, bis dieses vor fünfhundertzwölf Atemzügen verstummt war. Damit waren über vierzig Minuten vergangen. Ein letztes Mal lauschte sie in die Dunkelheit, bevor sie den Dolch unter ihrem Kleid hervorholte. Das Gewicht der Waffe beruhigte sie, und die sanfte Wärme des Metalls gab ihr die Illusion, nicht vollkommen allein zu sein.

Aber ich bin allein.

Lorcan konnte ihr nicht helfen.

Pete war unendlich weit von ihr entfernt, in einer anderen Galaxie, und lebte hoffentlich ein friedliches Leben.

Und Kommandant Aodh war ihr zwar zugeneigt, würde jedoch seine Stellung nicht für eine verurteilte Verräterin riskieren.

Sie lehnte sich zurück. Die Wand hinter ihr war rau, Steinchen drückten sich in ihren Rücken. Der Schmerz ihrer Wunden erdete ihre rasenden Gedanken und für einen Moment schloss sie die Augen, bis sengende Hitze ihre Hand verbrannte.

Durchringender metallischer Geruch verpestete die Luft, als Thyra Amaels entblößten Rücken betrachtete. Seine Haut war über und über mit Striemen versehen, einige so tief, dass die darunterliegende Muskulatur zu sehen war. Blut tropfte aus manchen der Schnitte, während andere bereits verschorft waren. Es war das Werk eines Künstlers, dessen Rage jede Vernunft über Bord geworfen hatte.

»Dein Vater ist ein grausamer Mann«, sagte Thyra und griff nach einem sauberen Tuch. Bedacht träufelte sie Wasser über die Wunden, die nicht von selbst heilten.

»Er ist der König«, hielt Amael dagegen und stieß einen schmerzgeplagten Laut aus. »Er erwartet von seinen Untertanen Gehorsam. Von seinem Nachfolger jedoch erwartet er Perfektion.«

Thyra verkniff sich eine Antwort und angelte stattdessen nach der Kräuterpaste, die Lorcan ihnen zubereitet hatte. Sie befanden sich im Verlies, fernab der neugierigen Blicke des Hofstaats. Ihren Kronprinzen derart verwundet zu sehen, hätte den Adeligen ein falsches Bild gezeichnet. Amael mochte verletzt sein, doch seine Stärke hatte darunter nicht gelitten.

»Nicht du hättest diese Bestrafung erdulden sollen.« Finnean saß vor dem Kamin von Amaels Arbeitszimmer und stocherte in der Glut herum. Kleine Flammen leckten über große Holzscheite und tanzten über die Haut des Hünen.

Thyra warf ihrem Freund einen kurzen Blick zu. Amael und er waren vor zwei Tagen ausgezogen, um eine Schar Räuber zu stellen, die Dörfer in der Nähe Shahin-las überfielen. Doch bei ihrer Ankunft waren die Diebe bereits über alle Berge gewesen – und die Mission somit gescheitert.

König Nerios Zorn hatte Amael getroffen, doch Finnean war es gewesen, der ihre Spur verloren hatte. Der Assassine ertrug es kaum, dass jemand anderes seinen Schmerz erlitt, und dass es Amael getroffen hatte, machte es noch schlimmern.

»Ihr seid die Alancrá, mein verlängerter Arm. Was mit euch geschieht, geschieht auch mit mir«, erklärte Amael nüchtern. »Du magst die Fährte verloren haben, doch ich schickte dich aus, benutzte dich, um den Feind zu verfolgen. Dein Versagen gilt mir. Und mein Versagen gilt dem König.«

KAPITEL 37

AMAEL

Der Thronsaal war des Nachts noch abstoßender als im hellen Schein der zwei Sonnen. Die Macht seines Vaters tränkte die Mauern und ließ jeden spüren, in wessen Palast er sich befand. Wie stets begehrte Amaels Magie auf, die Finsternis in seinen Adern betrachtete König Nerios Energie als Herausforderung. Es waren die wenigen Reste der Präsenz von Königin Feylin, die Amael im Zaum hielten. Um ihretwillen musste er sich beherrschen. Um ihretwillen und um das Andenken seiner Schwester nicht zu beschmutzen. Der Schmerz ihres Verlusts hatte tiefe Narben in Amaels Seele hinterlassen. Auch nach all der Zeit wünschte er sich, die Zeit zurückdrehen zu können …

»Du kommst spät.« König Nerio hob sich auf seinem schwarzen Thron kaum von der Dunkelheit des Saales ab, einzig seine violett leuchtenden Augen durchstachen die Schatten.

»Ich hatte zu tun«, hielt Amael kühl dagegen. Es stimmte. Nachdem er Thyra in seinem Versteck gelassen hatte, war er in den Wald gerannt und hatte unter dem wolkenverhangenen Firmament die Finsternis herausgelassen. Eine Schneise der Zerstörung hatte seinen Weg markiert und für die Nachwelt gezeichnet. Es war Finnean gewesen, der seiner

Raserei Einhalt geboten und seinem Wahn ein Ende bereitet hatte. Unter seiner Führung hatte Amael ein Opfer dargebracht und den Rat Kuvâls gesucht. Jetzt waren seine Gedanken klar und sein Verstand rein. Er wusste, was zu tun war.

»Hast du herausgefunden, was mit ihr nicht stimmt?«

Amael nickte und sah hinaus in die Nacht, während er abwog, wie viel er seinem Vater verraten wollte. »Etwas, vielleicht ein Zauber oder der Wille der Götter, bringt ihre Erinnerungen zurück. Aber ich werde es aufhalten, bevor sie ihre Stärke wiedererlangt.«

»Das wirst du nicht.« Nerios Worte trafen Amael unvorbereitet. Verwundert hob er eine Augenbraue.

»Was hast du vor?«

»Nehmen, was die große Mutter mir bietet. Die MacLeods schulden mir ein Kind und ich habe einen Auftrag für die Verbannte.« Nerio lächelte heimtückisch und entblößte sein perfektes Gebiss. »Sie wird das Kind holen.«

Von Finnean wusste Amael, dass einer der MacLeods, ein Angehöriger ebenjener Clan, der dem Feenkönig zur Treue verpflichtet war, die Verbannte aufgenommen und gepflegt hatte, bevor der Clanführer sie für Experimente missbraucht hatte. Amael war beeindruckt von der Art, wie sein Vater Rache an der Verräterin nahm. Mochte es auf den ersten Blick ein harmloser Auftrag sein, würde sie dort mit Sicherheit auf Menschen treffen, die sie zu ihren Freunden zählte. Dieser Auftrag würde sie mehr schmerzen als Folter.

»Ich leite alles in die Wege«, sagte er und verbeugte sich. Er war im Begriff, den Thronsaal zu verlassen, da ereilte ihn ein weiterer Befehl des Königs, der seinen Zorn erneut entfachte.

»Du wirst sie begleiten, Sohn.«

KAPITEL 38

THYRA

Schwere Schritte holten Thyra aus dem Dämmerschlaf voll wirrer Träume und Erinnerungsfetzen aus längst vergangenen Zeiten. Feuerschein erhellte die Umgebung und wenig später tauchte Finnean vor den Gitterstäben auf, eine Fackel in der einen, ein Fläschchen in der anderen Hand. Er öffnete die Zellentür und hielt ihr die Flasche unter die Nase.

»Trink das.«

Thyra verschränkte die Arme vor der Brust. »Nein danke.«

»Deine Verletzungen heilen zu langsam, für das vor dir Liegende wirst du all deine Kräfte brauchen. Also trink.«

Hält er mich für irre? Als hätte er nicht vor wenigen Stunden geholfen, mir Gift einzuflößen!

Sie reckte das Kinn empor und fixierte Finnean. »Du zuerst.«

»Das ist nicht –«

»Entweder du trinkst es vor mir, oder du kannst direkt wieder gehen.«

Der Hüne seufzte ungehalten. Er zückte ein Messer und schnitt sich mit ausdrucksloser Miene tief in den Unterarm, bevor er das Fläschchen entkorkte und einen Schluck trank, ohne den Blickkontakt zu unterbrechen. Der Schnitt verschloss sich binnen Sekunden. »Jetzt du.«

Thyra ergriff das Fläschchen, wartete zwanzig Atemzüge ab und kippte die restliche Flüssigkeit ihre Kehle hinab. Zunächst spürte sie nichts. Dann breitete sich ein wärmendes Gefühl in ihrem Bauch aus, erstreckte sich über ihre Beine, Füße, Hände und Arme, und legte sich wie eine flauschige Decke über ihren Rücken.

»Verdammt, fühlt sich das gut an.« Der stetig vorhandene Schmerz nahm ab, bis er endlich verschwunden war. Thyra richtete sich auf, dehnte ihren Körper und genoss die neu gewonnene Beweglichkeit. Sie schenkte Finnean ein vorsichtiges Lächeln. »Danke.«

Finnean nickte knapp. »Dank mir nicht zu früh.« Er stand auf und winkte. »Zeit zu gehen.«

Aus diesem Loch verschwinden? Nichts lieber als das!

Thyra rappelte sich auf und eilte hinter dem Hünen her, dessen Blick wieder einmal stur geradeaus gerichtet war. Er führte sie nicht an die Erdoberfläche, sondern tiefer hinein in die unterirdischen Gänge, deren Wände von Feuchtigkeit zerfressen wurden.

»Wohin bringst du mich jetzt wieder?«, fragte sie.

»Das erfährst du früh genug.«

Thyra biss die Zähne zusammen. Finneans Einsilbigkeit war Gift für ihre angespannten Nerven. Sie sehnte sich nach Kontrolle, nach einem Mitspracherecht in ihrem Leben. Lieber lebte sie im Exil, als ihr Dasein als Gefangene zu fristen. Demonstrativ blieb sie stehen. Es dauerte keine zwei Sekunden, bis sich der Hüne zu ihr umdrehte.

»Was soll das, Verbannte?«

»Ich will wissen, wohin du mich bringst«, erklärte sie herausfordernd und reckte das Kinn in die Höhe.

»Und ich sagte, das erfährst du früh genug!« Ungeduldig verschränkte der Krieger die Arme vor der Brust. »Geh weiter oder ich werfe dich wieder wie ein Sack Mehl über meine Schulter.«

»Du kannst es ja versuchen«, fauchte Thyra und hob die Fäuste vors Gesicht. Finnean rammte die Fackel in den Boden. Mit einem Satz war er bei ihr, warf sein Gewicht gegen ihre Schulter und verhakte im gleichen Moment sein Bein hinter ihrer Kniekehle. Thyra entfuhr ein Schrei. Sie ging hart zu Boden und schnappte nach Luft. Das dunkle Lachen des Hünen wurde von den Felsen zurückgeworfen.

»Früher konntest du mich binnen eines Herzschlages besiegen. Heute«, Finnean reichte ihr die Hand und zog sie schwungvoll hoch, »sieht es anders aus. Und jetzt komm. Amael wartet nicht gern.«

Ärger geißelte Thyra, gepaart mit Demütigung und Schmerz. Die Aussichtslosigkeit ihrer Lage trieb sie in den Wahnsinn. Finnean führte sie durch lange Korridore und eine Treppe hinunter.

»Forderst du das nächste Mal jemanden heraus, der stärker und schwerer ist als du, verbreitere deinen Stand und kündige deinen Angriff unter keinen Umständen an«, sagte Finnean in die Stille hinein.

Verdutzt hob Thyra den Kopf. »Dir ist klar, dass ich dieses Wissen gegen dich einsetzen werde?«

Finnean schielte zu ihr herüber. »Ich wäre enttäuscht, wenn es nicht so wäre. Gelingt es dir, mich zu überwältigen, gehört der Ruhm dir. Du selbst warst es, die mich einst ausbildete. Bist du bereit für einen Kampf gegen deine eigene Vergangenheit?«

Die Ehrlichkeit seiner Worte brach über Thyra herein. Gegen ihr eigenes Ich, ihr wahres Ich antreten? Jenes Ich, dass so unverfroren gekämpft und getötet hatte? Nun war es an ihr, geradeaus zu schauen, und sie entdeckte das sprichwörtliche Licht am Ende des Tunnels. Ein Kreis aus Feuer brannte mindestens hundert Meter entfernt in der Dunkelheit. Vage meinte Thyra eine Gestalt inmitten der Flammen auszumachen.

»Warum hilfst du mir?«, fragte sie schließlich.

Der Hüne schmunzelte. Es war das erste echte Lächeln, dass sie in seinem Gesicht sah. »Wir verbrachten Jahrhunderte Seite an Seite, kämpften und wuchsen miteinander. König Nerio und der Prinz mögen denken, dass du sie verraten hast, doch ich glaube nicht daran. In all der Zeit warst du Amael treu ergeben und hättest mit Freuden dein Leben für ihn gegeben.«

Verrat. Allein das Wort rief Ekelgefühle in Thyra hervor.

Was, wenn ich es gar nicht getan habe? Wenn ich keine Verräterin bin?

»Tja, die Wahrheit werden wir wohl nie erfahren«, seufzte Thyra.

Finnean grummelte etwas Unverständliches, bevor er sich räusperte.

»Jetzt sei still, es sei denn, du willst dich Amaels Fragen ausliefern.«

Die Warnung hinter Finneans Worten traf Thyra einige dutzend Schritte später mit umfassender Wucht. Amael starrte ihnen entgegen, sein Gesicht glich einer undurchdringlichen Maske. Zu seinen Füßen stapelten sich Holzscheite, aus denen Flammen loderten und an ihm emporkletterten, ohne ihn zu verbrennen. Wellen schienen seinen Körper zu überziehen, als trüge er Meerwasser unter seiner Haut. Er nickte Finnean zu und trat aus dem Feuer auf Thyra zu.

»Der König hat eine Aufgabe für dich, Verbannte.«

Der König kann mich mal.

Fragend zog sie die Augenbraue in die Höhe.

»Du kehrst in die Menschenwelt zurück.«

Bittersüße Erleichterung erfasste Thyra. Diese Welt hier war ihr fremd. Wesenheiten, deren Namen ihr nichts sagten trachteten nach ihrem Blut und Götter, an die sie nicht glaubte, erwarteten ihre Hochachtung, während ein König, dessen Wort nichts zählte, ihren Kopf forderte.

»Er schickt mich wieder ins Exil?«

»Keineswegs.« Amael näherte sich. Sein Geruch stieg ihr in die Nase. Er roch nach Ozean und Nebel. Die Härchen in ihrem Nacken stellten sich auf. »Du wirst etwas für ihn holen. Und dafür wirst du in deine Funktion als Kriegerin der Alancrá zurückkehren.« Er umfasste ihren Arm und schleuderte sie gewaltsam in das Feuer. Wärme, die sich schnell in Hitze verwandelte, schlug Thyra entgegen, ihr Kehlkopf verkrampfte, Rauch legte sich staubig auf ihren Gaumen.

»Was hast du vor?«, entfuhr es ihr panisch. »Ich bin keine Kriegerin!« Sie wollte aus dem Feuer springen, bevor es sie verbrannte, wollte nicht sterben in dieser orangefarbenen Hölle.

Eine fremde Macht griff auf Thyras Geist zu und raubte ihr den Willen. In Trance ging sie in die Knie, bis das Feuer über ihrem Kopf zusammenschlug. Hitze umspülte sie wie in einem warmen Bad. Da war kein Schmerz, keine Angst. Nur die Gewissheit, dass alles richtig verlief. Eine Träne befreite sich aus ihrem Augenwinkel, verdampfte jedoch, bevor sie ihre Wange hinunterlaufen konnte. Über das Knistern des Feuers hinweg hörte sie Amael mit Finnean sprechen, sah, wie der Hüne den Prinzen an der Schulter packte und schüttelte, woraufhin Amael eine wegwerfende Handbewegung machte. Sie wollte Finnean versichern, dass es ihr gut ging. Doch sie konnte nicht. Etwas barst in ihrem Inneren. Ihr Kopf fiel in den Nacken, unermessliche Kraft flutete ihren Verstand und verwies die fremde Macht aus ihrem Geist. Schlagartig war sie wieder Herrin über ihren Körper und die Angst kehrte zurück, mächtiger als zuvor.

Mit einem Schrei stürzte sie aus den Flammen und schlug die Zünglein nieder, die den Stoff ihres Kleides zerfraßen. Nahezu sofort kniete Finnean an ihrer Seite und warf sein Hemd über sie. Zorn funkelte in seinen Augen. Zorn, der in Thyra einen Spiegel fand. Wutentbrannt sprang sie auf und ging auf Amael los, der ihre Hände mühelos abfing und sie nah an sich heranzog.

»Ich habe soeben deine kriegerischen Instinkte von dem Bann befreit. Du kannst mir gern danken«, sagte er und schaute spöttisch zu ihr herab.

Angewidert zog Thyra ihr Knie hoch und rammte es Amael fest in den Magen. Der Prinz schnappte nach Luft, sein Griff um ihre Handgelenke löste sich.

»Das war ein Fehler«, knurrte er und warf sich auf sie. Hart schlug ihr Hinterkopf auf dem Boden auf, ihre Sicht verschwamm. Eine feste Ohrfeige ließ ihre Wangen brennen. Voller Wut hieb sie nach ihrem Peiniger, Hitze durchfuhr ihren Körper, Kleidung schmorte. Ihre Nägel kratzten über Haut und Haar, krallten sich in seine Nase und bohrten sich tief in sein Fleisch. Warm rann sein Blut über ihre Hände. Gierig danach, ihm Schmerzen zuzufügen, langte sie nach seinen Augen, schlang die Beine um seine Hüfte.

Amael schnappte ihre Handgelenke und verdrehte ihr ruckartig die Arme, bis ihre Schultern schmerzten. Zorn pulsierte in seinen Zügen und fand einen Takt mit dem Feuer in Thyras Adern.

»Lass mich los!«

»Sonst was?« Verächtlich blickte Amael auf sie herab, sein Gesicht war nicht einmal eine Handbreit von ihrem entfernt. Er nahm ihr jede Bewegungsfreiheit und genoss ihre Hilflosigkeit.

»Selbst Abschaum ist zu gut für dich!«, fauchte Thyra und spuckte ihm ins Gesicht. Amael erbebte. Finsternis mischte sich in das Violett seiner Augen, schwarze Venen traten unter seiner Haut hervor wie Würmer in hellem Sand. Eine Hand schlang sich um ihre Kehle.

»Amael!« Finnean machte einen Schritt auf seinen Freund zu. Jäh zog sich Amael zurück und mit ihm verschwand jede Wärme aus ihrem Körper. Thyra fröstelte.

Ohne sie aus den Augen zu lassen, deutete der Prinz auf Finnean. »Sie bricht zum nächsten Neumond auf. Unterrichte sie in den Grundlagen, zeige ihr, wie sie zur Waffe wird. Widersetzt sie sich oder versucht zu fliehen, … töte sie.«

KAPITEL 39

THYRA

Finnean brachte sie zu ihrer Zelle und überreichte ihr feste Kleidung aus gegerbtem Leder. Thyra wartete, bis er verschwunden war, bevor sie die verkohlten Reste des Kleides gegen die neue Uniform eintauschte. Erleichtert sah sie, dass das Strumpfband, an welchem der Dolch befestigt war, das Feuer überstanden hatte.

Die Zeit verstrich in eintöniger Stille. Irgendwann schlief Thyra ein und erwachte erst, als die Zellentür unter leisem Quietschen geöffnet wurde. Sie blinzelte in das warme Licht der Fackel und erkannte Finnean. Der Hüne machte eine auffordernde Geste.

»Komm raus.«

Thyra rappelte sich hoch, um seiner Anweisung zu folgen. Als sie die Gitterstäbe hinter sich ließ und an Finnean vorbeitreten wollte, kickte der ihr die Füße weg. Ungebremst landete Thyra der Länge nach im Dreck.

»Hey!«, protestierte sie empört.

»Erste Regel der Alancrá: Vertraue niemandem.« Finnean half ihr hoch und drückte ihr im gleichen Atemzug einen langen Holzstab in die Hand. »Zweite Regel: Sei niemals unbewaffnet.«

»Besten Dank auch.« Wütend rieb sie sich den Ellbogen und betrachtete den Stab. »Was soll das sein? Eine Rute, weil ich mich so furchtbar benehme?«

Finnean schüttelte den Kopf. »Normalerweise trainieren die Alancrá mit echten Waffen. Da du jedoch alles vergessen hast, möchte ich ungern riskieren, dass du dich aufspießt.«

Thyra schnaubte. »Das nenne ich Vertrauen.« Sie ging ein paar Schritte aus dem Lichtschein der Fackeln heraus, ließ Finnean aber nicht aus den Augen. »Und jetzt?«

»Jetzt lernst du, was es heißt, eine Assassine zu sein.«

Finnean war ein anspruchsvoller Lehrer. Fehler bestrafte er mit unnachgiebiger Härte, Fortschritte hingegen spornten ihn an, mehr zu fordern. Thyra sollte seine Angriffe in absoluter Dunkelheit vorausahnen und abwehren. Kaum je gelang es ihr, seine Bewegungen und die Richtung der nächsten Attacke zu hören, bevor er an ihrer Deckung vorbeihuschte. Immer und immer wieder versetzte er ihr Hiebe, Stöße, Schläge, Tritte. Unzählige blaue Flecken zierten nach dem ersten Tag ihren Körper, ein jeder war ein Mahnmal für die kommenden Einheiten und erschwerte ihre Bewegungen. Die Tage zogen dahin, ohne dass sie je ans Tageslicht kam. Das einzig Positive war, dass sie Amael nicht wiedersah.

Am fünften Tag verlor der Krieger seine Geduld.

»Du bist unkonzentriert!«, unterstellte Finnean ihr und entzündete einige Fackeln, als sie wiederholt nach einem Fehler zu Boden stürzte.

»Im Gegenteil«, schnaufte Thyra. »Was du verlangst, ist schlichtweg unmöglich. Wie soll ich deine Bewegungen vorausahnen, wenn ich dich nicht einmal sehen kann?! Ich mag eine Fee sein, aber ohne Nachtsichtgerät kann ich in der Finsternis trotzdem nichts erkennen.«

Er half ihr auf die Beine und schüttelte den Kopf. »Auch ich kann in der Dunkelheit nicht sehen, Thyra. Einst warst du es, die mich lehrte, ohne Licht zu sehen und in den Schatten zu tanzen. Du musst es *fühlen*.

Deine Magie ist gebunden, doch Amael hat deine Instinkte in der Zeremonie des Feuers freigegeben. Dein Unvermögen liegt allein an dir.«

»Da geht's mir gleich viel besser«, antwortete sie sarkastisch.

Als steckte ich gerne Prügel ein!

Finnean hob den Holzstab vom Boden auf, den Thyra hatte fallen lassen, und reichte ihn ihr. Diesmal löschte er die Fackeln nicht. Er bezog Position, seinen eigenen Stab hielt er fest in beiden Händen.

»Greif mich an«, forderte er. Thyra zögerte. Das war neu. Für gewöhnlich beschränkten sich ihre erbärmlichen Versuche darauf, seine Hiebe abzuwehren und unterirdischen Dreck zu essen.

»Wie soll ich …?«

»Denke nicht. Fühle es«, wiederholte der Hüne.

Thyra wog ihre Optionen ab. Stellte sie sich quer, würde er sie angreifen und neuerliche Pein war ihr gewiss. Versuchte sie ihr Glück, hatte sie zumindest die Chance auf ein winziges bisschen Genugtuung. Sie atmete durch und schloss die Augen, festigte den Griff um das Holz und horchte in sich hinein. Ihr Herz pumpte, ihre Muskeln zitterten vor Erschöpfung und Anspannung, ihre Sehnen waren bis zum Zerreißen gespannt.

Fühle es!

Sie horchte erneut in sich hinein. Nichts.

Entnervt öffnete sie die Augen. »Das funktioniert nicht! Was auch immer Amael getan hat, es hat nicht geklappt. Es ist ohnehin ein Wunder, dass ich nicht bei lebendigem Leibe verbrannt bin!«

»Du bist eine Feuerfee, Thyra, auch ohne Zugriff auf deine Magie vermag dir dein Element keinen Schaden zuzufügen. Bist du dir also sicher, dass es nicht funktioniert hat?« Finnean legte seinen Stab ab, zückte einen seiner Dolche und fixierte sie mit einem herausfordernden Funkeln in den Augen. »Überlege dir die Antwort gut, denn bleibst du dabei, muss ich dich hier und jetzt töten.«

»Das würdest du nicht tun«, widersprach Thyra.

Seine Mundwinkel zuckten. »Finden wir es raus!« Pfeilschnell schoss Finnean auf sie zu, die Klinge des Dolchs blitzte hell im Fackelschein.

Thyra schrie auf. Instinktiv riss sie die Arme nach oben und … *fühlte es.* Sie ließ sich zu Boden fallen, rollte sich unter dem Hieb des Hünen weg und kam federnd wieder auf die Füße. Die Hände fest um den Stab geschlungen, wirbelte sie um ihre eigene Achse und schlug zu. Das Holz streifte Finneans Schulter und störte die Balance des Kriegers, der daraufhin seinen Kurs änderte und sich ihr seitlich näherte. Thyra beobachtete seinen Gang, sah, dass er die linke Faust ein klein wenig tiefer hielt als die rechte und zielte jäh auf seine rechte Flanke. Sie traf auf weiches Fleisch und jubelte. Finnean fluchte, drehte sich zur Seite und es klapperte metallisch, als der Dolch zu Boden fiel. Er packte mit beiden Hände Thyras Stab und zog sie näher. Binnen eines Wimpernschlages hatte er einen Arm um ihre Kehle geschlungen, der andere lag schwer auf ihrem Scheitel. Thyra erstarrte, ihr Herz setzte einen Schlag aus. Eine falsche Bewegung und Finnean brach ihr das Genick.

»Du bist tot«, raunte er und erhöhte die Spannung auf ihren Hals, bevor er seine Umklammerung löste. »Aber das war nicht schlecht. Los komm, gleich noch einmal!«

Fassungslos starrte Thyra ihn an. Im Licht der Fackeln war er eine umso imposantere Erscheinung. »Soll das ein Witz sein? Ich dachte, du bringst mich um!«

Sie erntete ein gleichgültiges Schulterzucken. »Du musstest aus der Reserve gelockt werden. Selbstmitleid war früher schon nicht dein Ding und heute steht es dir ebenso wenig zu Gesicht.«

»Bitte was?!«

»Die Sache mit Amaels Bann ist scheiße«, erklärte Finnean ungerührt. »Doch die Thyra, die ich kannte, hätte niemals klein beigegeben. Und wenn du überleben willst, solltest du das auch nicht tun. Denn eines kann ich dir versichern: Amael wird nicht so gnädig sein wie ich.«

Thyra biss die Zähne zusammen. Sie musste am Leben bleiben, koste es, was es wolle. Ohne den Hünen aus den Augen zu lassen, hob sie ihren Stab.

»Mach die Fackeln aus.«

Von diesem Moment an wurde es leichter. Thyra hatte ein Ziel und wusste, wofür sie kämpfte. Mit jedem weiteren blauen Fleck, jeder Schnittwunde und Bänderdehnung lernte sie dazu und wuchs über sich hinaus. Trainierte sie nicht mit Finnean, schlief oder meditierte sie in ihrer Zelle, immer auf der Suche nach ihrem alten Selbst.

Am neunten Tag ihrer Ausbildung bekam sie Besuch. Kommandant Aodh marschierte zu ihr, begleitet von einem grimmig dreinblickenden Finnean. Die Uniform der Palastwache schimmerte im Licht des Feuerscheins.

»Kommandant Aodh, was tut Ihr hier?« Thyra erhob sich und trat an die Gitterstäbe ihrer Zelle. Der blonde Krieger verbeugte sich knapp und wandte sich an Finnean.

»Gewährst du mir eine private Unterredung mit der Verbannten? Die Worte ihres Mannes an sie sind vertraulicher Natur.«

»Du hast zwanzig Minuten.« Der Hüne steckte die Fackel in eine Wandhalterung und entfernte sich rückwärts. Aodh drehte sich zu Thyra.

»Hat Lorcan Euch geschickt?«, fragte Thyra hoffnungsvoll.

Der Kommandant nickte. »Er bedauert sehr, nicht selbst nach dir sehen zu können. Doch er beauftragte mich, dir eine Nachricht zu überbringen.« Aodh vergewisserte sich, dass Finnean außer Hörweite war, und rückte näher. »Er sagte, um zu überleben, musst du dich erinnern, Verbannte. Nutze die Macht der *cuimhne*, um mehr über deine Vergangenheit zu erfahren!«

»Aber —«

Kommandant Aodh signalisierte ihr mit einer Geste, zu schweigen. »Halte den Dolch versteckt. Er ist ein mächtiges Geschenk der Götter und darf nicht in falsche Hände geraten!«

Steinchen knirschten unter großem Gewicht, ein Schatten näherte sich dem Torbogen. Amael platzte in die Unterredung. Sein stechender Blick legte sich auf den Kommandanten.

»Kommandant, es ist Zeit zu gehen.« Amael überging jede Begrüßung. »Ich bin sicher, was immer Lorcan seiner *Frau* hat mitteilen wollen, ist inzwischen angekommen.«

Die Palastwache verbeugte sich tief. »Selbstverständlich, Prinz. In Lorcans Namen danke ich für Eure Großzügigkeit.« Er warf Thyra einen letzten Blick zu und verschwand. Amael schnaubte verächtlich, murmelte etwas von »verweichlichter Trottel« und lief an der Zelle vorbei in sein Arbeitszimmer.

Finnean rief Thyra zu einer weiteren Runde Training und sie folgte dem Ruf. Erst am Abend, als sie sicher war, dass niemand mehr in der Dunkelheit des Gewölbes war, holte sie ihren Dolch hervor. Nicht zum ersten Mal war sie dankbar dafür, dass Finnean ihr abends eine Fackel daließ.

Der Anblick der goldenen Klinge mit dem sorgsam gearbeiteten Heft beruhigte sie.

Was immer geschieht, diese Waffe ist der Schlüssel zu meinem Schicksal.

Stundenlang versuchte Thyra, eine Verbindung zu dem Artefakt aufzubauen und eine Erinnerung zu erzwingen. Allmählich brannte die Fackel nieder und Schwärze eroberte den Bereich um ihre Zelle zurück. Müdigkeit übermannte Thyra und sie kringelte sich auf die steinharte Pritsche, schloss die Lider und segelte hinab ins Land der Träume. Nur am Rande nahm sie die Hitze wahr, die sie in die Vergangenheit zerrte.

Ausgelassenes Gelächter, fröhliche Gesichter und der Duft nach Himbeeren und Yaharawein umgaben Thyra. Dutzende Adlige gratulierten ihr. Die Hochzeit war ein rauschendes Fest, ausgerichtet vom König selbst zu Ehren der Frau, die dem Reich der Vier Lande und dessen Thronfolger seit Jahrhunderten treu ergeben war.

»Auf Thyra und Lorcan, im Bunde der großen Mutter Kasétu!«, rief König Nerio von seinem Podest aus und prostete dem Volk zu.

»Auf Thyra und Lorcan«, echote es aus allen Ecken des Thronsaals. Ein weicher Kuss wurde auf Thyras Wange platziert. Sie wandte sich um und fand sich in Lorcans meeresblauen Augen wieder. Er strahlte sie an, sein Gesicht war gerötet, sein Haar wirr. Zärtlich legte Thyra ihm eine Hand auf die Brust, als er sie zu sich heranzog und ihr das Haar aus der Stirn strich.

»*Mach nur weiter so, Thyra, aber beschwere dich nicht, wenn ich dich dann früher von unserer Hochzeit entführe, als es sich gehört*«, *sagte er und zwinkerte ihr zu. Thyra grinste und gab ihm einen leichten Klaps auf die Wange.*

»*Damit der König mir für den Rest seiner noch lange währenden Herrschaft grämt und mich des Hofes verweist? Das könnte dir so passen.*« *Sie brachte etwas Abstand zwischen sich und ihren frisch angetrauten Mann.* »*Ich wollte ohnehin Talekajū ein Opfer darbringen. Kümmere dich in der Zeit um unsere Gäste, ja?*« *Sie wartete Lorcans Antwort nicht ab, sondern drängte sich sogleich zwischen den Feiernden hindurch. Ihre Beine zitterten, Aufregung, Glück, Sorge, Enttäuschung und Wut schwemmten ihren Körper und vereinten sich zu einem Chor der Erwartungen, denen sie niemals gerecht werden konnte. Sie hatte nicht vor, der Göttin des Feuers just jetzt Ehre zu erweisen, aber sie brauchte frische Luft und Zeit, um ihre Gefühle zu sortieren. Der heutige Tag hatte Lorcans lang gehegten Traum wahr werden lassen und Thyra eine Freiheit geschenkt, an die sie lange nicht mehr geglaubt hatte. Doch trotz all ihrer Zuneigung für ihren Ehemann wusste sie tief im Inneren um die Falschheit ihrer Verbindung.*

Der Balkon am Ballsaal des Palasts war schon früher ihre Zufluchtsoase gewesen, wenn ihr die Welt über den Kopf gewachsen war. Als Alancrá bewegte sie sich in den Schatten, verborgen vor allzu neugierigen Blicken. Doch in den letzten Jahrzehnten hatte sie immer öfter für Amaels Sicherheit bei offiziellen Festen der Königsfamilie gesorgt und sich dafür unter die Gäste gemischt, wie es von jeher ihr Geburtsrecht war. Wurde der Trubel zu viel und der Rausch des Yaharaweins zu ausschweifend, zog sie sich auf den Balkon zurück, um die Ruhe und Kühle der Nacht zu genießen.

Der Mond hieß sie willkommen. Das silbrige Licht erhellte die Marmorfliesen der Plattform, beleuchtete die vielen Pflanzen, welche die königlichen Gärtner liebevoll pflegten, und geleitete Thyra auf direktem Wege zu den lauschigen Sitzgelegenheiten fernab des Saales. Doch sie war nicht die Einzige, die sich von der Feier fortgeschlichen hatte.

Amael stand an der Brüstung, die breiten Schultern verkrampften sich, als sie nähertrat. Sein Kiefermuskel spannte sich an und seine leuchtend violetten Augen blieben starr auf das nächtliche Shahin-la gerichtet.

»Du solltest nicht hier sein.«

Thyra nickte. »Ebenso wenig wie du. Er ist dein bester Freund. Du sollest bei ihm sein und mit ihm diesen bedeutsamen Tag zelebrieren.«

Amaels Hände, die auf dem dicken Steingeländer lagen, ballten sich zu Fäusten, die Knöchel traten weißlich hervor. »Du weißt, dass ich das nicht kann.« Dumpfer Schmerz lag in seiner Stimme. Unwillkürlich überwand Thyra die Distanz zwischen ihnen und legte ihre Hand auf seine Faust. Amael zuckte zurück, als hätte sie ihn verbrannt.

»Nicht.« Er sah unter seinen langen Wimpern zu ihr und Thyra stockte der Atem. In seinen Augen tanzte die Finsternis und gewährte ihr Einblick auf seine Seelenflamme, deren helles Licht von dichter Schwärze durchzogen war und der ihren auf verbotene Weise ähnelte. »Du darfst mich nicht berühren, kleine Alancrá, verstehst du das nicht?« Er drehte sich zu ihr. Schwarze Adern zeichneten seine Haut und sandten Schauer über Thyras Rückgrat. Wie von selbst legten sich ihre Hände an seine Brust. Mit einem Ruck zog er sie näher an sich, fuhr über ihre Taille, ihren Rücken, hinauf zu ihrem Hals.

»Wenn du mich berührst, verlangt jede Zelle meines Körpers, in den Festsaal zu marschieren und deinen Ehemann zu einem Duell auf Leben und Tod herauszufordern. Noch bevor sein lebloser Leib das Parkett berührt, würde ich dich von hier fortschleifen und niemals wieder gehen lassen.«

Thyras Mund wurde trocken. Vergeblich suchte sie nach Worten, um ihn abzuweisen. Nach Worten, um Distanz zwischen ihnen zu schaffen. Sie strich mit einer Hand über Amaels Wange. Schwarze Adern zeichneten nun auch ihre Haut, präsentierten ihre Verbindung der Welt.

»Du weißt, weshalb ich ihn geheiratet habe.«

»Und ich hasse alles daran«, flüsterte er rau und beugte sich zu ihr herunter. Ihr Atem vermischte sich. Sein hungriger Blick huschte zu ihren Lippen, der Griff um ihren Nacken verstärkte sich. Thyra brach der Schweiß aus. Nichts

wünschte sie sich sehnlicher, als die Lücke zwischen ihnen zu schließen und ihn voll und ganz in Besitz zu nehmen. Ihm zu gehören bis ans Ende aller Zeit.

»Es wäre falsch«, wisperte sie und fürchtete, ihre Worte würden im lauen Wind untergehen. Amaels Atem stockte.

»Nichts in diesem Universum ist richtiger als wir beide, du und ich, vereint. So, wie es Kasétu für uns vorgesehen hat.« Er lächelte traurig und lockerte seinen Griff. »Falsch wäre nur, dich für unsere Liebe leiden zu lassen.«

Schlagartige Kälte weckte Thyra. Violette Augen waren nur Millimeter von ihr entfernt, heißer, nach Ozean und Nebel riechender Atem liebkoste ihr Gesicht.

»Was«, knurrte Amael zwischen zusammengebissenen Zähnen, »bei allen Göttern ist das?« Er hielt den Dolch der *cuimhne* in die Höhe.

Nein!

»Das gehört mir«, zischte Thyra, »Gib es mir zurück!« Sie fasste nach der Waffe. Die Schneide schnitt ihr in die Finger und dunkles Blut quoll aus der Wunde.

Grob stieß Amael sie zurück, versuchte, ihre Hand von dem Dolch zu lösen. Ungeachtet der stechenden Schmerzen umklammerte Thyra das Artefakt, als hinge ihr Leben davon ab. Mit einem wilden Fluch stemmte sie die Füße in den Boden, spannte ihren Rumpf an und rammte Amael die Schulter gegen den empfindlichen Punkt direkt unter dem Rippenbogen. Der Prinz der Vier Lande schnappte nach Luft. Thyra nutzte die Ablenkung und trat ihm fest auf den Fuß. Sein Schmerzenslaut ließ ihre Wut jubilieren. Ehe Amael sich gefasst hatte, trat sie noch einmal nach ihm, entriss ihm den Dolch und stürzte an ihm vorbei, raus aus der Zelle, den Gang entlang zur großen Tür, die nach draußen führte. Amael war ihr dicht auf den Fersen.

Verdammt, verdammt, verdammt! Ich muss hier raus!

Panisch zog sie an den vielen Riegeln, welche die Tür verschlossen und – Heftiger Zug an ihrem Haar ließ ihre Kopfhaut explodieren. Sie stolperte nach hinten und fiel zu Boden. Amael stellte seine Beine rechts und links von ihr ab, seine Brust hob und senkte sich zügig. Auffordernd streckte er die Hand aus.

»Gib mir den Dolch.«

»Lieber verrecke ich in der Hölle!« Thyra krabbelte rückwärts. Amael fasste nach ihren Füßen, zog sie zu sich. Thyra trat nach ihm, es knackte laut. Amael fluchte auf.

Plötzlich schoss siedend heiße Energie ihren Arm hinauf, wanderte bis zu ihrem Herzen und presste das pumpende Organ zusammen. Qualen, wie Thyra sie noch nie empfunden hatte, zerrissen ihre Nervenstränge, schwarze Punkte flirrten vor ihrem Gesichtsfeld, alle Spannung wich aus ihrem Körper. Krämpfe schüttelten ihre Muskeln, der Geschmack von Eisen füllte ihren Rachen.

»Thyra!« Raue Hände umfassten ihren Schädel.

Gleißendes Licht erhellte für einen Wimpernschlag die unterirdische Kammer, Steinchen rieselten von der Decke und ein Schrei löste sich aus Thyras Kehle, bis der Schmerz plötzlich abebbte. Ihr Geist klarte auf, ihr Verstand war rein. Thyra setzte sich auf. Finneans und Amaels Blicke verschlangen sie regelrecht, doch sie beachtete die beiden nicht. Etwas war mit ihr geschehen. Etwas, dass sie nicht benennen konnte. Zittrig hob sie die linke Hand, mit der sie eben noch den Dolch fest umklammert hatte, und drehte sie in den Schein der Fackel.

Das Symbol eines S, welches verästelte Zweige kreisförmig in alle Richtungen schickte, prangte auf ihrer Handfläche. Der Dolch der *cuimhne* war verschwunden.

»Geht es dir gut?« Finnean beugte sich besorgt zu ihr herunter.

»Falsche Frage! Was, im Namen der Götter, war das für ein Dolch?«

Amael trat einen Schritt näher, Blut tropfte aus seiner Nase.

»Mein Befehl war eindeutig Finnean, keine Waffen für die Verbannte!«

Thyra schob die Unterlippe vor. Unerschrocken begegnete sie Amaels Blick. »Einst magst du mir etwas bedeutet haben, aber das ist vergangen. Von mir erfährst du nichts, du elender Bastard!« Lebhaft fühlte sie die verzweifelte Zuneigung, den Schmerz ihres alten Ichs, nicht mit ihm zusammen sein zu können. In der Gegenwart konnte sie gar nicht genug Platz zwischen ihnen schaffen.

Amael funkelte sie an, die Schatten der Fackeln betonten seine hohen Wangenknochen. Er kniete sich vor sie und seine Hand schlang sich schmerzhaft fest um ihren Oberarm. »Was«, fragte er bedrohlich leise, »war das für ein Dolch? Und was ist mit ihm geschehen?«

»Du tust mir weh«, fauchte sie und versuchte, sich loszureißen. Amael lachte verächtlich auf.

»Nicht vorzustellen, dass du einst eine Alancrá warst. Du bist jämmerlich. *Schwach!*«

Wut breitete sich in Thyras Kopf aus, ihre Sicht verschleierte sich rußig. Schwindel erfasste sie, das Zeichen auf ihrer linken Hand erhitzte sich, als wolle es sich auf ihre Knochen prägen. »Ich bin nicht schwach!« Sie riss den Arm hoch, ihr Ellbogen traf Amaels Kiefer. Er wich zurück, seine Iriden flammten auf.

»Beweise es.«

Gnadenlos drängte sich Amaels Präsenz in Thyras Verstand. Sie hörte ihn spotten. Sie hörte, wie der Hofstaat über sie sprach. Die verräterische Hure, die glaubte, mit dem Prinzen zu schlafen würde sie sie vor ihrer gerechten Strafe retten.

Niemand liebte sie.

Sie war wertlos.

Unbedeutend.

Ein *Nichts.*

Eine Träne löste sich aus ihrem Augenwinkel und rann die Wange hinab. Amael zog seine Macht zurück und entließ sie aus seinem Griff.

»Wie ich sagte. Schwach.«

KAPITEL 40

LORCAN

Die Erde zitterte unter jedem Schritt, kühler Wind strich über Lorcans erhitzte Haut. Die Natur hieß ihn willkommen in ihrer Sphäre der Ruhe. Schübe der Macht brachen sich Bahn und entzogen sich seiner Kontrolle.

Kommandant Aodhs Nachricht hatte ihn erreicht. Thyra wurde wie ein Tier im Käfig gehalten. Als wäre sie nicht eine der gefährlichsten Frauen des ganzen Königreiches gewesen, der man ihre Erinnerungen geraubt hatte! Von seinen Gefühlen überwältigt, kniete Lorcan sich hin und legte beide Hände auf den Boden.

»Heilige Mâakera, steh mir bei. Gib mir die Stärke der Erde, die Beständigkeit der Felsen und die Magie deines Blutes, um meine Mission zu erfüllen«, stieß er hervor. Thyra bei Amael zu wissen, rief Erinnerungen hervor, an die er sich geschworen hatte, niemals wieder einen Gedanken zu verschwenden. Zu tief saß der Schmerz in seinem Herzen, zu frisch war die Narbe auf seiner Seele.

Erst als er sicher war, die Magie unter Kontrolle zu haben, schlich er in Thyras alte Gemächer. Ihre Kammerzofe lag eingerollt vor dem verlassenen Bett und schlief. Sacht stupste er sie an.

»Wach auf«, wisperte er.

Rigani blinzelte erschrocken zu ihm hoch. »Herr, was … was wollt ihr hier? Die Herrin ist nicht da. Seit sie beim König war, ist sie nicht zurückgekehrt.«

»Ich weiß. Mach dir keine Sorgen, es geht ihr gut«, beruhigte er die Kleine, obgleich die Lüge pelzig an seinem Gaumen klebte. Thyra schwebte in größerer Gefahr, als ihr bewusst war. »Du musst etwas für mich tun.«

»Was immer Ihr wünscht, Herr.« Rigani gähnte und rappelte sich auf.

Er überreichte ihr einen ledernen Beutel. »Du musst das hier zu einer Freundin von mir bringen.«

Zögerlich nickte Rigani. »Wohin muss ich gehen?«

»Meine Freundin, Keena, wohnt in den Slums. Verlasse die Innere Stadt auf dem nördlichen Weg und halte dich entlang der Ausfahrtsstraße. Biege nach rechts ab, wenn du ein Haus mit pastellroten Blüten am Dachbalken siehst. Du wirst auf direktem Wege zu Keenas Haus gelangen, sie erwartet dich bereits. Hast du alles verstanden?«

»In die nördlichen Slums, pastellrote Blumen, nach rechts, zu Keena«, wiederholte Rigani knapp und nickte. »Ja. Aber … mein Herr, was ist, wenn die Herrin wiederkommt, während ich unterwegs bin? Ich muss bereitstehen, wenn sie mich braucht.«

Lorcan lächelte. Riganis kindliche Unschuld erwärmte sein Herz und er hoffte inständig, sie würde sich diese Tugend lange behalten.

»Thyra ist bei dem Prinzen und hilft ihm bei einer wichtigen Sache. Sollte sie früher zurückkommen als erwartet, werde ich an deiner Stelle hier warten. In Ordnung?«

»Ich denke schon.« Rigani lächelte zaghaft, umfasste den Beutel mit beiden Händen und stürmte auf leisen Kinderfüßen aus dem Raum.

Er zweifelte nicht daran, dass sie es ungesehen aus der Inneren Stadt, dem wohlbehaltenen Ortsteil der gut Situierten, schaffte. Rigani hatte schon früher Botendienste für ihn übernommen und dabei unwissentlich einige Gefahren auf sich genommen. Eines Tages, wenn sie erwachsen war, würde er ihr alles erzählen. Für den Moment jedoch blieb ihm nur zu hoffen, dass sich das Schicksal zu seinen Gunsten entschied.

KAPITEL 41

THYRA

Finnean holte Thyra am nächsten Morgen zu gewohnter Stunde zum Training ab. Mit keiner Silbe erwähnte er das Brandzeichen an ihrer Hand oder die Konfrontation mit Amael. Stattdessen führte er sie auf die Wiese, auf der sie seit einigen Tagen an Thyras Reaktionsschnelligkeit arbeiteten. Wortlos bedeutete er ihr, in Stellung zu gehen, und griff sie an.

Thyra, die ebenso wenig an einem Gespräch interessiert war, parierte den Vorstoß und attackierte ihn ihrerseits. Amaels Gedankenmanipulation hing ihr nach, immer wieder machten sich die fremden Gedanken auch während ihres Trainings bemerkbar. Erst als es zu dämmern begann, hielt Finnean inne. Mit durchdringendem Blick fixierte er sie.

»Dir ist doch bewusst, dass Amael auf eine Erklärung bestehen wird?«

»Und wenn er sich dafür auf den Kopf stellt, ich habe keine Erklärung. Ich bin diejenige, der jedes Wissen über ihre Heimat und sich selbst genommen wurde.«

»Amael ist kein Mann, der sich für Widrigkeiten im Leben anderer interessiert. Früher … früher war es anders, doch heutzutage besitzt nur noch eines Bedeutung für ihn. Sein Wille. Wer nicht gehorcht, wird gefügig gemacht.«

Thyra musterte Finnean. Der kräftige Körperbau, die dunkle Haut, unter der sich große Muskelpakete befanden, die braunen Augen, in denen Leid und Kummer saßen, sprachen eine eigene Sprache. »Du bist sein Henker, nicht wahr?«, flüsterte sie. Finneans Miene verschloss sich und ein harter Zug bildete sich um seinen Mund.

»Als du fortgingst, nahm ich deinen Platz ein.«

»Dann solltest du vielleicht ebenfalls fortgehen.«

»Ich bin ihm zur Treue verpflichtet, Thyra. Der Schwur der Alancrá endet einzig mit dem Tode und ich beabsichtige nicht, dem Schnitter allzu früh entgegenzutreten.«

»Aber —«

»Amael war nicht immer so. Er ist verloren, seit du fort bist und das Monster in ihm kennt nur einen Weg, mit der Einsamkeit umzugehen. Gewalt.« Finnean strich über die Konturen seines Dolches.

»Also ist es meine Schuld, dass er seine Untertanen tyrannisiert?«

»Natürlich nicht. Du wurdest zu Unrecht verbannt. Finde ich denjenigen, der dir das angehängt hat … Amael ist der Kopf und das Herz dieser Vereinigung, das Zenturm unseres Seins. Leidet er, leiden wir anderen ebenso. Du warst die einzige der Alancrá, die ihn wirklich verstanden hat. Seit du im Exil bist, hat er die Kontrolle verloren, er ist rachsüchtig und seine Gier nach Tod sprengt jede Grenze.«

»Ein Grund mehr, ihn aufzuhalten! Wir könnten —«

Finnean hob warnend die Hand. »Ich schätze dich, heute ebenso wie einst. Aber verlange nicht, dass ich mich gegen Amael stelle. Er ist mein Bruder, mein Prinz, mein Gebot. Ich werde immer an seiner Seite stehen.«

»Ich verstehe.« Thyra sammelte ihre Waffe vom Boden und marschierte zurück zu dem unterirdischen Tunnelsystem der Alancrá. Es gab nichts mehr zu sagen.

Die nächsten Tage verliefen eintönig. Amael ließ sich nicht blicken, Finnean schwieg eisern und Thyra dachte nicht daran, das Schweigen als Erste zu brechen. Ihre verlässlichste Zeitangabe war der Mond, der mit jeder Nacht ein wenig voller wurde. In der Vollmondnacht erwartete Amael sie in seinem privaten Gemach. Finnean geleitete sie dorthin. Der Prinz saß an seinem Schreibtisch, Ärger stand ihm ins Gesicht geschrieben. Schwarze Venen zeichneten seine Haut und erinnerten Thyra daran, dass offenkundig die gleiche Finsternis in ihnen beiden schwelte.

Ich hätte Finnean darüber ausfragen sollen, anstatt ihn anzuschweigen.

»Amael«, grüßte Finnean ihn. »Ich spüre deinen Zorn auf meiner Seele wie Sklaven die Geißel ihres Herrn auf der Haut.«

»Du hast recht, mein Freund. Die Zeiten sind schwer, die Rebellen werden immer unverschämter und gestern erst entdeckte ich, dass etwas aus der königlichen Schatzkammer gestohlen wurde.« Amael warf Thyra einen verächtlichen Blick zu. »Finnean, du wirst an meiner Statt mit der Verbannten reisen.«

»Aber der König …«

Amael unterbrach Finnean scharf. »Ich dulde keinen Widerspruch. Nicht heute. Nicht vor *ihr*.«

Thyra schnappte empört nach Luft. »Nicht vor *ihr*?! Ich habe einen Namen, du ungehobelter Klotz.« Sie erntete einen vernichtenden Blick, der ihr die Haut von den Knochen zu schälen schien.

»Du bist nicht mehr die Frau, die ihn einst trug«, sagte Amael kalt und erhob sich. Während Thyra ihn auf der Suche nach einer schlagfertigen Erwiderung sprachlos anstarrte, überreichte der Prinz der Vier Lande Finnean eine vergilbte Schriftrolle.

»Die wirst du brauchen. Macht euch sofort auf den Weg, die Zeit ist gegen uns.«

Maeves freudiges Wiehern bei Thyras Anblick war das einzig Erbauliche an ihrer bevorstehenden Reise. Finnean ritt auf einem Schecken, welchen er als Shay vorstellte. Den Hünen auf dem Ross zu sehen, ließ Thyra unwillkürlich schmunzeln. Die Verbindung zwischen den beiden war unbestreitbar echt, es wirkte, als wären sie langjährige Freunde.

Sie verließen den königlichen Hof noch vor der Morgendämmerung und trabten bereits über die weiten Wiesen und Wälder Vaimurs, als die zwei Sonnen ihren Zenit erreichten. Thyras Muskeln schmerzten, jede Schramme, die sie in den vergangenen Wochen eingesteckt hatte, erinnerte sie daran, dass sie keineswegs frei war. Finnean hatte deutlich gemacht, dass er sich niemals gegen Amael wenden würde. Obwohl Thyra Ehre und Loyalität schätzte, sehnte sie sich danach, dem Wahnsinn des Königshauses der Feen zu entkommen, und genoss den stillen Ritt auf Maeve, so lange sie es vermochte.

Sie nächtigten unter dem Sternenhimmel. Eisige Kälte und rauer Wind fuhren unter Thyras Umhang und hinderten sie daran, in tiefen Schlummer zu fallen, während Finnean gedankenverloren in die Flammen des Lagerfeuers starrte.

Am zweiten Tag ihrer Reise durchquerten sie mehrere Dörfer, füllten ihre Beutel mit haltbarer Nahrung und wurden von den Bauern und Händlern begafft.

Die zweite Nacht war ebenso kalt und ungemütlich wie die erste. Thyra verbrachte Stunden damit, die S-förmige Narbe in ihrer Handfläche zu betrachten, die Beschaffenheit der aufgeworfenen Haut zu betasten und in sich hineinzufühlen. Doch die Macht des Dolches schien verschwunden, nichts wies auf eine Erklärung für die Verschmelzung mit der Waffe hin. Als der Morgen anbrach, hatte Thyra Maeve bereits gesattelt und sich notdürftig in einem Bach gewaschen. An Schlaf war nicht zu denken gewesen.

Am dritten Tag folgten sie dem Lauf eines großen Flusses gen Süden, ritten immer weiter, bis die Temperaturen stiegen und die Luft trockener wurde. Die Landschaft wurde kärger, das satte Grün der Wälder wich ausgedörrtem Gelb und Rot. Je weiter sie kamen, desto hügeliger wurde die Umgebung. Sie rasteten am Fuß eines hohen Berges, dessen rotes Gestein im Licht der untergehenden Sonne funkelte.

In dieser Nacht brach Thyra das Schweigen. Fluchend kickte sie einige Äste in das Lagerfeuer und wandte sich an Finnean.

»Also gut, du hast gewonnen! Verzeih, dass ich dich dazu anstiften wollte, gegen deinen egoistischen, narzistischen, arroganten Herrn und Meister zu rebellieren.« Thyra hielt dem Hünen entschuldigend die Hand hin. Seine einzige Reaktion bestand in einer hochgezogenen Augenbraue.

»Verdammt, Finnean, ich halte das nicht mehr aus. Ich habe Fragen, so viele, dass mein Kopf zu platzen droht und du … du bist der einzige, mit dem ich reden kann. Freunde?« Finnean erhob sich, sodass er sie um mehrere Köpfe überragte. Unvermittelt grinste er und ergriff ihre Hand.

»Wir waren nie etwas anderes als Freunde, Thyra. Auch, wenn es nicht immer einfach zwischen uns ist.« Er hockte sich zurück ans Feuer und stocherte in der Glut herum, bis hohe Flammen empor züngelten. Zufrieden mit seinem Werk langte er nach seiner Satteltasche, die neben ihm am Boden lag.

»Ich habe dir etwas mitgebracht, das einst in deinem Besitz war.« Er zog ein langes Messer hervor und überreichte es Thyra. Probehalber schwang sie es in halbkreisförmigen Bewegungen. Es war schwer und perfekt ausbalanciert. Ihr Geist dehnte sich aus und verschmolz mit der Waffe. Wärme erfüllte sie, sie lachte hell auf und beugte sich zu Finnean, um ihn zu umarmen.

»Ich danke dir!«

Finnean klopfte ihr freundschaftlich auf den Rücken. »Ich wusste, es gefällt dir«, sagte er selbstzufrieden.

Etwas knackte hinter ihnen. Augenblicklich erstarb die ausgelassene Stimmung, Thyra und Finnean sondierten die Umgebung. Thyra sah Sand, verdorrtes Gestrüpp und Bäume, denen jedes Blatt fehlte. Nirgendwo bewegte sich etwas.

»Was war das?«, flüsterte sie. Finnean blieb ihr eine Antwort schuldig. Leise zückte er sein Schwert und stierte in die Nacht. Wieder knackte etwas, diesmal aus einer anderen Richtung. Tiefes, mehrstimmiges Knurren ertönte in der Dunkelheit und ein gewaltiger Wolfsschädel schob sich zwischen dem toten Buschwerk hervor.

»Scheiße, was –?«

»Ristarakwölfe!« Finnean riss sie zu Boden, just als der Wolf auf sie zusprang. Thyra schmeckte Sand, Erde und klebrige Panik auf ihrer Zunge. Sie rollte sich auf den Rücken. Finnean tanzte mit wirbelnden Klingen um das Monster herum und lockte es von Thyra weg.

Zwei weitere Wölfe schälten sich aus den Schatten, einer von ihnen warf sich auf Finnean, der zweite fixierte Thyra. Geduckt sprintete er auf sie zu, die riesigen Augen waren zusammengekniffen, scharfe Krallen blitzten im Schein des Lagerfeuers.

»Du musst es fühlen!«, rief Finnean ihr zu, als sie im letzten Augenblick dem Angriff des Wolfs entging. Thyra schluckte einen sarkastischen Kommentar herunter und umklammerte das Heft ihres Messers.

Komm schon, früher konntest du das auch!

Mit dem Wolf zu kämpfen war anders als die Übungen mit Finnean. Pure Mordlust glänzte ihr entgegen, wuchtige Krallen, die ihre Kehle mühelos aufschlitzen konnten, schlugen nach ihr. Thyras Überlebensinstinkt übernahm. Sie duckte sich unter einem Biss des Wolfes hinweg, spürte einen Luftzug und trat nach der Tatze, die sich in ihre Flanke bohren wollte. Der Wolf wich zurück. Ermutigt sprang Thyra hinterher, stieß mit dem Messer nach dem monströsen Brustkorb, doch ihre Klinge fuhr ins Leere.

Lautes Jaulen erfüllte die Luft. Thyras Kopf flog herum. Finnean hatte sein Schwert tief in den Rachen von einem der Wölfe getrieben. Die Spitze kam am Hinterkopf des Tieres wieder heraus, das Tier zuckte und brach zusammen.

»Pass auf!« Finneans Warnung schallte zu spät an Thyra heran. Brennender Schmerz explodierte an ihrem Arm, ihr Messer fiel zu Boden. Heißes Blut ergoss sich über ihre Hand, sie stolperte und stürzte. Pünktchen tanzten vor ihren Augen. Feuchter, stinkender Atem strich über ihren Nacken, eine nasse Schnauze schnüffelte an ihrem Hals, rasiermesserscharfe Zähne schrammten über ihre Haut.

Thyras Sicht wurde dunkler, ein rußiger Schleier legte sich über die Welt. Schwarze Adern ergossen sich über ihre Haut und vermischten sich mit ihrem Blut. Sie schrie auf, rollte sich herum und blickte direkt in das geifernde Maul des Ristaraks. Speichel tropfte auf ihre Wange, verfaultes Aas steckte zwischen den Reißzähnen fest.

Etwas Dunkles, Wildes übernahm Thyras Willen. Finstere Energie schoss durch ihre Glieder und ihre Fingernägel formten sich zu Klauen. Jäh stieß sie ihre Hand in den Brustkorb des Wolfes und hörte Muskeln und Knochen zerbersten. Roh umfasste sie sein Herz, fühlte es warm und glitschig in ihrer Hand schlagen. Für einen Sekundenbruchteil genoss sie das Gefühl der absoluten Macht.

Zeit, es zu beenden.

Sie ballte die Faust und zerdrückte das pumpende Organ. Das Tier stieß ein jämmerliches Jaulen aus und brach leblos über ihr zusammen.

Das Gewicht des Wolfes presste ihr die Luft aus den Lungen und rauer Pelz pikte in ihre Nase. »Scheiße, verflucht!«

Mit aller Kraft stemmte sie sich gegen den Kadaver, spannte ihre Muskeln an, doch das Tier bewegte sich nicht. Sie stieß einen Fluch aus. Unvermittelt verschwand das Gewicht, Finnean schob den Wolf beiseite und ergriff dann ihre Hand, um ihr aufzuhelfen. Er war über und über mit Blut besudelt.

»Die Wölfe?«, fragte Thyra keuchend. Allmählich zog sich der Schleier zurück und die Welt erhielt wieder ihre nächtliche Färbung.

»Alle tot«, versicherte er ihr und untersuchte ihre Verletzung. »Du hättest vorsichtiger sein sollen. Obgleich Amaels Finsternis allem Anschein nach dem Bann entronnen ist, kannst du dich nicht auf sie verlassen. Sie ist heimtückisch und gefährlich.« Er riss einen Streifen Stoff von seinem Hemd und umwickelte ihren Arm.

»Amaels Finsternis?«, echote sie.

»Ich sagte es dir bereits, du warst sein Ass im Ärmel, und das nicht ohne Grund. Ihr habt mir nie erzählt wie es geschah, doch Amaels Finsternis übertrug sich einst auf dich. Genau wie er gewinnst du Stärke aus Zorn und Schmerz. Ich dachte, der Bann hätte auch diesen Teil deiner Selbst überschattet. Jetzt weiß ich, dem ist nicht so.«

»Ich war also ein sadistisches Miststück?«, fasste sie distinguiert zusammen.

Finnean grinste vielsagend. »Drück auf die Wunde, bevor du verblutest.« Er eilte zu seiner Satteltasche, die den Wolfangriff wie durch ein Wunder überlebt hatte. Er holte einen Umschlag hervor, der dem Lorcans stark ähnelte. Wie auch bei Lorcan fanden sich allerlei Kräuter und Blumen darin, aus denen er eine Paste herstellte.

»Du warst die Kriegerin, die Amael brauchte. Er gibt es nicht zu, doch deine Verbannung war der größte Fehler, den er jemals begangen hat.« Finnean schob ihre Hand beiseite und trug die Heilsalbe auf. »Deine Selbstheilungskräfte sind durch den Bann beeinträchtigt. In den nächsten Tagen wirst du also vorsichtig sein müssen und dich schonen. Einen Heiltrank habe ich nicht mitgenommen.«

Die Paste brannte unangenehm auf ihrer Haut. Thyra biss die Zähne zusammen. »Vielleicht hat er mir damit einen Gefallen getan«, murmelte sie. Sie erinnerte sich nur an weniges, aber die Gier nach weiteren Opfern, der Blutdurst und das Hochgefühl, wenn sie ein Leben genommen hatte, quälten ihr Gewissen. Es war, als hätte die Zeit bei den Menschen sie zu einer anderen Frau werden lassen. Und womöglich war das gut so.

Oder es machte sie schwach, wie Amael gesagt hatte. Sie hasste den Widerstreit ihrer Gefühle ebenso sehr wie sie Amael für seine Taten hasste.

Thyra legte ihre Aufmerksamkeit auf ihre Umgebung. Es gab Wichtigeres als den Prinzen. Vier tote Wölfe lagen in einem Umkreis von zehn Metern verteilt, Blut tränkte den trockenen Sand. Der Geruch nach Eisen hing in der Luft.

»Wir sollten weiter«, drängte sie.

»Die Ristaraks sind tot. Es ist sicher hier.« Finnean umwickelte ihren Arm mit einem halbwegs sauber aussehenden Stück Stoff und knotete es fest.

»Lorcan und ich wurden auf dem Weg nach Shahin-la von Wölfen überfallen. Ich glaube, diese hier gehörten zum gleichen Rudel. Einen hat Lorcan womöglich ausgeschaltet, vier liegen hier, doch es waren insgesamt sechs.«

»Also schleicht einer noch irgendwo dort draußen herum«, schlussfolgerte Finnean grimmig. »Du hast recht, wir sollten uns beeilen.«

In Windeseile sammelten sie ihre wenigen Habseligkeiten ein und rannten zu einem Baum ein ganzes Stück abseits des Feuers, an dem sie die Pferde vorhin angebunden hatten. Finnean, der vorausgeeilt war, brüllte auf.

»Sie sind weg!« Finnean untersuchte die Zügel, die nutzlos am Baum hingen. Schatten huschten über seine Züge, er winkte Thyra zu sich heran. »Das hier war kein Zufall. Die Zügel sind nicht gerissen, jemand hat sie durchgeschnitten. Wir sind nicht allein.«

»Wer ...?«

»Die Schwarze Lilie.« Finnean zückte sein Schwert, an dem noch Reste des Wolfsblutes klebten. »Sei auf der Hut, wir werden ins nächste Dorf laufen müssen.«

KAPITEL 42

TIMOTHY

Der Nebel am Fuße des Sgùrr Dearg dämpfte die Geräusche der Natur. Spärliches Dämmerlicht erhellte den schmalen Pfad zwischen den hohen Tannen, Irrlichter schwirrten umher und ein Rabe krächzte in den Ästen.

Die Taufe von Fionas Tochter stand vor der Tür. Mehrfach hatte Timothy versucht, Arthur und Pete ihren Plan auszureden, doch keiner der beiden hörte auf seine Einwände, ebenso wenig wie auf seine Ratschläge. Am frühen Nachmittag dieses Tages hatte er letztlich einen Entschluss gefasst, war in Petes Wagen gestiegen und zu den *Black Cuillin* Bergen gefahren. Beiläufig fragte er sich, ob seine Abwesenheit auf Schloss Dunvegan bereits aufgefallen war.

Prüfend ließ Timothy seinen Blick über den verschneiten Weg schweifen, bevor er sich in das Unterholz begab. Legenden zufolge lebte ein Druidenstamm in der Wildnis dieser Berge. Als Naturvolk feierten sie die Phasen der Gestirne und würden dem heutigen Neumond Ehre erweisen. Timothy redete sich ein, nur ihren Baumkreis finden zu müssen, um einen Handel mit ihnen abschließen zu können. Jeden Gedanken an die drohenden Risiken verdrängte er.

Um gegen jahrhundertealte, magisch begabte Feen vorzugehen, braucht es mehr als zwei alte Männer und ein Neugeborenes!

Aber Arthur hatte davon nichts hören wollen. Er wollte um jeden Preis vermeiden, dass die übrigen Clanmitglieder in den Plan verwickelt wurden. Ging etwas schief, sollten sie glaubhaft abstreiten können, etwas gewusst zu haben.

Verbissen kletterte Timothy über einen umgestürzten Baumstamm, rutschte an der nassen Rinde ab und fiel in den Dreck.

»Wundervoll«, entfuhr es ihm. Er rappelte sich auf und klopfte sich notdürftig Schnee und Schmutz von der Kleidung, missmutig registrierte er die großen Flecken auf seiner Hose. Er sah aus wie ein kleines Kind, das zu wild auf einem Spielplatz getobt hatte. Umzukehren kam dennoch nicht in Frage, also setzte er seinen Weg fort.

Es war längst dunkel, als der Wind ferne Klänge von Trommeln an ihn herantrug.

Die Druiden.

Timothys Puls schnellte in die Höhe. Aufregung erfasste ihn, gepaart mit Hoffnung. Und Angst. Druiden galten als umgänglicher als Feen, doch ihre Praktiken stammten von den alten Kelten ab und vermischten sich mit ihrem Glauben an die Religion der Fünf. Noch nie hatte einer von Timothys Clanleuten es gewagt, die Druiden aufzusuchen. Und doch brauchten sie ihren Beistand.

Auf einer Anhöhe erspähte Timothy den sanften Schein von Fackeln. Unwillkürlich beschleunigte er seine Schritte. Mehrfach drohte er in den Schnee zu stürzen, vertrat sich zwei Mal fast den Knöchel und verlor das Licht aus den Augen, ehe er sein Ziel erreichte. Vor Anstrengung zitterte er am ganzen Leib und Hitze staute sich trotz der Eiseskälte unter seiner dicken Winterjacke. Tief in die Büsche gedrückt beobachtete er die Versammlung vor sich.

Wie in den alten Geschichten hatten die Druiden sich inmitten eines Baumkreises aus alten Eichen versammelt. Mannshohe Steine bildeten einen weiteren, kleineren Kreis im Zentrum der Bäume und ringsrum leuchteten Fackeln. Timothy zählte zwölf Druiden auf der Lichtung, einer stand inmitten der riesigen Felsen. Sie alle trugen steingraue Umhänge und lange Kapuzen, die ihre Gesichter verdeckten.

Gälischer Singsang füllte die nächtliche Luft, in dessen Takt die Frauen und Männer mit den Füßen stampften. Ein weiterer Druide trat aus den Schatten der Bäume, ein unförmiges Bündel in den Händen tragend. Bedächtig bewegte er sich auf den Steinkreis zu. Je näher er kam, desto lauter und schneller wurde der Gesang.

Gespannt lehnte Timothy sich vor. Sein Herz klopfte wild und ein merkwürdiges Gefühl ergriff Besitz von ihm. Es war, als riefe etwas seine Seele nach Hause.

Der Mann in der Mitte des Steinkreises empfing das Bündel von dem neu Hinzugekommenen. In seiner Hand blitzte ein großes Messer mit gezackter Klinge auf. Mit einer schnellen Bewegung hob er es in die Lüfte und stieß es ungebremst in das Bündel. Ein Quieken durchbrach den Gesang. Die Härchen in Timothys Nacken stellten sich auf, ein entsetzter Laut entwich ihm. Der Gesang verebbte abrupt. Dreizehn Kapuzenträger drehten sich in seine Richtung.

Timothy erstarrte. Sein Wunsch, wegzulaufen, rang mit dem Bedürfnis, das Überleben seines Clans zu sichern. Der Busch hinter ihm raschelte. Timothy wirbelte herum und starrte direkt in das grimmige Gesicht eines Druiden, dessen Kapuze eine weiße Haarlinie, graublaue Augen und buschige Augenbrauen preisgab.

»Wen haben wir denn hier?«, fragte er spöttisch. »Ein neugieriger Schotte fernab des Weges?«

Fuck!

Hitze stieg Timothy in die Wange und er stand langsam auf. »Ich … ich muss mit deinem Anführer sprechen.«

»Na, dann nur zu, Schotte.« Der Mann deutete auf die Lichtung zwischen den Bäumen. »Wir sind alle hier versammelt, um dich anzuhören.«

Der Druide legte Timothy eine Hand auf die Schulter und zwang ihn, in den Baumkreis zu treten. Wispern ertönte, mehrere Druiden hoben die Hände gen Himmel. Der Mann mit dem Jagdmesser gab einen scharfen Laut von sich und das Geflüster verstummte. Schweigend ließ er das Bündel, dessen Stoff sich inzwischen rot gefärbt hatte, zu Boden gleiten. Augenblicklich färbte sich der Schnee ebenfalls rot und Timothy vermochte nur mit Mühe einen Schauer zu unterdrücken. Der bloße Anblick des Bündels rief Übelkeit in ihm hervor. Der Druide trat aus dem Steinkreis heraus auf Timothy zu.

»Ein Mensch, der unser Ritual beobachtet hat.« Die Stimme klang unerwartet weich und weckte Schuldgefühle in Timothy. Er hätte sich ankündigen sollen, anstatt eine Zeremonie zu begaffen, die nicht für seine Augen bestimmt gewesen war.

»Ver ... verzeiht mir, Druide. Ich wäre nicht gekommen, wenn es nicht notwendig wäre, das müsst Ihr mir glauben. Keineswegs war es meine Absicht, respektlos zu erscheinen.«

»Hmmm.« Schlanke Hände strichen die Kapuze vom Kopf und das Gesicht eines Mannes, kaum älter als Timothy selbst, kam zum Vorschein. Einzig sein schlohweißes Haar wollte nicht recht ins Bild passen.

»Du bist mutig, Schotte. Nichts hindert mich daran, dich hier und jetzt unseren Göttern zu opfern.«

Schweiß nässte Timothys Achseln, er schluckte schwer. »Ich bitte Euch, mich anzuhören. Was ich zu sagen habe, könnte auch für Euch von Interesse sein. Es geht um den Feenkönig.«

Alter Zorn huschte über die Züge des Mannes, unwillig verzog er die Lippen. »Dieses spitzohrige Volk ist mir noch mehr zuwider als Menschen, die unerlaubt unseren heiligen Ritualen zusehen.« Er tat unwillkürlich einen Schritt auf Timothy zu und streckte ihm die Hand entgegen. »Mein Name ist Machar Ó Bradháin. Und du hast recht, ich *bin* interessiert. Sprich. Was brennt dir auf der Seele?«

KAPITEL 43

AMAEL

Die Gänge des Palasts umgaben Amael in vertrauter Harmonie. Ungesehen schlich er durch die geheimen Flure in den Wänden des Herrschaftssitzes. Gespräche von Dienstboten drangen an seine Ohren, Flüche eines Adeligen und das Gezeter seiner Frau, das Plärren eines Kleinkindes und Schritte.

Schritte, die Macht gewohnt waren.

Schritte, die befehligten.

König Nerio war auf dem Weg zu ihm. Er würde toben, dass er seinen Sohn nicht antraf und ihn dafür bestrafen, wenn er ihn das nächste Mal sah. Amael hätte längst nicht mehr in der Hauptstadt sein sollen. Sein Vater hatte ihn fortgesandt und sich ihm zu widersetzen glich einem Akt der Aufmüpfigkeit, der Konsequenzen bedeutete.

Es hätte ihm nicht gleichgültiger sein können.

Der schmale Korridor vor ihm teilte sich. Amael wählte den rechten Weg und beschleunigte seinen Gang, bis er durch das geheime Labyrinth rannte. Die Zeit drängte.

Endlich tauchte die winzige, kaum sichtbare Erhebung an der rauen Wand auf, die den Ausgang markierte. Er lauschte auf unliebsame Anwesende, doch außer seinem eigenen Herzschlag vermochte er keinen Hinweis auf ein lebendiges Wesen auszumachen, daher betätigte er den Hebel und die versteckte Tür sprang auf. Amael vergewisserte sich, dass niemand ihn sah und verließ den Palast anschließend durch die Gartentür. Flugs rannte er zwischen den sorgfältig angelegten Beeten und Hecken hindurch, mied Spaziergänger und nahm sogar einen Umweg auf sich, um der Palastwache nicht über den Weg zu laufen. Er benötigte absolute Privatsphäre.

Lorcan erwartete ihn am Ufer des königlichen Weihers unter einer Trauerweide. Die langen Äste verbargen ihn vor den Blicken zufälliger Passanten und boten Schutz vor dem eisigen Wind, der an diesem eisigen Vormittag über die Dächer und Höfe Shahin-las fegte. Amael gesellte sich zu ihm.

»Weshalb bin ich hier, Lorcan?« Amael richtete den Blick auf das stehende Gewässer vor ihnen. Kleine Fische schwammen darin, Seerosen und Wasserranken verschönerten den Anblick und am Grund des Sees glitzerten winzige Kristalle. Es hieß, wer immer einen Edelstein in die geheiligten Gewässer warf, würde ewiges Glück erfahren. Größeren Unsinn hatte Amael noch nie gehört. Trotzdem erwischte er oft Bedienstete dabei, wie sie ihren hart erarbeiteten Lohn in den Weiher warfen und ein Wunder erhofften, das niemals kommen würde.

»Die Rebellen. Sie wollen bald erneut zuschlagen.«

»Ihr auserkorenes Ziel?«

»Der Palast.«

Das war keine Überraschung. Die Schwarze Lilie wollte seit jeher die Monarchie stürzen. Seit der Rebellion vor knapp zwei Jahren, in der Amael beinahe im Schlaf seinen Kopf verloren hätte, nahm er die Vorhaben der Aufständischen allerdings ernster.

»Die Geschichte darf sich nicht wiederholen, Lorcan. Es ist eine Sache, die Verbannte wieder in unsere Welt zu holen, aber eine ganz andere, sollte der Palast erneut gestürmt werden. Die Alancrá kehren in ihr Nest zurück und du wirst für mich Augen und Ohren offenhalten.«

»Wie du wünschst.« Lorcan warf einen flachen Stein auf die Wasseroberfläche. Er sprang dreimal, bevor er mit einem leisen *Platsch* im Weiher versank. »Thyra ist fort, nicht wahr?«

Amael hörte den Schmerz in der Frage seines Freundes. Lorcan hatte die Verbannte stets geliebt und ihr den Hof gemacht, nicht ahnend, dass ihr Herz einem anderen gehörte. Einzig seinem Drängen war zu verdanken, dass Amael Thyra nicht hingerichtet hatte. Erinnerungen an das Ohnmachtsgefühl, das dem Verrat geschuldet war, holten Amael ein und er fragte sich nicht zum ersten Mal, was geschehen wäre, hätte sie weiter loyal an seiner Seite gestanden.

Sie war sein Stern der Finsternis gewesen. Jeden Tag hatten ihn Schuldgefühle geplagt, dafür, dass er die Frau eines anderen begehrte und sich damit gerechtfertigt, dass er sie schon geliebt hatte, bevor Lorcan Thyra begegnet war.

Aber all das war vor langer Zeit gewesen.

»Ja, sie ist fort«, bestätigte er kalt.

KAPITEL 44

THYRA

Mit dem Morgen kam stickige Hitze, die Thyras Blut nahezu zum Kochen brachte. Schweiß lief ihr in Strömen die Stirn hinunter, die lederne Kleidung klebte an ihrer Haut. Müdigkeit und Erschöpfung hatten sie fest in ihren Klauen.

Kilometer für Kilometer wanderten sie durch die zunehmend sandige Umgebung von Palos und lehnten sich rauen Winden entgegen. Die hohen Berge wandelten sich zu Vulkanen und Lavafontänen ließen die Luft flirren.

Eine kleine Siedlung tauchte hinter dem nächsten Hügel auf. Die sandfarbenen Häuser mit hölzernen oder steinernen Dächern hoben sich kaum von der Landschaft ab, vermummte Feen bewegten sich im dürftigen Schatten der Gebäude.

»Sind wir dort sicher?«, fragte Thyra. Sie hatte ein ungutes Gefühl in der Magengrube, unerklärliche Unruhe kitzelte ihre Nerven.

»Dies hier ist Palos, das Land Talekajūs und deiner Vorfahren. Feuerfeen sind dafür bekannt, kompromisslos zu handeln, Fremden gegenüber sind sie misstrauisch«, sagte Finnean und wog nachdenklich den Kopf. »Ideal ist dieser Ort nicht, doch uns gehen die Optionen aus. Wir brauchen frische Vorräte und Pferde, um nach Zemelar zu gelangen.«

»Zemelar ... Werden wir von dort aus in die Menschenwelt reisen?«

Finnean nickte. »Dort ist der Schleier zwischen den Welten am dünnsten. Hast du das Messer noch?«

Mechanisch griff Thyra an ihren Gürtel, in dessen Futteral ein kleines Holster eingearbeitet war. Vertraut schmiegte sich das erwärmte Metall an ihre Haut. »Alles da, wo es sein soll.«

»Gut. Und denk daran, deine –«

»Meine Ohren zu verstecken, ja, ich weiß«, unterbrach Thyra ihn. Bei den Temperaturen glichen offene Haare einer Tortur und ihre Laune war mies. Finnean schüttelte den Kopf.

»Deine Ohren sind es nicht, die mir Sorgen bereiten. Ohne Zweifel sind sie auffällig, aber insbesondere solltest du das Zeichen der Kasétu in deiner Handfläche verbergen. Viele Feen würden denken, du willst dich mit dem Brandzeichen in den Status einer Heiligen erheben. Was wirklich geschehen ist, wird kaum jemand glauben.«

»Was wirklich geschehen ist? Das sich der Dolch ... ein Dolch in mein Fleisch gegraben und aufgelöst hat?« Fast hätte sie Finnean verraten, um welche Waffe es sich handelte. Thyra schnaubte sarkastisch. »Nein, das würde ich auch nicht glauben.« Sie beließ eine Hand auf dem Heft ihres Messers und ging vorwärts.

Im Dorf empfing sie alltäglicher Trubel. Gelächter, Flüche und Verhandlungen wehten zu ihnen heran. Finnean hielt zielstrebig auf ein heruntergekommenes Haus zu, das Thyra entfernt an die Schänken in den alten Westernfilmen erinnerte, die Pete so gerne schaute.

Die Holzfassade war spröde, die Schrift auf dem großen Schild über der Eingangstür vom Licht der Sonnen ausgebleicht. Der Schankraum war leer, bis auf zwei Fae, die sich leise unterhielten, und dem gelangweilt dreinblickenden Wirt hinter der Theke. Sie setzten sich an die hintere

Wand des Raumes, von wo aus sämtliche Zugänge einsehbar waren. Demonstrativ ließ Finnean sein Schwert auf die Bank neben sich fallen.

»Davon werden sich die Rebellen kaum beeindrucken lassen«, bemerkte Thyra. Finnean zuckte mit den Schultern.

»Versuchen kann man es.« Er stockte kurz und lehnte sich vor, um sie eindringlich anzusehen. »Was auch immer geschieht, bewahre Ruhe.«

Thyra zog die Augenbrauen zusammen und nickte. Seitdem sie den Wolf getötet hatte, fühlte sie sich anders, stärker. Es war, als hätte sie inmitten der rauen Brutalität des Kampfes um Leben und Tod einen Teil ihres früheren Ichs wiedergefunden.

»Was darf's sein?« Der Wirt tauchte so unvermittelt neben Thyra auf, dass sie zusammenschrak.

So viel zu stärker als zuvor.

Finnean bestellte ein Gericht, dessen Namen Thyra noch nie gehört hatte.

»Was soll das denn sein?«, fragte sie, nachdem der Wirt in der Küche verschwunden war.

»Haraia? Dein früheres Lieblingsessen. Davon hast du nie genug bekommen. Jetzt wo der *Dolch der cuimhne* verschwunden ist, muss es uns auf andere Art gelingen, dein Gedächtnis aufzufrischen.«

Thyra entfuhr ein erstaunter Laut. »Woher …?«

»Ich habe den Dolch erkannt, als du und Amael darum gekämpft habt. Es ist lange her, dass er zuletzt gesichtet wurde.«

»Ich … verstehe.« Thyra sah Finnean in neuem Licht. Es steckte mehr in ihm als der humorvolle Muskelprotz, den er der Welt offenbarte. »Hast du Amael deine Erkenntnis mitgeteilt?«

Wie weit geht seine Loyalität dem Prinzen gegenüber?

»Er muss nicht alles erfahren, aber ich will ehrlich sein. Unsere Mission ist gefährlich. Wir müssen einigen Menschen etwas für sie sehr Bedeutsames wegnehmen. Je mehr du dich an deine Vergangenheit erinnerst, desto eher überstehen wir die Mission unverletzt. Und wenn wir zurück sind, bringen wir in Erfahrung, wie sich ein magisches Artefakt in dein Fleisch brennen konnte.«

»Zweimal Haraia, frisch zubereitet.« Ein Teller wurde vor Thyra auf dem Tisch abgestellt. Gleichzeitig sprang Finnean auf und ergriff in einer fließenden Bewegung sein Schwert. Etwas Kaltes legte sich in derselben Sekunde an Thyras Kehle, eine Hand drückte ihre Schulter nach unten. Sie erstarrte.

»Fallen lassen oder sie ist tot«, forderte eine rauchige Stimme. Verspätet begriff Thyra, dass die Kälte an ihrem Hals von einer Klinge stammte. Ergeben streckte Finnean die Waffen. Eine Frau trat an seine Seite, griff nach seinem Schwert und richtete es gegen ihn. Sie war bildhübsch. Ihr blondes Haar endete in einem schiefen Bob über ihren Schultern, sie zog einen perfekten Schmollmund und begegnete Finneans Blick vollkommen unerschrocken.

»Steht auf und dann raus hier«, befahl die rauchige Stimme hinter Thyra, die zu dem Mann gehören musste, der das Essen vor ihnen abgestellt hatte. Gehorsam erhob sie sich, darauf bedacht, keine unüberlegte Bewegung zu machen. Zu nah war die Klinge an ihrem Hals.

»Ich hätte wissen müssen, dass der Wirt mit dem Gesocks der Schwarzen Lilie unter einer Decke steckt«, fluchte Finnean, den die auf ihn gerichtete Klinge weitaus weniger zu beeindrucken schien.

Schwarze Lilie? Das sind die gefürchteten Rebellen, mit denen ich früher gemeinsame Sache gemacht haben soll?

Kein Funken einer Erinnerung entsprang, während Thyra die Frau musterte. Ihre Schönheit war auf den zweiten Blick ebenso umfassend, doch verbarg sie nur schwerlich die grobe Härte ihrer Bewegungen, die Muskeln, die unter ihrer Kleidung spielten und die Waffen, die jeden Zentimeter ihres Torsos bedeckten.

»Niemand ist perfekt«, sagte die Frau und strich Finnean lasziv über die Brust. Der Hüne knurrte wütend. Mahnend sah er zu Thyra, als wollte er sie an seine vorherigen Worte erinnern.

Ruhe bewahren.

Ruhe bewahren. Das klang einfacher, als es war. Die Rebellen brachten sie aus der Schänke zurück in die Gluthitze und führten sie quer durch das winzige Dorf in ein marodes Gebäude. Das Dach war eingefallen und die Treppe zum oberen Geschoss zusammengestürzt. Das Erdgeschoss stand leer, eine dicke Staubschicht lag auf dem Boden. Die Blondine öffnete eine Falltür und zwang Finnean, hinunterzuklettern. Thyra folgte ihm auf dem Fuß, dirigiert von dem Mann mit der rauchigen Stimme. »Setzt euch dorthin.« Die Frau deutete in eine Ecke des Kellers. Dicke Ketten hingen an den Wänden, überwuchert von Spinnweben und Schimmelpilzen. Beunruhigt sah Thyra zu Finnean. Sie wollte ihm vertrauen, wollte Ruhe bewahren, so, wie er es verlangt hatte. Aber wollte er sich wirklich von den Rebellen fesseln lassen?

»Weshalb sind wir hier, Blondie?« Finnean verschränkte die Arme vor der Brust. Seine Haltung strahlte so viel Macht aus, dass in Thyra Respekt aufstieg.

»Mein Anführer hat etwas mit euch zu besprechen«, erklärte sie schulterzuckend. Der Mann mit der rauchigen Stimme trat in Thyras Sichtfeld.

Die Narbe einer großflächigen Verbrennung verunstaltete sein Gesicht, seine Hände steckten trotz der Wärme in Handschuhen. Hass glühte in seinen Augen. Er stieß Thyra rückwärts. Sie stolperte und fiel zu Boden. Wut erwachte in ihr. Grimmig zog sie die Augenbrauen zusammen und rollte sich auf alle viere. Finnean mischte sich ein.

»Thyra. Bewahre Ruhe«, erinnerte er sie. Die Worte dämpften Thyras Wut. Finnean wusste, was er tat. Sie musste ihm vertrauen. Bemüht gelassen erhob sie sich wieder, ließ den Mann mit den Handschuhen aber nicht aus den Augen.

»Meine Freundin ist verletzt, sie benötigt einen frischen Verband. Schließt uns hier ein, doch kettet uns nicht an«, forderte Finnean just von ihren Entführern.

»Damit ihr uns bei unserer Rückkehr überfallen könnt?« Die Blondine lachte hell auf. »Nein, ganz sicher nicht.« Sie schloss die Ketten um Finneans Handgelenke und kurz darauf klackerten auch an Thyras Armen Eisenringe, die ihre Haut augenblicklich in Brand zu setzen schienen.

»Ich hoffe, du weißt, was du tust«, flüsterte sie, während die Rebellen durch die Falltür nach oben kletterten. Finnean wartete, bis jegliche Geräusche verstummt waren, ehe er antwortete.

»Der Überfall auf uns war kein Zufall. Das war von langer Hand geplant, einschließlich unseres Halts hier in diesem Wüstendorf. Bevor wir verschwinden – und wir werden verschwinden, das verspreche ich dir – muss ich herausfinden, wer hinter all dem steckt. Seit der letzten Revolte sind die Rebellen ungleich aggressiver, sie töten Bauern, Frauen, Kinder, plündern, brandschatzen und versklaven Feen. So kann es nicht weitergehen.«

Thyra hörte den Zorn hinter Finneans Worten. Er litt mit Amaels Volk, mit seinem Volk.

»Du kannst dich auf mich verlassen«, versprach sie und wünschte sich innig, mehr beitragen zu können als ihre bloße Anwesenheit. *Wenn ich doch nur die Dunkelheit wieder erwecken könnte ...*

Thyra verlor jegliches Zeitgefühl. Die Kälte der Wand in ihrem Rücken, das Brennen des Eisens an ihren Armen, Finneans entschlossene Miene ihr gegenüber und das graue Zwielicht des Kellers boten keinen Anhaltspunkt für die Tageszeit.

Eine Weile hatte sie ihre Atemzüge gezählt, bei fünftausend hatte sie damit aufgehört. Sie fiel in einen leichten Dämmerschlaf, die Realität vermischte sich mit Träumen voll rauer Schönheit und Gewalt sowie Erinnerungen an vergangene Tage und leuchtend violette Augen, die nie gänzlich von ihrer Seite wichen. Sie schreckte hoch, als Schritte über ihnen ertönten.

Es quietschte und die Falltür wurde geöffnet. Die Blondine mit dem schrägen Bob kletterte die Leiter herunter. Ein weiterer Rebell begleitete sie. Er trug lange weiße Kleidung und eine helle Kopfbedeckung, die Mund und Nase verdeckte. Braune Augen, in denen kühles Kalkül saß, musterten sie.

»Das ist sie?«, fragte der Fremde, ohne den Blick von Thyra zu lösen.

»Das ist sie«, bestätigte die Blondine schnurrend. »Thyra Feuertochter, die Schwarze Assassine, die tausende Rebellen ermordete.« Der Verhüllte kniete sich vor Thyra und öffnete ihre linke Hand. Seine Berührung war Thyra zuwider, doch die Ketten verhinderten, dass sie ihre Hand aus seinem Griff befreien konnte.

»Es hat funktioniert«, murmelte er und ein erfreuter Ausdruck trat in seine Augen.

»Was wollt ihr von uns?«, fragte Finnean. Er stemmte sich gegen die Ketten, deren Halterungen unter seinem Gewicht knirschten.

»Von dir? Nichts. Von ihr hingegen …« Der Rebell legte eine behandschuhte Hand an Thyras Kinn und hob es an. Widerwille stieg in ihr auf, sie zog den Kopf zurück. Unangenehm glitt das raue Material über ihre Haut, der Griff festigte sich, spitze Finger gruben sich in ihren Kiefer.

»Gebt mir das Kardhaskraut«, forderte der Fremde an seine zwei Begleiter gerichtet.

»Scheiße, was hast du vor?« Finnean lehnte sich vor, einzelne Blutstropfen rannen seine Arme hinab. Die Blondine kramte in den langen Falten ihrer Kleidung und holte flechtenartige Pflanzen hervor, deren stechend türkise Farbe in Thyras Augen brannte. Beunruhigt linste sie zu Finnean hinüber.

»Was auch immer er tut, iss es nicht!«, warnte der Hüne sie. Der Verhüllte schnappte sich das Kraut und näherte sich Thyra erneut, ein nahezu freudiges Glitzern in den Augen. Thyra zerrte an ihren Ketten und brennender Schmerz schoss ihre Arme entlang bis zu ihrer Wirbelsäule. Es gab kein Entkommen. Erst in diesem Moment begriff sie, dass sie den Rebellen schutzlos ausgeliefert war. Und sie hasste es. Giftige Kälte wallte durch ihre Adern, breitete sich in ihr aus. Ihre Sicht verschleierte sich rußbeladen und sie trat nach dem Fremden, traf ihn im Magen. Er stolperte zurück und seine Augen verengten sich zu Schlitzen.

»Vorsicht!« Die Blondine stützte den Rebellen, der ihre Hand sofort unwirsch abstreifte.

»Ich brauche keinen Schutz von einer einfachen Windtochter«, knurrte er und wandte sich wieder an Thyra. Berechnung lag in seinem Blick und Thyra bleckte die Zähne. Roher Zorn versetzte sie in Rage.

»Komm nicht näher«, drohte sie – und erntete ein verächtliches Lachen. »Deine Dunkelheit schreckt mich nicht ab, Feuertochter. Ganz im Gegenteil, ich zähle auf die Macht der Finsternis in deinen Adern.« Der Verhüllte wich ihrem nächsten Tritt aus und drängte sie gegen die Wand. Er roch herb, wie geräucherte Tannennadeln.

»Ich werde dich töten«, versprach Thyra und der Rebell schmunzelte verächtlich.

»Das wollen viele, da wirst du dich hinten anstellen müssen«, antwortete er und presste das Kraut auf ihren Mund. Bitterer, holziger Geruch umfing ihre Sinne. Thyras Gedanken versanken in Nebel, Schwärze überwucherte den Ruß ihres Sichtfelds. Sie stürzte hinab in unendliche Weiten, vergaß die Wirklichkeit und fiel durch die Grenzen der Zeit.

KAPITEL 45

THYRA

Das Trappeln winziger Füßchen in der Schwärze war Thyras einzige Erinnerung daran, dass eine Welt jenseits der Dunkelheit existierte. Seit Tagen vegetierte sie in den Kerkern des Königspalasts, vergessen von allen, die ihr jemals etwas bedeutet hatten, eines Verrats beschuldigt, den sie nicht begangen hatte.

Die Finsternis in ihr forderte Rache, Opfer, Blut, Tote. Und Thyra wollte ihr nachgeben. Der Hass auf jenen, der ihr die Falle gestellt hatte, war übermächtig. Feuer leckte über ihre Haut, erhellte die Zelle mit seinem beißenden Licht. Eine Ratte huschte panisch aus dem Schein und Thyra lachte verächtlich auf. Genug Zeit war vergangen. Sie hatte gewartet, gehofft, sich an die Götter gewandt und dafür gebetet, dass man ihr Glauben schenkte.

Vergebens.

Es wurde Zeit, die Welt daran zu erinnern, wer sie war.

Sie schloss die Hände um die eisernen Gitterstäbe und legte den Kopf in den Nacken. Die Macht tobte durch sie hindurch und vermischte sich mit dem Schmerz des giftigen Materials unter ihren Handflächen. Mit einem Wink ihres Willens leitete sie die magische Glut ihres Blutes in ihre Hände,

das Eisen erhitzte sich. Unter Thyras Druck verbogen sich die weichgeworde-
nen Stäbe, bis sie weit genug waren, dass Thyra hindurchschlüpfen konnte.

Der Weg, der aus den Kerkern führte, war ihr in Fleisch und Blut über-
gegangen. Seit Jahrhunderten verkehrte sie hier, hatte unzählige Wesen in
die Finsternis verdammt, darunter die bleiche Kaiserin und den König der
Kobolde. Sie hetzte die ausgetretenen Stufen hoch. Ihr Leib stand in Flammen.

Flammen, die tödlicher waren als gewöhnliches Feuer.

Flammen, die Thyra nichts anzuhaben vermochten, entstammten sie
doch ihrer Seele.

Die Zugangstür zum Kerker war versperrt. Mit voller Wucht trat sie gegen
die aus Stahl geformten Türflügel. Augenblicklich wurde die Luft jenseits
davon von Stimmen erfüllt, Befehle wurden gebrüllt, Füße trampelten über
den steinernen Boden. Ein niederträchtiges Lächeln zierte Thyras Mund.
Sie wurde erwartet.

Schwer schabte Metall über Metall und Thyra machte einen Schritt nach
hinten. Die Tür wurde geöffnet und eine Gestalt trat hindurch. Thyras
Macht wirbelte auf. Der Feenkönig hatte den Einzigen geschickt, der ihr
womöglich Einhalt zu gebieten vermochte. Der Einzige, der nicht an ihr
hätte zweifeln dürfen.

»Ich wusste, der Kerker würde dich nicht ewig aufhalten.« Amael klang
ungerührt. Würden sich keine schwarzen Adern unter seiner Haut winden,
hätte Thyra ihm seine Gelassenheit abgenommen. So aber spiegelte er sie,
ihre Gefühle, ihr Sein, in vollkommener Perfektion wider.

»Die Rolle der hilflosen Maid, die auf ihren Prinzen wartet, stand mir
noch nie«, gab sie frostig zurück.

»Sag mir, wo warst du, als die Rebellen meinen Vater beinahe im Schlaf
ermordeten? Als das Reich der Vier Lande beinahe der Anarchie zum Fraß
vorgeworfen wurden? Wie ist die Schwarze Lilie in den Palast gelangt, wenn
du auf deinem Posten geblieben bist, wie du es so beharrlich beteuerst?«

Fragen, die Thyra in den vergangenen Tagen gequält hatten. Wieder und
wieder war sie diese verhängnisvolle Nacht durchgegangen, hatte in ihren
Erinnerungen nach Verdächtigen gesucht. Das Ergebnis war das gleiche ge-

blieben. »Du hast einen Verräter in deinen Reihen, Prinz. Aber ich bin es nicht.« Sie machte einen großen Schritt auf Amael zu, zwang ihn, zurückzuweichen. »Ich stellte mein Leben in deinen Dienst, dein Wort war mein Gebot, dein Wille mein Gesetz! Jahrhunderte verbrachte ich an deiner Seite, habe für dich gekämpft und gelitten. Ich schwor, für dich bis in den Tod zu gehen. Du jedoch hattest nicht einmal den Mumm in den Knochen, deinem Vater bekanntzugeben, dass du keine der von ihm ausgesuchten Adelsdamen heiraten würdest.« Amael sah für einen Sekundenbruchteil zur Kerkertür, die bereits wieder verschlossen war.

Verflucht sollte er sein, dachte Thyra. Sie war noch nicht fertig mit ihm.

»Stattdessen verdammtest du mich zu einem Leben in den Schatten, voller Sehnsucht, voller unbefriedigter Hoffnung und Schmerz. Egal was du glaubst, nicht ich bin es, die Verrat begangen hat.« Unvermittelt schleuderte Thyra ihre Magie durch die Luft. Schwarzes Feuer erhellte das Dämmerlicht und prallte auf eine Wand ebenso schwarzen Wassers.

»Ich wollte mit dir fortgehen, Thyra! Ich, Amael Malecai, Sohn des Königs und Thronfolger der Vier Lande, war bereit, alles für dich zu opfern!«

»Hättest du dich behauptet, hättest du nichts für mich aufgeben müssen«, zischte sie. »Ich hätte deine Königin sein können!«

»Du bist eine Assassine, eine Tochter des Todes. Das Volk hätte dich niemals akzeptiert!«

Wut schürte weiteres Feuer in ihr, Funken flogen durch die stickigen Kerkerräume und verglommen am kalten Boden zu Asche.

»Du kannst mich nicht besiegen, Thyra!«

»Du überschätzt dich. Mein Wille ist ebenso stark wie der deine. Tritt zur Seite!«

Unter lautem Getöse fiel die Wasserwand herab, tränkte Thyras Schuhe und brachte Amael wieder zutage.

»Das kann ich nicht«, flüsterte er. Kurz huschte Kummer über sein Gesicht, in seinen violetten Augen saß tiefer Schmerz. Für einen Moment entdeckte Thyra den Mann, den sie jahrhundertelang geliebt hatte. Den Mann, mit dem sie vor nicht einmal einer Woche Lorcan betrogen und damit

unwiederbringlich Schande über sich gebracht hatte. Einen Wimpernschlag
später brach Amaels geballter Wille über Thyra herein, Wassermagie und die
Kraft der Kasétu vereinten sich zu einem tödlichen Strudel der Macht. Thyra
fiel auf die Knie, ihr wütender Schrei hallte bis in den tiefsten Kerker wider.
Wasser traf auf Feuer.
Feuer erlosch.
Wasser verdampfte.
Zorn prallte auf Zorn, tobte, fauchte. Zwei Seelen, einander in ihrer Essenz
so ähnlich, dass es unmöglich war, sie auseinanderzuhalten, verschmolzen
miteinander, teilten den Schmerz, die Wut, die Trauer, den Verrat. Die Macht
der Götter verkeilte sich ineinander, ohne dass eine Seite den Sieg errang.

Gleißendes Licht erhellte die Finsternis, die rohe Energie warf Thyra
und Amael gegen die steinernen Wände des Gefängnisses. Für einen Moment
herrschte vollkommene Stille. Die Wucht des Aufpralls klärte Thyras verwor-
renen Geist, aber es war Amael, der als erster wieder auf den Füßen stand.

»Hab keine Furcht.« Er schritt auf sie zu, violette Blitze zuckten in seinen
geöffneten Handflächen. In einer fließenden Bewegung kniete er sich vor sie
und musterte sie voller Hingabe.

»Du bist der Schatten der zwei Sonnen auf dem Mond. Du bist die
Klinge meines Gesetzes und die Rächerin der verlorenen Erben. In meinem
verderbten Sein wird stets ein Platz für dich zu finden sein.« Er legte ihr die
Hände an die Schläfen, liebkoste ihre Wangen. Eine Träne rann seine Wange
hinab. »Und doch verachte ich dich und alles, wofür du stehst.«

Gewaltiger Druck zerbarst jede Barriere, die ihren Geist schützte. Vertrauter
Geruch nach Ozean und Nebel schloss Thyra in eine Umarmung, während
pure Macht ihren Verstand torpedierte und jede Erinnerung der letzten
Jahrhunderte löschte, bis ihr Geist leer war, angefüllt mit weißem Nebel.

Raum und Zeit verloren ihre Bedeutung. Thyra schwand dahin und ihre
Persönlichkeit fiel in den Abgrund des Vergessens.

Lauwarmes Wasser ergoss sich über Thyras Kopf. Sie schreckte hoch
und schnappte nach Luft.

»Wer …? Wo …?« Panisch sah sie sich um, Finnean ragte über ihr auf, einen Holzeimer in den Händen.

»Willkommen zurück«, brummte er. Thyra antwortete ihm nicht. Sie betastete ihre Arme, ihre Brust, ihre Beine, erinnerte sich an das seltsam losgelöste Gefühl, das sie wenige Augenblicke zuvor verspürt, die Hoffnungslosigkeit, die sie erfüllt hatte. Ihre Muskeln kribbelten unter ihrer Berührung. Erleichtert seufzte sie auf und rieb sich übers Gesicht.

»Was ist geschehen?«, fragte sie. Hämmernde Kopfschmerzen malträtierten ihren Verstand.

»Die Rebellen waren hier, obwohl … sie nannten sich die Gezeichneten. Einer von ihnen hat einen seltsamen Zauber an dir ausgeführt und mir anschließend den Schlüssel für deine Handschellen dagelassen.« Finnean stellte den Eimer beiseite und kniete sich neben sie. In seiner Hand hielt er den Schlüssel. »Ich bin mir nicht sicher, was sie getan haben, aber wir müssen von hier verschwinden.«

Es klapperte und die Ketten fielen herab. Thyras Handgelenke waren aufgeschürft, Blasen hatten sich gebildet, doch die Verletzung fühlte sich merkwürdig taub an. Mit Finneans Hilfe kletterte sie aus dem Kellerloch. Kühle Luft empfing sie an der Oberfläche.

»Es ist Nacht«, stellte Thyra mit einem Blick durch das zerstörte Dach fest. Finnean marschierte an ihr vorbei. Vorsichtig öffnete er die Tür. Einzig das Gackern einiger Hühner und sanfter Wind ertönten in der nächtlichen Wüste. Stumm winkte er sie heran und sie flohen aus dem Dorf, in dem jede Fee potenziell königsfeindlich gestimmt war. Die Lichter in den Häusern waren längst gelöscht, der letzte Gast hatte die Schänke verlassen und die Händler hatten ihre Waren eingeräumt. Ihre Schritte hallten leise über den festgetretenen Sand. Das Wiehern eines Pferdes veranlasste Thyra dazu, kurz stehenzubleiben.

Mit klopfendem Herzen lauschte sie und folgte dem Schnauben bis zu einem kleinen Unterstand. Heu und Stroh waren zu beiden Seiten der Wände aufgehäuft, eine Tränke mit frischem Wasser stand unter einem milchigen Fenster, es roch nach Pferdeäpfeln und Möhren.

Finnean pirschte hinter ihr her. Der Stall war direkt an ein Holzhaus angeschlossen, dessen Zimmer in vollkommener Dunkelheit lagen. Wer immer dort wohnte, wähnte sich in Sicherheit. Thyra überwand den Zaun und näherte sich den Pferden. Erfreutes Wiehern begrüßte sie.

»Maeve?«, flüsterte sie erstaunt, und die vertraute Pferdenase glitt über ihr Gesicht. Das zweite Pferd stellte sich als Shay heraus. In Windeseile sattelten sie die Rösser und öffneten die Stalltüren. Sobald die Pferde angaloppierten, würden sie das gesamte Dorf wecken, allen voran die Bewohner des angrenzenden Hauses. Finnean blickte grimmig zu ihr.

»Warte hier auf mich.« Ehe sie etwas erwidern konnte, schlug er eines der Fenster ein, zog einen Dolch und drang ins Innere des Hauses ein.

Thyra wusste um sein Vorhaben. Er wollte Rache für die gestohlenen Pferde, für die Gefahren, die ihnen aufgelauert hatten, und den Freiheitsentzug. Und sie hieß es gut. Niemand behandelte so die Krieger der Alancrá und kam mit dem Leben davon.

Kurze Zeit später erklangen zwei gurgelnde Schreie und Finnean stürmte auf leisen Sohlen heran.

»Los«, zischte er, steckte die blutige Waffe weg und sprang auf Shays Rücken. Schwungvoll tat sie es ihm nach und trieb Maeve die Fersen in die Seite.

»Hüa!«

KAPITEL 46

TIMOTHY

Timothy versuchte nicht, seine Rückkehr nach Schloss Dunvegan geheim zu halten. Erhobenen Hauptes marschierte er am späten Nachmittag durch die Eingangstür und saugte den heimelig staubigen Geruch ein. Die Zusammenkunft mit den Druiden war auf verstörende Weise aufmunternd gewesen. Das Gefühl der Chancenlosigkeit hatte seinen stählernen Griff um Timothys Kehle gelockert.

Pete erwartete ihn. Die Arme vor der Brust verschränkt, stand er am Treppenaufgang. »Wo im Namen aller Götter warst du?«

»Fort«, antwortete Timothy kurz angebunden und drängte sich an Pete vorbei, der ihm auf dem Fuße folgte.

»Ich war krank vor Sorge! Du hättest jemandem sagen sollen, wo du bist!«

Timothy warf seinem Vater einen verächtlichen Blick zu. »Wenn du es unbedingt wissen willst: Ich war bei den Druiden.« Pete krallte eine Hand in Timothys Unterarm und zwang ihn, stehenzubleiben. Timothy drehte sich zu ihm, einen wütenden Kommentar auf den Lippen, der ihm jedoch im Halse stecken blieb, als er in Petes Gesicht sah.

Die Wut war aus dem Körper seines Vaters gewichen, ersetzt durch blankes Entsetzen. »Das hast du nicht getan.« Pete redete so leise, dass

Timothy sich nicht sicher war, ihn richtig verstanden zu haben. Trotzig reckte er das Kinn in die Höhe und fühlte sich, als sei er wieder acht Jahre alt und hätte das Pausenbrot des Nachbarjungen geklaut.

»Doch, Dad, das habe ich. Du und Arthur, ihr habt euch in die wahnwitzige Idee verrannt, Faekriegern etwas entgegensetzen zu können. Ich habe dafür gesorgt, dass wir überleben!«

Pete packte ihn am Kragen und zog ihn zu sich. »Was musstest du ihnen dafür versprechen? Sag schon!«

»Das geht dich einen Dreck an!«, fauchte Timothy und schüttelte Petes Hände ab. Wütend stob er an ihm vorbei die Treppe hinauf, just, als die Eingangstür erneut geöffnet wurde.

Eisiger Wind pfiff durch die große Halle, fröhliches Gelächter wurde hereingetragen.

»Fiona, Philipp, was macht ihr denn schon hier? Wir haben euch erst morgen erwartet!« Timothy hörte, wie Pete die Stufen runtereilte. Er erwog, seine Cousine ebenfalls zu begrüßen. Es war sein Stolz, der ihm dabei einen Strich durch die Rechnung machte und ihn dazu brachte, sich in sein Zimmer zu schleppen. Der Schlaf übermannte ihn, kaum dass er die Matratze berührte.

KAPITEL 47

THYRA

Thyra und Finnean ritten den ganzen nächsten Tag durch Palos, vorbei an Vulkanen, Schluchten und ausgeblichenen Skeletten. Die zwei Sonnen brannten auf sie herab und dörrten ihre Kehlen aus. Jeder Muskel schrie nach Erholung. Zur Mittagszeit rasteten sie unter einem der wenigen Bäume am Wegesrand, doch der kärgliche Schatten vermochte Thyras erhitzte Haut kaum zu kühlen. Zunehmender Schwindel machte ihr zu schaffen. Sie beugte sich vor und steckte den Kopf zwischen die Beine.

Finnean berührte sie zart an der Schulter. »Alles in Ordnung?«

»Ja, es ist nur –«

Das Mal an ihrer linken Hand brannte, ihr Sichtfeld verdunkelte sich, ein durchscheinendes Bild zog vor ihre Augen.

»*... hab dir gesagt, sie lässt sich nicht so leicht überzeugen.*« *Finnean klopfte Amael auf die Schulter. Der Prinz der Vier Lande sah zu Thyra, Schalk saß in seinen Augen. Er stellte das Bier auf dem Bartresen ab und schlenderte zu ihr herüber.*

»*Willst du mich vor meinen Männern zurückweisen, kleine Alancrá? Ich habe einen Ruf zu verlieren!*«

»Thyra! Was ist mit dir?« Finnean schüttelte sie fest durch und der bunte Schleier verschwand. Sie blinzelte und sah sich um. Palos' Wüste umgab sie.

»Hast du das nicht gesehen?«, fragte sie und wusste im selben Moment, dass Finnean die Bilder nicht hatte sehen können.

»Was gesehen? Die Millionen von Sandkörnern? Die sind –« Er stockte, atmete tief ein und griff nach Thyras Hand. »Das Zeichen der Kasétu ... Du hast gerade eine Erinnerung gesehen, nicht wahr?«

»Wie ist das möglich? Hat Amael –?«

»Amael hat nichts damit zu tun«, unterbrach Finnean sie sofort. Er stand auf und sah zum Horizont. »Es muss der Zauber der Gezeichneten sein, der Rebell hatte so etwas angedeutet. Er scheint den Dolch der *ciumnhe* unter deiner Haut aktiviert zu haben.«

Thyra fuhr über das Mal in ihrer Handfläche, das einst der Dolch gewesen war. Fast zwei Jahre lang hatte sie sich gefragt, woher sie kam, hatte ihre Vergangenheit in Erfahrung bringen wollen. Konnte es jetzt so weit sein? »Heißt das, ich werde wieder zu ... ihr? Der Alancrá?«

Zu der ruchlosen Mörderin, die für ihren Prinzen alles opfern würde und ihn doch in ihren letzten gemeinsamen Momenten innigst gehasst hat?

»Ich weiß nicht, was geschehen wird«, antwortete Finnean und schüttelte den Kopf. »Der Rebell, der dich verzauberte, riet mir, nicht zuzulassen, dass der Bann wieder Besitz von dir ergreift. Übernimmt der Bann wieder die Kontrolle, stirbst du. Die Götter allein wissen, warum.«

Thyra stieß ein nervöses Kichern aus. »Was soll ich deiner Meinung nach tun?«

»Nimm die Erinnerungen an. Ich bin sicher, es werden weitere folgen, nun, da die Barriere geschwächt ist.«

»Und meine Magie?«, fragte Thyra mit rasendem Puls. »Kommt die auch wieder?«

Finnean seufzte und hob ratlos die Hände. »Der Bann des Geistes ist vielschichtig, ob der Zauber wirklich alle Verbindungen zu deiner Seelen-flamme wieder hergestellt hat, wird die Zeit zeigen. In der Zwischenzeit jedoch müssen wir weiter.« Als hätte er ihr nicht gerade eröffnet, dass sie jederzeit die Kontrolle verlieren und sterben könnte, saß Finnean auf Shay auf und nickte ihr auffordernd zu. »Komm schon, die Zeit drängt.« Behäbig folgte ihm Thyra. Maeve schnaubte erschöpft, als sie sich auf dem Rücken des Tieres niederließ und das Pferd zur Bewegung antrieb.

Es dauerte nicht lange, bis sich die nächsten Szenen vor Thyras geistiges Auge schoben, nur wenige Sekunden, Momentaufnahmen aus ihrem früheren Leben. Sie sah Schlachten und Kriege, Gelächter unter Freunden und königliche Feste. Kinder, Alte und Tote, bekannte Gesichter und Fremde, die einst zu ihrer Familie gehört hatten. Mit jeder Szene wuchs ihr Verständnis für die Frau, die sie gewesen war, die Assassine, deren Ruf ihr in den Vier Landen vorausgeeilt war, geachtet, geschätzt, gefürchtet.

Thyras Erfahrungen in der Menschenwelt, die Werte, die Pete ihr mitgegeben hatte, kollidierten aufs härteste mit den Erinnerungen ihres Lebens vor dem Exil. Wo Pete sie Freundlichkeit und Hilfsbereitschaft gelehrt hatte, hatte sie sich früher genommen, was sie wollte. Wo sie unter Petes Anleitung Geduld gelernt hatte, hatte sie früher Hindernisse binnen Sekunden aus dem Weg geräumt, notfalls mit brachialer Gewalt. Alte Stärke kämpfte mit neuer Verwirrung, Thyras Innerstes war gespalten, die ungleichen Anteile ihrer Seele stritten miteinander, während ihr Herz im Takt von Maeves Hufen klopfte.

Als Finnean Shay ausbremste, waren die Flanken beider Pferde nass vor Schweiß und die Welt um sie herum verlor ihren beigen Anstrich. Sand wich Erde, Steine wichen Bäumen und verdorrte Äste wurden zu Zweigen voller frischer Knospen und Blätter. Sie hatten Palos hinter sich gelassen und die Grenze zu Zemelar überschritten.

Thyra sah zu Finnean hinüber. Er war nicht länger jener Fremde, der sie tagtäglich quälte. Er war ihr Freund, dem sie jahrhundertelang ihr Leben anvertraut hatte, mit dem zusammen sie gekämpft und geblutet hatte. Er war ihr ebenso vertraut wie die Welt, in die Lorcan sie vor wenigen Wochen gebracht hatte.

Alles war zurückgekehrt.

Jede Sekunde ihres Lebens kreiste in ihrem Schädel und wartete darauf, von Thyra gesehen zu werden.

Ich bin zurück.

»Bis zum Portal ist es nicht mehr weit. Die nächste Etappe der Reise steht bevor«, sagte Finnean und führte sie im Schritttempo zwischen hohen Tannen und Fichten hindurch zu einem Häuschen, das entfernt an die Jägerhütte erinnerte, in der Lorcan und sie in der ersten Nacht in dieser Welt übernachtet hatten. Anders als damals stieg Rauch aus dem Kamin dieses Unterschlupfs auf, Kerzen erhellten in der hereinbrechenden Dämmerung die Fenster und es roch nach brennenden Kräutern und Mandeln. Die Wände waren von Moos und hohen Ranken überwuchert, das Dach senkte sich bedenklich ab und die Haustür hing schief in den Angeln.

»Wo sind wir hier?« Sie rechnete beinahe damit, dass eine Krähe auf dem Dachgiebel landete und ihr unglücksverheißendes Krächzen ertönen ließ. Schauer rannen über ihre Arme, ihre Nerven waren zum Zerreißen gespannt.

»Für die meisten ist dies ein Ort ohne Wiederkehr, ein verdorbenes Stück Land, das niemand betritt, der bei gesundem Verstand ist.« Finnean übernahm Maeves Zügel und band die Pferde an einem der Bäume fest.

»Für uns ist dies jedoch der Ort, an dem wir vor den Spionen des Königs sicher sind«, entgegnete Thyra und sah sich um. Plötzlich war ihr, als begrüßte der Wald sie. Ein weiterer Erinnerungsfetzen schob sich in Thyras Verstand. »Ich war schon einmal hier.«

Auf dieser Lichtung hatte sie Finnean sein erstes Schwert überreicht und ihn in die Kunst des Kampfes eingeführt. Keine zwei Meter von ihrem jetzigen Standpunkt entfernt hatte sie den Hünen wieder und wieder besiegt, bis er endlich begriffen hatte, die Angriffe zu fühlen, anstatt sie sehen zu wollen. Hinter dem Haus war sie vor Jahrhunderten mal vom Pferd gefallen und die Haustür hatte sie nach mehreren Gläsern Yaharawein aus den Überbleibseln abgeholzter Bäume gefertigt, ebenso wie einen Esstisch mit krummen Beinen, der zwei Tage später unter der Last eines Abendessens zusammengebrochen war. »Was tun wir hier?«

»Ihr seid auf meinen Befehl hier.« Die Stimme sandte hunderte Schauer über ihre Wirbelsäule, erweckte gleichermaßen Zorn und Sehnsucht in Thyra. Amael trat aus der schiefen Haustür heraus und fixierte sie. Die Vergangenheit rief nach Thyra und lockte sie in die Falle, sandte sie durch Täler, tiefer als der Meeresgrund, und Gipfel, die bis in den Himmel hinaufreichten. Sie biss die Zähne zusammen, unterdrückte das Gefühl des Schwindels.

»Amael.« Ohne nachzudenken, zog sie ihr Messer und zielte auf den Prinzen der des Reichs der Vier Lande, der sie glauben gemacht hatte er würde sie lieben, und sie dann, ohne zu zögern, verdammt hatte.

»Verbannte.« Er ignorierte die Waffe in ihren Händen und wandte sich direkt an Finnean.

»Ihr seid spät.«

»Es gab Schwierigkeiten. Ich muss dich sprechen.« Finnean sah vielsagend zu Thyra. »Allein.«

Thyra verzog das Gesicht zu einer zynischen Grimasse. Die Waffe in ihrer Hand wog schwer, Blut rauschte in ihren Ohren.

»Ich fürchte, euer Gespräch wird warten müssen«, zischte sie und schleuderte die Klinge. Amael wich blitzschnell aus, Zorn verdüsterte seine Züge.

»Das hättest du nicht tun sollen.«

»Es war längst überfällig!«, konterte Thyra und schoss auf ihn zu. Sie warf sich auf ihn, riss ihn mit all ihrem Gewicht nach hinten. Blitzschnell zog sie ein Messer aus Amaels Gürtel, er stieß die Hüfte hoch und warf sie von sich runter. Sie rollte sich über die Schulter ab und hob die Hände vors Gesicht. »*Du* hast mich verbannt! *Du* warst es, der mir meine Erinnerung nahm, mein Leben, *alles*!«

»Wie ...?« Amaels Blick schnellte zu Finnean, der scheinbar unbeteiligt neben den Pferden stand.

»Ich hab damit nichts zu tun. Das war es, was ich dir mitteilen wollte. Rebellen haben uns aufgelauert und Thyra verzaubert. Ihr Gedächtnis kehrte im Laufe des Tages zurück.«

»Oh, tu nicht so scheinheilig!«, fauchte Thyra und wirbelte zu dem Hünen herum. »Du gibst dich freundlich, als bedeute ich dir etwas, und dabei verheimlichst du mir, dass *er* den Bann ausführte? Ich scheiß auf euch beide!«

Ich muss hier weg. All das ... es ist zu viel!

Die Erinnerungen drohten sie zu ersticken. Neuerliche Hitze überkam und lähmte sie. Amael nutzte diese Schwäche. Seine Macht drang in ihr Bewusstsein ein, erstickte jeden Gedanken, unterdrückte ihren Willen mit purer Gewalt. In ihrem Inneren wurde es dunkel.

Als Thyra wieder Herrin ihrer Sinne war, befand sie sich in der kleinen Hütte. Amael und Finnean standen vor der Haustür und wechselten geflüsterte Worte.

Eines Tages bring ich ihn um. Und wenn es das Letzte ist, was ich tue.

Widerstrebend gestand Thyra sich ein, dass es keinen Vorteil bot, Amael jetzt erneut anzugreifen. Finnean würde seinem Prinzen beistehen, und unbewaffnet hatte sie keine Chance gegen Amael. Aber vielleicht fand sich hier drin etwas, dass sie als Waffe nutzen konnte.

Das Innere des Häuschens war alt und verstaubt. Schiefe Möbel, löchrige Teppiche und eine nahezu leere Küche wirkten abschreckender als der Totenschädel, der inmitten des Wohnzimmers auf einem Schrein platziert war. Darüber prangte ein Zeichen. Es war das gleiche Zeichen, welches Thyras Hand zierte. Das Zeichen der großen Mutter, der Dunklen.

Sie stöberte weiter, suchte nach Nahrung und fand einen ledernen Beutel, auf dem das königliche Emblem prangte. Kurzerhand kippte sie den Inhalt auf einen wackeligen dreibeinigen Tisch. Ein Stück harter Käse und Brot fielen heraus. Sie spähte durch eines der verschmutzten Fenster. Finnean und Amael standen nah beieinander. Den großen Gesten nach diskutierten sie über etwas. Thyra zuckte mit den Schultern und stopfte sich Käse und Brot in den Mund.

Möge der Hunger Amael holen.

Anschließend untersuchte sie die weiteren Habseligkeiten des Prinzen. Sie fand zwei Messer und eine Münze mit einer Frau auf der einen und dem S auf der anderen Seite.

Für einen königlichen Thronfolger reist er mit wenig Gepäck.

Thyra inspizierte den Rest des Hauses. In der Küche fand sie eine halb verweste Maus, eine Spinne, so groß wie Thyras Faust und verwaiste Regale. Die Wohnstube war abgesehen von dem Schrein und einem schäbigen Sessel leer, Kerzen erhellten den Raum und im Kamin flackerte ein zartes Feuer. Die Tür zum dritten Zimmer war abgeschlossen. Von Neugierde getrieben trat Thyra gegen das Schloss und das morsche Material gab nach. Was sie vorfand, entsprach in keiner Weise ihren Erwartungen.

Helle Fackeln tauchten den Raum in weißgelbes Licht, Regale und Glasvitrinen standen an den Seiten und Halterungen für allerlei Waffen hingen an den Wänden. Wurfsterne, Schwerter, Säbel, Dolche, Messer, sogar Äxte und Bögen in unterschiedlichsten Ausführungen reflektierten das Licht und blendeten Thyra. In den Regalen fand sie schwarze Kleidung, gefertigt aus feinstem Leder, ident zu Finneans Uniform. Bedächtig strich sie über das Material. Erinnerungen an unzählige Einsätze, Kriege, Überfälle, Gemetzel stiegen in ihr auf. Sie liebte und hasste die Erinnerungen, die auf sie einprasselten wie die Steinchen einer noch viel größeren Lawine.

Dies war die Uniform der Alancrá.

»Wie ich sehe, hast du das Herz des Hauses gefunden.« Thyra zuckte zusammen. Amael lehnte im Türrahmen, sein stechender Blick ruhte unverwandt auf ihr.

»Wo ist Finnean?«

»Fort.« Amael trat auf sie zu. Instinktiv wich Thyra nach hinten, bis sie an die Regalbretter stieß. Er folgte ihr und streckte den Arm aus. Thyras Herz setzte aus, aber er berührte sie nicht. Stattdessen griff er an ihrem Kopf vorbei und drückte ihr ein Stück Stoff an die Brust.

»Zieh das an und bewaffne dich.« Mechanisch nahm sie ihm die Uniform ab und zog herausfordernd eine Augenbraue in die Höhe.

»Raus hier«, sagte sie mit aller Gelassenheit, die seine Nähe zuließ. Amael musterte sie, sein Blick glitt über ihr Gesicht, ihren Hals hinunter zu ihren Brüsten, wanderte wieder zu ihren Augen hoch. Er lehnte sich ihr entgegen, bis ihre Nasen sich fast berührten.

»Was tust du, wenn ich nicht gehen will?«, raunte er.

»Dich mit deinen Eingeweiden füttern und zusehen, wie du daran verreckst«, flötete sie und genoss die Verwirrung, die für den Bruchteil einer Sekunde über sein Gesicht huschte.

»Du könntest mich niemals überwältigen, Weib.«

»Ach nein?« Unvermittelt schlug Thyra dem Prinzen auf die Brust, drehte sich um die eigene Achse und trat ihm gegen die Kniescheibe. Amael blockierte ihren Fauststoß und verdrehte ihr schmerzhaft die Schulter. Wütend riss Thyra sich los, schwang die Beine um seine Mitte und zog gleichzeitig ihr Messer. Sie schlang die Arme um seinen Hals und zielte mit der Klinge auf seine Kehle.

»Kann ich nicht?«, fragte sie keuchend. »Und wie nennst du das? Eine Bewegung von mir und du bist tot.«

Amael schielte auf die Waffe in Thyras Hand und grinste. »Das Gleiche könnte ich auch behaupten«, sagte er und machte eine nickende Kopfbewegung nach unten. Thyra folgte seinem Blick und erstarrte. Eine zwanzig Zentimeter lange, spitze Nadel zielte direkt unterhalb ihrer Rippen auf ihr Herz. Mit einer Bewegung befreite er sich aus ihrer Umklammerung und hob die zu Boden gefallene Uniform auf.

»Zieh dich um. Und keine Dummheiten.« Hinterhältiger Schalk saß in seinen Augen. »Es sei denn, du möchtest, dass ich für die Show hierbleibe.« Thyra knurrte und versetzte ihm einen Stoß. Er stolperte aus dem Raum hinaus und sie schlug die Tür hinter ihm zu. Sie zwang sich, mehrmals tief ein- und auszuatmen, während die Vorstellung, Amael im Schlaf zu ersticken, an süßer Schönheit gewann.

KAPITEL 48

THYRA

Die Uniform passte wie angegossen. Sorgsam verstaute Thyra ihr Messer im Waffengurt und wählte außerdem zwei schlanke Dolche, einen Wurfstern und ein in Gift getränktes Seil. Ein letztes Mal holte sie tief Luft. Vergangenheit und Zukunft fochten miteinander, rissen sie beinahe entzwei. Als sie zuletzt das Schwarz der Alancrá getragen hatte, war sie eine andere gewesen. Kälter. Härter. Mutiger. Eines hatte sich jedoch nicht geändert. Sie hatte damals ihre Freiheit im Kampf gefunden. Heute kämpfte sie für ihre Freiheit. Entschlossen verließ sie das Waffenlager der Alancrá.

Der Kronprinz der Vier Lande starrte gedankenverloren ins Feuer, violette Macht, durchzogen von schwarzer Finsternis, tanzte in seiner offenen Handfläche. Für den Bruchteil einer Sekunde glaubte Thyra, jenen Mann zu erkennen, dem sie einst die Treue geschworen hatte. Finneans Worte kamen ihr wieder in den Sinn.

Er ist verloren, seit du fort bist und das Monster in ihm kennt nur einen Weg, mit der Einsamkeit umzugehen. Gewalt.

Dann hob Amael den Kopf und der Eindruck zersprang in tausend Scherben.

»Setz dich und schweig. Wir brechen in zwei Stunden auf.«

»Wohin gehen wir?«

Amaels Miene verfinsterte sich. »Zu jenen, die den Fehler machten, dich aufzunehmen. Und jetzt sei still, oder ich schneide dir die Zunge heraus.«

Meinte er etwa Pete? Thyra schluckte ihre trotzige Antwort runter. Sie ahnte, dass Amael keineswegs leere Drohungen aussprach, und für den Moment war sie nicht bereit, ihr Leben zu riskieren. Der Zorn hatte Rationalität Platz gemacht. Amael würde durch ihre Hand sterben. Vorher musste sie jedoch herausfinden, worum es bei der Mission ging. Sie setzte sich auf den schäbigen Sessel und sah dem Spiel der Flammen im Kamin zu. Es wirkte so leicht, so vertraut. Sehnsucht nach ihrer Macht erfasste Thyra und sie rieb über das Zeichen der Kasétu. Womöglich fand sie in der Vergangenheit einen Weg zu ihrer Magie.

Atemzüge verstrichen, der Mond wanderte über den nächtlichen Himmel und das Kaminfeuer brannte herunter, ohne dass Amael sich bewegte. Thyra ließ ihn keine Sekunde aus den Augen.

Mit den Erinnerungen war die Gewissheit gekommen, und das Wissen glomm kurz unter der Oberfläche, wollte ans Licht gezerrt und der Welt präsentiert werden.

»Ich habe dich nicht verraten«, flüsterte sie in die angespannte Stille hinein. Amaels Schultern verkrampften sich, sein Blick blieb auf einen Punkt an der Wand gerichtet. Er wusste sofort, wovon sie sprach.

»Wieso sollte ich dir jetzt glauben, wenn ich es damals schon nicht tat?«

»Weil es die Wahrheit ist! Du bist ein unglaublich arroganter, widerlicher Kotzbrocken von einem Prinzen, sitzt auf deinem hohen Ross und befehligst andere, labst dich an ihrem Leid! Ich habe keinen Grund, mich bei dir einschmeicheln zu wollen, denn du widerst mich an. Und dennoch …« Thyra suchte nach den richtigen Worten. »Einst warst du das Wichtigste in meinem Leben. Für dich hätte ich alles getan, alles geopfert.«

Amaels entgeisterter Blick landete auf ihr. »Wie weit geht dieser Zauber der Rebellen?!« Binnen eines Wimpernschlages war er bei ihr, über ihr.

Er legte seine Hände auf ihre Schläfen, mit seinem Gewicht drückte er sie in das Polster. Thyra schrie auf, schlug ihm gegen die Brust, zappelte, aber sein Griff lockerte sich nicht. Fremde Macht umhüllte sie, tauchte in sie ein und versetzte sie in eine Sphäre der Pein.

Es war, als brannte die Haut an ihren Schläfen, während ihr Blick in Amaels leuchtendem Violett versank. Rußiger Nebel legte sich über das Weiß seiner Augen und kurz darauf verschleierte sich Thyras Welt.

Zorn und Hass tobten in ihr, sie schlang die Beine um Amaels Körper und drückte zu, wollte ihn verletzen, ihn töten.

Ebenso schnell, wie Amael sie gepackt hatte, ließ er sie los, befreite sich aus ihrer Umklammerung und stolperte rückwärts, bis er an die Wand stieß. Er atmete hektisch, das dunkle Haar fiel ihm wild ins Gesicht, die Adern unter seiner Haut pulsierten schwarz.

»Wie ist das möglich?«, hauchte er.

Thyra sprang auf die Füße, für einen Moment unentschlossen, ob sie zu ihm gehen oder davonrennen sollte. Sie entschied sich für Zweiteres. Wie der Blitz wirbelte sie herum und sprintete aus dem Haus. Frische, nach nasser Erde riechende Luft umfing sie, sanft fielen vereinzelte Regentropfen auf ihre Haut. Maeve graste friedlich auf der Wiese, Shay war nicht mehr zu sehen. In Windeseile löste Thyra die Zügel und warf einen Blick hinter sich.

Amael folgte ihr. Mit großen Schritten nahte er heran, Gras und Moos wurden unter seinen Stiefeln zerdrückt.

Gleich hat er mich eingeholt!

Flugs saß Thyra auf und gab Maeve die Sporen. Sie wusste nur eins: Sie wollte fort von Amael, fort von den Feen, fort von ihrer eigenen Geschichte.

»Bleib stehen!«, brüllte Amael.

Nicht in allen Zeitaltern dieser Welt!

Tiefer und tiefer trieb Thyra Maeve in den Wald, das Blätterwerk wurde immer dichter. Wurzeln, so dick wie Fässer, ragten in den Weg hinein, farnähnliche Pflanzen wuchsen entlang der Baumreihen und rankten sich an den Stämmen empor. Winden und schleimig aussehende Pilze sprossen aus dem Boden, der über und über von Laub bedeckt war. Handtellergroße Käfer krabbelten über die Rinde und verschwanden im Blätterwerk. Abgenagte Knochen und ausgeweidete Tiere lagen verstreut über die Länge des Pfades, Prankenabdrücke am Boden ließen auf einen tierischen Jäger schließen.

Erst als sie sicher war, Amael abgehängt zu haben, zügelte Thyra die Stute und lauschte. Im Unterholz zischte es, langsame Flügelschläge ertönten in der Nacht und immer dickere Regentropfen fielen durch das dichte Blätterdach des Waldes. Thyra sah sich um, die Augen zu Schlitzen verengt. Es war so dunkel, dass sie kaum mehr als Schemen erkannte. Erleichterung, Amael entkommen zu sein, stritt mit Ratlosigkeit. Wo sollte sie hin?

»Jeder Wald endet irgendwann«, murmelte sie. Thyra wusste, in Zemelar war der Schleier in die andere Welt, die Welt der Menschen, am dünnsten. Hier fanden sich viele Portale. Sie musste nur eines davon ausfindig machen, um aus diesen verfluchten Landen verschwinden zu können.

KAPITEL 49

AMAEL

Der Schweif der Stute verschwand zwischen den riesigen Bäumen, deren Kronen mehrere hundert Meter in die Höhe reichten. Eine Weile hörte Amael das leiser werdende Hufgetrappel und legte den Kopf in den Nacken. Regen nässte seine Kleidung, lauer Wind strich über das Land und rauschte durch den Blätterwald. Die Atmosphäre dieser Nacht war magisch und besänftigend. Amael wäre geneigt, sich in das nasse Gras zu legen, die Augen zu schließen und für einen kurzen Moment seinen Verpflichtungen zu entkommen. Zumindest, wenn die Verbannte nicht soeben Hals über Kopf in den *Tappavamél* geritten wäre.

Er fluchte und pfiff scharf. Wiehern ertönte und ein Pferd, groß wie ein Ristarakwolf und schwarz wie die Finsternis in Amaels Adern, trabte heran. Es stammte aus Nerio Malecais persönlichen Reitstall und galt als eines der schnellsten Rösser im gesamten Königreich. Auf seinem Weg hierher hatte sich Amael selbst davon überzeugen können.

Ansatzlos sprang er auf und lenkte den Hengst in den Wald hinein. Seine Rechte lag auf dem Griff seines Schwertes, unablässig suchte er die Umgebung ab, während er den Spuren der Verbannten folgte.

Die Verbannte. Die Dunkle allein wusste, wie es den Gezeichneten gelungen war, seine Manipulation zu brechen. Die Gruppe Abtrünniger, die ihn als Anwärter des Königsthrons ablehnten und einen ominösen wahren Erben verehrten, war mächtig, unnahbar. Nie hatte Amael einen der Ihren zu Gesicht bekommen. Nun jedoch hatten sie ihm ein Geschenk gemacht, von dem er nicht gewusst hatte, wie sehr er sich danach sehnte.

Er hatte es nicht für möglich gehalten, jemals wieder in *ihre* Gefühlswelt einzutauchen, jemals wieder *ihren* Verstand zu erkunden. Sie hatte sich verändert, war weicher geworden, weniger verbissen. Der gehetzte Ausdruck in ihren Augen war verblasst, die Kraft ihrer Muskeln geschwunden. Und doch war sie es, ohne jeden Zweifel.

Das Feuer seiner Existenz.

Thyra.

Ein spitzer Schrei gellte durch die Finsternis des Hains, gefolgt von panischem Wiehern.

»Bei allen Göttern!« Fest trieb Amael dem Hengst, dessen Namen er nicht einmal kannte, die Fersen in die Flanken und zog sein Schwert. Die Kreaturen des Waldes waren erwacht und es dürstete sie nach Blut. Feenblut.

KAPITEL 50

THYRA

Die Bäume wogten im Wind, Blätter raschelten und kleine Zweige brachen mit leisem Knacken.

Etwas ist hier.

Thyras Puls flatterte. Angespannt zog sie ihr Messer, suchte die finstere Umgebung ab. Ihr Atem stieg in weißen Wölkchen auf, so kalt war die Luft. Maeve schnaubte und tänzelte auf der Stelle. Die Stute witterte ebenfalls die Gefahr, die sich vor Thyras Augen verbarg.

Da! Direkt vor ihr! Ein Schemen huschte durch das Dickicht!

Thyra sprang vom Pferd. Vorsichtig schlich sie auf das Unterholz zu, die Klinge erhoben. Links von ihr barsten Zweige. Thyra wirbelte herum. Schweiß trat ihr auf die Stirn.

»Zeig dich!«, forderte sie und hinterfragte ihre Taktik im gleichen Moment.

Hinterhältiges Kichern hallte durch die Nacht und wurde von den Bäumen zurückgeworfen. Eisiger Atem strich über Thyras Nacken. Ihr entfuhr ein gellender Schrei. Maeve wieherte panisch, bäumte sich auf und stob davon. Blind schlug Thyra nach hinten, duckte sich und drehte sich im Kreis.

Sie sah einzig die gräulichen Bäume in der Dunkelheit und bunte Punkte, die ihr die Schwärze vor Augen führte.

Das Gewicht eines erwachsenen Mannes fiel auf ihre Schultern, scharfe Klauen gruben sich unter ihren Schlüsselbeinen in die Haut. Reflexartig ließ sie ihr Messer fallen. Thyras Knie brachen ein, sie stürzte zu Boden. Der Geschmack von Eisen explodierte in ihrem Mund, vereinte sich mit bittersüßer Panik und Kampfeslust zu einer intensiven Symphonie. Sie rollte herum, griff nach den Klauen und zerrte ruckartig daran. Ein Wesen, bleich, mit riesigen dunklen Augen und gebleckten Zähnen, schnappte nach ihrem Hals. Der Geruch von verfaultem Fleisch und altem Blut reizte Thyras Würgereflex.

Erinnerungen prasselten auf sie ein. Das Wesen war ein Revenha, ein widerwärtiges Geschöpf, das Feenblut liebte wie Sonnenblumen das Licht.

»Lass mich los, du Aas!« Thyra winkelte die Beine an und rammte sie dem Ding in den Magen. Von der Wucht ihres Tritts überrascht, taumelte es nach hinten. Kristallklare Ruhe erfüllte Thyra, ihr Herz verlangsamte sich. Sie sprang auf, zog einen der Dolche aus ihrem Gurt und umkreiste das Wesen. Es stieß einen rachsüchtigen Schrei aus, kletterte blitzschnell an einem Baum hoch und warf sich von oben mit gestreckten Klauen auf Thyra.

Sie wich zur Seite aus und das Wesen landete auf allen vieren. Es knurrte, umkreiste Thyra und versuchte, ihre Deckung zu durchbrechen.

Ich muss diesen Kampf beenden, bevor es mir die Kehle aufschlitzt!

Sie war im Nachteil. Der Revenha hauste in diesen Gefilden, vermochte die Finsternis zu durchblicken wie Thyra das Sonnenlicht. Wollte sie siegen, musste sie ihn überraschen.

Die Kreatur machte einen Ausfallschritt auf sie zu. Thyra zückte den Wurfstern und schleuderte ihn auf ihren Angreifer. Getroffen ruckte er zurück und zog die Waffe aus seinem Fleisch. Ohne den Blick von Thyra zu nehmen, fuhr der Revenha mit seiner langen, spitzen Zunge über das Metall.

»Verdammt, das ist widerlich!« Thyra sprang beiseite, stieß sich von einem Felsen ab, der zwischen zwei Baumstämmen aus dem Boden ragte, und nutzte den Schwung, um nach vorn zu springen, über den Revenha hinweg, der ihr auf dem Fuß folgte. In der Luft hieb sie nach ihrem Gegner und schlitzte ihm den Rücken auf. Der Revenha kreischte auf, wand sich unter der Klinge und stürzte sich auf Thyra.

Ineinander verkeilt schlitterten sie über den rutschigen Erdboden, bis ein umgefallener Baumstamm Thyra die Füße wegzog. Rückwärts kippte sie über die nasse Rinde und kam mit dem Rücken auf dem Stamm zum Liegen. Beißender Gestank und gierige Klauen folgten ihr, gruben sich in ihre Arme, ihre Schultern, ihren Hals. Stechender Schmerz drohte sie zu überwältigen, sie stöhnte auf. Mit groben Bewegungen packte sie den Schädel des Revenha mit beiden Händen und drehte ihn kräftig gegen den Uhrzeigersinn. Es knackte, knirschte und – das Wesen erschlaffte.

Der leblose Körper brach über ihr zusammen. Thyra schob den stinkenden Leib von sich und purzelte kopfüber in den Schlamm. Atemlos blieb sie liegen, spürte die Feuchtigkeit des Bodens und roch den Regen in der Luft, während sie zu den Baumwipfeln hinaufsah und ein einzelner Stern zwischen den Wolken hervorblitzte.

Wohin soll ich jetzt gehen?

Sie war verletzt und Maeve längst über alle Berge. Außerdem hatte Thyra die Orientierung verloren und Proviant hatte sie auch keinen dabei. Frustriert richtete sie sich auf. Warmes Blut lief ihre Arme hinab, die Schnitte pulsierten dumpf.

Ein Knacken im Geäst versetzte sie wieder in Alarmbereitschaft. Augenblicklich rappelte sie sich auf, zückte erneut ihren Dolch und stellte sich mit dem Rücken an einem Baumstamm.

Gibt es hier noch mehr von diesen Kreaturen?

Ein Schatten flitzte durch die Dunkelheit, Hufgetrappel erklang. So leise sie es vermochte, kletterte Thyra auf den Baum. Mehrfach drohte sie abzurutschen und befürchtete, mit den Geräuschen weitere Jäger anzulocken. Endlich saß sie rittlings auf einem breiten Ast. Der Schemen näherte sich. Er war groß, hielt sich aufrecht auf einem Ross, das sich mit ruhiger Gelassenheit durch den Wald bewegte. Leuchtend violette Augen durchschnitten die Finsternis. Ihr Verfolger war Amael.

Verfluchte Hölle, nein!

Fieberhaft dachte Thyra nach. Es gab eine Möglichkeit, eine Chance, ihn loszuwerden. Sie musste schnell sein, kompromisslos und hart.

Amael ritt durch den Wald, als wäre er allein auf dieser Welt. Nicht ein Funke Furcht war in seiner Haltung erkennbar. Er hielt ein wuchtiges Schwert in der Hand, sein Blick glitt rastlos über die Umgebung. Der Prinz saß ab und hängte die Zügel des Pferdes lose über einen Ast. Er war drei Schritte von Thyras Versteck entfernt, da entdeckte er den toten Körper und kniete sich hin. Er strich über die bleiche Haut, murmelte etwas, hob das Schwert und trennte dem Wesen sauber den Kopf ab. Knapp unterdrückte Thyra ein angewidertes Keuchen. Amael trat zurück, als begutachtete er sein Werk. Er war noch zwei Schritte entfernt, noch einen …

Thyra spannte ihre Muskeln an. Lautlos rauschte sie durch die Luft und landete auf seinem Rücken. Amael taumelte nach vorn und Thyra hob den Dolch, wollte ihn tief in Amaels Fleisch treiben. Metall schabte über Metall, ein Fluch schallte durch die Nacht, schwielige Hände packten Thyra. Sie wurde durch die Lüfte geschleudert und krachte zu Boden. Ihre Lungen versagten den Dienst, hektisch versuchte sie, einzuatmen, doch Amael war bereits über ihr. Sein stechender Blick verhakte sich in ihrem, er umklammerte ihre Handgelenke, während seine Füße ihre Beine blockierten.

»Lass mich los!«, verlangte sie, Zorn vernebelte ihren Verstand.

»Schweig!«, knurrte er zwischen zusammengebissenen Zähnen. Sein Blick sprang von ihr auf ihre Umgebung, suchte die Bäume und den Boden ab. »Oder willst du gegen eine Schar Revenha kämpfen?!«

Thyras Emotionen erschwerten ihr die Konzentration, Wut und Schmerz vereinnahmten sie und ließen ihr Gedächtnis verblassen. Sie zog die Augenbrauen zusammen.

»Die Menschen nennen sie Wiedergänger oder Vampire. Sie hausen in den Schatten des *Tappavamél*, des ewigen Dunkelwaldes und bringen jedem, der sich hierher verirrt, den Tod.«

»Das weiß ich!«, zischte sie mühsam beherrscht.

»Weshalb hast du ihn dann nicht enthauptet? Hattest du auf noch eine Runde mit ihm gehofft?« Amaels Stimme klang hart und die Arroganz darin war kaum erträglich. Thyra biss die Zähne zusammen.

Ich habe vergessen, wie man Revenha tötet.

Sie könnte es auf den Bann, die Schmerzen oder sogar die späte Uhrzeit schieben, doch die Wahrheit war eine andere.

Sie, die Schwarze Assassine, hatte ihr Handwerk verlernt.

Eher friert die Kiretos zu, bevor ich ihm das gestehe.

»Ich kam nicht dazu, bevor du hier wie ein Barbar eingefallen bist«, konterte sie reichlich verspätet und linste an Amael vorbei in die Schwärze. Allmählich beruhigte sich ihr Puls, das Gefühlschaos in ihrem Inneren versiegte. Übrig blieben der Überlebenswille und der Wunsch, gegen das Unbekannte zu bestehen.

»Du solltest mich besser freigeben«, sagte sie und zog herausfordernd eine Augenbraue in die Höhe. »So wirst du dich wohl kaum wehren können.«

Amael blinzelte verwirrt, bevor sein Blick über ihre Gestalt glitt und sich Erkenntnis auf seinen Zügen ausbreitete. Nahezu verlegen löste er seinen Griff und richtete sich auf, um gleich darauf ihren Arm zu packen und sie hochzuziehen.

Schmerz durchfuhr Thyra, sie zuckte zusammen und ein scharfer Fluch entwich ihr.

»Was ist? Bist du verletzt?«

Bilde ich mir das ein oder klingt Amael besorgt?

»Es ist nichts. Der Revenha hat mich erwischt, es verheilt sicher bald.«

»Das wird es nicht, du —«

Ein Kreischen schrillte durch den Wald, gefolgt von wildem Gackern. Amaels Kopf ruckte herum, er griff nach seiner Waffe.

»Sie haben unsere Witterung aufgenommen. Komm!« Ehe sie sich versah, saß Thyra vor Amael im Sattel, eng an den Hals des schwarzen Pferdes gepresst, Amaels muskulösen Oberkörper an ihrem Rücken. Widerwillen stieg in ihr auf, sie sehnte sich nach Abstand und Freiheit. Und dennoch fühlte sie sich beschützt, sicherer als jemals zuvor, seit sie in diese fremde, ihr einst so vertraute Welt gekommen war.

Thyra vermochte nicht abzuschätzen, wie lange sie schon durch die Finsternis ritten. Der Wald schien kein Ende zu nehmen. Dunkle Schemen huschten hinter ihnen her, hangelten sich über die Äste der Bäume, gackernde Laute hallten in Thyras Ohren wider und eisige Kälte warnte sie vor der Nähe der Untoten. Schmerzlich wurde Thyra bewusst, dass sie zwei Messer und einen Wurfstern bei ihrem Kampf gegen den Revenha verloren hatte. Käme es zu einem weiteren Zusammenprall, war sie schlecht gerüstet. Trotzdem blickte sie einer Konfrontation gelassen entgegen. Den Revenha zu überwältigen, hatte sich angefühlt wie eine Neugeburt. Zu kämpfen war das, was sie kannte. Was sie beherrschte.

Ihr Herz pochte beständig, Zufriedenheit und Ruhe liebkosten Thyras Nerven. Ein Gedanke, fremd in seiner Botschaft und doch so wahr, dass er die Grundfesten ihrer Seele erschütterte, schoss durch ihren Kopf. Das Exil hatte seine Spuren an ihr hinterlassen und sie geprägt. Doch eines verstand sie mit umfassender Klarheit. Sie war eine Alancrá, eine Assassine. Sie war für das Schlachtfeld geboren und dorthin würde sie zurückkehren.

Frostige Windböen hüllten sie ein. Amael fluchte und drängte Thyra näher an den Hals des Pferdes. Sie hörte metallisches Schaben und gieriges Kichern. Thyra drehte den Kopf. Adrenalin jagte blitzartig durch ihre Adern. Direkt neben ihnen, nahezu auf Augenhöhe, raste eines der bleichen Wesen. Hungrig streckte es die Klauen nach dem warmen Tierleib aus. Eine Klinge sauste herab und Amaels Schwert hackte die Hand des Revenha ab. Kreischend fiel der Revenha zurück und Amael stieß erleichtert die Luft aus.

»Wohin reiten wir?«, fragte Thyra und richtete sich etwas auf. Von der verkrampften Haltung tat ihr jeder Knochen weh.

»Weg von den Revenha«, lautete die knappe Antwort.

Mit Mühe unterdrückte Thyra ein genervtes Augenrollen. »Und wohin?«

Amael schnaubte ungeduldig und mehrstimmiges Gackern erscholl dicht hinter ihnen. Thyra spürte, wie Amael sich im Sattel drehte und einen Fluch ausstieß.

»Übernimm die Zügel, wir müssen hier weg. Und im Namen der Kasétu, brems nicht, oder wir sind beide tot.«

»Was —« Ehe sie sich versah, drückte Amael ihr die Zügel in die Hände und rückte von ihr ab. Entsetzt wandte Thyra den Kopf. Amael setzte sich rücklings auf das Pferd, in jeder Hand eine Klinge. Es war Thyra unbegreiflich, wie es ihm gelang, nicht herunterzufallen.

Das Pferd setzte über einen umgestürzten Baumstamm hinweg und Thyra richtete ihre gesamte Aufmerksamkeit nach vorn. So sehr sie es hasste, sie musste sich darauf verlassen, dass Amael ihren Rückzug schützte und die Revenha abwehrte.

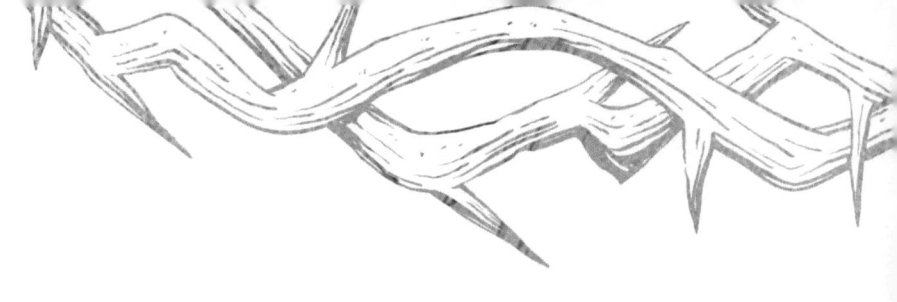

KAPITEL 51

THYRA

Das Dunkel des Waldes lichtete sich und gab den Blick auf regennassen, dunklen Sand und im Mondlicht glitzerndes Wasser frei, während sie unentwegt weiterritten. Nahe am Ufer entdeckte Thyra einen hoch in die Nacht ragenden Bau, bestehend aus Säulen, einem gewundenen, spitzen Dach und Pflanzen, die sich über das gesamte Mauerwerk wanden. Einige der Säulen waren geborsten, große Steine lagen verstreut herum und ein Vogel hatte sein Nest in den dichten Ranken gebaut.

»Was jetzt?«, brüllte Thyra. Sie spürte Amaels kraftvollen Bewegungen, hörte, wie seine Klinge durch verfaultes Fleisch schnitt. Kurz darauf flog der Schädel eines Untoten an ihr vorbei. Das Pferd scheute, sein helles Wiehern schallte laut durch die Nacht. Nur mit Mühe gelang es Thyra, das Tier auf Kurs zu halten.

»Das ist ein alter Tempel der Kasétu! Dort finden wir Schutz!«

Sofort lenkte Thyra das Pferd auf den Tempel zu, setzte über Felsbrocken hinweg und entdeckte ausgeblichene Skelette anderer Wanderer dieser Pfade. Das hohe Kichern und Kreischen der Revenha wurde lauter, aus dem Augenwinkel nahm Thyra eine Bewegung rechts von sich wahr.

Die Klauen eines Revenha gruben sich tief in Thyras Wade, bevor sie reagieren konnte. Schmerz flammte durch ihr Bein. Thyra schrie auf und trat nach der Kreatur, doch sie ließ nicht von ihr ab.

»Amael!« Der unterdrückte Schmerz ließ ihre Stimme zittern.

Eine silberne Klinge sauste dicht an ihrem Körper vorbei und trennte die Klauen vom Rest des Armes des Revenhas. Gequältes Kreischen grub sich in Thyras Ohren. Sie galoppierten in halsbrecherischem Tempo über die Lichtung zu dem verlassenen Tempel. Das Geräusch der Pferdehufe auf dem nassen Sand vermischte sich mit Thyras wummerndem Puls und dem Gackern ihrer Verfolger. Es schien von überall zu kommen. Thyra zügelte das Ross just, als sie die Ruine erreichten. In einer fließenden Bewegung saß sie ab und Amael tat es ihr gleich. Ohne ein Wort zu verlieren, stellten sie sich vor das Pferd, das ihre einzige Chance darstellte, den Revenha zu entkommen. Thyra zog ihr verbliebenes Messer. Ihr Atem vermischte sich in einer weißen Wolke mit dem von Amael. Lautes Kichern schmerzte in Thyras Ohren, die eisige Kälte ließ sie zittern.

Die Revenha näherten sich von allen Seiten. Durch den schmalen Säulengang sah Thyra erst zwei, dann drei und schließlich ein ganzes Rudel bleiche Bestien. Ihre Haut reflektierte das Mondlicht, ihre Augen schienen die Dunkelheit zu absorbieren.

»Kasétu, steh uns bei!« Amael richtete seine Handflächen nach oben und senkte für eine Sekunde den Kopf.

Er ruft die Götter. Als würden die uns retten!

Schlammig-braune Schlieren tanzten vor Thyras Augen, ihr Atem rauschte in ihren Ohren. Die Umgebungsgeräusche vermischten sich mit einem nervtötenden Piepsen.

Das Pferd schnaubte nervös, stampfte auf den geborstenen Stein. Mit einem Satz sprang ein Revenha durch den Säulengang, hinein in den Tempel. Amael warf sich ihm entgegen, seine Klinge durchschnitt die Luft. Der Untote erstarrte in seiner Bewegung. Feine Risse durchzogen seine Haut, sein gieriges Kichern wich hellem Jaulen. Haut, Fleisch und Knochen zerbröckelten, bis einzig ein Häufchen Krümel von der

Existenz des Revenha übriggeblieben war. Thyra blinzelte, versuchte, zu begreifen, was soeben geschehen war. Amael wich zurück. Erkenntnis huschte über sein Gesicht.

»Die Macht der Fünf ist ungebrochen an diesem Ort!« Er vollführte eine umfassende Geste. Eine Wand aus Wasser brach aus dem Boden. Sie war durchsetzt von violett-schwarzen Strängen. Ein sichtbarer Ausdruck von Amaels einzigartiger Magie. »Im Namen der Göttin Kasétu verbanne ich euch zurück in die Schatten, aus denen ihr gekommen seid!«, rief Amael.

Hohes Quietschen erklang, einige Revenha sprangen gegen die Barriere und erlitten das gleiche Schicksal wie ihr Vorgänger. Verspätet begriff Thyra, dass dieser Ort heilig war. Das Piepsen in ihren Ohren wurde lauter, der Schmerz in ihren Armen und ihrer Wade drängte sich in ihr Bewusstsein. Sie geriet ins Wanken, stolperte und fiel. Ihr Gesicht landete in stinkendem Moos, doch ihr fehlte die Kraft, aufzustehen. Ihre Glieder fühlten sich schlaff an, leblos. Amaels Stiefel tauchten vor ihr auf, er rüttelte an ihrer Schulter.

»Verdammt! Wo bist du verletzt? Sag schon, Verbannte!«

Thyras Atem ging behäbig, Säure brannte in den Wunden und die Welt begann sacht zu schaukeln. Amaels Stimme wurde mit hunderten Echos in ihrem Schädel zurückgeworfen, sein Abbild vervielfältigte sich, verdrehte sich, seine Augen wurden größer, dann kleiner, seine Nase schwoll zu der Form eines Ballons an und seine Ohren formten sich zu gigantischen Segeln, dann zu spitzen langen Hasenohren.

»Thyra, verdammt! Rede!«

Seine Stimme … sie klingt so merkwürdig …

Thyras Zunge lag taub und nutzlos in ihrem Mund, ein pelziges Ding mit eigenem Willen. Ihre Augen verdrehten sich, oder war es die Umgebung? Der braune Schlamm überwucherte alles, vereinnahmte Thyra und zog sie hinab in tiefes Moor, kalt, nass und von vernichtendem Gewicht.

KAPITEL 52

AMAEL

Thyra, verdammt! Rede!« Amael rüttelte Thyra, deren Augen sich verdrehten, bis nur noch das Weiß darin sichtbar war. Schaum stand ihr vor dem Mund und erstickte Laute drangen aus ihrer Kehle. Frustriertes Kreischen im Säulengang des Tempels rief seinen Namen und weckte die Dunkelheit in ihm. Er könnte dort hinausgehen und sich den Boten des Todes stellen. Ihr Ende würde seiner Essenz weitere Macht verleihen. Doch damit würde er Thyra dem Schnitter überantworten.

Amael fluchte und griff nach seinem Messer. Das Sekret der Revenhakrallen waren pures Gift für Feen. Versorgte er die Wunden nicht, bevor das Toxin ihr Herz erreichte, erlag Thyra ihren Verletzungen.

Kritisch prüfte Amael seine Magie. Die Macht der Götter in diesem Tempel verstärkte seinen Willen und seine Magie. Mit schnellen Bewegungen zerschnitt er den Stoff von Thyras Oberteil und erschrak. Tiefe Kratzer zierten ihre Schultern und Oberarme bis hinauf zu ihrem Hals und dunkle Flüssigkeit sickerte aus der zerstörten Haut, die bereits entzündlich verfärbt war.

Thyras Verletzungen waren fatal, ihr unsteter Blick war starr gen Decke gerichtet, das Leben in ihren Augen nahezu erloschen.

»Gütige Götter, helft ihr!«

Mir rennt die Zeit davon!

Rasch griff er in seinen Umhang und holte Keisaruhkraut hervor. Die Pflanze wuchs im Palastgarten des Königs, ebenso wie auf einigen Bergen und in Felsspalten. Nur wer genug Macht besaß, vollbrachte es, das Kraut zu pflücken, das so wertvoll in Gefechten war. Amael trug es seit seinem ersten Kampf stets bei sich. Er riss die langen Blätter entzwei, die mit einem feinen Pelz überzogen waren, der Revenhatoxin sowie Eisen aus dem Kreislauf einer Fee zu ziehen vermochte.

»Das wird jetzt wehtun«, sagte er, obgleich er sicher war, dass Thyra ihn nicht hörte. Er streckte seine Macht aus und versiegelte ihren Geist, griff einen dicken Ast, den der Wind in den Tempel geweht haben musste, und klemmte ihn zwischen ihre Zähne. Mit ruhiger Hand drückte er das Kraut in die Wunden.

Thyra bäumte sich auf, wand sich unter seinem Griff, erstickte Schreie bohrten sich in seine Seele, ihre Glieder bewegten sich ruckartig, unkontrolliert. Amael verdrängte jeden Funken Mitleid, der sich in ihm regte. Thyra ging durch die Kiretos und die Fünf allein wussten, ob sie jemals wieder aufwachte.

Er öffnete die Handflächen und richtete den Blick gen Kuppel.

»Heilige Kasétu, ich rufe dich. Höre mich, Amael Malecai, Sohn des rechtmäßigen Feenkönigs und Thronerbe des Reiches der Vier Lande. Lasse deine Glorie über das Leben dieser Feuertochter leuchten und errette sie vor den Abgründen der Kiretos!«

KAPITEL 53

THYRA

Gräuliches Zwielicht umgab Thyra, unterbrochen von durchscheinenden Lichtgestalten, deren Umrisse schemenhaft erkennbar waren. Sie hörte keinen Laut, spürte keinen Luftzug, nicht einmal den Boden unter ihren Füßen fühlte sie.

»Hallo?« Ihre Stimme echote in die Leere, vervielfachte sich und erstarb, ohne eine Antwort zu erhalten.

Wo in aller Welt bin ich?

Energisch wedelte sie mit der Hand vor einer der Lichtgestalten umher. Sie sah aus wie eine Fee, ein leerer Ausdruck lag auf ihrem Gesicht. Die Gestalt bemerkte sie nicht. Unbeeinflusst schwebte sie weiter und fuhr durch Thyra hindurch. Eisiges, fast schon schmerzhaftes Kribbeln erfasste Thyra, sie stolperte beiseite und rieb sich über die Arme.

»Hey!«, rief sie in die graue Unendlichkeit hinein. »Wo bin ich? Ist hier jemand?« Wie kam sie hierher? Gerade hatte sie noch im Dunkelwald um ihr Leben gekämpft!

Moment. Der Wald. Die Revenha.

Eine unsichtbare Hand schnürte ihr die Kehle zu.

Bin ich gestorben? Ist dies das Leben nach dem Tod?

Panisch drehte Thyra sich im Kreis, ihr Herz klopfte schnell, beinah so schnell wie die Flügel eines Kolibris. Hatten Tote einen Herzschlag? Klebrige Angst wollte sich ihrer bemächtigen. Sie sah sich um und rannte los, wich dutzenden Lichtgestalten aus und scheiterte mindestens ebenso häufig bei dem Versuch. Es war, als rannte sie auf der Stelle. Nichts änderte sich, alles blieb einheitlich grau und düster. Eine beängstigende Ahnung befiel sie.

»Lasst mich zurück!«, brüllte sie in das Zwielicht.

Das kann unmöglich mein Ende sein!

Erheitertes Lachen füllte die Luft, kam von überall und nirgendwo, prallte an unsichtbaren Wänden ab und umkesselte Thyra. Sie fuhr mit der Hand an ihre Hüfte, griff nach ihrem Messer und – fasste ins Leere. Entsetzt probierte sie es erneut und griff mitten durch das metallische Heft.

»Du kannst hier nichts anfassen, Assassine.« Eine Stimme, so sanft wie Sommerregen und so hart und kalt wie die Kante eines Gletschers in der Eiszeit erklang. Thyra lenkte ihren Blick durch das Grau, suchte nach dem Urheber der Worte, und fand eine Gestalt. Es war eine Frau, und anders als die Lichtwesen war sie nicht durchscheinend. Sie trug ein weißes Kleid, ein dunkler Umhang verhüllte ihre Silhouette und barg ihr Gesicht in den Schatten. Thyra drückte den Rücken durch und kniff die Augen zusammen.

»Wer bist du und was willst du?«

»Wer ich bin?« Die Frau lachte erneut und jeder Ton glitt wie ein Rasiermesser über Thyras Haut. »Wahrlich, erkennst du den Ursprung deiner Macht nicht mehr?«

»Den Ursprung meiner –« Uralte Präsenz zwängte sich in Thyras Körper, raubte ihr jede Gewalt über die eigenen Glieder. Stocksteif verharrte sie, während die Frau um sie herumstolzierte. Ihre Finger strichen über Thyras Haut, ihre Arme, ihre Schultern, ihren Rücken und setzten jede Zelle in Brand. Thyras Kopf fiel in den Nacken und sie erhaschte einen Blick unter die Kapuze.

Augen, in denen die Unendlichkeit wohnte, ruhten auf ihr, vergruben sich in ihrer Essenz und weckten, was so lange außerhalb ihres Verständnisses gelauert hatte. Die gleiche Finsternis, die Thyra durchströmte, fand ihren Ursprung in dieser weiß gekleideten Frau.

Und Thyra begriff.

Ehrfurcht erfasste sie, begleitet von allumfassender Angst.

»Du bist die große Mutter«, wisperte sie. Die Macht verschwand und sämtliche Spannung verließ ihre Muskeln. Thyra sank zu Boden. Sie hatte fast die Oberste aller Götter angegriffen, nachdem sie monatelang ihren Glauben an sie negiert hatte!

Großer Gott, ich habe die Götter vergessen!

»Vergebt mir meinen Frevel, Kasétu.«

»Erhebe dich, Assassine. Es ist nicht deine Schuld, dass du vergessen hast, darüber bin ich wohl informiert. Mit dem Prinzen habe ich noch meine eigene Rechnung offen. Doch nun zu dir und dem Grund für deine Anwesenheit.«

Thyra schluckte.

»Du hast es womöglich geahnt. Dies hier ist der dunkelste Teil der Nachwelt, die Kiretos. Die Menschen würden es wohl als Hölle bezeichnen, denn wer nach dem Leben hierhergebracht wird, erlangt niemals Glückseligkeit. Hier wirst auch du die Ewigkeit verbringen. Es sei denn, meine Finsternis, das wahre Gesicht der Fünf, erhält dich am Leben, wo die Heilkräfte der Feen jämmerlich versagen. Doch das hat einen Preis.«

»Was auch immer Ihr verlangt, Göttin.« Thyra war nicht bereit zu sterben, nicht bereit, die Welt der Lebenden zu verlassen. Zu viel war unerledigt geblieben. Sie würde alles tun, um aus diesem Loch herauszukommen. Das fortwährende Dämmerlicht, die Einsamkeit und der Nachhall größten Schmerzes vergangener Tage raubten ihr den Atem.

»Sei gewarnt, es wird nicht einfach werden und niemals wirst du dich auf mich berufen. Tust du es dennoch, wische ich dich binnen Sekunden bis auf das letzte Molekül von dieser Welt.«

Thyra nickte. Wozu brauchte Kasétu sie, eine einfache Fee? Samtweiche Lippen legten sich an ihre Schläfen, sie spürte die Unendlichkeit direkt an ihrem Ohr.

»Töte den Feenkönig.«

Ein Schrei löste sich von Thyras Lippen, jäh richtete sie sich auf und stieß sich den Schädel an. Ein Fluch stimmte in den ihren ein. Sie riss die Augen auf. Amael taumelte rückwärts und hielt sich die Stirn.

»Sieh an, wer da erwacht ist.« Amael starrte sie grimmig an. Thyra hingegen hatte keinen Blick für ihn übrig.

Wo ist die Göttin? Wie bin ich wieder zurückgekehrt? Heißt das, ich lebe? Warum soll der Feenkönig sterben? Und wieso ... wieso soll ausgerechnet ich ihn zur Strecke bringen? Und noch viel wichtiger: Wie?!

»Es ist ein Wunder, dass du aufgewacht bist. Dein Herz hatte aufgehört zu schlagen und deine Seele war bereits verkümmert.«

»Wa... was?« Thyra schüttelte den Kopf. Allmählich erinnerte sie sich an die wilde Verfolgungsjagd, den Kampf mit den Revenha, die verzweifelte Hoffnung auf Hilfe von den Göttern, die sie in diesem alten Ort des Glaubens gefunden hatten. »So leicht bin ich nicht umzubringen«, sagte sie rau. Die Göttin hatte sie sprichwörtlich aus der Kiretos geleitet, doch Amael durfte das nie erfahren.

Der Prinz der Vier Lande hockte sich vor sie, musterte sie, als suchte er nach etwas. Thyra folgte seinem Blick und stockte.

»Du hast meine Uniform aufgeschnitten?« Die Ärmel waren abgetrennt, rote Striemen zeichneten ihre Haut und Verbände wanden sich um ihre Oberarme bis hinauf zu ihrem Hals, ebenso spürte sie einen festen Verband an ihrer Wade.

»Hätte ich dich sterben lassen sollen?« Amael zog eine Augenbraue empor und sie schnaubte. Ihr Rachen fühlte sich merkwürdig an und ihr Kopf war wie in Watte gepackt, aber sie lebte. Obgleich dies nicht Amaels Verdienst war, würde sie ihn das glauben lassen.

»Nein.« Sie zögerte. »Danke.«

Amael lief hinüber zu dem Hengst, den er offenbar während Thyras unfreiwilligen Ausflug in die Nachwelt an einer Säule festgebunden hatte. Er griff in die Satteltasche und warf ihr ein Stück Leder zu. Erst auf den zweiten Blick erkannte Thyra, dass es sich dabei um eine neue Garnitur der Uniform der Alancrá handelte.

»Wieso läufst du mit Wechselgarnitur durch die Wildnis?«, fragte sie skeptisch.

»Nicht jeder stinkt freiwillig nach dem Staub der Wüste Palos', vermischt mit dem Gestank eines Untoten.«

Empört schnappte Thyra nach Luft. »Ich stinke nicht!«, fauchte sie und roch unauffällig an dem, was von ihrer Kleidung noch übrig war. Nur mühsam vermochte sie ein Würgen zu unterdrücken.

Götter, sie stank wirklich!

Missmutig rappelte sie sich auf und sah zu Amael. »Dreh dich um.«

»Da ist nichts, was ich nicht schon gesehen habe.« Ein anzügliches Funkeln trat in seine Augen und konkurrierte mit Erinnerungen an verbotene Momente, gestohlene Küsse und leidenschaftliche Verzweiflung. Hitze schoss Thyra in die Wangen.

»Das war keine Bitte.«

Amael verzog das Gesicht zu einem lasziven Grinsen, bevor er sich demonstrativ seufzend zu dem Säulengang umdrehte. Flugs wandte Thyra ihm ihrerseits den Rücken zu, wechselte die Hose und streifte das zerschnittene Oberteil über den Kopf. Sie griff nach der sauberen Uniform, streckte beide Arme durch die Ärmel und zog es mit einer Bewegung über. Das Leder verdrehte sich, stechender Schmerz zuckte durch die striemigen Narben an ihrem Schulterblatt. Thyra stieß zischend die Luft aus.

»Verflucht!«

Sofort hörte sie, wie Amael sein Gewicht verlagerte. Hastig richtete sie das Leder, zerrte regelrecht an dem widerstandsfähigen Material. Im gleichen Moment spürte sie eine raue Hand an ihrem entblößten Rücken, knapp neben ihrer Wirbelsäule.

»Wer«, Amaels Stimme vibrierte, »hat dir das angetan?«

»Die Narben? Sie zeichnen meinen Rücken seit langer Zeit. Wenn ich mich recht erinnere, warst sogar du es einst, der sie mir zufügte.« Gleichgültig zuckte Thyra die Schultern.

»Spar dir den Atem, Verbannte. Ich erinnere mich an jede einzelne Strieme, jeden blauen Fleck, jede Zerrung, die ich dir zufügte. Diese Narben sind frisch, kaum einen Monat alt und mitnichten meiner Führung entsprungen.« Er packte sie am Ellbogen und wirbelte sie herum, zog sie dicht an seine Brust. Sein violett-schwarzer Blick sandte Schauer über Thyras Körper. Sein Kiefermuskel mahlte vor Wut. »Sag es mir. *Wer* hat das getan?« Der Geruch von Nebel und Meerwasser streichelte Thyras Sinne. Sie glaubte beinahe, Salz auf ihren Lippen zu schmecken. Voller Zorn reckte sie das Kinn vor. Er war ihr so nah, es wäre ein leichtes, seine Kehle durchzubeißen.

Oder ihn zu küssen.

Bei den Göttern, nein!

»Es war dein Onkel, Rhamnus Malecai. Lorcan und ich wollten bei ihm auf unserer Reise nach Shahin-la unterkommen. Doch nachdem ich seine Avancen ablehnte, seine Mätresse zu werden, peitschte der Großherzog mich aus.« Amaels Pupillen weiteten sich und der Griff um ihre Arme wurde fester. Ruppig schüttelte Thyra seine Hände ab.

»Aber was interessiert es dich!?«, fauchte sie und ging auf Abstand, tigerte vor dem Pferd umher. »Du hast mir meine Identität geraubt! Was sind dagegen schon ein paar weitere Narben.«

»Das ist nicht –«

»Was? Nicht das gleiche?« Thyra lachte hart auf. »Da hast du vollkommen recht. Lieber lasse ich mich noch hundert Mal auspeitschen, als noch einmal den Fehler zu begehen, dir zu vertrauen!«

Verletzter Stolz und unverhohlener Ärger huschten über Amaels Gesicht. »Nicht ich bin hier der Verräter!«, knurrte er und richtete den Zeigefinger auf sie. »Ich war bereit, für dich sämtliche Regeln zu brechen, doch du hattest nichts Besseres zu tun, als mich zu hintergehen!«

»Und du hast dich offenbar an diesem Schwachsinn aufgehangen! Ich habe dich nicht verraten. Du warst alles für mich, du verdammter Arsch!«

»Du hast Lorcan geheiratet!«, brüllte er aus vollem Halse. Eine Ader an seiner Schläfe pulsierte in schnellem Takt. Perplex blinzelte Thyra und hielt in der Bewegung inne.

»Darum geht es hier?« Sie schüttelte den Kopf. »Nein. Nein, darüber diskutiere ich nicht. Du hattest jede Chance, deinem Vater die Stirn zu bieten, dich für mich zu entscheiden. Alles, was du mir geben wolltest, war Heimlichtuerei.« Thyra wandte sich den Säulen zu, ihr Puls raste. In den Schatten konnte sie das gierige Schnuffeln der Revenha hören, lange Klauen schabten über alten Fels. Ihre Verfolger hofften darauf, dass ihre Beute den Tempel verließ.

»Du weißt, dass das nicht stimmt.« Amael stand plötzlich wieder direkt hinter ihr. Sein Atem streichelte ihre Haut und die Wärme seines Körpers raubte ihr den Verstand. Wider besseres Wissen drehte Thyra sich ihm zu und musterte ihn. Musterte ihn, als sähe sie ihn zum ersten Mal.

Das markante Kinn und die vollen Lippen, die gewohnt waren, Befehle zu sprechen. Das dunkle Haar, welches sich kaum von der Finsternis weiter hinten im Tempel abhob. Die kräftigen Muskeln, die von harter Arbeit und Disziplin zeugten und binnen Sekunden ein Leben auszulöschen vermochten.

Ziehende, verzweifelte Sehnsucht höhlte ihre Brust aus.

»Ich hätte dir meine Welt zu Füßen gelegt, selbst wenn es bedeutet hätte, auf den Thron zu verzichten. Ein einfaches Leben mit dir ist tausendmal mehr wert als jede Krone der Welt.« Amael hob die Hand. Langsam, als wolle er ihr Zeit geben, zurückzuweichen, überbrückte er die Distanz zwischen ihnen und strich über ihre Wange, bis seine Hand in ihrem Nacken zum Liegen kam. Thyra atmete tief ein, ihr Herz setzte einen Schlag aus.

»Wir wollten fortgehen, nach jener Nacht«, flüsterte sie, führte seine Erzählung fort, während die Erinnerungen ihr lebhaft vor Augen standen. »Ich habe es dir nie gesagt, aber ich liebte dich mehr als mein Leben.«

Amaels Blick verdunkelte sich. Er verstärkte seinen Griff, zog sie an sich. »Thyra, ...« Er schluckte hart, seine Hände fanden jenen schmalen Streifen Haut, der nicht von dem ledernen Oberteil bedeckt war. Ihr Körper kribbelte unter seiner Berührung.

Götter, vergebt mir.

Thyra stellte sich auf die Zehenspitzen und überwand die letzten Zentimeter. Ihre Münder kollidierten. Amael schmeckte nach Ozean und Nebel, nach Versprechungen und Vergangenheit. Hier gehörte sie hin. Hitze fegte durch ihre Adern. Sie fuhr mit den Händen über seine Brust, spürte die Beschaffenheit seiner Kleidung, erahnte die Muskulatur unter dem festen Leder und die Waffen, die geschickt darin eingenäht waren.

Gierig drängte sie sich ihm entgegen. Blindlings stolperten sie rückwärts, ohne den Kuss zu unterbrechen, bis eine Säule sie bremste. Mit einem Ruck hob Amael sie hoch und Thyra schlang die Beine um seine Hüfte, zog ihn näher an sich, ertrug nicht das kleinste bisschen Distanz zwischen ihnen. Seine Hände hinterließen brennende Spuren auf ihrem Leib, versengte ihre Nerven. Amaels Zunge glitt so verlangend in ihren Mund als wollte er von ihr Besitz ergreifen – und Thyra hieß ihn willkommen. Sie stand in Flammen, berauschte sich an dem leisen Keuchen, das an ihren Lippen anbrandete, genoss die Stärke seiner Arme, die Hitze seines Körpers unter ihren Fingern.

Sie brauchte mehr.

Sie brauchte *ihn.*

Hatte ihn immer gebraucht, wie das Licht den Schatten brauchte und umgekehrt.

Sie ließ ihre Finger durch Amaels Haar gleiten, strich über jenen empfindsamen Punkt direkt hinter seinem Ohrläppchen. Er stöhnte auf und es war das schönste Geräusch, das Thyra je zu hören vergönnt war.

Aber er hat mich verbannt.

Thyra erstarrte. Amael löste sich von ihr, kaum genug, dass sie frischen Atem holen konnte. Seine Brust hob und senkte sich in dem gleichen Takt wie ihre, zu schnell, zu gierig auf mehr. Spärliches Mondlicht fiel durch den Säulengang auf sie und spiegelte sich in seinen Augen. Das Licht erlaubten Thyra, bis in Amaels verkümmerte, grausame Essenz zu blicken. Eine Essenz, die sich nach der Ihren sehnte. Eine Essenz, nach der *sie* sich sehnte. Eine Essenz, die sie verabscheute.

»Das hier ist ein Fehler«, wisperte sie mit trockener Kehle. Sie befreite sich aus seinen Armen, stieß Amael von sich und floh regelrecht ans andere Ende des Tempels. Ihr Atem ging stoßweise, sie fühlte sich zittrig, hungrig, betrogen. Die Revenha kicherten aufgeregt, lauerten auf ihre Beute.

Sie war gefangen innerhalb der Säulen.

»Thyra, was –?«

Sie wirbelte herum, ließ den Zorn zu, der seit Wochen in ihr schwelte und verdrängte all die sanften Emotionen, die sich anfühlten wie ein warmer Sommerabend am Meer. Nichts durfte sie an ihrer Rache hindern. »Durch deinen Bann verlor ich alles, was mir je etwas bedeutete. Was immer zwischen uns war, ist vorbei! Und es wird niemals wiederkommen.« Amael setzte an, etwas zu erwidern. Sie schüttelte den Kopf, Tränen verschleierten ihre Sicht. Trotzig wischte sie sie fort. »Was immer es ist, spar dir den Atem. Ich will es nicht hören.« Ihre Stimme brach bei den letzten Worten.

Amael wich zurück, als hätte sie ihn geschlagen. Jegliche Emotionen verschwanden aus seinen Zügen. Für einige Atemzüge war die Stille zwischen ihnen lauter als der Schrei einer Banshee.

»Wir brechen bei Morgenaufgang auf«, sagte er schließlich heiser und setzte sich auf einen Steinbrocken. Thyra beobachtete ihn noch einige Zeit, schmeckte ihn auf ihren Lippen, fühlte die Wärme seiner Berührungen.

In einer perfekten Welt wäre all das nie passiert.

Aber es war passiert. Und sie brauchte Amael.

Für Kasétu.

Für den Feenkönig.

Es wurde Zeit, ihrem Ruf wieder gerecht zu werden.

KAPITEL 54

THYRA

W ach auf.« Amael berührte Thyra an der Schulter. In der betretenen Stille des Tempels musste sie dem Land der Träume anheimgefallen sein. Rigoros schüttelte sie Amaels Hand ab und reckte sich. Ihr Körper fühlte sich erholt an, einzig dumpfes Ziehen erinnerte an die Verletzungen der letzten Nacht und sie rappelte sich auf.

Strahlendes Licht fiel durch das zerfallene Dach des Tempels, große blutrote Blüten hatten sich geöffnet und wandten ihre Köpfe den zwei Sonnen zu. Hastig klaubte sie ihre wenigen Habseligkeiten zusammen und folgte Amael nach draußen. Sein Gesicht war eine steinerne Maske, es war unmöglich, herauszufinden, was er dachte.

Und das ist gut so. Konzentrier dich auf deinen Plan!

Das Sonnenlicht spiegelte sich in der trügerisch glatten Oberfläche des Wassers, das sich bei Tageslicht als See entpuppte. Wüsste Thyra nicht von den Kreaturen, die sich in den Schatten der Bäume balgten, würde sie sich ein Bad in dem kühlen Gewässer nicht nehmen lassen. So musste eine kurze Katzenwäsche reichen, bevor sie missmutig auf Amael und das Pferd zutrat. Die Aussicht, dicht an dicht mit Amael auf dem Pferderücken zu sitzen, verursachte ihr Magenschmerzen. Ohne ihn anzusehen, saß sie auf.

Amael setzte sich hinter sie und ließ den Hengst antraben. Sie folgten dem Ufer, dessen malerisch heller Sand in der Sonne funkelte, bis sie den südlichsten Punkt des Sees erreicht hatten. Dort brachte Amael das Pferd zum Stehen und drückte ihr wie schon letzte Nacht die Zügel in die Hand.

»Revenha sind nachtaktive Geschöpfe, doch beileibe nicht die einzigen, die im Tappavamél ihr Unheil treiben. Die Kreaturen, die nach Frischfleisch gieren, sind hungrig und zahlreich. Ich schütze unseren Rücken. Lenke du das Pferd weiter. Wir reiten gen Süden, in wenigen Stunden wird der Dunkelwald hinter uns liegen. Dies war nicht meine geplante Route und die Zeit drängt, also beeilen wir uns.« Sein Atem strich mit jedem Wort sanft über ihre Wange und die Härchen in Thyras Nacken stellten sich auf.

Sie schluckte ihren Stolz hinunter und griff nach den Zügeln, bevor sie einen abschätzigen Blick über die Schulter warf und Amaels stechend violetten Augen begegnete. Verheißungsvolle Vorfreude und die Sucht nach Adrenalin offenbarten sich darin und Thyra begriff. Amael freute sich darauf, zu kämpfen. Womöglich zu töten.

Ein winziger Teil von ihr teilte dieses Gefühl.

Rasch drehte sie sich um und schnalzte laut. Das Pferd setzte sich gemächlich in Bewegung. Ein letztes Mal hielt Thyra das Gesicht dem Licht der zwei Sonnen entgegen, bevor sie in die kühlen Schatten des Waldes trabten und der Wettlauf um ihrer aller Leben begann.

Zweimal hätte Thyra den Hengst um ein Haar in einen Ogerbau gelenkt, einmal resultierte dies in einer wilden Verfolgungsjagd zwischen ihnen und dem Oger, der sie als Frühstück auserkoren hatte. Kleinere Tiere, einige Raubkatzen sowie ein paar Gremlins kreuzten ihren Weg, Revenha sahen sie jedoch nicht. Dennoch erlaubte sich Thyra erst, erleichtert aufzuatmen, als die Baumgrenze hinter ihnen lag und sie auf weitem Feld das Pferd ausbremste. Die zwei Sonnen näherten sich dem Horizont und der Mond stand als zarte Sichel am Himmel.

»Wohin jetzt?«, fragte Thyra. Ihre Kehle war trocken, ihr Körper schrie nach Nahrung und sie sehnte sich danach, ihre Beine durchzustrecken. Statt einer Antwort lehnte sich Amael vor und übernahm die Zügel wieder. Erneut glitt sein Atem über ihren Nacken, seine Unterarme ruhten auf ihren Schenkeln. Fasziniert betrachtete Thyra die Venen, die sich unter seiner Haut abzeichneten. Unbedacht hob sie die Hand und strich über die dunkelblauen Adern. Die Haut fühlte sich weich an, zart und doch elastisch. Überdeutlich erinnerte sie sich daran, wie diese Arme sie gestern gehalten hatten, an das Gefühl seiner Hände auf ihrer Haut, seinen Geschmack in ihrem Mund. Amaels Atem stockte und Thyra zuckte zurück.

Was, bei der Göttin Kasétu, hab ich mir dabei gedacht?

Sie brauchte sein Vertrauen, um ihre Aufgabe zu erfüllen. Er selbst war vollkommen unwichtig, egal, was früher einmal gewesen war.

»Wie genau lautet unsere Mission?«, brach Thyra das Schweigen, darum bemüht, sich nicht anmerken zu lassen, was in ihr vorging.

»Was haben dir die MacLeods über uns erzählt?«, konterte Amael mit einer Gegenfrage. Irritiert zog Thyra die Brauen zusammen.

»Nichts, weshalb sollten sie?« Die Stimme des Clanobersten und sein hassverzerrter Gesichtsausdruck standen Thyra deutlich vor Augen. Die Qual der Eiseninjektionen war ihr in lebhafter Erinnerung geblieben und sie ballte unwillkürlich die Fäuste. Dieser Mann hatte sie gehasst.

»Die MacLeods sind durch einen Fluch an uns, die Königsfamilie, gebunden. Einst, vor vielen Jahrhunderten, bereiteten sie meiner Familie unermesslichen Schmerz, der jegliche Bande zwischen meinen Eltern in den Abgrund der Kiretos verbannte.«

Amaels Worte klangen rau, als hätte er Mühe, die Sätze herauszubringen. Adrenalin schoss durch Tyras Adern. Die Kiretos, der Ort, an dem Kasétu sie abgefangen hatte. Ein Ort voller Verzweiflung, ewiger Einsamkeit und Bedauern. Niemals wieder wollte sie dorthin zurückkehren.

»Was wirfst du ihnen vor?«

»Menschliche Schwäche.« Amael lenkte das Pferd zu einem kleinen Hügel. In direkter Gegenüberstellung zum Mond fand sich eine Höhle, deren Eingang von Blättern und herabfallenden Ranken verdeckt war.

Hier also befand sich das Portal, welches sie in die Menschenwelt bringen sollte. Amael hieb die Pflanzen kurzerhand mit dem Schwert klein und überließ es Thyra, ihm zu folgen.

Sehnsüchtig sah sie zum Himmel. Die Abenddämmerung schickte zartrosa Strahlen über das Firmament, ein Vogel zog hoch oben in den Lüften leise krächzend seine Kreise. Süße Wehmut überwältigte Thyra. Einst war diese Welt ihr Zuhause gewesen. Nun wollte sie nichts lieber, als diesen Gestaden für immer den Rücken zu kehren, und doch würde sie zurückkommen. Ihr blieb gar keine andere Wahl.

Sanfte Wellen der Magie schwappten über ihr zusammen, intensiver Zitrusduft erregte ihre Aufmerksamkeit. Amael verlor offenbar keine Zeit. Ein letztes Mal atmete sie tief durch und führte das Pferd in die Höhle.

Die Grotte war ebenso klein wie jene auf der Isle of Skye. An der Felswand wirbelte der Strom, der sie quer durchs Universum tragen würde.

»Lass ihn hier«, sagte Amael und deutete auf den Hengst. »Er wird auf uns warten, bis wir wiederkommen.«

Sie nickte, mahnte sich innerlich zur Ruhe und trat neben den Kronprinzen der Vier Lande. Auffordernd streckte er ihr die Hand entgegen. Thyra zögerte.

»Wenn du von menschlicher Schwäche redest«, nahm sie das Gespräch über die MacLeods wieder auf, »was meinst du damit?«

Amael seufzte ungeduldig und ließ die Hand sinken. »Der Clan raubte mir meine Schwester. Enora war jung und unerfahren, als sie auf die Avancen eines schottischen Clanführers einging. Doch die Menschen zerstören unschuldige Dinge, und so vernichteten sie auch Enora.«

Enora. Thyra kannte Geschichten über die Zweitgeborene des Feenkönigs. Eine kluge Frau, sanftmütig und gutherzig. Das Volk hatte sie geliebt. Thyra war noch ein Kind gewesen, als der Prinzessin das Leben genommen worden war. Jedoch …

»Enoras Tod liegt Jahrhunderte zurück und die heutigen MacLeods können nichts für die Taten ihrer Vorfahren. Vielleicht sollten wir –«

»Feen leben Jahrtausende, während viele Menschen nicht einmal ein Jahrhundert überdauern. Die jetzigen Schotten haben nichts mit Enoras Tod zu tun, doch die Schuld liegt in ihrem Blut, egal, wie viele Generationen vergangen sind. Gnade wird ihnen niemals zuteil.« Jedes von Amaels Worten strotzte vor Rachegelüsten und Thyra hielt inne. Vor langer Zeit hatten sie ein ähnliches Gespräch geführt. Amael hatte seine Schwester geliebt. Ihr Tod war der Beginn seiner Finsternis gewesen.

KAPITEL 55

THYRA

Thyra setzte zu einer Erwiderung an, da fasste Amael nach ihrer Hand und zerrte sie in das Portal. Sie fiel durch Zeit und Raum, segelte vorbei an Planeten und Sternensystemen und schlug nur Momente später hart auf trockenem Erdboden auf. Staub drang in ihre Lunge und Thyra hustete.

»Verdammt seist du, Prinz«, keuchte sie und rappelte sich auf. Amael klopfte sich den Dreck von der Kleidung.

»Das bin ich längst«, antwortete er unbeeindruckt und pirschte zum Höhleneingang. Sie mussten in jener Höhle sein, von der aus Lorcan sie in die Welt der Feen gebracht hatte.

Thyra musterte Amaels Rücken, seine angespannte Haltung, den leichten Schimmer violetter Magie, der ihn umgab. Das Gespräch mochte er beendet haben, doch abgeschlossen war die Diskussion noch lange nicht. Auch in Thyra gärte der Wunsch nach Vergeltung für den Schmerz, den sie durch die Hand der Schotten ertragen hatte. Und doch wisperte ein leises Stimmchen in ihrem Verstand, dass nicht alle MacLeods den Tod verdient hatten.

»Wohin jetzt?«, fragte sie.

»Nach Schloss Dunvegan. Sie feiern dort eine Taufe, der ganze Clan wird versammelt sein, ebenso wie das, wonach das Herz meines Vaters trachtet.«

»Und das wäre?« Sie wurde das Gefühl nicht los, dass sie soeben eine neue Seite an Amael kennenlernte. Jahrhundertelang hatte sie an seiner Seite gestanden, doch Geheimnisse hatte er dennoch vor ihr gehabt.

Amael drehte sich zu ihr um. Im Dunkel der Höhle konnte sie kaum mehr erkennen als das Blitzen seiner violetten Augen und schwarze Adern, die sich unter seiner Haut wanden. Er beugte sich zu ihr herunter, ein schiefes Grinsen auf seinem Gesicht.

»Der jüngste Spross einer der MacLeod-Erblinien.«

Die Isle of Skye begrüßte sie mit kaltem Schneeregen und schlammiger Erde. Flink sprang Thyra durch die matschigen Gefilde, mied die größten Pfützen und tat ihr Bestes, die klamme Feuchtigkeit zu ignorieren, die sich allmählich einen Weg unter ihre Uniform suchte. Aufregung und Adrenalin wirbelten durch ihren Körper.

Sie würden ein Kind entführen. Ein kleiner Teil, jener Part, der von Petes Weltanschauung geprägt worden war, empfand den Fluch des Feen-königs als ungerecht und fremd, regelrecht abstoßend. Der größere Teil von ihr, jener Part, der durch die Gezeichneten freigelegt worden war, freute sich auf die Herausforderung. Sie konnte sich nicht vorstellen, dass die Schotten das Kind freiwillig hergeben würden. Womöglich waren sie sogar bereit, gegen Thyra und Amael zu kämpfen.

Thyra weigerte sich, es sich einzugestehen, doch die Aussicht darauf, ihr Messer in warmem Fleisch zu versenken und die Macht zu spüren, ein Leben zu nehmen, lockte sie in einen Sinnesrausch.

Amael verlangsamte seine Schritte, schob sie hinter einen Baumstamm und legte den Zeigefinger an Thyras Lippen. Ihr Puls schnellte in die Höhe, sie schluckte. Der Wald und die Mission verloren an Bedeutung. Wärme zog durch ihren Körper. Wie leicht wäre es, im Hier und Jetzt die Kontrolle zu verlieren.

Bei Kasétu, konzentrier dich!

Amael deutete an ihr vorbei. Sie drehte den Kopf und spähte in die Dunkelheit. Einige hundert Meter hinter ihnen erhob sich Dunvegan, dessen Fenster hell erleuchtet waren.

»Hörst du das?« Amaels Stimme war direkt neben ihrem Ohr.

Gedämpft durch die dünne Schicht nassen Schnees vernahm sie Musik. Schottische Musik. Jemand gab ein Ständchen auf einem Dudelsack zum Besten, Gelächter, ausgelassene Gespräche und das Klappern von Geschirr drangen zu Thyra herüber.

»Da ist eine Feier im Gange«, stellte sie fest.

»Ganz genau. Sie erwarteten uns gestern, und da wir nicht aufgetaucht sind, wiegen sie sich in Sicherheit. Doch täusche dich nicht. Sie werden weinen, flehen, schimpfen und kämpfen, und doch wagen sie es nicht, sich offen gegen den König zu stellen.« Amael machte eine kleine Pause. »Denk daran. Zögern ist Schwäche. Und Schwäche bringt dir den Tod.«

Thyras Blick glitt durch das feuchte Unterholz zum Schloss und ihre Gedanken huschten weiter zu den Bewohnern und Gästen, ehe sie wieder zu Amael sah. Sie stieß ihn weg und richtete ihre durchnässte Uniform.

»Du magst mich für eine Verräterin halten, *Prinz*. Doch schwach war ich nie.«

Auch wenn ich das selbst vor nicht allzu langer Zeit vergessen hatte.

Mit großen Schritten eilte sie an ihm vorbei und marschierte durch die winterlich dekorierten Gärten voller roter Schleifen, Mistelzweige und elektrisch leuchtender Sterne und Lichterketten. Amael, der ihr folgte, schnaubte verächtlich.

»Billiger Tand und Aberglaube. Die Ahnen dieser Lande ehrten und lobpreisten einst unsere Götter, doch die Menschen haben ihre Existenz längst vergessen und glauben stattdessen an den Stümper, der sich der eine wahre Gott nennt. Selbst die MacLeods stellen diese Abscheulichkeiten auf!«

Thyra biss sich auf die Zunge. Auch sie hatte die Götter auf Amaels Wirken hin vergessen und war erst letzte Nacht von Kasétu bekehrt worden.

Schweigend schlichen sie eine kleine Treppe zum Hintereingang der Burg hinauf. Amael hockte sich vor die Tür und violette Stränge seiner Magie umhüllten das Schloss. Thyra öffnete den Mund, entschied sich um und seufzte.

Verdammt, jetzt mach schon!

Sie legte Amael die Hand auf den Unterarm. Augenblicklich hielt er inne.

»Bevor wir dort hineingehen, sollten wir uns einen Plan zurechtlegen.«

»Wir sind Feen. *Magie* ist unser Plan.«

»Magie, die ich dank dir nicht mehr beherrsche? Das wirkt unglaublich durchdacht.«

Amael kniff die Augen zusammen, voller Schalk funkelte er sie an. »Du bist eine Alancrá, Thyra. Die Dunkelheit der Kasétu schwimmt in deinen Adern, vertrau mir also, wenn ich sage, du wirst keine Magie brauchen.«

Die Tür klackerte und schwang ohne Amaels Zutun auf. Ein junges Mädchen trat heraus, gekleidet in einen marineblauen Samtumhang und ein ebenso blaues Kleid. Als sie die Fremden erblickte, versteifte sie sich. Der Prinz des Reichs der Vier Lande deutete eine lässige Verbeugung an.

»Hallo, kleines Fräulein. Ob du uns wohl eintreten lässt?« Er strahlte sie gewinnend an. Das Mädchen zuckte zurück, wirbelte auf dem Absatz herum und preschte ins Innere des Schlosses.

»Halt!«, rief Thyra, doch die Kleine dachte nicht daran, stehen zu bleiben. »Verdammt! Los, komm, wir sollten ihr folgen und –« Thyras Satz blieb ihr im Hals stecken. Amael lächelte. Es war das Gesicht eines Raubtiers, dem die Beute in die Falle gegangen war. Gemächlich betrat er das Schloss.

»Du hast das geplant, nicht wahr? Du wolltest, dass uns jemand entdeckt.«

Amael schmunzelte. »Natürlich wollte ich das. Ich bin der Prinz der Vier Lande, der, der mit dem Tod tanzt. Diskretion ist nicht gerade meine größte Stärke.«

»Außer es geht darum, dich gegen deinen Vater aufzulehnen.« Die Worte entfleuchten Thyras Mund, ehe sie sich ihrer bewusst wurde.

Amael baute sich vor ihr auf. »Dieses Gespräch führten wir gestern schon, Verbannte. Wohin das geführt hat, weißt du bestimmt noch. Falls du also einen Vorwand suchst, mich nochmal zu küssen, lass mich dir sagen, dass du keinen brauchst. Du musst nur darum bitten.« Hitze schoss in Thyras Wangen und sie schlug die Augen nieder.

Er ist so ... widerlich selbstgerecht!

Amael lehnte sich vor. »Dachte ich es mir doch«, flüsterte er ihr ins Ohr und wich zurück. Thyra straffte die Schultern.

»Konzentrieren wir uns auf unsere Aufgabe«, sagte sie bemüht gleichgültig und spähte vorsichtig um die Ecke des Ganges. Der Weg war frei. Ohne abzuwarten, ob Amael ihr folgte, huschte sie weiter.

Vor ihnen lag eine atemberaubende Eingangshalle. Ein roter Teppich führte zu einer großen Treppe, Gemälde aus längst vergangenen Tagen und Glasvitrinen voller antiker Artefakte schmückten die Wände. Menschen liefen umher, gekleidet in die offizielle Tracht der Schotten. Der Geruch gut gewürzter Speisen ließ Thyras Magen hungrig knurren.

»Sie sind hier!«, schrie eine zarte Kinderstimme aus vollem Halse. »Die Feen, sie sind hier! Sie sind gekommen, um ein Kind zu stehlen!«

KAPITEL 56

TIMOTHY

Sie sind hier!« Eine helle Kinderstimme durchbrach das Geplauder der Erwachsenen und das Juchzen der Kinder am Nachtischbuffet. Eine entfernte Cousine von Timothy rannte direkt auf Arthur MacLeod zu, der am Kopfende der langen Tafel im Festsaal saß. Ihre blonden Korkenzieherlocken wippten bei jedem ihrer Schritte, eine vorwitzige Strähne fiel ihr in die Stirn.

Totenstille kehrte ein. Timothy ließ sein Glas sinken und sah zu seinem Vater hinüber. Fiona, die Mutter des Taufkindes und Arthurs Enkelin, saß rechts von Pete. Die Haare hatte sie zu einer kunstvollen Hochsteckfrisur drapiert, die Augen, in denen bis vor wenigen Sekunden Glück und Lebensfreude getanzt hatten, waren nun schreckensstarr aufgerissen. Timothy fühlte das gleiche Entsetzen.

Sie hatten die Feen gestern erwartet. Nach Timothys Abkommen mit dem Druiden war Arthur nichts anderes übrig geblieben, als die Clanmitglieder in den Plan und die wahre Natur des Fluchs einzuweihen. Niemand sollte unwissend sterben, hatte er gesagt. Unablässig hatte Timothy den Sitz seiner im Anzug versteckten Waffen überprüft und den Schweiß getrocknet, hatte die Druiden in die Burg geschleust.

Doch als der Mond gestern auf- und wieder untergegangen war, war kein Spitzohr in ihrer Runde erschienen. Und Timothy hatte gehofft. Auf ein Happy End, eine Chance auf ein glückliches Leben für die Jüngste der MacLeods. Jetzt erkannte er, dass er sich einer Utopie hingegeben hatte. Arthur lief hochrot an. Hastig tupfte er sich den Mund mit einer Serviette ab und winkte das Mädchen zu sich.

»Briana, mein Kind. Wie kommst du denn darauf?«

»Ich habe sie gesehen«, antwortete das Mädchen. »Wir spielten Verstecken und ich wollte in den Garten, dort hätte mich sicher keiner gefunden. Sie standen vor der Tür, ein Mann und eine Frau. Der Mann hatte spitze Ohren, die Frau nicht. Vielleicht war sie ein Mensch? Oh, und ich glaube, … ich glaube, der Mann hat Waffen getragen, aber ich bin nicht lang genug geblieben, um alles zu sehen.«

Ein kollektives Keuchen beendete die Erzählung der Kleinen und Timothy drehte sich der Tür des Ballsaals zu. Das Blut gefror ihm in den Adern.

»Götter, steht uns bei«, wisperte er.

Zwei Gestalten traten über die Türschwelle, ganz in Schwarz gekleidet. Stechend violette Augen und das stürmische Grau einer erzürnten See glitten über die Menge. Timothys Herz sackte ihm in die Hose. Er hatte den Mann nie zuvor gesehen und doch wusste er sofort, um wen es sich handelte.

Der Feenkönig hatte seinen Sohn und Erben geschickt und ihm jene Eine an die Seite gestellt, welche Petes Entschlossenheit ins Wanken bringen konnte.

»Die Fünf werden euch nicht helfen«, antwortete der Mann mit den violetten Augen und schritt durch die Menge der Schotten, als gehörte ihm die Welt. Die Streunerin folgte ihm auf dem Fuße.

Timothy erhob sich, sein Stuhl fiel unter lautem Poltern zu Boden, einige der Umstehenden schraken zusammen. Fiona sprang regelrecht in die Höhe. Die Hand auf den Kopf ihres Kindes gelegt und die Kleine fest an sich gedrückt, wich sie zurück. Arthur versperrte dem Faekrieger den Weg und Pete stellte sich ebenfalls schützend vor Fiona.

»Ihr werdet sie nicht mitnehmen«, verkündete Arthur MacLeod.

»Und wer wird mich daran hindern?« Der Prinz grinste breit. »Ihr etwa, Arthur? Ihr seid alt geworden und habt den Biss verloren. Seid so klug und übergebt mir das Kind. Einen Kampf würdet Ihr nicht überleben.«

Langsam wichen die Clanmitglieder zurück und scharrten sich um Fiona. Ein jeder war bereit, das Leben des Kindes zu verteidigen.

»Ihr seid zu zweit. Wir hingegen«, Arthur wies auf den versammelten Clan, »sind über fünfzig Männer und Frauen, bereit, euch ein für alle Mal die Stirn zu bieten.«

Timothy zog die Augenbrauen zusammen. Arthur wich von ihrem Plan ab, improvisierte auf Kosten der Leben seiner Gefolgsleute. Der Prinz sah zu der Streunerin, die ein langes, schmales Messer zückte. Die Klinge funkelte gefährlich im Schein der hundert Kerzen.

»Ihr seid viele, doch wir sind Feen«, sprach sie und fixierte Pete. »Haltet euch an die Weisungen des Königs und keiner muss sterben.«

»Keiner außer meiner Tochter!«, rief Fiona voller Zorn. Ihr Mann, ein schmächtiger Kerl mit rotem Haar, der den Großteil seines Lebens hinter einem Bildschirm saß und an Codierungen für Softwarefirmen herumtüftelte, griff in seinen Hosenbund und zog eine silbern glänzende Pistole hervor. Mit erstaunlich geübten Händen entsicherte er die Waffe und zielte auf den Faeprinzen.

»Ihr werdet mein Kind nicht bekommen! Lieber sterbe ich!«

Es war jener Moment, in dem die Welt für den Bruchteil einer Sekunde stehen blieb. Petes Kopf flog herum und Arthur zuckte unter der Macht der Worte zusammen.

Und dann überschlugen sich die Ereignisse.

»Dein Wunsch sei mir Befehl«, raunte der Prinz der Vier Lande. In einer schwungvollen Bewegung drehte er sich um Arthur herum, sprang auf den Tisch voll schottischer Leckereien, stieß sich ab und landete mit einem Salto vor Fionas Mann. Tief vergrub der Prinz die Rechte in dessen Torso und entriss ihm sein Herz. Fionas Schrei zerfetzte

Timothys Gedanken, während die Pistole unter lautem Scheppern zu Boden fiel, begleitet von dem dumpfen Geräusch des toten Körpers.

Namenloses Grauen erfüllte Timothy. »Du Monster!«, brüllte er und stürmte vor. Gawin, Alistair und Brody MacLeod folgten ihm. Pete schlang die Arme um Fiona und ihr Kind und zerrte sie von dem Faeprinzen weg.

Klingen wurden gezogen, einige Schüsse hallten durch den Saal, ein Kampf entbrannte. Timothy erhielt einen Schlag in den Rücken und taumelte. Fremder, alles ergreifender Zorn erwachte in ihm, er rang um Balance und stürmte weiter. Er wollte den Faeprinzen töten, so wie dieser seinen Clanbruder getötet hatte. Doch ehe er sich seinem Feind stellen konnte, war der wieder an einer anderen Stelle. Er und die Streunerin tanzten zwischen den Schotten hindurch, verteilten Schläge und Tritte, parierten Messerstiche und Faustangriffe, als wäre das Gefecht eine Tanzfläche und die erzürnten Schotten die Musik.

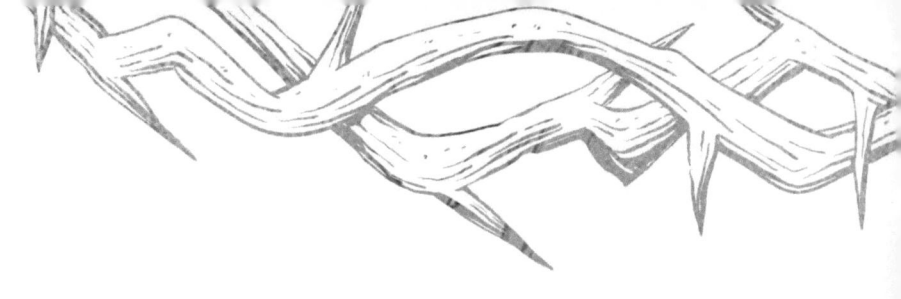

KAPITEL 57

THYRA

Die MacLeods erwiesen sich als widerborstige Gegner. Ihre Reflexe waren langsam, ihre Bewegungen träge, und doch warfen sich die Schotten Thyra und Amael ohne Furcht entgegen. Ein Messer sauste knapp an Thyras Gesicht vorbei. Sie duckte sich und wich dem neuerlichen Vorstoß eines rundlichen Schotten im Tartan aus, verpasste ihm einen harten Schlag mit dem Handrücken. Noch während er auswich, setzte sie ihm nach und trat fest gegen seine Kniescheibe. Sein Schrei ließ die Finsternis in ihren Adern tanzen.

Ein Tritt in ihre Flanke lockte sie von dem Mann fort, der ein allzu leichtes Opfer gewesen wäre. Sie wirbelte herum und fand sich Auge in Auge mit einem jungen Mann. Er musste um die dreißig Jahre alt sein, das runde Gesicht war zu einer grimmigen Maske verzogen. Verschwommene Erinnerungen blitzten vor Thyras geistigem Auge auf. Er war einer der Männer, der sie gefoltert hatte.

»Du!« Mit einem Sprung war sie bei ihm, packte seinen Kragen, warf ihn rücklings zu Boden und drückte ihm das Knie auf die Brust. Schwarzer Ruß verdunkelte ihre Sicht, ihre Fingernägel wurden zu Klauen. »Wo ist dein Eisen jetzt, du widerliche Made?« Sie schlitzte ihm die Haut von der Schläfe bis zu seinem Adamsapfel auf, genoss die Panik in seinen Augen, den Schmerz, den er erlitt, trank seine Klagelaute voller Wonne. Hände zerrten an ihr, etwas krachte auf ihren Rücken und zerbrach. Unwillig knurrte sie und wirbelte herum. Ein Aufschrei erweckte jedoch im selben Moment ihre Aufmerksamkeit.

»Dad! Nicht!« Timothys Stimme wehte durch den Tumult zu ihr heran. Er stand keine drei Meter entfernt, ein stählern glänzendes Messer in der Hand, den Blick starr auf Amaels muskulöse Gestalt gerichtet. Der Prinz der des Reichs der Vier Lande hielt Pete am Kehlkopf, Blut floss an seinem Arm entlang und tropfte zu Boden. Er war umringt von mehreren Toten, deren Körper malerisch drapiert waren. Das Violett seiner Iriden funkelte hungrig. Es war der schönste Anblick, der Thyra seit langer Zeit untergekommen war. Und gleichsam der abstoßendste.

»Zeit zu sterben, alter Mann«, hauchte Amael und drückte zu. Thyras Herz stolperte.

Nicht er!

Binnen eines Sekundenbruchteils überwand Thyra die kurze Distanz zwischen ihnen und stieß Amael beiseite. Pete sackte keuchend zusammen, eine dünne Spur Blut floss seinen Hals hinab. Thyra schob sich vor Pete, schirmte ihn mit ihrem Körper ab.

»Er nicht!«, zischte sie. Ehrfürchtige, angespannte Stille legte sich schwer über den Saal, die Schotten wichen zurück, sodass Amael und Thyra in der Mitte eines Kreises standen. Wut verzerrte Amaels Miene. Sein Blick schweifte zu Pete und zu Timothy, der kreidebleich und noch immer mit erhobenem Messer an der Wand stand, unschlüssig, ob er seinen Vater holen, oder sich raushalten sollte.

»Falscher Zeitpunkt für eine Revolte, Verbannte.« Amaels Wille brach über sie herein wie ein Tsunami. Seine Magie fuhr in Thyras Essenz, beabsichtigte, jeden Funken Eigensinn in ihrer Seele zu zerstören, und rief doch nur Dunkelheit an die Oberfläche.

Finsternis und Hass flammten in ihr auf und stellten sich Amaels Macht entgegen. Thyra lachte. »Das hier ist keine Revolte«, hielt sie dagegen. »Es ist die Selektion der Unwürdigen.« Amael hielt inne. Sein Blick bohrte sich in den Ihren, während er die Bedeutung ihrer Worte ergründete. Thyra deutete auf Pete.

»Er ist tabu. Alle anderen gehören dem Schnitter.« Jäh schleuderte sie ihr letztes Messer in die Menge der Umstehenden. Ein erstickter Schrei, blubbernde Atemgeräusche und der Geruch nach frischem Blut bereicherten die Atmosphäre. Amaels Blick folgte ihrem Wurf und Schatten tanzten unter seiner Haut. Er war nicht einverstanden, aber er begriff ihr Begehr.

»Gawin!« Ein dunkelhaariger Mann, der Thyras Opfer ähnelte, durchbrach den Kreis und rannte zu seinem Bruder. Gleichzeitig fanden die Schotten ihren Mut wieder und stürzten sich auf die Feen. Thyra und Amael sicherten einander den Rücken. Die Energie einer jungen Seele schoss in Thyras Adern und verstärkte sie. Hitze durchströmte sie, erinnerte sie an die Magie, die in ihr schlummerte.

»Bereit für den Kampf, kleine Alancrá?«

»Schon immer gewesen.«

KAPITEL 58

AMAEL

Die Macht der Dunklen tobte in seinen Adern. Amaels Herz sang bei dem Geruch von Blut und Schmerz, wogte in den Wellen des Zorns, die ihm entgegen spülten und alle Grenzen seiner Essenz mit sich rissen.

»Bereit für den Kampf, kleine Alancrá?« Getragen von der Euphorie des Kampfes entwich ihm jener Name, den er für immer tot geglaubt hatte. Schon längst hatte er verstanden, wie sehr er sich geirrt hatte. Thyra war nicht fort, war es nie gewesen. Ihre Seele war von seinem Bann gebunden, doch nichts hatte die Finsternis in ihr aufhalten können. Niemals wieder würde er von ihrer Seite weichen.

»Schon immer gewesen«, kam die Antwort, die sich seit den Anfängen ihrer Ausbildung in sein Gedächtnis eingebrannt hatte wie die wärmende Umarmung ihres Feuers.

»Dann lass uns den Auftrag erfüllen.« Wuchtig riss er sein Schwert aus der Scheide und sprang zwischen die Schotten, deren Herzen der Dunkelheit ebenso gehörten wie das seine. Er schnitt durch Fleisch, Muskeln und Sehnen, spaltete Schädel und Knochen. Amael tanzte mit dem Tod, so wie es ihm im Volksmund zu eigen war. Er blickte in die erschrockenen, rot unterlaufenen Augen der Mutter des Kindes, welches seinem Vater gehörte, und grinste schief. Galant streckte er die Hand aus.

»Gib mir dein Kind und du wirst lange genug leben, um ein neues zu bekommen.« Thyra, die unweit von ihm ihr eigenes unheiliges Werk verrichtete, lachte auf. Sie spürte die Lüge in seinen Worten. Die Frau wich zurück. Beschützend barg sie das winzige Wesen an ihrer Brust und unter anderen Umständen hätte Amael ihren Mut bewundert.

»Du bekommst meine Tochter nicht!« Die Frau rannte durch den Saal. Sofort setzte Amael ihr nach. Sie war das Ziel seiner Begierden, jenes eine, was er zu besitzen verlangte. Ihm zu entkommen, war unmöglich.

»Jetzt!« Die Stimme des Mannes, den zu töten Thyra ihm nicht gestattet hatte, hallte durch den Saal. Etwas rasselte. Ein schwerer Käfig krachte von der Decke, verfehlte Amael jedoch. Er lachte auf, reckte siegessicher die Faust in die Höhe.

»Ihr könnt mich nicht besiegen, Menschen!«

»Amael!« Thyras Ruf schallte zu ihm herüber. Sein Blick flog herum. Sie stand im Blut der Schotten, umringt von Toten und Verwundeten. Ihr Atem ging schnell, die rosigen Lippen waren einen Spalt geöffnet, das rabenschwarze Haar fiel in seidigen Wellen über ihren Torso. Götter, sie war das Zentrum seiner Existenz.

Und sie war eingesperrt.

Der Käfig, der für ihn bestimmt gewesen war, hatte sich über ihr geschlossen. Augenblicklich wandte er sich an Arthur MacLeod, der im Schatten des Türrahmens stand und das Massaker seiner Leute auf unerklärliche Weise lebend überstanden hatte. An seiner Seite fanden sich etwa fünfzehn Schotten, Männer und Frauen in Festtagsroben, einige bewaffnet, andere mit leeren Händen.

»Lasst sie frei, wenn Ihr wollt, dass Eure Blutlinie die heutige Nacht übersteht«, verlangte Amael. Arthur trat auf ihn zu.

»Die Schreckensherrschaft der Feen über diesen Clan ist vorüber. Wir werden niemals wieder Euren Befehlen folgen. Niemals wieder werden wir das Knie vor Euch beugen oder unsere Kinder in Eure gierigen Hände geben!«

Widerwillig stieg Bewunderung in Amael auf. Dieser Mensch besaß den Mut, sich ihm, dem Erben der Vier Lande, zu widersetzen, während er jene Eine gefangen hielt, für die Amael einst, ohne zu zögern, gestorben wäre.

Für die er womöglich heute noch ohne zu zögern sterben würde.

»Dann wird mir das hier eine wahre Freude sein«, flüsterte er und sprang auf Arthur zu. Sein Schwert blitzte im Schein der vielen Kerzen, deren Flammen längst auf die Vorhänge und Tischdekoration übergegriffen hatten. Arthur warf sich zur Seite.

»Ann an ainm nan diathan, stad!« Eine wohlvertraute und ebenso verhasste Stimme erhob sich. Urtümliche Macht umschlang Amael und hielt ihn an Ort und Stelle.

Nein! Oh, bei den Göttern, dieses widerliche Drecksvolk! Ich hätte sie ausrotten sollen, als ich die Gelegenheit dazu hatte.

Gälisches Gemurmel ertönte aus den Schatten und ein Mann, den Amael niemals hatte wiedersehen wollen, trat hinter den Säulen des Saales hervor auf ihn zu.

»Machar Ó Bradháin.« Amael spuckte aus, direkt vor die Füße des Mannes in Robe. »Nimm dein dreckiges Druidenpack und geh. Dies ist nicht deine Angelegenheit!«

Machar Ó Bradháin musterte ihn aus kleinen Augen, die Amael stets an die eines Schweins erinnerten. »Amael Malecai. Immer noch so zivilisiert wie bei unserer letzten Begegnung. Wie lang ist das her? Dreihundert Jahre?« Verächtlich zog er die Oberlippe hoch. »Du hättest nicht herkommen sollen. Diese Menschen stehen unter meinem persönlichen Schutz.«

»Dann bist du ebenso verloren, wie sie es sind!«, stieß Amael hervor, stemmte seinen Geist gegen die druidische Magie und schleuderte die Macht der Kasétu auf seinen alten Feind. Ein Kampf entbrannte, den keine Seite zu gewinnen vermochte. Schon vor vielen Jahren hatten sie ihre Kräfte gemessen, waren wieder und wieder aufeinandergeprallt. Vergebens.

Amael hieb mit seinem Schwert nach dem Druiden, seine Klinge traf auf dessen Dolch. Seine Sicht, rußig und verschleiert, verschlechterte sich zunehmend. Amael hustete und spuckte Blut. Fassungslos starrte er auf die dunkelrote Flüssigkeit. Ihm wurde schwindelig. Sein Herz setzte einen Schlag aus, schlug weiter, setzte wieder aus.

»Was ...?«

»Nebel aus Eisen, alter Freund. Selbst du vermagst dagegen nichts auszurichten.« Machar Ó Bradháin klopfte ihm gutmütig auf die Schulter und rammte ihm das Knie in den Magen. Amael stürzte nach vorn, landete auf seinem Gesicht. Seine Nase knackte und Blut schoss daraus hervor. Die Welt drehte sich, jeder Atemzug brannte wie Feuer.

Feuer.

Feuertochter!

»Thyra ... lasst sie ... gehen«, keuchte er und wendete seinen schwerfälligen, geschwächten Leib. Der ganze Raum stand in eisernem Nebel. Thyra war in ihrem Käfig zusammengesackt, Blut lief ihr aus den Mundwinkeln. Zorn packte Amael, doch seine Magie war nicht stark genug, gegen das Eisen in seinem Kreislauf anzukämpfen. Seine Welt wurde immer dunkler, bis die ewige Schwärze des Nichts ihn mit kalten Armen empfing.

KAPITEL 59

THYRA

Modrige Luft und brennender Schmerz weckten Thyra. Verwirrt blinzelte sie in das Dämmerlicht. Sie befand sich unverkennbar in einer Zelle, dicke Eisenringe sicherten ihre Handgelenke und Füße. Moos und Spinnweben benetzten die Wände. Flackerndes Licht aus sirrenden Neonröhren gewährte ihr knappe Einblicke in ihre Umgebung. Ihr Schädel dröhnte, ihre Lungen brannten. Ihr gegenüber, in einer eigenen Zelle, hing Amael an der Wand. Den Prinz des Reichs der Vier Lande hatte es übler getroffen als sie. Verkrustetes Blut zeichnete sein Gesicht, dunkle Adern wanden sich unter seiner Haut, sein Brustkorb hob sich schwerfällig und nicht nur vier, sondern acht Ketten fesselten ihn.

Der Kampf im Festsaal, der Eisennebel, der Schmerz drängten sich in ihre Gedanken. Die Menschen hatten sie überwältigt. Sie, die Schwarze Assassine, und ihn, den Erben des Königreiches der Vier Lande.

»Amael!« Er musste aufwachen, sie mussten von ihr verschwinden!

»Dein Prinz wird nicht erwachen, Thyra.« Pete schälte sich aus den Schatten. Dunkle Ringe lagen unter seinen Augen, eine Platzwunde zierte seine Stirn und ein dunkelblauer Bluterguss in Form einer Hand prangte an seinem Hals. »Er hat mehr Eisen in seinem Kreislauf als ein ausgewachsener Elefant Blut in seinem Körper. Dass er noch atmet, ist ein Wunder.«

Thyra richtete sich auf, ignorierte den Schmerz in ihren Gliedern und schob die Unterlippe vor. »Weshalb lebe ich noch? Weshalb habt ihr uns nicht getötet? Ihr wollt Freiheit vor dem Fluch, doch seid nicht bereit, alles dafür zu tun.«

»In deiner Welt mag Mord keine Bedeutung besitzen. Doch auf der Erde gelten andere Regeln. Ihr seid die Gefangenen des MacLeod-Clans und werdet uns sagen, was wir wissen wollen. Eure Strafe wird anschließend von einem Tribunal verhängt.«

»Ein Tribunal? Besetzt mit wem? Jenen Schotten, deren Angehörige, Kinder, Eltern, Brüder und Schwestern wir noch vor wenigen Stunden niedergemetzelt haben?« Thyra lachte. »Wenn du ernsthaft glaubst, das wäre ein fairer Prozess, dann hat der Wahnsinn dich fester in seinen Klauen als mich.«

Pete zögerte, dann hockte er sich vor ihrer Zelle hin. »Du hast mich gerettet, als Amael Malecai mir die Kehle herausreißen wollte. Ganz egal, was du behauptest, du bist nicht mehr die Assassine von einst. Du bist anständig geworden, weich. Halte es für schwach, doch ich werde alles dafür geben, dass du eine neue Chance erhältst.«

»Ich brauche deine Almosen nicht!«, fauchte Thyra und zerrte an den Ketten. »Mach mich los und ich beweise dir, wie weich ich geworden bin!« Pete schüttelte den Kopf. Ehrliches Bedauern glitt über seine Züge, als er sich erhob.

»Die Finsternis deines Prinzen hält dich davon ab, deine wahre Größe zu erreichen, Thyra. Eines Tages wirst du mir dafür danken, dass ich dich nicht aufgegeben habe. Bis dahin«, er erhob sich, »wirst du in den Kerkern von Schloss Dunvegan verrotten.«

FORTSETZUNG FOLGT …

PERSONENVERZEICHNIS

Menschen:
Briana: Entfernte Cousine von Timothy
Fiona MacLeod: Arthur MacLeods jüngste Enkelin
Pete Gibbins MacLeod: Freund von Thyra
Philipp: Fionas Ehemann
Sarah Gibbins: Petes verstorbene Frau, Timothys Mutter
Timothy Gibbin MacLeod: Sohn von Pete und Sarah

Feen:
Amael Malecai: Thronerbe der Vier Lande
Amaryl: Schwester von Lorcan
Arcanto Wassersohn: Diener im Arach Noir
Erestris: Lorcans Nichte
Eoghan: Alancrá
Enora: Amaels Schwester, vor Jahrhunderten getötet
Finnean: Alancrá, Amaels Stellvertreter
Feylin: Königin der Feen
Kommandant Aodh: Palastwache des Königs
Keena: Freundin von Lorcan
Machar Ó Bradháin: Druide
Nerio Malecai: König der Feen
Timothy Gibbins MacLeod
Tréasa Wassertochter: Diener im Palast
Pirmin: Alancrá
Rhamnus Malecai: Großherzog von Zelemar, Bruder des Feenkönigs
Rigani: Thyras Kammerzofe im Palast
Ronan: Alancrá
Thyra: Die Schwarze Assassine

GLOSSAR

Acaciae nocturnae: Artverwandte der Akazienbäume der Menschenwelt. Ihre Blätter sondern einen Schutzfilm ab, der seine Opfer zersetzt. Diese Methode wird oft in der Befragung Kriegsgefangener genutzt, da die Anwendung langwierig ist und der Tod bei größeren Lebewesen erst nach tagelangen Qualen eintritt.

Alancrá: Verbund von Assassinen unter der Führung von Amael Malecai. Ursprünglich gegründet als Leibgarde für die königliche Familie, haben sich die Alancrá im Laufe der Jahrhunderte zur umsetzenden Macht des Willens des Kronprinzen gewandelt.

Arach Noir: Illegal geführter Kampfring im Untergrund von Shahin-la. Wer dort hingeht, erwartet nichts mehr von seinem Leben – oder sucht den ultimativen Adrenalinrausch eines Kampfes auf Leben und Tod.

Die fünf Götter / Die Fünf:
Kasétu: Große Mutter, Göttin des Geistes
Talekajū, Göttin des Feuers
Kuvâl: Gott des Wassers
Mâakera: Göttin der Erde
Voljūk: Gott der Luft

Dolch der cuimhne: Altes Artefakt der Feen, gesegnet von der Göttin Kasétu, das jahrhundertelang als verschollen galt. Die Waffe vermag Erinnerungen zurückzubringen, es ist jedoch unbekannt, wie sich der in ihr befindliche Zauber auf den Besitzer des Dolches auswirkt.

Gezeichnete: Untergruppe der Schwarzen Lilie, die sich insbesondere gegen Amaels Recht auf den Thron des Königreichs der Vier Lande ausspricht.

Haraia: Ein Gericht der Palosischen Küche.

Kasétu: Die große Mutter und Herrscherin über die Magie des Geistes, im Volksglaube der Feen findet sie sich in allem von der Natur geschaffenem wieder. Der Sage nach kreierte sie die anderen vier Götter. Weniger bekannt ist ihr zweites Ich als Dunkle.

Karhdaskraut: Türkise, flechtenartige Pflanze, die in den Sümpfen Vesils beheimatet ist. Das Kraut gilt als verbotene Substanz, da seine Essenz dafür nutzbar gemacht werden kann, Manipulationen des Geistes aufzuheben. Falsch dosiert, droht den Konsumenten der Wahnsinn.

Keisaruhkraut: Wächst im Palastgarten des Königs, ebenso wie auf einigen Bergen und in Felsspalten. Die Blätter saugen Gift und Eisen aus den Kreisläufen der Feen und fungieren als natürlicher Wundverschluss. Anders als herkömmliche Kräuter kann diese Pflanze nur von mächtigen Magiebegabten gepflückt werden, was seinen Wert auf dem Schwarzmarkt ins Unermessliche treibt.

Kiretos: Der dunkelste Teil der Nachwelt, jenem Ort, an den die Seelen der Verstorbenen übergehen, bis sie wiedergeboren werden. Teil von Kasétus Reich.

Kobolde: Bereits seit langer Zeit von den Feen unterworfenes Volk. Erkennbar an den Hörnern an der Stirn, die sich im Laufe der ersten fünf bis sieben Lebensjahre bilden.

Königreich der Vier Lande: Zusammenschluss der Feenvölker unter der Herrschaft König Nerios, regiert von dem zentralen fünften Land, Vaimur. Bestehend aus:
- Vesil: Land des Meeres – Wassermagie
- Palos: Land des Feuers – Feuermagie

- Zemelar: Land der Wälder – Erdmagie
- Tuulinar: Land der windigen Inseln – Windmagie

Revenha: Auch bekannt als Wiedergänger, ernähren sich die Kreaturen von Blut magisch begabter Wesen. Getötet werden können sie durch Enthauptung oder Pfählung.

Ristarakwolf: Rudellebende, deren natürlicher Lebensraum die reichhaltige Natur Zemelars ist. Aufgrund ihrer Größe jagen sie nicht nur Pflanzenfresser, sondern auch Feen. Wird einer der ihren getötet, übt das Rudel Rache.

Schwarze Lilie: Rebellengroupierung, welche die Monarchie der Malecais als unrechtmäßige Regierung ansieht und seit Jahrhunderten gegen die Königsfamilie vorgeht.

Sgian dubh: Traditionelles schottisches Strumpfmesser.

Sgùrr Dearg: Berg auf der Isle of Skye, die dem schottischen Festland vorgelagert ist. Heimat der Druiden.

Shakrei: Große Vogelart, welche die Ruflaute ihrer Beute imitiert und in die Falle lockt.

Tappavamél: (= ewiger Dunkelwald) Hain in Zemelar, dessen Pflanzen und Tiere lange vor der Zeit der Feen dunkler Magie ausgesetzt waren. In ihm lauern allerlei Gefahren und Wesen, die es nach Blut dürstet.

Trulipen: Faustgroße Vögel, deren Gesang für Feen wie metallisches Schaben klingt. Paarungszeit der Vögel ist der Winter.

Yaharapflanze: Aus den tiefvioletten Blüten wird Feenwein gewonnen, der die Sinne vernebelt und Ängste nimmt. Gilt als legales Rauschgift der Feen.

TRIGGERWARNUNG

Lieber Leser, liebe Leserin,

bitte lies dieses Buch nur, wenn du dich dem ganzen gewachsen fühlst und achte auf deine mentale Gesundheit. In diesem Buch finden sich möglicherweise triggernde Inhalte über:

- Tod, Mord, Mord an Kindern
- Physische und psychische Folter
- Körperliche und psychische Gewalt, Gefechte
- Tötung von Tieren
- Freiheitsberaubung, Fesseln
- Sexuelle Belästigung und Übergriffigkeit
- Blut, Körperflüssigkeiten
- Alkoholgenuss
- Eltern-Kind Konflikt
- Machtmissbrauch, Rassismus

DANKSAGUNG

Die Schwarze Assassine zu schreiben war eine äußerst intensive Erfahrung für mich. Thyra und Amael haben mich herausgefordert, zurückgewiesen, ihre eigenen Pläne geschmiedet und mir nur eine Wahl gelassen – Ihre Geschichte so zu schreiben, wie *sie* es wollten.

Doch in diesem Prozess war ich bei weitem nicht allein. Zu allererst möchte ich mich bei meiner Mutter bedanken, die mir immer den Rücken stärkt und an mich glaubt, mir aber auch sagt, wenn ich mich in etwas verrenne. Mama, ich hab dich unendlich lieb.

Auch möchte ich unbedingt meine fantastischen Testleser loben, Lisa, Julia, Simone, Anouk, Vanessa, Celina, Nike und Petra. Eure kritischen Kommentare und Fragen haben mir mitunter das Leben schwer gemacht, während eure Begeisterung mir den nötigen Mut verschafft hat, an der Geschichte festzuhalten. Ohne euch hätten es Thyra und Amael womöglich nie so weit geschafft.

Carina, dies hier ist nun das zweite Buch, welches du für mich lektoriert hast. Und auch wenn ich bei der Überarbeitung deines Feedbacks manchmal geflucht habe, war es eine wertvolle Erfahrung, die ich nicht missen möchte! In Thyras und Amaels Namen danke ich dir von Herzen für deine Detailarbeit.

Das erste, was man von einem Buch sieht, ist das Cover. Und das hast du, liebe Mandy, fantastisch hinbekommen. Danke!

Und zu guter Letzt danke ich auch dir, meinem Leser, für dein Vertrauen, deinen Mut und deine Leidenschaft. Wenn dich Thyras und Amaels Geschichte begeistern konnte, und du mich unterstützen willst, berichte gerne mir und anderen über dein Leseerlebnis!

SOPHIA ARÍM

PS: Band II erscheint bald ... Wenn du mehr wissen willst, folge mir gern auf Instagram (@sophia.arim.autorin), um keine News zu verpassen!

PPS: In der Anthologie ›Versinkt mein Herz in Düsterheit‹ von J. Horn-schuh, S. Wolfe und J. Schuchardt findet ihr den Beginn von Thyras und Amaels gemeinsame Vergangeneheit – ein Blick lohnt sich also!

WEITERE BÜCHER VON SOPHIA ARÍM

Versinkt mein Herz in Düsterheit

Fürchte dich vor dem, was in den Schatten lauert... Zehn Autorinnen, die sich der Finsternis ihrer eigenen Gedanken stellen. Eine Anthologie, die sich in die Abgründe der menschlichen Seele hinabwagt. Dunkelheit. Schwärze. Wahnsinn. Gier. Magisch. Real. Hautnah.

ISBN: 978-3384147479

Kyrier – Dilogie

Du glaubst zu wissen, wer du bist - doch was, wenn es ganze Welten gäbe, von deren Existenz du nichts ahnst?

Siebzehn Jahre lang wächst Seraya Deckert unbeschwert in ihrer Heimatstadt auf. Doch nach einem nächtlichen Überfall auf ihr Elternhaus muss sie sich der Wahrheit stellen: Ihr bisheriges Leben war eine Lüge. Von ihrer eigenen Mutter über ihre Herkunft im Dunkeln gelassen, gerät Seraya in einen Sog aus Geheimnissen, uralten Feindschaften und Gefahren, die ihren Tod bedeuten können ...

ISBN KYRIER Ritual der Macht: 978-3756214440
ISBN KYRIER Erbe der Schatten: 978-3757840822

Weltenwanderung

Zwölf Schreibende öffnen ihre Welten unter dem nachtglitzernden Dach der Poesie. Dramatisch. Kraftvoll. Berührend. Eine Anthologie voller Weltenbau, Lyrik und Fantasie. Leise. Ursprünglich. Poetisch.Folge Zauber, Magie und Schmerz. Begib dich auf Weltenwanderung. Liebe, Mythen, Legenden. Denn am Anfang war die Poesie.

ISBN: 978-3757992538

AUTORENVITA

Sophia Arím, geboren 1997 in Norddeutschland, entwickelte bereits in ihrer frühen Kindheit die ausgeprägte Liebe zum geschriebenen Wort. Nach ihrer Debüt-Dilogie ›Kyrier‹ verfasste sie einige Beiträge zu Anthologien, tauchte ein in finstere Welten und holte mit ›Schwarze Assassine‹ ein altes Schubladenprojekt an die Oberfläche. Immer an ihrer Seite waren dabei ihre beiden Hunde Mira und Mocca.